PÉCHÉS GIVRÉS

PÉCHÉS GIVRÉS

LE SOMMEIL DES JUSTES – LES NÉGOCIATEURS

TONI ANDERSON

Traduction par
DIANE GARO

Traduction par
VALENTIN TRANSLATION

AUTRES LIVRES DE TONI ANDERSON
EN FRANÇAIS

LE SOMMEIL DES JUSTES
Dans l'ombre de la loi
Par une nuit si froide
Entre chien et loup
L'eau qui dort
En clair-obscur
Comme l'ombre d'un doute
Des agents au secret
Obscurantisme
Une ombre au tableau
De sang-froid

LE SOMMEIL DES JUSTES – LES NÉGOCIATEURS
Glacé à cœur
Péchés givrés
De froides vérités (Bientôt disponible)

Pour Dee

CHAPITRE UN

Samedi 8 août. Île de Nabat dans la mer de Florès, en Indonésie

Le chef de la cellule de négociation de crise du FBI, Quentin Savage, était appuyé contre le bar près de la sortie, se demandant dans combien de temps il pourrait raisonnablement s'échapper. Malheureusement, non seulement il devait retrouver un vieil ami de l'armée pour prendre un verre, mais, en tant qu'orateur principal du dîner de clôture de cette conférence, il se devait de rester un moment au cas où les gens auraient des questions.

Les gens avaient *toujours* des questions.

Ils voulaient toujours parler aux négociateurs. Ils supposaient que ces derniers détenaient un secret qui leur permettait d'obtenir ce qu'ils voulaient et d'influencer les autres.

Ce n'était pas le cas – dans le cas contraire, il n'aurait pas été là.

Il fallait des qualités particulières pour être un bon négociateur. La patience était sans aucun doute de mise, tout comme la capacité à réfléchir rapidement et à ne pas s'investir émotionnellement. Et, bien sûr, il existait des techniques spécifiques pour influencer les actions des autres, mais le facteur le plus important pour être un bon négociateur était la capacité d'écoute. Il fallait *entendre* ce que les gens disaient, verbalement ou non.

Être négociateur, c'était comme être thérapeute, sauf que la personne en face était presque toujours en crise lorsque le Bureau arrivait sur les lieux.

Quentin jeta un coup d'œil impatient à sa montre. Il voulait vérifier s'il y avait du nouveau concernant l'enlèvement d'une volcanologue sur une île isolée de la mer de Banda quelques jours plus tôt. Il était si proche de l'endroit où elle avait été vue pour la dernière fois qu'il mourait d'envie de s'y rendre et de partir à la recherche d'indices. Mais s'il s'agissait d'un simple enlèvement avec demande rançon et que les kidnappeurs entendaient parler de l'intérêt du FBI, ils risquaient d'augmenter le prix ou de tuer la fille pour éliminer tout problème potentiel.

Il la chassa de son esprit. Il devait garder un certain détachement professionnel, sans quoi il risquait de compromettre sa capacité à sauver qui que ce soit. Il préférait éviter le *burnout*, même s'il n'avait pas vraiment de vie en dehors du Bureau. Plus maintenant.

Il ne vivait pas à la dure en Indonésie. L'hôtel où il logeait, une grande maison coloniale hollandaise rénovée avec goût, était une pure splendeur, avec cette atmosphère indolente dans laquelle vivaient les personnes les plus opulentes. Mais même par cette soirée un peu plus fraîche, avec les alizés qui soufflaient, les climatiseurs et les ventilateurs de plafond avaient du mal à refroidir une salle aussi grande et bondée. Les participants se prélassaient dans des fauteuils en rotin, buvant et mangeant des amuse-gueules gratuits servis sur des plateaux en argent par des serveurs en uniforme.

Quentin fit une grimace devant le contenu de son verre.

Cela lui rappelait l'époque où il était serveur dans un country club, de nombreuses années auparavant. Il avait grandi en Californie du Sud, avec ses quatre frères, et ils avaient dû s'entraider pour soutenir leur mère quand leur père les avait abandonnés pour une femme plus jeune. Quentin accordait de l'attention aux personnes censées se fondre en arrière-plan, certainement parce qu'il s'identifiait plus à elles qu'à l'élite riche, aux politiciens ou aux puissants PDG.

Il était payé par le gouvernement et devait endosser le genre de responsabilités qui les aurait fait s'étrangler pour la plupart. Il connaissait sa valeur, et elle ne se mesurait pas en dollars ou en cents. Elle se mesurait à la vie des personnes qu'il sauvait et aux peines de prison des criminels qui tombaient.

Quentin paya deux bières et ajouta un pourboire décent. Il n'aimait pas la foule. Il n'aimait pas rogner sur son emploi du temps chargé pour effectuer des présentations, même si cela pouvait sauver des vies. Il n'aimait vraiment pas être au centre de l'attention.

Contrairement à certaines personnes.

Mince alors.

Une superbe déesse blonde sortit des jardins. La femme portait une robe dorée avec un décolleté plongeant et des talons aiguilles qui lui permettaient de dominer la plupart des gens. Elle se dirigea vers un groupe près du bar, croisant son regard alors qu'elle jetait un coup d'œil autour d'elle. Il l'avait vue plusieurs fois au cours des deux derniers jours, mais ils n'avaient pas été présentés. Dommage. Il était presque sûr qu'elle logeait dans la chambre à côté de la sienne.

Voyant qu'elle ne détournait pas le regard, il leva sa bière en guise de salut, et elle leva sa flûte à champagne en guise de réponse.

— C'est Haley Cramer, au cas où tu te poserais la question.

Quentin se tourna vers l'homme qui venait d'apparaître sur sa gauche. Il désigna la pinte sur le bar.

—Tu es en retard. C'est pour toi.

— Santé.

Chris Baylor, un ami du camp d'entraînement avec qui il avait vécu trois années de déploiements consécutifs, porta le verre à ses lèvres et but avidement. Il posa la pinte et suivit le regard de Quentin à travers la pièce.

Haley Cramer leur avait tourné le dos.

Tant pis. Il ne se serait peut-être rien passé entre eux, mais elle était agréable à regarder. Elle incarnait le glamour hollywoodien de la vieille école à l'ère des selfies Instagram. Belle à s'en damner, et qui apporterait sûrement son lot de problèmes.

Chris tendit un cigare à Quentin. C'était une vieille tradition lors de leurs sorties qui se faisaient rares. C'étaient les seuls moments où Quentin fumait. Il mit le cigare dans sa poche pour plus tard.

Un homme qui semblait connaître Chris les rejoignit.

— Quentin Savage, je te présente Grant Gunn. Grant était dans la 10ᵉ division de montagne à Shoh-I-Khot en même temps que nous.

— Le bon vieux temps, plaisanta Gunn en se commandant une bière.

La bataille acharnée dans les montagnes de l'est de l'Afghanistan n'avait été plaisante pour personne, mais c'était ainsi que les soldats tenaient le coup. L'humour. La fraternité.

Incapable de s'en empêcher, Quentin jeta un nouveau coup d'œil vers la blonde.

— C'est la première fois que tu vois Haley Cramer ? demanda Chris.

Quentin acquiesça.

— De chez « Cramer, Parker & Gray » ? Alex Parker travaille pour vous, les fédéraux, à Quantico. La rumeur dit que c'était un espion.

Chris le mit au courant des détails juteux.

Quentin sirota une gorgée de bière. Il ne connaissait pas Parker personnellement, mais il avait eu vent de sa réputation. Cramer, Parker & Gray était l'une des meilleures entreprises de sécurité des États-Unis. Plus petite que beaucoup d'autres présentes à la conférence, mais jouissant d'une excellente réputation. Au sommet de la cybersécurité et bien vue dans les cercles de protection rapprochée.

— Et, d'après Chris, elle est aussi douée au pieu qu'elle en a l'air, ajouta Gunn avec un sourire narquois.

— Je n'ai pas posé la question, fit remarquer Quentin d'un ton sec.

— Mais tu voulais le savoir.

Le sourire de Gunn était plein de connivence.

— Quel homme digne de ce nom ne se poserait pas la question ?

Ce que Quentin voulait ne regardait personne d'autre que lui. Il se tourna vers son ami.

— Tu es sorti avec elle ?

Chris n'était plus la recrue maigre et âpre que Quentin avait connue à l'époque de l'armée. Après des années d'entraînement et de travail physique éreintant, le gars avait pris du volume au niveau des épaules et du torse. Ses joues étaient un peu plus pleines qu'avant, un peu plus colorées.

— Je n'appellerais pas ça sortir ensemble...

Gunn s'esclaffa dans sa bière.

Quentin fronça les sourcils en regardant le type.

— On s'est fréquentés pendant environ un mois, mais ça n'a pas duré.

Chris s'essuya la bouche du revers de sa main.

— Que s'est-il passé ? demanda Quentin, curieux de savoir comment le gars avait pu foirer quelque chose d'aussi monumental.

Il adressa à Quentin un sourire qui n'atteignit pas ses yeux.

— Tu me connais.

Il haussa les épaules.

— Je ne peux pas résister à un joli visage.

Ce qui voulait dire qu'il l'avait trompée.

— Tu es encore plus con que je ne le pensais.

Chris prit une gorgée de sa bière, sans le contredire. L'armée avait transformé un garçon optimiste en homme cynique endurci par les combats, mais les scouts ne faisaient pas long feu durant une guerre.

À l'époque de l'armée, ils avaient souvent échangé des histoires à dormir debout sur leurs conquêtes féminines. Quentin n'était plus un jeune homme de dix-huit ans. Il ne cherchait pas à courtiser la gent féminine. Il avait fini par surmonter la perte de son épouse bien-aimée et de leur enfant mort-né cinq ans plus tôt, mais il ne voulait plus jamais endurer ce genre de douleur. Il vivait sa vie, sortait même avec des femmes de temps à autre, mais... comme tout bon négociateur, il n'avait pas l'intention de s'investir émotionnellement de sitôt.

Quentin regarda Haley Cramer avec une pointe de regret. Il aurait sans aucun doute aimé apprendre à mieux la connaître, mais pas devant cette foule. Trop d'égos. Trop de testostérone. Trop de spéculations enragées et de retours de flamme potentiels pour tous les deux.

— Elle me déteste, donc je viens certainement de ruiner toutes tes chances avec elle. Désolé, mon pote.

Chris changea de sujet.

— Super discours, au fait. Impressionnant pour un homme qui sait à peine lire.

Quentin ignora la pique. Sa dyslexie avait toujours amusé ses camarades, mais il y était habitué et ne s'était jamais laissé décontenancer.

— Comment va Nick ?

Nicholas Karlovac avait également fait partie de leur escouade, et tous les trois avaient été les meilleurs amis du monde. Nick et Chris étaient devenus des soldats d'élite qui avaient créé leur propre société de sécurité privée à leur sortie.

— Il est resté au bureau.

— Ça ne te fatigue pas d'être toujours sur le terrain ? demanda Quentin à Chris.

Chris rentra ses épaules.

— Il faut bien que quelqu'un le fasse. Nick est coincé. Sa femme et ses enfants ont besoin de lui.

Une jolie femme noire avec des tresses bleues adressa un sourire à Quentin depuis l'autre bout de la pièce. Tricia Rooks. Il s'était assis à côté d'elle au petit-déjeuner la veille. Il lui sourit en retour.

Gunn jeta un coup d'œil dans sa direction, puis haussa les sourcils de manière suggestive.

— On dirait que Haley Cramer n'est pas la seule option de la pièce.

Quentin l'ignora.

Un homme âgé entra dans la pièce, et l'atmosphère se tendit alors qu'une centaine de paires d'yeux se fixaient sur lui. La main de Chris se resserra autour de sa pinte. Haley Cramer tourna la tête.

Quentin n'avait pas vu l'homme à la conférence, mais il n'était pas là pour faire du gringue ou graisser des pattes. L'inconnu pourrait tout aussi bien être un client lambda de l'hôtel, mais à la façon dont les autres reniflaient l'air comme des loups flairant le sang, Quentin se doutait qu'il y avait quelque chose.

Le nouvel arrivant était un homme petit et gros. Avec une calvitie. Une chemise bleue en soie avec des auréoles sous les aisselles. Un pantalon en lin blanc. Deux types costauds l'encadraient tels des poissons-pilotes mal assortis. Des gardes du corps. S'entourer de gros bras lors d'une conférence sur la sécurité suggérait une forme particulière de paranoïa. Ou une multitude de mauvaises expériences...

La conférence avait été co-organisée par le gouvernement indonésien et se déroulait sur une petite île de la mer de Florès. La plupart des participants avaient pris un vol commercial vers le petit aéroport local et n'étaient donc pas armés. Cela n'avait pas été facile à faire accepter à la plupart des invités, mais ils n'étaient là que pour trois jours, et des agents sur place assuraient leur sécurité. Leur présence s'était toutefois raréfiée dès le départ du ministre des Affaires étrangères après la réception donnée dans la soirée.

C'était peut-être pour cela que cet homme n'était pas apparu avant. Les armes à feu étaient interdites, et ses gardes du corps en portaient clairement.

L'homme se fraya un chemin dans la foule jusqu'à Haley Cramer. Il l'attrapa par les deux bras et se pencha vers elle, la bouche en cœur. La femme tourna la tête au dernier moment et reçut un baiser négligé sur la joue.

Quentin jeta un coup d'œil dans la pièce et remarqua que l'ambiance s'était tendue.

— Qui c'est, ce type ?

Chris passa une main fatiguée sur sa mâchoire carrée.

— Cecil Wenck. Le dixième homme le plus riche du monde. Il possède ARK Mining, la plus grande entreprise d'Asie du Sud-Est et d'Océanie.

— On dirait que Cramer va tous nous baiser, mais qu'un seul gars dans la pièce pourra se la faire ce soir.

Gunn leva son verre et termina sa bière.

— Baisse d'un ton, mon pote, dit Quentin à voix basse.

Gunn lui lança un regard noir.

— Cramer, Parker et Gray n'ont pas le personnel nécessaire, marmonna Chris, ignorant Quentin.

— Tu n'as plus qu'à espérer qu'ils ne soient pas assez nombreux, dit Gunn de manière énigmatique.

Le regard de Quentin se porta à nouveau sur la femme à la robe dorée. Ses cheveux blonds brillaient plus que sa tenue, mais c'étaient ses yeux qui l'intéressaient. Intelligents et prudents, renfermant des secrets. Elle n'était pas idiote. Elle connaissait les dangers d'être une femme dans un monde d'hommes, mais elle était là quand même.

Tant mieux pour elle. Tant qu'elle n'avait pas à se déshabiller pour arriver à ses fins... Et maintenant, il devait à tout prix se sortir cette image de la tête avec une douche glacée. Quentin administra une tape dans le dos de son vieil ami.

— Je me tire.

Chris écarquilla les yeux.

— Quoi ? J'avais prévu de te traîner dans un bar en ville.

La « ville » se situait à trente kilomètres, au bout d'un chemin de terre.

— J'ai besoin d'avoir les idées claires demain matin.

Il devait travailler sur l'affaire Alexander, un couple de seniors enlevés au large de la mer de Chine méridionale six mois plus tôt. Et maintenant cette nouvelle jeune femme. Il essaya de ne pas trop y penser. Une femme seule était la proie de tant de dangers. Avait-elle été enlevée pour obtenir une rançon comme les Alexander ? Pour satisfaire les désirs d'un pervers ? Ou pour être vendue en tant qu'esclave sexuelle ? Ou kidnappée par un groupe extrémiste qui n'aimait pas les femmes fortes et indépendantes ?

— Allez, mon pote. On n'a jamais l'occasion de sortir !

Quentin refusait de culpabiliser. Il n'était pas si facile à manipuler.

— On se rattrapera la prochaine fois que tu viendras à Washington.

— Je t'accompagne en ville, proposa Gunn.

Ce qui facilitait la décision de Quentin.

Chris ignora Gunn.

— Tu vas vraiment me laisser tomber ?

— J'ai un vol très tôt.

Les Américains kidnappés étaient sa priorité. Essayer de trouver un moyen de les faire libérer et d'empêcher ces enlèvements.

Chris le regarda fixement, visiblement surpris par son refus. C'était la première fois depuis des années qu'il lui disait non. Après la mort d'Abbie, Quentin avait bu plus que de raison pendant son temps libre. C'était peut-être pour ça qu'il ne s'accordait plus trop de sorties.

Chris hocha la tête.

— OK. Très bien. On fait ça.

Quentin donna une tape sur l'épaule de son vieil ami et s'éloigna, le soulagement l'envahissant alors qu'il quittait la salle bondée. La moitié des gens présents voulaient rendre le monde meilleur – il s'incluait dans ce groupe. L'autre moitié voulait toujours plus de pouvoir et d'argent. Ils considéraient la violence et l'agitation comme une chance. Il voulait éviter ces gens autant que possible.

Il était reconnaissant de vivre dans une démocratie où les agents fédéraux faisaient de leur mieux pour protéger les personnes vulnérables et faire respecter la Constitution. C'était ce qui les liait, ses collègues agents et lui. La loi, le strict respect des règles. Mais en dehors des États-Unis, c'était une autre affaire. Son travail consistait à négocier avec des personnes qui utilisaient les autres comme des marchandises et des monnaies d'échange, sans se soucier du coût humain. Quentin aurait aimé pouvoir retrouver tous les kidnappeurs et les jeter en prison à vie, mais tout ce qu'il se permettait, c'était d'espérer ramener les otages chez eux. Les mettre en sécurité.

C'était son engagement.

Il se rendit à l'accueil de l'hôtel pour payer sa facture afin de ne pas avoir à le faire le lendemain matin. Quand il se retourna vers le bar, il vit la femme en robe dorée, Haley Cramer, entourée d'hommes puissants qui se disputaient son attention.

Un sixième sens lui fit lever les yeux vers lui au même moment. Un message silencieux passa entre eux. Aussi vieux que le temps, mais aucun n'avait l'intention d'agir en conséquence.

Elle avait l'air presque triste.

Il se détourna, ne cherchant pas à percer l'énigme d'une belle femme qui, même entourée d'admirateurs, semblait solitaire. Peut-être projetait-il ses émotions sur elle. Et peut-être en avait-il assez d'être seul. Il aurait dû y être habitué. Et, en réalité, il avait peur de bousculer le statu quo, malgré la tentation.

CHAPITRE DEUX

Haley regarda l'agent fédéral s'éloigner, regrettant que leurs chemins ne se soient pas croisés. Elle avait écouté son discours depuis l'ombre de l'auditorium, appréciant son contenu, mais aussi l'orateur. Les yeux sombres de Quentin Savage avaient quelque chose d'hypnotique, tout comme ses traits fins et ses cheveux noir corbeau – des cheveux un peu trop longs pour un agent fédéral respectable. Il y avait quelque chose d'assez irrésistible chez lui pour attirer son regard, mais assez puissant pour qu'elle reste fermement plantée là.

Elle aimait être aux commandes dans ses relations et avait le sentiment qu'un homme comme lui ne la laisserait pas dicter ses conditions.

Bien sûr, ils n'avaient pas besoin d'avoir une *relation*. Mais si elle voulait simplement un partenaire d'un soir, il y avait une centaine de types sur place qui seraient ravis d'endosser ce rôle, des hommes qui ne l'intriguaient pas avec leur apparence et leur regard mystérieux. Des hommes qu'elle pourrait contrôler. Des hommes dont elle ne se soucierait jamais sur le plan personnel. Des hommes comme Chris Baylor qu'elle avait fréquenté pendant un mois entier l'année précédente avant de réaliser qu'il était un menteur infidèle. Heureusement, elle n'avait pas été blessée par cette trahison, mais elle avait eu tort de lui faire confiance et avait été contrariée de s'être fait avoir.

Et voilà que Cecil Wenck, propriétaire milliardaire d'un conglomérat minier, se mettait à flirter avec elle, certainement parce qu'elle était la seule femme à détenir l'une des sociétés de sécurité privée représentées à cette conférence.

Elle garda le sourire, même lorsque la main de Wenck effleura le côté de sa poitrine. Elle se tourna pour prendre son verre de vin sur le bar, rompant ainsi le contact indésirable. Elle leva son verre, et quelqu'un tendit une bière à l'homme pour qu'ils puissent trinquer.

— Un toast.

L'Australien eut un sourire jovial, mais ses yeux étaient aussi froids que ceux du poisson qu'elle avait mangé au déjeuner.

— À la plus belle consultante en sécurité d'Indonésie, voire du monde entier.

Elle sourit malgré son irritation. Cramer, Parker & Gray était peut-être une entreprise relativement petite, mais elle avait une excellente réputation. Elle poussait depuis des années pour qu'ils essaient de s'étendre à la sécurité des infrastructures, des entreprises privées et des installations gouvernementales. Dermot et Alex avaient finalement cédé, même s'ils étaient satisfaits de leur clientèle actuelle.

— Vous êtes sublime ce soir, ma belle.

Le sourire de Haley parvint tout juste à masquer son agacement. Les hommes comme Wenck étaient la raison pour laquelle Dermot et Alex ne voulaient pas se lancer là-dedans. Entre les milliardaires, les cheiks et les politiciens véreux, les super-riches pensaient posséder le monde et tout ce qu'il contenait, y compris les femmes.

Surtout les femmes.

Son amour pour les jolis vêtements, les talons hauts et le maquillage n'avait rien à voir avec son sens des affaires et tout à voir avec son amour pour les jolis vêtements, les talons hauts et le maquillage.

L'industrie militaire privée était un réseau de vieux garçons qui avaient servi ensemble. Elle n'avait pas sa place dans ce monde et n'essayait pas de faire semblant. Bon nombre de ces liens avaient été tissés soit pendant le service actif, soit dans les bars miteux de régions du monde déchirées par la guerre. Alex Parker était le seul d'eux trois à avoir fait l'armée. Dermot n'aurait pas su distinguer une arme à feu d'une autre. C'était le plus grand crétin du monde, et un brillant ingénieur en informatique. Elle espérait qu'ils se trompaient sur l'expansion de leur société dans cette arène.

Il était temps de sonder Wenck.

— Et moi qui pensais que vous ne m'appréciiez pas, dit-elle d'un ton léger en prenant une gorgée.

Elle sentit le liquide froid et acidulé passer sur sa langue.

— N'importe quoi. Bien sûr que je vous apprécie, lui assura Wenck d'un ton bourru.

— Alors pourquoi ma société est-elle la seule à ne pas avoir eu de rendez-vous individuel avec vous aujourd'hui ?

Il ne lui avait pas fallu longtemps pour s'en rendre compte. Elle n'était pas bête.

— Je gardais le meilleur pour la fin, beauté.

Wenck lui adressa un clin d'œil et se rapprocha un peu plus. Les gardes du corps n'étaient pas loin derrière, plusieurs hommes se pressaient trop près d'elle.

Elle se déplaça le long du bar, détestant devoir battre en retraite, mais pas étonnée. Elle était habituée à ce que les hommes essaient de prendre plus que ce qu'elle offrait, c'est pourquoi elle passait généralement à l'offensive.

— Je peux vous retrouver à la première heure demain matin pour passer en revue le devis que nous vous avons remis, déclara-t-elle.

Wenck fronça les sourcils alors qu'elle lui adressait un sourire éclatant. Il était à la tête de la société ARK Mining Corp, basée à Darwin. Toutes les sociétés militaires privées existantes voulaient décrocher le contrat qui arrivait à échéance pour assurer la sécurité de ses mines, de ses installations industrielles et de ses quartiers généraux en Australie et en Asie.

Il était important pour elle de maintenir la prospérité de Cramer, Parker & Gray. Assez important pour ignorer les commentaires misogynes et les insultes qu'elle recevait chaque fois qu'elle assistait à des réunions dans ce monde dominé par les hommes. Elle se moquait de ce qu'ils pensaient d'elle ou de ce qu'ils disaient derrière son dos. Elle s'était battue contre le patriarcat depuis qu'elle était adolescente – en parvenant à l'emporter. Mais elle se souciait de l'image de son entreprise.

— Je pars à six heures du matin.

Wenck feignit d'être désolé.

— Nous pouvons nous retrouver pour le petit-déjeuner à cinq heures.

Il éclata d'un rire grinçant et rauque.

— Je ne suis pas du matin, beauté.

Il consulta sa montre.

— Si vous voulez passer en revue le contrat maintenant, c'est d'accord, mais seulement parce que vous êtes une belle femme.

Son sourire cachait ce qu'elle ressentait vraiment. Même

si son entreprise était l'une des plus importantes, elle ne pouvait compter que sur son visage et sa silhouette ?

Certains jours, elle pensait détester tous les hommes, puis elle se souvenait d'Alex et de Dermot et de certains des opérateurs qui travaillaient pour eux. Elle ne les détestait pas tous, juste un très grand nombre.

— Allons dans un endroit plus calme pour discuter de cette affaire, suggéra Haley.

Le bar était trop bruyant et bondé pour discuter des termes d'un contrat à plusieurs millions de dollars. De plus, elle ne voulait pas que la concurrence puisse l'entendre et miner son offre.

Wenck acquiesça.

— C'est d'accord.

Elle suivit Cecil hors de la pièce, sa pochette sous un bras. Wenck lui prit l'autre dans un geste possessif. Ses talons hauts claquaient sur le sol, et elle était consciente des nombreux regards qui les suivaient. D'après leur expression, ils semblaient avoir oublié qu'ils avaient tous eu des réunions avec Wenck dans la journée, tout comme elle était sur le point de le faire. Bien sûr, ils pensaient tous qu'elle allait coucher avec lui pour qu'il signe. Ils semblaient totalement oublier que son entreprise était aussi importante que la leur. C'était insultant, mais elle était habituée à ça aussi.

La haine brilla dans les yeux de Grant Gunn quand elle passa devant lui. Chris Baylor se détourna avec un rictus. Qu'avait-elle trouvé à ce type ?

Wenck le conduisit vers l'ascenseur, mais elle le freina dans sa progression.

— Il y a une salle tranquille par là.

Elle désigna du doigt un espace confortable qu'elle avait découvert le premier jour. Même s'ils étaient en Indonésie, la pièce arborait une cheminée, heureusement pas allumée. Des murs blancs et de grandes fougères feuillues créaient un espace calme et opulent. Haley sortit son téléphone pour écrire à Alex et Dermot qu'elle avait rendez-vous avec Wenck.

— Je ne discute pas affaires là où on peut m'entendre, beauté. C'est trop risqué. Montons dans ma suite.

L'homme était certainement paranoïaque. Étant donné qu'il pesait autant que certains pays du tiers monde, ce n'était pas surprenant. Il était aussi notoirement difficile de le voir en face à face. C'était peut-être la seule occasion qu'elle aurait d'avoir une telle réunion.

Haley débattit un moment de la pertinence de se rendre seule dans la chambre d'hôtel de cet homme, mais elle refusait que le fait d'être une femme l'empêche de faire comme les hommes. Ses talons claquaient bruyamment sur les carreaux noirs et blancs. Elle aurait préféré faire ça dans un espace public, mais elle savait aussi qu'il avait rencontré tous les autres dans sa suite durant la journée. Pourtant, il y avait une vibration dans l'air qui la mettait mal à l'aise. Elle activa le dictaphone de son téléphone et remit l'appareil dans sa pochette.

Dermot et Alex l'avertissaient constamment de faire attention, et elle n'était pas bête. Haley pouvait se débrouiller et elle doutait que Wenck s'en prenne à elle physiquement. Il essaierait quelque chose, bien sûr. Elle pourrait le supporter tant qu'il acceptait son refus.

Et s'il réagissait autrement ?

Elle hésita, mais se retrouva dans l'ascenseur lorsque les portes s'ouvrirent. Elle s'avança au fond, essayant de ne pas laisser transparaître son malaise soudain.

Ils sortirent au troisième étage. Son étage, même si elle ne comptait pas le dire à Wenck.

Ils pénétrèrent dans sa suite et un garde du corps inspecta la pièce à la recherche de dispositifs d'écoute électroniques, tandis que l'autre s'assurait que personne ne se cachait dans le placard ou sous le lit.

Elle les regardait travailler. Des professionnels bien formés. L'aideraient-ils en cas de besoin ? Peut-être pas. Bien que Wenck soit considéré comme avare. Elle pourrait donc éventuellement s'acheter leur coopération si la situation devenait critique.

On n'en arriverait pas là.

La pièce arborait des meubles rembourrés en brocart et des murs blancs. Les fins rideaux blancs se gonflèrent lorsque le garde du corps ouvrit la porte-fenêtre donnant sur le balcon.

Haley prit place sur le canapé.

— Je vous sers un verre ?

Wenck se dirigea vers le bar à l'ancienne et prit une bouteille de single malt.

— Avec plaisir. Avec des glaçons.

Elle n'avait pas l'intention de le boire, mais l'homme se détendit quelque peu quand elle accepta son offre.

Il apporta leurs boissons et s'assit assez près d'elle pour que leurs genoux se frôlent. Les deux gardes du corps sortirent de la pièce, ce qui la dérangeait à plusieurs niveaux. Elle pouvait être une meurtrière en puissance prête à planter son talon aiguille dans le gosier gras de Cecil. Alors, pourquoi partir ? Ils avaient sûrement été présents à toutes les réunions de l'après-midi et connaissaient les détails privés des affaires de Cecil.

Elle plissa les yeux.

Wenck la regardait avec impatience.

— Avez-vous une copie de ma proposition sur votre ordinateur portable ? demanda-t-elle lui rappelant la raison de sa présence dans sa suite. Ou bien dois-je vous l'envoyer par e-mail afin que nous puissions en discuter ?

Elle posa son verre et sortit son téléphone portable.

Il l'arrêta en passant un doigt boudiné sur son bras nu.

— Vous ne voulez pas vraiment réellement parler affaires, n'est-ce pas ?

— C'est pour ça que je suis là, M. Wenck.

Elle parlait de sa suite, mais cela s'appliquait à l'Indonésie en général. Bien sûr, c'était une conférence intéressante, mais la rumeur de la présence de Wenck était la raison pour laquelle l'événement avait affiché complet en un temps record.

Ses yeux bruns perçants l'observaient, son regard s'attardant sur son décolleté. Ses seins étaient complètement couverts. Seule la peau au milieu était exposée. Cela suffisait néanmoins à retenir son attention.

Elle n'avait pas honte de son corps, mais son regard lui donnait la chair de poule.

— Je ne sais pas si vous avez eu l'occasion de lire l'offre que notre société a envoyée...

Elle essaya de nouveau d'attirer son attention sur les affaires.

— Nous pouvons fournir les mêmes mesures de sécurité physique standard que toutes les autres entreprises, avec en prime des systèmes d'alarme personnalisés et des mesures de prévention et de détection des cyberintrusions à un tarif compétitif. Vous ne retrouverez pas notre niveau de sophistication chez les autres sociétés.

— Hum ?

Son regard s'aiguisa et, pendant un bref instant, il parut plus intéressé par ses mots que par sa peau nue.

— Notre avantage concurrentiel est notre capacité cybernétique, qui comparée à n'importe quel...

Elle claqua des doigts pour détourner son regard de sa poitrine et dit avec exaspération :

— M. Wenck, je suis ici pour parler affaires.

Il gémit.

— J'ai assez parlé affaires pour la journée. J'espérais quelque chose d'autre de votre part. Ce qu'aucune des autres entreprises ne peut offrir.

Il se lécha les lèvres et voulut passer un doigt sur son bras, mais elle eut un mouvement de recul.

— Un homme comme vous doit avoir des centaines de femmes qui veulent coucher avec lui.

Il rougit.

— Qui a dit que je voulais faire l'amour avec vous ? Mais si vous n'étiez pas partante pour ça, pourquoi porter cette robe révélatrice et ces talons qui montrent vos seins et vos fesses ?

Son argumentaire était délirant.

— Croyez-moi, rétorqua-t-elle. Je sais quand une personne veut coucher avec moi.

Elle essaya de ne pas paraître irritée.

— Ma façon de m'habiller n'a aucun rapport avec la qualité de ma société.

Elle voulut se lever, mais il lui attrapa le poignet.

— Que faudrait-il faire ?

Il avait soudain l'air beaucoup moins amical.

— Pour quoi ? demanda-t-elle.

— Vous connaissez la réponse.

Il jeta un coup d'œil à son corps.

Elle resta bouche bée. Et, pourtant, elle n'était pas totalement surprise. Les gens essayaient de coucher avec elle contre sa volonté depuis qu'elle avait quatorze ans. Elle était devenue une femme intelligente, prospère et indépendante, et pourtant les hommes avaient du mal à la traiter comme une égale.

— M. Wenck.

Elle s'efforça d'être patiente, ayant l'impression d'être la seule adulte dans la pièce.

— Je suis ici pour une réunion professionnelle.

Elle retira soigneusement ses doigts de l'étau qui enserrait son bras et se leva. Il attrapa sa robe et la fit se rasseoir, son sourire indiquant clairement qu'elle n'allait pas s'en sortir si facilement.

Merde.

— Tout le monde vous a vue flirter avec moi au bar, beauté. Aucun d'entre eux ne croira que j'ai dû vous forcer, et vous le savez.

Le premier soupçon de peur la parcourut. *La forcer ?* Ce type pensait sérieusement à la violer ?

Elle évalua ses options. Crier ? Il était peu probable que quelqu'un vienne à son aide. Il n'y avait que quelques suites dans cette aile de l'hôtel, et Cecil et elle en occupaient déjà deux. Ses gardes du corps et son assistante se trouvaient certainement dans les suites voisines. De plus, si elle criait, ses gardes du corps pourraient intervenir en sa faveur ou la maintenir pendant que Wenck la violerait. Elle ne comptait pas prendre le risque.

Utiliser la violence ? Elle pourrait frapper Wenck, mais il lui faudrait encore passer les gardes du corps. Et si Wenck appelait les autorités et disait qu'elle l'avait agressé, elle risquait de se retrouver dans une prison indonésienne tandis qu'il rentrerait en toute sécurité en Australie.

Personne ne le poursuivrait.

Les hommes comme Wenck étaient intouchables.

Non, elle devait ruser pour se sortir de cette situation. Elle réfléchirait à la façon de traiter avec cet homme plus tard. Elle ne travaillerait certainement jamais pour ce déchet humain dégoûtant, maintenant qu'elle l'avait rencontré.

Elle le laissa l'embrasser un instant, comme si ses lèvres humides allaient la convaincre de changer d'avis. Elle roula mentalement des yeux devant cette tentative bâclée, même si ce n'était pas sa technique qui faisait défaut. C'était le fait qu'il essayait d'enfoncer sa langue dans sa gorge alors qu'elle lui avait dit qu'elle n'était pas intéressée.

— Attendez. Attendez. Cecil.

Elle rit, comme si elle était excitée et à bout de souffle, puis elle se dégagea. Elle s'éventa et se leva pour faire les cent pas derrière le canapé.

— Donnez-moi un moment pour réfléchir à tout ça.

Il la suivit.

— Réfléchir à quoi ? Vous êtes une belle femme, et j'ai un appétit qui a besoin d'être rassasié. Ensuite, si vous êtes douée, je vous offrirai l'un des plus gros contrats de sécurité que le monde ait jamais vu. Ça vous va ?

Elle haussa les sourcils. Comme s'il n'allait pas exploser comme une fusée dès qu'elle toucherait sa queue pathétique.

— Ce n'est pas comme si vous alliez gagner le respect des types en bas de toute façon.

Il désigna le bar.

C'était vrai, mais elle aurait aimé garder son amour-propre et évoluer dans ce milieu grâce à son mérite. C'était vieux jeu, mais elle ne se referait pas.

— Qu'en est-il du calibre relatif des différentes entreprises et de leurs offres ?

— Oh, je sais que votre entreprise a une bonne réputation, mais il y a trois entreprises qui peuvent faire ce dont j'ai besoin, pour moins cher.

Il me regarda d'un air lubrique.

— Une seule représentante porte une robe que je veux lui arracher avant de la baiser.

Elle eut un rire bref. *Putain.*

— Eh bien, dit de façon si romantique...

Il porta ses mains à sa ceinture comme pour attirer l'attention sur la bosse à l'avant de son pantalon.

— Je ne fais pas dans la romance, beauté. Je suis un ancien mineur qui a eu beaucoup de chance et qui a été assez intelligent et impitoyable pour obtenir ce qu'il voulait – c'est-à-dire plus d'argent que vous ne pourriez imaginer.

Il la regarda comme s'il était responsable de ses décisions et que c'était une affaire réglée.

— Ça veut dire que je peux acheter tout ce que je veux, y compris vous.

Haley aurait voulu se dire qu'elle pouvait voir le mal dans le sourire de Wenck, mais il ressemblait à n'importe quel autre homme. C'était ce qui rendait les prédateurs si dangereux et difficiles à repérer.

— Maintenant... commença Wenck, je veux que vous me suciez, et je suis prêt à vous payer des millions de dollars pour ça.

Haley avait déjà des millions de dollars et n'avait pas besoin d'un centime de plus. Même si elle avait été SDF, elle n'aurait pas touché à ce cafard. Une fois de plus, Haley se dit qu'elle aurait aimé être un homme. Sa vie aurait été tellement plus simple.

Elle s'approcha de lui, fixant sa bouche du regard comme s'il ne lui donnait pas envie de vomir. Elle fit courir son doigt le long de son torse et s'arrêta sur la boucle de sa ceinture, appuyant assez fort pour le faire reculer d'un pas.

— Eh bien, dis comme ça, comment pourrais-je résister ? Mais je veux que ce contrat soit signé d'avance. Je ne suis pas prête à vous croire sur parole.

Son visage se transforma en une arrogante suffisance.

— Nous verrons.

Elle ignora son commentaire.

— Pendant que vous imprimez et signez le document, faisons au moins comme si c'était plus qu'une transaction monétaire.

Elle attrapa sa pochette et se dirigea vers la chambre, en priant pour que la suite ait la même configuration que la sienne. Elle regarda à l'intérieur. C'était le cas. Elle s'arrêta dans l'embrasure de la porte et se retourna vers lui.

— Donnez-moi cinq minutes pour me préparer pendant que vous vous occupez de la paperasse.

Elle jeta un coup d'œil au renflement de son pantalon.

— Et ensuite on s'occupera de lui.

CHAPITRE TROIS

S *'occuper de lui.*

Elle avait envie de vomir.

Rien de tel que d'être traitée comme une pute pour entraîner son ego dans le caniveau. Elle referma la porte de la chambre et attendit une seconde pour calmer son cœur qui s'emballait.

Quel être répugnant !

Elle se dirigea vers le balcon et se glissa par les portes-fenêtres, les refermant discrètement derrière elle et espérant que Cecil ne passe pas par le salon. Une brise chaude soufflait sur sa peau moite, refroidissant la transpiration qui s'était formée sur sa nuque et son front.

Elle regarda fixement l'obscurité. Les bruits de la jungle résonnaient tout autour. Comment en était-elle arrivée là ?

Des années plus tôt, alors qu'il lui enseignait l'autodéfense, Alex avait essayé de lui inculquer qu'éviter la confrontation était bien plus important que gagner un combat. Il lui avait fallu du temps pour intérioriser le message, mais elle avait compris.

Elle enleva ses talons, les jeta avec sa pochette sur le

balcon en pierre de la suite adjacente, à un mètre sur sa gauche.

Aucune Jimmy Choo ne resterait derrière.

Elle remonta sa jupe jusqu'à la taille et s'accrocha au lierre qui rampait sur le côté du bâtiment pour avoir un point d'ancrage. Ce n'était pas un très long saut, mais la hauteur était suffisante pour lui tordre le ventre. Et elle devait être discrète, car Wenck avait certainement loué la suite voisine pour son personnel. Elle entendit du mouvement dans la chambre derrière elle. Ce n'était pas une surprise que Wenck s'impatiente.

Elle s'élança au-dessus du vide et s'agrippa à la balustrade, son souffle quittant ses poumons lorsqu'elle sentit la pierre rugueuse sous ses doigts. Elle s'agrippa le temps de trouver son équilibre, puis balança sa jambe par-dessus la balustrade quand Cecil commença à l'appeler. Les portes du balcon de la pièce étaient ouvertes. Elle récupéra donc ses affaires et se faufila à l'intérieur, restant cachée derrière les minces rideaux. Elle se figea quand elle entendit Cecil sortir sur son balcon.

— Où es-tu, espèce de salope sournoise ?

Elle retint son souffle, sentant toujours sa présence même quand il cessa de l'insulter. Sa colère était palpable. C'était un homme qui n'avait pas l'habitude d'être contrarié. Son cœur battait la chamade. Dès qu'il serait parti, elle sauterait sur son balcon, une chambre plus loin, et fermerait les portes à double tour jusqu'au matin.

Des bras forts s'enroulèrent autour d'elle, l'emprisonnant au niveau de la taille et couvrant sa bouche, la plaquant contre un corps masculin inflexible.

La panique la gagna. *Oh, mon Dieu, non.* Elle savait ce qui allait se passer ensuite. Elle n'était pas sûre de pouvoir le supporter.

Elle commença à se débattre, mais elle ne parvint pas à se

libérer de la poigne de fer de l'homme. Elle agita les jambes en tous sens, mais ses pieds nus n'eurent que peu d'impact.

Une voix lui murmura à l'oreille :

— Silence ou il va se rendre compte que vous êtes là.

Elle se raidit, puis s'affaissa, soulagée. Elle venait de reconnaître la voix de l'agent fédéral grand et brun qui avait parlé pendant la conférence, le même type qu'elle avait vu au bar plus tôt. Quentin Savage.

Ses bras puissants la relâchèrent, et elle tendit le bras vers le mur pour se stabiliser.

Savage la fixait de son regard sombre et intense qu'elle avait remarqué au bar. Ses traits étaient trop marqués pour qu'on puisse le qualifier de beau, mais il était férocement attirant. Il lui adressa un léger sourire de réconfort avant de sortir sur le balcon et d'allumer négligemment un cigare.

Comment avait-il compris ce qui se passait si vite ? Espionnait-il le milliardaire dans la pièce d'à côté ? Ou était-ce la conclusion logique du fait qu'elle avait manifestement échappé aux griffes de Wenck par le balcon ?

Une douce fumée odorante dériva vers l'endroit où elle se tenait, immobile près du mur, tremblante. L'adrénaline certainement. Pas la peur – plus maintenant. D'une certaine manière, être en compagnie de l'agent du FBI avait fait disparaître sa frayeur.

— Il y a un problème ? demanda Savage à Wenck d'une voix imperturbable.

Son ton renfermait une arrogance différente de celle de l'ordure australienne, une arrogance découlant de l'autorité légale plutôt que de la cupidité et du pouvoir.

— Non, rien, répondit Wenck d'un ton irrité. Je profite juste de la vue. Comment ça va ?

Haley se demandait si Savage pouvait entendre la colère et la suspicion sous-jacentes dans les mots de Wenck.

Question bête. C'était un négociateur. Bien sûr qu'il l'entendait. Les mots étaient son gagne-pain.

Haley regarda autour d'elle. Une seule lampe de chevet éclairait la chambre de Savage, dévoilant l'imposant lit à baldaquin – semblable au sien – entouré d'une moustiquaire. Le mobilier et la disposition étaient similaires à ceux de sa chambre, mais Savage n'avait pas de salon. Il y avait une magnifique méridienne à l'ancienne et un imposant ventilateur de plafond qui brassait l'air comme une main paresseuse ondulant dans l'eau.

Son bagage à main était ouvert sur une chaise à côté du lit. On aurait dit qu'il se préparait à partir, même si la conférence ne prenait officiellement fin que le lendemain midi.

Elle entendit une porte claquer alors que quelqu'un entrait dans sa suite de l'autre côté du mur, et sa mâchoire se décrocha. *L'enfoiré* ! Wenck avait dû soudoyer un membre du personnel pour obtenir une clé ou utiliser un prétexte pour entrer dans sa chambre.

La fureur s'empara d'elle. À l'idée qu'ils la considèrent comme un simple objet dont ils pouvaient disposer à leur guise. Être utilisée par des hommes qui se croyaient assez puissants pour faire ce qu'ils voulaient sans crainte des conséquences.

Ce n'était pas la première fois. Un vieux sentiment de honte refit surface en un éclair.

Après une minute, la porte de sa chambre se referma. Haley se crispa. S'introduiraient-ils là aussi ? Elle se faufila derrière les rideaux de velours au cas où les gorilles seraient assez fous pour s'introduire dans la chambre d'un agent du FBI, comme elle l'avait fait.

Savage passa dix bonnes minutes dehors, fumant tranquillement ce cigare coûteux et discutant avec Cecil Wenck, sans jamais laisser entendre qu'il savait qu'une femme avait fui l'homme quelques instants auparavant.

Haley récupéra son portable dans sa pochette et coupa le dictaphone. Avait-il capté ses menaces ? Les mots sans les actes suffiraient-ils pour convaincre les gens qu'elle avait couru un réel danger ? Elle n'en était pas sûre. Il lui faudrait écouter l'enregistrement et y réfléchir. Pour savoir comment gérer cet incident traumatique. Elle envoya un SMS à Alex et Dermott pour leur dire que la réunion avait été un échec. Elle ne voulait pas qu'ils s'inquiètent.

Le ton de Savage ne changea pas tandis qu'il s'employait à faire parler ce bâtard. Wenck était marié et avait une fille. Savage expliqua qu'il comprenait qu'elles ne l'accompagnent pas, même si le pays était relativement sûr pour le moment. Les extrémistes religieux, les petits groupes de révolutionnaires, les fonctionnaires corrompus, les pirates étaient toujours actifs. Le fédéral faisait passer le pays pour un foyer d'activités terroristes, ce qui, compte tenu du fait qu'ils séjournaient au sommet du luxe colonial, semblait exagéré.

— Voulez-vous vous joindre à moi pour un dernier verre ? demanda Savage en finissant par éteindre son cigare dans un pot de fleurs.

— Non, merci. Mais c'est sympa d'avoir proposé.

Wenck semblait sincèrement le regretter. Savage avait charmé la bête.

— Je pense que je vais aller me coucher. Appeler ma femme.

— Ça semble être une bonne idée. Bonne nuit, Cecil.

— Bonne nuit, Quentin. Content d'avoir parlé avec vous.

Le fédéral rentra dans la pièce et ferma à clé les portes du balcon derrière lui.

Ses yeux brillèrent quand elle sortit de derrière le rideau. Elle ouvrit la bouche pour dire quelque chose, mais il l'arrêta en posant un doigt sur ses lèvres. Ce geste avait quelque chose d'intimement choquant. Il sentait le tabac et le paradis tropical.

— Ne parlez pas trop fort, Mlle Cramer, murmura-t-il. Les murs sont fins, et mon badge ne me confère aucune autorité légale ici.

Il fit un pas en arrière.

Elle frissonna et frictionna ses bras nus, recouverts de chair de poule.

— Merci de m'avoir aidée, chuchota-t-elle. Je suis désolée pour le dérangement. Si vous me laissez quelques minutes, je vais retourner dans ma chambre.

Elle désigna le mur derrière l'énorme lit.

— Ce ne serait pas très judicieux.

Il n'essaya toutefois pas de l'en dissuader. Il se dirigea vers la salle de bain, et elle l'entendit se laver les mains et se brosser les dents.

Il revint dans la pièce et alluma la télévision, laissant le volume assez faible pour créer un léger bruit de fond. Il versa deux verres de whisky et en apporta un à l'endroit où elle se tenait comme un mannequin contre le mur. Il le lui tendit.

Elle le prit, leurs doigts se frôlèrent, mais tous deux firent mine d'ignorer la décharge qui les électrisa.

— Je suis vraiment désolée.

Elle but une gorgée du liquide ambré, reconnaissante de la chaleur qui inonda sa bouche et se répandit dans sa gorge.

— Est-ce qu'il vous a fait du mal ? Vous voulez porter plainte ?

Ses yeux étaient brûlants.

Elle poussa un soupir et s'éloigna finalement de la fenêtre. Elle s'assit sur le bord de la méridienne de Savage.

— Il m'a invitée dans sa chambre pour discuter affaires et m'a fait comprendre que je ne partirais pas avant de lui avoir accordé quelques faveurs sexuelles, après quoi ma société remporterait le contrat, et ce serait gagnant-gagnant.

Elle grimaça, et la nausée remonta.

— Il vous a touchée ?

Les yeux de Savage avaient la couleur de l'obsidienne, son regard aussi tranchant qu'une lame de rasoir.

— Quand j'ai vu que je n'arriverais pas à le raisonner, je l'ai laissé m'embrasser pour lui donner l'impression que j'acceptais sa proposition.

Cela voulait-il dire que c'était sa faute à elle si elle l'avait fait marcher ? C'était un mécanisme de survie, pur et simple.

Wenck lui avait fait peur, plus qu'elle ne voulait l'admettre. Elle se mordilla la lèvre inférieure. Elle avait été naïve de faire confiance à cet homme.

— Je suis sûre que vous pensez que je l'ai bien cherché pour avoir été assez naïve pour aller dans sa chambre seule.

Il était difficile de contenir la rancœur qui débordait, ou le passé qui l'avait façonnée.

Savage s'assit lourdement à côté d'elle sur la méridienne.

— Parce que vous êtes une belle femme qui porte des talons et du rouge à lèvres et fait fantasmer les hommes ?

Il laissa échapper un rire.

— Je suis presque sûr que ce n'est pas illégal.

Sa voix devint plus ferme, même si elle dépassait à peine le murmure.

— Essayer de forcer quelqu'un à avoir des relations sexuelles est un crime. Vous êtes une citoyenne américaine, et je suis un agent fédéral. Voulez-vous que je fasse un rapport et une enquête ?

La lumière de la lampe éclairait son visage anguleux, soulignant sa mâchoire parfaite. Une légère barbe l'assombrissait, suggérant qu'il devait certainement se raser quotidiennement. Ses sourcils sombres et son nez pointu dégageaient une autorité naturelle. Ses lèvres douces laissaient présager quelque chose de plus sensuel.

Elle cligna des yeux, essayant de se concentrer sur ce qu'il avait dit. C'était difficile. Ses pensées étaient confuses. La frayeur qu'elle avait ressentie l'amenait à douter de toutes ses actions, ce qui la rendait folle de rage.

Voulait-elle dénoncer Cecil Wenck aux forces de l'ordre ? Évidemment. Voulait-elle vivre l'enfer et voir son entreprise blacklistée ? Certainement pas.

— Hormis quelques vilaines menaces et ce baiser dégoûtant, il ne s'est pas passé grand-chose.

— Assez pour vous faire sauter sur un balcon à dix mètres de hauteur.

Savage sirotait son verre avec décontraction, mais l'énergie qu'il dégageait était tout sauf détendue.

— Je préfère ne pas passer par toute la paperasse d'une plainte officielle.

Elle avait l'enregistrement audio pour se protéger si Wenck essayait de salir son nom. Mais s'il recommençait avec quelqu'un d'autre, et qu'elle n'essayait pas de le traduire en justice ?

Elle se mordit la lèvre. Elle ne savait pas quoi faire.

— Je comprends. Le processus n'est pas facile...

Un rire amer s'échappa de ses lèvres.

Il la regarda d'un œil critique.

— Il n'était pas content que vous lui échappiez et même si j'ai calmé un peu sa colère, je pense qu'il n'aime pas la défaite.

Savage baissa les yeux sur son verre, puis les releva.

— Vous pouvez rester avec moi ce soir. Vous avez ma parole que je ne vous ferai aucune avance sexuelle. Je vous recommande vivement de partir avec moi sur le premier vol pour Jakarta demain matin. Combien de temps vous faudra-t-il pour faire vos bagages ?

La tête de Haley tournait devant les implications de ce qu'il lui disait. Elle n'était toujours pas en sécurité...

Elle ne voulait pas rester là avec Savage, telle une fugitive, mais elle n'était pas non plus assez bête pour retourner seule dans sa chambre – pas si Savage pensait que c'était une idée ridicule. L'idée de s'enfuir la mettait hors d'elle, mais elle n'était pas en terrain connu et n'avait aucune idée de la pression que Wenck pouvait exercer sur les autorités locales. Accepter de l'aide d'un agent fédéral et partir avec lui semblait être une bonne idée.

— Je n'ai pas besoin de longtemps, juste quelques minutes pour tout mettre dans ma valise.

Elle regarda sa jolie robe. C'était l'une de ses préférées, mais elle ne pourrait plus jamais la porter sans penser à Cecil Wenck et à sa proposition repoussante. Elle la laisserait derrière elle, en espérant que quelqu'un en aurait l'utilité.

— Il faut que je me change.

Savage fronça en la détaillant de haut en bas.

— Je peux vous prêter un short de course et un t-shirt pour dormir. Demain matin, on pourra aller chercher discrètement vos affaires et vous reviendrez ici pour vous préparer.

— Il y a des milliers de femmes qui auraient pu être intéressées par ce qu'il avait à offrir, déclara-t-elle. Pourquoi courir après celle qui ne veut pas de lui ?

Un côté de la bouche de Savage se retroussa en un sourire sans humour.

— Nous savons tous les deux que ce n'est pas le sexe qui le motive. Mais le pouvoir et la domination. La pensée de vous voir craintive et déstabilisée à chaque future réunion d'affaires. De s'en prendre à vous, sans relâche. De faire savoir à tous les types de votre entourage qu'il vous baise, comme si ça faisait de lui un homme.

Le ventre d'Haley se contracta violemment, et elle crut

qu'elle allait vomir. Cecil Wenck aurait fait signer un contrat à son entreprise et s'en serait ensuite pris à elle chaque fois qu'il en aurait eu l'occasion. C'était ce qu'il devait penser, en tous les cas.

— Nous n'accepterons pas ce contrat, dit-elle fermement.

Savage n'avait pas l'air convaincu.

— Nous n'en avons pas besoin.

— Mais ça ne vous dérangerait pas de l'enfoncer dans la gorge de tous vos concurrents ?

Devant cette image, elle se leva d'un bond et se précipita dans la salle de bain. Heureusement, elle réussit à atteindre les toilettes avant de vomir. Malgré toutes ses années de lutte pour se faire une place dans ce monde, il y avait encore des gens, beaucoup de gens, qui pensaient qu'elle n'était rien de plus qu'un sex toy ambulant conçu pour leur plaisir. Et ça faisait mal. Vraiment mal.

Elle s'assit sur le sol de la salle de bain, tenant ses cheveux d'une main, attendant que son ventre se calme.

Savage lui laissa un moment d'intimité.

Dieu merci.

Après toutes ces années, elle était de retour à la case départ. Ça la rendait furieuse. Elle avait passé beaucoup de temps à prouver qu'elle était aussi capable et efficace que n'importe quel homme dans ce métier. À prouver qu'elle était leur égale. Et elle se retrouvait à s'enfuir, et pire, à accepter l'aide du premier venu. Du premier agent fédéral venu, corrigea-t-elle rapidement. Elle acceptait l'aide de Savage pour sa position, pas parce que c'était un homme. C'était son badge et son professionnalisme qui jouaient pour lui, indépendamment de son sexe. Les fédéraux étaient censés aider les gens. Les protéger.

Elle s'essuya la bouche et se leva pour se laver les mains. Son visage était pâle, à l'exception de ses lèvres rouge sang. Sa peau était moite. Elle passa un mouchoir en papier et un peu de savon de l'hôtel sur son visage, mais ne parvint pas à enlever tout son maquillage. Elle regarda la robe dorée et éprouva une soudaine haine pour la matière, le décolleté plongeant, la fente à hauteur de cuisse et tout ce qu'elle représentait.

Elle avait besoin d'effacer la sensation des yeux et des mains de Cecil ainsi que l'humiliation de ce qu'elle avait vécu. Elle aurait voulu pouvoir mettre son poing dans la figure de Wenck, mais ça aurait été téméraire compte tenu des circonstances.

Elle ferma la porte de la salle de bain et descendit la fermeture éclair de sa robe, enlevant ses sous-vêtements en même temps et les jetant dans un coin de la pièce. Elle se glissa sous la douche, laissant l'eau chaude laver la honte et la frayeur de cette terrible altercation.

Savage comprendrait. Elle le savait.

Elle aurait peut-être dû s'inquiéter que ce type entre et en profite, mais elle savait qu'il ne le ferait pas. Était-elle totalement folle de témoigner une confiance aveugle à un nouvel inconnu ? Ou cela signifiait-il qu'elle n'était pas aussi amère qu'elle le craignait parfois ?

Elle trouva un pain de savon et se savonna la peau, appliquant généreusement le shampooing et l'après-shampooing de l'hôtel sur son cuir chevelu jusqu'à ce qu'il picote. Les paroles de cette vieille chanson lui revinrent alors qu'elle tentait d'effacer le souvenir de cet homme.

I'm gonna wash that man right outta my hair.

« Je vais faire sortir cet homme de ma tête. » Elle inspira plusieurs fois profondément pour se calmer et ne pas éclater d'un rire hystérique. Elle n'osait pas faire de bruit au cas où Wenck l'entendrait et ferait irruption dans la chambre de Savage. Quelqu'un risquait d'être blessé et, peu importe qui c'était, elle ne voulait pas être responsable. Et peut-être qu'*elle* dénoncerait ce connard une fois rentrée en sécurité aux États-Unis, mais l'idée d'affronter à nouveau ces gens en bas... D'admettre qu'elle avait eu les yeux plus gros que le ventre et que Wenck l'avait agressée plutôt que de la traiter comme une égale... Elle ne pensait pas pouvoir le supporter. Sa fierté ne le permettrait pas – sauf qu'il y avait des choses plus importantes que la fierté en jeu.

Sa mâchoire se crispa de colère. Elle aurait aimé botter le cul de Cecil Wenck et qu'il atterrisse à l'autre bout de cette île. Révéler à sa femme que son mari était un porc. Mais ce dont elle avait vraiment envie, c'était d'oublier ce qui s'était passé ou, mieux encore, de reprendre le contrôle. Regagner l'autonomie de son esprit et de son corps. Faire ses propres choix. Suivre ses propres désirs.

En pensant à l'agent fédéral séduisant dans la pièce d'à côté, sa peau s'embrasa et son pouls commença à palpiter. Ses mamelons durcirent et elle agrippa ses seins, imaginant que c'était lui.

C'était un fantasme, mais qui pouvait devenir la réalité si elle avait le courage d'aller chercher ce qu'elle voulait. Ils partaient tous deux dans la matinée. Elle ne le reverrait jamais.

Personne n'avait jamais dit qu'elle manquait de culot, mais s'il n'était pas intéressé... ce serait une nuit inconfortable pour tous les deux, mais le choix appartiendrait au fédéral.

CHAPITRE QUATRE

Quentin se dirigea vers sa valise, en sortit sa tenue de sport et la renifla. Il l'avait portée brièvement, mais sa séance avait pris fin avant même qu'il ait pu transpirer lorsqu'il avait reçu la nouvelle de l'enlèvement de Darby O'Roarke, la volcanologue. Il n'avait pas prévu de partager ses vêtements, mais il n'avait pas vraiment le choix. Haley Cramer encore moins.

Si elle était trop prude pour porter sa tenue de sport alors que sa sécurité était en jeu, il ne pourrait rien pour elle.

Il entendit Haley allumer la douche et poussa un profond soupir, baissant les épaules, se demandant comment il s'était mis dans cette situation. Cela ne le dérangeait pas de l'aider, au contraire, mais il était furieux de ne pas pouvoir faire autre chose que d'appliquer un pansement temporaire sur la plaie.

Il comprenait qu'elle ne veuille pas porter plainte, d'autant plus qu'elle semblait avoir évité le pire. Le fait que Wenck ait eu l'intention de la pousser à avoir des relations sexuelles était consternant. Le gars se servait manifestement de son pouvoir. Et ce n'était sûrement pas la première fois. Quentin ferait quelques recherches de son côté quand il rentrerait à Quantico. Les hommes comme Wenck avaient tendance à laisser tout un tas de victimes dans leur sillage.

Il s'approcha de la porte de la salle de bain, frappa, puis l'entrouvrit sans regarder à l'intérieur. Il accrocha les vêtements à la poignée intérieure avant de la refermer.

Il était possible qu'Haley Cramer se joue de lui. Elle aurait pu sauter sur son balcon et tomber intentionnellement sur lui, un agent du FBI, pour qu'il lui serve de témoin. En criant à l'agression sexuelle, elle aurait pu faire chanter le milliardaire pour qu'il lui verse des dommages et intérêts ou signe ce qui était vraisemblablement un accord commercial extrêmement lucratif.

Cependant, les fausses accusations d'agression sexuelle étaient extrêmement rares. Et Quentin ne pensait pas qu'Haley savait qui il était quand il l'avait attrapée pour l'empêcher de hurler de peur. Elle semblait sincère quand elle avait dit qu'elle ne voulait plus travailler avec Wenck et qu'elle ne voulait pas porter plainte. Et pourquoi quelqu'un était-il entré dans sa chambre pour la chercher ? À moins qu'elle n'ait volé quelque chose...

Son sac à main à paillettes était posé sur la table à côté du whisky qu'elle n'avait pas bu. À la vue de tous ? *Hum.* Il l'ouvrit et trouva un téléphone portable, la carte de sa chambre et un tube de rouge à lèvres écarlate. Il examina le tube pour s'assurer qu'il s'agissait d'un simple rouge à lèvres et non d'un dispositif d'écoute ou d'un gadget informatique sophistiqué. Il semblait que c'était juste du rouge à lèvres.

Il se sentait un peu coupable de fouiller dans ses affaires. Il vérifia son portefeuille, mais ne trouva rien d'anormal, à part une carte American Express noire. Il pensait que c'était un mythe. Il y avait *son* nom à l'avant. *Et merde.* Il referma le sac et le repositionna sur la table.

Il valait mieux être minutieux que d'avoir l'air d'un imbécile. Il envoya donc un e-mail à sa secrétaire pour lui demander des informations sur Haley Cramer. Puis il regarda la méridienne. Il n'avait pas envie de se contorsionner sur ce truc toute la nuit, mais il avait été bien élevé, et n'aurait jamais laissé une femme dormir sur le canapé. Il n'était même pas encore 22 heures, mais il avait un vol tôt le lendemain matin, et si elle avait le moindre sens de l'autopréservation, Haley Cramer l'accompagnerait.

Il se mit rapidement en caleçon. Toutes ses affaires, à l'exception de sa trousse de toilette, étaient prêtes pour un départ rapide. Il régla son réveil, attrapa une couverture pour bien montrer qu'il ne bougerait pas de la méridienne, et s'y allongea les yeux fermés pour essayer de dormir.

Après environ cinq minutes, la porte de la salle de bain s'ouvrit. Haley Cramer apparut, sa silhouette soulignée par la lumière derrière elle, portant une serviette enroulée autour de son corps, les cheveux mouillés frôlant ses épaules nues.

— J'ai accroché un short et un t-shirt à la poignée de la porte pour vous. Vous pouvez prendre le lit. On devra se lever tôt, alors bonne nuit.

Il ferma les yeux à nouveau, déterminé à ne pas penser à elle, nue sous cette serviette. Il n'allait pas commencer à se faire des idées parce qu'il partageait une chambre avec une belle femme. Elle n'était pas du tout son type, hormis physiquement. Il voulait une vie simple et aimait les femmes simples. Haley Cramer n'était pas une femme simple. Elle était de la dynamite instable trop près d'une flamme. Elle était le labyrinthe sous le tombeau du pharaon.

Ses bruits de pas se rapprochèrent. S'il avait été un connard, il aurait espéré qu'elle lui offre une partie de jambes en l'air, mais il n'était pas un connard. Non, il était un vrai saint.

Un léger murmure flotta dans l'air calme de la nuit.

— Ça ne me dérange pas de partager. Le lit, je veux dire.

Il ouvrit les yeux. Il n'était pas un connard, mais apparemment, il n'était pas mort non plus.

— Bien que je dorme généralement nue, ce qui pourrait vous déranger.

Elle défit la serviette et la laissa tomber par terre. La lumière de la salle de bains éclairait son corps, mettant en évidence une silhouette en forme de sablier.

— Et pour qu'il n'y ait pas de malentendu... *c'est* une invitation à me rejoindre au lit. Nu. Avec une partie de jambes en l'air à la carte si ça vous intéresse.

Sa bouche s'assécha. Toutes les excuses qu'il aurait pu trouver moururent sur ses lèvres alors que le sang s'écoulait dans ses veines, se dirigeant droit vers son entrejambe. Il écarta vivement la couverture et s'assit, balançant ses jambes, trouvant son nombril avec sa bouche. Elle se glissa entre ses genoux et il les referma, l'emprisonnant, prenant une profonde inspiration et luttant pour réfléchir. Il y avait certainement une bonne raison de ne pas le faire, mais il n'arrivait pas à s'en souvenir. Sa peau sentait le savon de l'hôtel, mais il pouvait aussi sentir son excitation, et ça le rendait dur comme l'acier.

Il étala ses doigts sur ses hanches. Sa peau était comme du velours, mais plus douce. Ses courbes le tentaient, mais il réussit à se retenir. Non pas qu'il le veuille, mais...

— Vous avez vécu une expérience bouleversante. Vous n'avez pas les idées claires.

Elle sourit et se lécha la lèvre inférieure.

— Oh, je sais ce que je veux. J'ai envie de vous depuis que vous êtes monté sur cette estrade aujourd'hui.

— Ce n'est pas la réaction que je suscite généralement chez mon public.

Sa voix se brisa. *Formidable réplique, abruti.*

— Comment le savez-vous ? Lisez-vous aussi dans les pensées en plus d'être un négociateur ?

Elle essaya de lever sa jambe pour le chevaucher, mais il ne la laissa pas faire. S'il le faisait, toute discussion cesserait.

— Non, madame. Mais je veux que vous soyez sûre de vous et que vous ne fassiez pas quelque chose que vous pourriez regretter.

— Je suis tout à fait sûre, agent spécial Savage.

Il ne la corrigea pas sur son titre. Il n'était pas *aussi* bête. Il s'éclaircit la gorge. Et si elle était encore bouleversée ? Et si elle pensait à tort qu'elle lui devait quelque chose pour l'avoir abritée ?

— Mais...

— Quentin.

Elle avait l'air exaspérée.

— Je suis d'accord. Si vous le voulez aussi, bien sûr. Sinon, je dormirai sur la méridienne. Seule.

Elle avait l'air moins sûre d'elle à présent.

— Et je ne vous ennuierai plus jamais, je vous le promets. Sans rancune.

Sans rancune ? Son érection lui *faisait mal* tellement il était excité.

Elle était si proche de lui qu'il ne parvenait pas à penser correctement. Il ferma les yeux. Il avait besoin de réfléchir à tout ça. Mais l'obscurité renforçait tous ses autres sens, son parfum frais dans l'air de la nuit, sa peau exquise cédant doucement sous les callosités rugueuses de ses doigts. Sa résistance s'effritait.

Il voulait la goûter. Il avait besoin de la goûter. Il se pencha et plongea sa langue dans le doux creux de son nombril. Elle laissa échapper un petit cri. Il la maintint immobile pendant qu'il passait sa langue sur sa peau, puis il descendit plus bas, surveillant sa réaction à la tension de ses muscles lorsque sa langue glissa finalement entre les lèvres douces de son sexe.

C'était nouveau.

Il aimait sa peau nue plus qu'il ne l'avait prévu, mais tout ce qui rendait le sexe *différent* était le bienvenu. Tout ce qui ne lui rappelait pas des souvenirs qu'il aurait préféré oublier en baisant une autre femme. Il s'attarda à cet endroit, sentant sa respiration se bloquer par moments tandis qu'il passait sa langue sur son clitoris, la gardant prisonnière entre ses jambes. Elle gémit, passant ses doigts dans ses cheveux alors qu'il s'agrippait à ses fesses. Il continuait à caresser ce petit bout de chair, la sentant réagir, se raidir et trembler.

Elle tentait de réduire ses cris à de faibles gémissements, ses hanches ondulant contre sa bouche tandis qu'il la mordillait et la goûtait. Il n'y avait rien de tel que le goût d'une femme. Rien de tel que la sensation d'une femme jouissant contre sa langue après seulement quelques minutes d'attention.

Il se retira et elle s'affaissa en avant, son front reposant sur son épaule. Elle respirait lourdement, lui offrant une vue parfaite sur ses seins.

— Je savais que vous étiez doué avec votre bouche, mais je ne m'attendais pas à ça.

Il rit et la libéra de ses jambes. Elle le repoussa contre la méridienne. Il lui prit la main et l'entraîna contre lui. Torse et poitrine nus se rencontrèrent. La douceur satinée de sa peau ne ressemblait à rien de ce qu'il avait connu auparavant. Il modelait les contours de son corps, s'attardant sur chaque courbe parfaite, palpant la lourdeur de ses seins, taquinant ses mamelons durs. Il les pinçait avec son pouce et son index avant de les glisser dans sa bouche pour les sucer.

Ses mains parcoururent ses épaules, puis son dos. Il s'accrochait à elle, l'explorait. De plus en plus bas. Elle trouva alors son érection, ce qui n'était pas difficile étant donné que son sexe essayait de sortir de son caleçon et ne pouvait qu'attirer son attention. Elle l'entoura de ses doigts et il pencha la tête en arrière et se demanda comment il avait pu passer d'un début de nuit raisonnable à une relation sexuelle avec l'une des plus belles femmes qu'il ait jamais rencontrées.

Son cerveau se détourna de cette idée, puis se déconnecta totalement lorsqu'elle se mit à genoux devant lui, fit sortir sa queue de son caleçon et entreprit de la lécher. Il était presque sûr que de la vapeur grésillait sur sa peau.

Elle le prit en bouche, et il dut se retenir de s'y enfoncer plus profondément.

Ses doigts s'enfoncèrent dans le rembourrage de la méridienne pour s'empêcher de faire quoi que ce soit qui puisse l'effrayer. Elle avait vécu une expérience terrifiante plus tôt, mais elle n'avait pas semblé incertaine ou hésitante à ce sujet. Non, elle semblait vouloir prendre le contrôle de la situation, et il était ravi de pouvoir l'aider de toutes les manières possibles.

Malgré tout, il savait qu'ils n'auraient pas dû faire ça, mais il ne pouvait pas résister. Surtout quand il pencha la tête et vit sa queue glisser entre ses lèvres, sentant la chaleur humide de sa bouche autour de son sexe. Cette vision devait être liée à quelque chose de primitif, quelque chose transmis dans son ADN comme un moyen de court-circuiter la pensée consciente et de le transformer en une créature en rut.

La sensation dans ses bourses lui indiqua qu'il allait jouir si elle n'arrêtait pas bientôt, et, même s'il le voulait désespérément, il en voulait aussi davantage.

Il se retira et grogna presque quand elle fit la moue. Elle savait clairement comment le chauffer.

Quelle proportion était réelle ? À quel point jouait-elle un rôle pour lui faire plaisir ?

Ou peut-être qu'elle était réellement ainsi, et qu'elle n'avait pas honte. Pourquoi avoir honte, d'ailleurs ? Il n'y avait rien de mal à apprécier le sexe. Ils étaient tous les deux des adultes consentants, et il prenait beaucoup de plaisir.

Peut-être qu'il réfléchissait trop.

Il lui prit la main et la mit sur ses pieds. Il se dirigea vers le lit, mais dévia vers la salle de bain en cours de route. Il avait des préservatifs dans sa trousse de toilette, parce que de temps à autre, il avait envie de sexe et parfois, il était assez chanceux pour que ses désirs se concrétisent, comme ce soir-là. Qu'il s'agisse d'un besoin biologique ou simplement d'un rappel physiologique qu'il n'était pas encore mort, il ne comptait pas lutter dans tous les cas. Il marqua une pause en voyant sa robe dorée dans un coin.

— Ça n'a rien à voir avec lui.

Haley tira sur sa main.

— C'est moi qui vous désire. C'est moi qui vous *choisis*.

Il attrapa un paquet de préservatifs et l'entraîna vers le lit.

Haley ne s'attendait pas à ce que Quentin soit un amant aussi sûr de lui. Elle aurait pu le deviner à la lueur dans ses yeux et à l'assurance avec laquelle il se comportait en général.

Son clitoris la picotait encore après le passage de sa langue et, même si elle avait déjà joui, elle avait l'impression qu'ils ne faisaient que commencer.

Il jeta les préservatifs sur la table de chevet et se tourna vers elle. Il glissa sa main sur les petits cheveux de sa nuque, l'attira vers lui et l'embrassa.

Ce simple baiser la prit au dépourvu. Il n'essaya pas de

s'immiscer entre ses lèvres immédiatement. Au lieu de cela, il la cherchait, lui donnant le temps dont elle avait besoin pour passer du sexe au baiser. Le baiser était une forme d'art à laquelle tout le monde ne prêtait pas attention. C'était une forme d'intimité qu'elle n'autorisait pas toujours. Mais elle n'aurait pas pu rompre ce baiser même si quelqu'un lui avait mis un pistolet sur la tempe et avait menacé d'appuyer sur la détente.

C'était un acte d'exploration et de reconnaissance, à la fois familier et unique. Sa langue toucha la sienne, cherchant timidement la permission d'entrer et de jouer avec – acte plus intime que de sucer son clitoris. Sa paume lui effleurait les côtés, faisant naître une vague de sensations dans son sillage.

Elle lui caressa la joue alors que d'autres parties de son corps la tentaient. Ses muscles étaient secs et bien définis, une carrure d'athlète sans le moindre excès pour le ralentir. Elle absorba son baiser et glissa ses doigts dans la noirceur soyeuse de ses cheveux.

Savait-il qu'il était magnifique ? Spectaculaire ?

Elle en doutait. Il n'était pas assez arrogant pour ça.

Soudain, le baiser lui parut trop intime, trop révélateur, et elle recula, enroulant ses doigts autour de sa verge épaisse.

— Hmm.

Elle couvrit sa mâchoire inférieure de baisers jusqu'au lobe de son oreille.

— Voyons si vous pouvez vous en sortir par la parole.

— Je dois avoir l'air bien plus bête que je le pensais si vous imaginez que je vais essayer.

Sa voix était grave et profonde, à peine supérieure à un murmure, lui rappelant que Cecil Wenck pouvait encore être un problème qu'aucun d'entre eux ne voulait avoir à gérer. Quentin la fit reculer jusqu'à ce que ses jambes touchent le matelas et que ses genoux se dérobent. Il sourit, et elle sut qu'elle avait de gros problèmes.

Il l'attira au bord du lit, se mettant à genoux, ses larges épaules forçant ses jambes à s'écarter et à s'ouvrir à lui.

— Dites-moi ce que vous aimez, Haley. Dites-moi comment vous faire jouir autant de fois que vous le voulez avant que je ne vous pénètre.

Elle manqua de s'étrangler. *Bon sang.* Personne ne lui avait jamais dit quelque chose comme ça avant. Elle se sentait exposée et vulnérable, et masqua son insécurité avec un léger rire.

— Un brin prétentieux ?

Il eut un sourire en coin.

— Confiant. Mais seulement avec votre aide. Dites-moi ce que vous aimez.

Il lui prit la main et suça un de ses doigts.

— Montrez-moi.

Elle tremblait tellement qu'elle n'était pas sûre de pouvoir le faire. Puis elle se décida. Ce serait peut-être la meilleure partie de jambes en l'air de sa vie et, après les choses horribles qui s'étaient produites plus tôt dans la soirée, elle le méritait. Tous deux le méritaient.

— J'aime qu'on me caresse pendant un moment.

Elle lui montra l'exemple, ravie de voir comment ses yeux brillaient devant cette information.

Il l'imita, minutieusement, lentement.

— D'accord.

Finalement, il glissa sa langue entre ses lèvres, et elle faillit bondir du lit. Mais il ne la toucha pas comme elle le voulait vraiment, et elle comprit qu'il attendait d'autres instructions. Ou qu'il allait la chercher jusqu'à ce qu'elle devienne folle.

— J'aimerais sentir votre langue en moi, dit-elle prudemment.

— Hmm.

Sa langue rejoignit son doigt, la goûtant et l'explorant jusqu'à ce qu'elle puisse à peine respirer. Il l'attira contre son visage, et son corps trembla d'excitation. Il écarta ses cuisses et, lorsqu'il se retira, son regard était follement érotique et intime.

— Quoi d'autre ?

Sa voix était devenue rauque.

Elle déglutit, se rappelant de ne pas crier à cause de ce fichu *Cecil Wenck*. Elle passa un doigt sur son clitoris.

— J'ai aimé quand vous m'avez sucée.

— Quand je vous ai sucée.

— Ça m'a donné envie de vous monter dessus et de vous baiser le visage.

Elle rit.

Il grimpa sur le lit pour s'allonger à côté d'elle.

— Vos désirs sont des ordres, madame.

Elle se mit à genoux, un peu intimidée même si elle se targuait de s'y connaître en la matière.

Il l'aida à se placer à califourchon sur lui. Puis il enfonça sa langue en elle et elle laissa échapper un gémissement. La sensation était incroyable, et elle se mit à bouger ses hanches et s'abaisser sur son visage sans pouvoir le contrôler. Elle se figea alors, craignant de l'étouffer. Il la regarda avec des yeux brillants, ses mains serrèrent ses cuisses, la poussant à onduler. Ses doigts trouvèrent ses mamelons, sa langue transperça son clitoris, et elle éclata en un million de fragments de plaisir étincelant.

Elle essaya de se retourner pour lui rendre la pareille, mais il s'éloigna d'elle.

— Si vous me touchez encore avec votre bouche, c'en est fini de moi.

— Alors vous feriez mieux de me pénétrer rapidement.

Il attrapa un préservatif, et tout son corps tendit. Il se couvrit. En voyant la longueur de son sexe, elle eut l'eau à la bouche. Son intimité se contracta à l'idée de le sentir en elle.

Il s'allongea, et elle se mit à cheval sur ses hanches et se pencha pour lécher ses tétons bruns parfaits. Ses doigts s'enfonçaient dans ses cuisses, seul signe d'impatience qu'il montra, mais il n'essaya pas de la presser. Il ne voulait pas précipiter les choses. Son corps était une merveille de peau bronzée sur des muscles bien dessinés. Ses épaules étaient larges, ses hanches étroites. Une poignée de poils noirs couvraient son torse, se rétrécissant en une fine ligne le long de son ventre et s'épaississant au niveau de son entrejambe. Il était magnifiquement fait.

Il avait une cicatrice au côté droit. Elle la suivit du bout des doigts.

— Blessure par balle ?

— Appendicite.

Ses yeux étaient amusés par son exploration, mais patients, tellement patients. C'était peut-être ce qu'il y avait de plus sexy chez lui, et la liste était longue.

L'émotion lui noua la gorge, sans qu'elle sache pourquoi. Pour chasser la boule, elle se souleva et s'empala sur lui. Il l'étira et la remplit, et elle sentit ses muscles onduler et se contracter à nouveau. Elle était déjà tellement excitée et sensible que c'en était presque douloureux.

— Vous êtes magnifique.

Il se redressa et effleura sa lèvre inférieure avec son pouce, et ce geste lui envoya quelque chose en plein cœur.

Elle ne savait pas quoi faire de ces sentiments. D'habitude, le sexe ne représentait rien de plus qu'une libération physique. Un peu d'amusement. Un jeu. De l'exercice. Ce soir, elle avait l'impression que les enjeux avaient augmenté.

Ce qui était fou.

C'était certainement une réponse psychologique à l'agression de Wenck et à son saut sur le balcon.

Pour masquer sa réaction, elle commença à bouger sur lui, lentement au début, faisant onduler ses hanches et serrant délibérément ses muscles autour de lui chaque fois qu'il se retirait. Leur rythme s'accéléra, les faisant tous deux haleter alors que la sueur maculait leurs corps. La friction était délicieuse et la faisait trembler du sommet de la tête jusqu'aux orteils. Finalement, alors qu'elle était sur le point de jouir à nouveau, il commença à la pénétrer plus profondément, ses hanches battant la mesure tandis qu'il ancrait son bassin à lui. Il la remplissait avec force et profondeur. C'était si bon qu'elle se mit à haleter. Il grogna doucement en jouissant – se penchant en arrière, les yeux fermés, la mâchoire serrée. Son sexe pulsait en elle, déclenchant une réaction en chaîne qui alluma la mèche de son orgasme et ils explosèrent ensemble.

Elle s'effondra, ébranlée par l'intensité de leurs ébats. Il resta immobile pendant quelques instants, s'accrochant à ses épaules, son souffle chaud contre ses cheveux. Puis il se retira précautionneusement d'elle, sortit du lit et jeta le préservatif. Elle resta allongée, en sueur. Quand Savage revint de la salle de bain, il éteignit la lampe, se glissa à côté d'elle et la serra contre lui.

Il l'embrassa sur le front.

— Dormez bien, Haley Cramer.

Elle laissa échapper un soupir épuisé.

— Bonne nuit, Quentin Savage. À demain.

Elle le sentit sourire contre ses cheveux, et ferma les yeux. Inexplicablement heureuse, rassasiée et satisfaite pour la première fois depuis ce qui semblait être une éternité.

CHAPITRE CINQ

Le bruit de coups de feu réveilla Quentin en sursaut. Il bondit du lit, chercha son arme de service, mais ne trouva que le vide. *Merde.* L'interdiction du port d'arme était soudain un problème majeur.

Haley Cramer s'assit dans le lit, puis sauta sur ses pieds, toujours glorieusement nue.

— Qu'est-ce qu'il se passe ?

— Je ne sais pas encore.

Il était impressionné de voir à quel point elle était alerte au réveil, mais les coups de feu pouvaient avoir cet effet sur une personne. Sa vision nocturne était bonne. Il n'alluma donc pas. Il voyait suffisamment grâce à la lueur du radio-réveil. Il ne voulait pas attirer l'attention. Ils n'avaient dormi qu'un court moment.

Cette nuit lui réservait décidément son lot de surprises. Mais il aimait largement mieux une partie de jambes en l'air avec une belle femme qu'affronter des balles, à n'importe quelle heure du jour ou de la nuit.

Quentin l'observa, réfléchissant à ce qu'ils devaient faire. Il se dirigea vers la salle de bain où ses vêtements de sport étaient toujours accrochés à la poignée de la porte, puis s'approcha de ses bagages et lui jeta une paire de chaussettes et ses baskets. Elles étaient sûrement trop grandes, mais c'était mieux que d'être pieds nus et certainement préférable à des talons de dix centimètres.

— Mettez ça.

Elle s'habilla sans discuter, puis s'assit sur le lit et enfila les chaussettes et les chaussures qu'il lui avait données. Quentin prit son portable et enfila rapidement un boxer et un pantalon noir, suivi d'un t-shirt foncé. Il trouva une paire de chaussettes et enfila ses chaussures en cuir noir.

Des tirs d'armes automatiques retentirent dans le hall.

Ça ne sentait pas bon.

Il appela l'ambassadeur américain, mais l'appel n'aboutit pas. Pas de signal. Putain.

— Est-ce que ça pourrait être une sorte de démonstration d'une des entreprises de sécurité ? demanda rapidement Haley en venant se placer à côté de lui.

Si c'était le cas, il allait descendre mettre son poing dans la figure de quelqu'un. Mais les cris lui indiquaient que ce n'était pas une mise en scène.

— Ça ressemble à une attaque terroriste. Et je n'ai pas d'arme.

Il n'essaya pas de dissimuler sa frustration. Même s'il voulait aider les gens, face à un fusil d'assaut, il ne pouvait espérer tenir plus de quelques secondes avant de mourir sous une pluie de balles.

— Les gardes du corps de Wenck ont des armes, fit-elle remarquer.

Avec une arme, il aurait une chance de sauver quelques vies. Avec plusieurs personnes formées portant des armes, ils pourraient descendre ces enfoirés.

— Restez ici et n'ouvrez qu'à moi, c'est compris ?

Il entrouvrit la porte et jeta un œil dans le couloir. Désert.

Les bruits de coups de feu, de verre brisé, de gens qui criaient lui parvenaient, mais ce n'étaient pas d'innocents touristes en bas. Ils faisaient partie des meilleurs opérateurs au monde. Le problème était que, comme lui, aucun d'entre eux n'était armé et aucun n'était à l'épreuve des balles.

Où était Chris ? À l'hôtel ? Où était-il allé en ville pour boire ce verre ? Quentin espérait que c'était le cas. Il ne savait même pas où était sa chambre, mais Chris était un survivant. Il s'en sortirait.

Quentin frappa à l'épaisse porte en bois de la suite d'à côté.

— M. Wenck ? Cecil ? C'est Quentin Savage. Laissez-moi entrer.

Rien.

Bon sang. Il ne pouvait pas prendre le risque de s'attarder plus longtemps. Si des tireurs prenaient l'ascenseur ou montaient les escaliers, il serait une cible facile. Il retourna dans sa chambre où Haley lui ouvrit la porte. Il la ferma à clé et coinça une chaise sous la poignée par mesure de sécurité supplémentaire.

De nouveaux cris déchirèrent sa conscience. Haley déglutit bruyamment.

— Nous *devons* les aider.

Il serra les dents. Qu'est-ce qu'elle croyait ? Qu'il ne se creusait pas la tête pour trouver une stratégie qui pourrait sauver des vies ?

— Nous n'avons aucune chance sans arme contre ce genre d'attaque.

— On ne peut pas laisser ces gens mourir.

Sa voix monta dans les aigus sous l'effet de la colère.

Il posa doucement ses mains sur ses épaules.

— En tant qu'Américains, nous sommes des cibles privilégiées à abattre ou à prendre en otages. Nous n'avons pas d'armes, et à côté de ce qu'ils nous réservent, votre incident avec Wenck pourrait passer pour une journée thalasso. On va sortir par la fenêtre, et vous vous cacherez dans la jungle jusqu'à l'arrivée des autorités. Une fois que vous serez en sécurité, je verrai si je peux abattre un terroriste avec un fusil automatique et tenter de riposter. Tout le reste serait du suicide.

Elle se dégagea de son emprise et écarquilla les yeux lorsqu'une nouvelle salve de tirs se termina par un cri aigu non loin de là.

— On ne peut pas les aider, Haley. Pas encore.

Mais il pouvait l'aider, *elle*. Elle était sous sa responsabilité, et il n'avait pas l'intention qu'elle soit blessée s'il pouvait l'éviter.

Les sons se rapprochaient. *Et merde.* On aurait dit que les assaillants faisaient sauter les serrures des portes de l'étage inférieur et s'introduisaient dans les chambres d'hôtel, tuant certainement les personnes qui tentaient de se cacher.

Il *fallait* qu'ils se tirent de là.

Il prit son badge et son portefeuille, et les glissa sous le matelas. S'il était capturé, il ne voulait pas être identifié comme un agent fédéral. Ils lui mettraient une balle dans la tête ou pire...

— Suivez-moi. On va sauter sur votre balcon et utiliser les plantes grimpantes sur le côté de l'hôtel pour descendre à l'angle. Ça nous évitera de passer près des pièces principales. On va vérifier s'il y a des ennemis et si la voie est libre, on se dirigea vers ce coin de forêt à côté de l'hôtel.

Il pointa du doigt le sud-est.

— Après ça, on tendra l'oreille, mais il nous faudra être discrets. Plus un mot une fois sortis de cette pièce.

Il consulta sa montre. Ils avaient encore plusieurs heures

d'obscurité devant eux, ce qui jouait en leur faveur. Avec un peu de chance, les autorités seraient bientôt là.

Elle prit son portable dans son sac à main et le fourra dans la poche du short qu'elle portait.

Il lui passa devant, ouvrant la porte-fenêtre donnant sur le balcon et balaya l'obscurité du regard. De nouveaux cris s'élevèrent de l'autre côté de l'hôtel ainsi qu'une légère odeur de fumée. Ils avaient mis le feu au bâtiment, soit pour le détruire entièrement, soit pour faire sortir les gens de leurs chambres.

Quentin fixa du regard le balcon de Wenck. Bon sang, il ne pouvait pas le laisser mourir alors qu'ils avaient une bonne chance de s'échapper par là.

— Attendez-moi ici, dit-il à Haley.

Il sauta vers la suite de Wenck et frappa à la porte vitrée, espérant que les gardes du corps n'aient pas la gâchette facile. Il actionna la poignée, qui s'ouvrit sans opposer la moindre résistance. Il passa la tête à l'intérieur.

— M. Wenck ? C'est Quentin Savage. Je pense que je sais comment nous pouvons sortir d'ici.

Il fit quelques pas à l'intérieur, puis jeta un coup d'œil dans le salon. Il était vide, et toutes les affaires de l'homme avaient disparu. On aurait dit que Wenck était parti. Avait-il réussi à s'enfuir avant que les terroristes n'attaquent ?

Quentin retourna sur le balcon et scruta l'obscurité en dessous. Le silence régnait. Il ne resterait pas éternellement exempt d'ennemis, alors ils feraient mieux de se bouger. Il rejoignit son balcon où Haley était accroupie, cachée aux yeux d'éventuelles personnes au sol. Il la redressa et grimpa sur la balustrade, puis traversa d'un bond le vide entre leurs deux balcons, sentant son cœur vaciller lorsqu'un morceau de ciment tomba par terre. Il attendit une seconde, puis se retourna et tendit les bras à Haley. Elle semblait nerveuse, mais n'hésita pas.

Il l'attrapa et l'attira contre lui. Ils poussèrent tous deux un soupir de soulagement.

— Maintenant, il faut descendre, chuchota-t-il.

Le bruit d'une mitrailleuse à l'angle opposé de l'hôtel les cloua sur place. Quelqu'un cria, et l'un des participants à la conférence traversa en courant la pelouse sombre vers la piscine éclairée par des torches Tiki. C'était le PDG d'une grande société de sécurité américaine. Il fut abattu d'une rafale de balles dans le dos. Quentin plaqua le visage d'Haley contre son torse pour étouffer ses bruits de détresse.

Le mort était un ancien soldat des forces spéciales, et il avait toujours su que, sans l'équipement adéquat, la seule option raisonnable était de courir se cacher. Si les terroristes les repéraient sur ce balcon, ils seraient les prochains.

Quelqu'un commença à frapper à la porte de la chambre d'Haley. Ce n'était qu'une question de temps avant que les terroristes ne s'introduisent dans la pièce et ne les trouvent.

— Il faut y aller. Maintenant. Je passe d'abord pour m'assurer que ça supporte notre poids. Je vous rattraperai si vous tombez.

— Qui va *vous* rattraper ?

Haley relâcha lentement sa chemise.

Il eut un petit sourire. Ce n'était pas comme ça que ça fonctionnait.

— N'arrêtez de bouger sous aucun prétexte. Pas même si un terroriste commence à tirer. La visée de ces AK est pourrie. Courez à toute vitesse. Si nous sommes séparés, foncez vers les arbres. Cachez-vous dans l'obscurité et ne sortez pas avant d'être sûre que c'est sans danger.

Aucun d'entre eux ne mentionna l'entrepreneur mort gisant sur l'herbe à une centaine de mètres de là.

Quentin s'accrocha à l'épaisse plante grimpante. Elle s'affaissa de manière inquiétante sous ses 80 kg, mais tint bon. S'il supportait son poids, le lierre soutiendrait Haley. Il descendit rapidement le long du mur à l'aide de la végétation, l'odeur des feuilles arrachées se mélangeant à celle de la poudre dans l'air.

Il n'eut pas besoin de dire à Haley de le suivre. Dès qu'il toucha terre, sa silhouette s'agrippa au lierre. Elle était d'une pâleur inquiétante. Le bruissement de la végétation pendant sa descente rapide était inévitable. Il y eut de nouveaux tirs, et il se plaqua contre le bâtiment alors que des cris dans la langue locale flottaient dans l'air.

La fumée était plus épaisse à présent. Étouffante.

Son cœur battait dans sa poitrine comme un tambour de guerre. Il s'était entraîné pour ce genre de mission, avait participé à suffisamment de démantèlements et d'arrestations pour savoir que l'adrénaline était autant l'ennemi que les types armés. S'il paniquait, ils étaient foutus. Mais s'il gardait la tête froide, ils avaient une petite chance de s'en tirer.

Haley descendit suffisamment pour qu'il puisse l'atteindre, et il la prit dans ses bras avant de la poser délicatement sur la terre ferme. Elle respirait difficilement, mais ne paniquait pas.

Il aurait tout donné pour lui faire l'amour une fois de plus au lieu de courir à travers une jungle obscure pour sauver leur peau. Il lui prit la main et jeta un coup d'œil à l'angle du bâtiment. Des flammes orange vacillaient près de l'entrée. La plupart des coups de feu provenaient du bar au sud-ouest, certainement rempli de gens à moitié ivres qui se détendaient après quelques jours fatigants.

Accroupis, Haley et lui traversèrent en trottinant la pelouse et s'enfoncèrent parmi les arbustes et les buissons qui marquaient la limite de la jungle. Plutôt que de se lancer à l'aveuglette, Quentin se fraya un chemin prudemment à travers les arbres, attentif aux ennemis qui gardaient le périmètre, à l'affût de la moindre tentative d'évasion.

Les doigts de Haley saisirent les siens. C'était une situation terrifiante, à laquelle il n'était pas du tout préparé, mais elle n'avait pas contesté son plan. Si elle partageait ne serait-ce que la moitié de ses remords pour avoir laissé ces gens derrière, alors elle devait se sentir comme une merde.

Une branche craqua à une vingtaine de mètres devant lui, et ils se figèrent. Il la sentait trembler.

Ils s'accroupirent, retenant leur respiration, tandis qu'un homme se détachait de derrière un arbre et écrasait une cigarette sous sa botte. *Putain.* Ils avaient bien failli lui rentrer dedans.

Avec Haley derrière lui, ils étaient presque invisibles dans l'obscurité. Quentin se demandait s'il devait ou non fondre sur le type et lui voler son arme, mais il ne pensait pas pouvoir le faire silencieusement. Son objectif principal était de mettre Haley Cramer en sécurité, de signaler la situation au QG du FBI, puis d'aller voir s'il pouvait sauver quelqu'un d'autre.

Le terroriste s'éloigna et Quentin se glissa dans l'obscurité, ignorant le bourdonnement des insectes en quête de sang frais. Il espérait ne pas croiser de serpents venimeux en chemin. Il les détestait, mais ils étaient préférables à leurs cousins humains en ce moment. Après dix minutes de marche, les bruits de mort et de destruction s'atténuèrent, mais aucun d'entre eux ne dit mot jusqu'à ce que le doux clapotis des vagues leur annonce qu'ils avaient atteint la plage.

Ils restèrent cachés dans les arbres. Sur la plage, ils seraient trop exposés, et ils ne pouvaient pas nager pour se mettre en sécurité. Ils devaient se cacher.

Au nord se trouvait une falaise abrupte avec une jungle si

dense qu'elle était pratiquement impénétrable. Le sud menait à la plage privée de l'hôtel.

— Trouvons un endroit dans les arbres pour nous cacher. Je vais appeler Washington et voir quand ils peuvent envoyer des renforts.

— Bonne idée, chuchota Haley.

Ils rampèrent sur dix mètres dans la jungle. Quentin déblaya un coin de terre à côté d'un énorme arbre avec ses chaussures, espérant être assez efficace pour effrayer les bestioles sans être assez bruyant pour attirer l'attention des hommes armés. Il s'assit par terre, le soulagement d'être en sécurité pour l'heure se mélangeant à la détresse de savoir que d'autres souffraient et étaient en danger.

Il consulta son téléphone, reconnaissant pour les barres qui indiquaient qu'il avait du réseau grâce à l'antenne-relais sur la colline au-dessus de sa tête. Il composa le numéro d'un ami au SIOC, le centre d'information et d'opérations stratégiques du quartier général. L'Indonésie avait onze heures d'avance sur tous les autres pays.

— McKenzie.

— Mac, c'est Quentin Savage de la CNU. Je suis à Pulau Nabat, en Indonésie, à une conférence sur la sécurité. On vient d'être attaqués par ce que je suppose être des terroristes lourdement armés. J'ai réussi à sortir de l'hôtel en passant par les balcons, avec une femme nommée Haley Cramer. On se cache dans la jungle. J'ai essayé d'appeler l'ambassadeur américain à Jakarta, mais je n'avais pas de signal. Je voulais contacter directement le siège pour faire le point. Il faut demander l'aide des autorités indonésiennes.

Quentin réalisa avec un sentiment croissant de découragement qu'il n'y avait pas grand-chose à dire de plus.

— J'ai vu un gars se faire tirer dans le dos pendant qu'il

s'enfuyait. Ils ont mis le feu à l'hôtel pour faire sortir les gens de leurs chambres, ou les brûler vifs, je...

Il s'éclaircit la gorge.

— Je n'ai pas d'arme. Je n'ai pu sauver personne d'autre...

— On dirait que tu as fait la seule chose logique.

La logique n'aidait pas Quentin à se sentir mieux.

Une main trouva la sienne dans l'obscurité et la serra fort. Haley Cramer savait exactement ce qu'il ressentait. Il pressa sa main en retour, espérant la réconforter par sa présence.

Elle avait eu une nuit chargée.

Où était passé Cecil ? Avait-il décidé de se faire la malle au cas où Haley porterait plainte contre lui ? Ou avait-il choisi une entreprise, signé un contrat et rejoint sa femme restée au pays ? Ou encore avait-il été prévenu de l'arrivée des terroristes ? Tout était possible. La dernière éventualité était la plus dérangeante.

Haley appela quelqu'un au téléphone et murmura dans l'obscurité. Il ne pouvait pas entendre ce qu'elle disait, mais il pouvait sentir sa colonne vertébrale bouger contre son dos pendant qu'elle parlait. Le contact humain était rassurant.

— Tu peux me donner votre localisation exacte ? demanda McKenzie.

— Près de la plage, sous l'antenne-relais de l'hôtel.

— Vous êtes en sécurité, tous les deux ?

— Pour l'instant, déclara Quentin, mal à l'aise. Je vais retourner discrètement en arrière et voir ce que je peux observer depuis les bois. Peut-être que je pourrais mettre la main sur une arme...

— Négatif. Restez cachés jusqu'à ce que les renforts arrivent. L'ambassadeur vient de m'apprendre que la police indonésienne est en route. Je suis sur le point d'appeler le chef de section du SIOC pour qu'il parle à la Défense. Histoire de voir si on a des navires dans la région qui peuvent vous aider. Une idée du nombre de ressortissants américains impliqués ?

— Une centaine ? Les meilleurs entrepreneurs militaires privés du monde sont là.

Tous désarmés, sauf s'ils étaient arrivés par bateau ou par jet privé ou s'ils avaient organisé la livraison d'armes à l'avance.

— Je n'ai rien entendu qui ressemble à un échange de tirs. Ça ressemble plus à un massacre.

C'était un sacré coup de force pour un groupe de militants. Avaient-ils lu des articles sur la conférence ? Quelqu'un leur en avait-il parlé ?

— Restez cachés. J'ai un navire de l'US Navy à 80 km des côtes qui se dirige vers vous. Il devrait arriver avant l'aube. Vous devrez tenir jusque-là.

— Merci. À plus tard.

Quentin raccrocha.

C'est là qu'il l'entendit.

L'écho de rires à proximité.

CHAPITRE SIX

Haley tremblait tellement en composant le numéro d'Alex qu'elle faillit faire tomber le téléphone. Il ne répondit pas. Étant donné qu'il venait d'avoir un bébé, ce n'était pas surprenant, mais c'était plus son domaine d'expertise que celui de Dermot, et elle avait besoin d'un petit conseil.

Elle se considérait comme une professionnelle compétente, mais rien ne l'avait préparée à être attaquée dans un hôtel de luxe, à savoir que ses concitoyens se faisaient massacrer à proximité et à ne rien pouvoir y faire. Rien ne l'avait préparée à voir un homme abattu de sang-froid alors qu'elle était trop terrifiée pour crier. Rien ne l'avait préparée à la peur primitive qui coulait dans ses veines, sachant que des gens essayaient de la tuer, et que la seule option viable qu'elle avait pour survivre était de prendre ses jambes à son cou.

Qu'était-il arrivé au service de sécurité engagé pour la conférence ?

La voix d'Alex s'éleva dans l'obscurité. Elle réprima un sanglot de soulagement, même si ce n'était que sa messagerie. Elle avait désespérément besoin d'entendre sa voix.

Inspirant pour se calmer, elle prit le téléphone à deux mains et lui indiqua où elle se trouvait, ce qui s'était passé et avec qui elle était. Puis un flot d'émotions jaillit, des émotions qu'elle tenait généralement à l'écart, parce qu'elles ne servaient à rien.

— Si quelque chose m'arrive, ne t'avise pas d'en prendre la responsabilité. On ne peut pas protéger tout le monde, surtout pas quelqu'un d'aussi têtu que moi. Occupe-toi de Mal. Tu as décroché le gros lot. Traite-la comme une reine. Embrasse Georgina pour moi et trouve une femme à Dermot, pour l'amour de Dieu. Il n'y arrivera jamais tout seul. Je t'aime. Ne fous pas tout en l'air si je...

Elle déglutit.

— Voilà.

Elle se retrouva dos à dos avec Savage, s'appuyant sur lui pour se soutenir. Elle se vantait de n'avoir besoin de personne et pourtant, ce soir-là, elle n'était pas sûre qu'elle aurait survécu sans lui. Il s'était montré solide comme un roc. Mais elle n'aurait pas dû en avoir besoin.

Son entreprise empêchait que de mauvaises choses n'arrivent aux autres, et elle était douée dans son travail. Mais deux fois en l'espace d'une nuit, sa confiance en ses capacités avait volé en éclats. Au lieu de prouver qu'elle était égale à ses pairs, elle s'était avérée être le maillon faible.

Elle sentit le dégoût de soi l'envahir. Envolée sa célèbre arrogance. Ce n'était qu'une façade. Elle était furieuse contre elle-même, mais ne savait pas ce qu'elle aurait pu faire de différent tout en survivant.

Elle se redressa pour ne pas avoir à s'appuyer sur Savage et ce lien lui manqua instantanément. Il se retourna et lui saisit la cuisse avec une force choquante. Elle comprit l'avertissement. Elle raccrocha et pressa l'écran contre sa poitrine pour atténuer la lumière.

Des voix.

Des voix d'hommes.

Et merde. Elle sentit son sang se glacer.

Ils ne se cachaient pas, mais se promenaient nonchalamment dans la brousse comme des touristes en randonnée.

— Dissimulez-vous sous ce buisson et ne bougez pas. Je vais me cacher sous un autre buisson là-bas. S'ils m'attrapent, restez cachée. Tenez bon. La Navy est en route.

Il s'éloigna dans la nuit et disparut dans l'éther, la laissant toute seule. Elle se déplaça avec précaution, se glissant sous les branches épaisses et espérant que rien de mortel ne se trouve dans les parages. En fin de compte, ces hommes étaient bien plus effrayants que n'importe quelle autre créature, peu importe le nombre de pattes qu'elle avait. Sa peau pâle et ses cheveux blonds ressortaient dans l'obscurité. Elle se recroquevilla le plus possible et s'avança sous le feuillage épais. Elle se déplaçait lentement, afin de ne pas faire bruisser la végétation ou attirer l'attention.

C'était surréaliste.

Comment était-elle passée d'un cocktail en robe dorée et Jimmy Choo – des chaussures qu'on abandonnait facilement lorsqu'un danger de mort se présentait – à se cacher dans la jungle, rampant dans la terre, portant les vêtements de sport d'un inconnu, priant pour que de sales types ne les trouvent pas ?

Elle ne voulait pas mourir.

Elle n'avait pas réalisé à quel point elle voulait vivre jusqu'à ce moment précis.

La sonnerie de son téléphone portable fit cesser les battements de son cœur. *Non, non, non.* La terreur se diffusa en elle comme un choc électrique. Elle rejeta l'appel et mit son téléphone en mode silencieux en appuyant d'un doigt tremblant sur le bouton latéral. Puis elle se recroquevilla à nouveau autour de ce foutu téléphone portable et ferma les yeux, même s'il faisait nuit noire. Si elle ne pouvait pas les voir, alors peut-être ne pouvaient-ils pas la voir non plus ?

Les hommes s'étaient tus. Haley n'entendait rien d'autre que le sang qui tambourinait dans ses oreilles. Elle se força à calmer sa respiration, qui semblait aussi bruyante qu'une sirène dans la nuit.

Le bruissement systématique de la végétation lui indiquait qu'ils avaient entendu le portable et la cherchaient. Elle se recroquevilla en une boule encore plus petite, retenant sa respiration et essayant de devenir invisible. Soudain, les branches s'écartèrent au-dessus de sa tête, et une main puissante la saisit par le poignet, la relevant violemment. L'homme lui saisit les deux mains et les mit derrière son dos, les tordant si fort qu'elle cria de douleur. Elle aurait voulu lutter, mais le canon d'un AK était enfoncé dans sa poitrine, et elle savait que si elle clignait des yeux, elle était morte.

Ils étaient deux, l'un grand et anguleux et l'autre, petit et massif. Ils jacassaient entre eux dans une langue qu'elle ne comprenait pas. Le clair de lune faisait briller les ceintures de munitions autour de leurs épaules. L'odeur de leur sueur était insupportable, comme s'ils portaient les mêmes vêtements depuis des jours ou n'avaient pas accès à une douche.

Ils riaient en la désignant. Ils se moquaient d'elle. L'homme qui la tenait enroula quelque chose autour de ses poignets et serra si fort qu'une vive douleur lui remonta dans les bras. Elle doutait que son sang puisse circuler ainsi. Elle était plus grande qu'eux, mais même avec les cours d'autodéfense d'Alex, elle avait trop peur de les affronter. Ils étaient armés. La moindre pression d'un doigt sur la gâchette signifierait une balle, et une mort douloureuse.

Elle ne chercha pas à savoir si Savage était là. Il ne pouvait rien faire pour elle, et elle ne voulait pas le faire tuer simplement parce qu'elle avait été trop bête pour couper la sonnerie de son portable alors qu'elle se cachait.

Elle ne comprenait peut-être pas ce que les hommes disaient, mais elle reconnut le changement de ton, et comprit leur intention lorsqu'ils la poussèrent sur le dos par terre et firent glisser son short le long de ses jambes.

Mon Dieu.

Elle voulait crier, mais ne voulait pas attirer l'attention sur leur petit tableau. La façon furtive dont ces hommes agissaient suggérait qu'ils savaient qu'ils ne devraient pas faire ça, et pas parce que c'était un outrage moral.

Elle était à l'agonie, ainsi bloquée avec ses bras et ses mains sous son dos. Bien qu'elle sache qu'elle aurait dû rester allongée et faire comme si de rien n'était, elle dégagea sa jambe et donna un coup de pied dans le visage du type le plus proche.

Ils la tueraient de toute façon après l'avoir violée, alors pourquoi ne pas essayer de s'en tirer ? Le type le plus costaud la frappa, et un flash de douleur traversa son cerveau. Sa lèvre se fendit, et elle sentit le goût du sang. Sa tête retomba par terre et elle resta là, hébétée.

L'un d'eux alluma une lampe de poche et la dirigea vers son corps. Des mains rugueuses écartèrent ses cuisses et les deux hommes la dévisagèrent. Elle faillit s'étrangler. La rage et l'humiliation menaçaient de la consumer.

Elle remua et essaya de rapprocher ses genoux, mais le plus grand des deux s'agenouilla et les écarta, se plantant entre ses jambes, tâtonnant avec sa fermeture éclair.

Non.

Ce n'était pas possible.

Avait-elle une sorte de symbole de victime tatoué sur le front ? Elle resta figée d'horreur et de dégoût. Elle tremblait. Était-ce en quelque sorte sa faute ? Si elle s'était comportée différemment, tout cela serait-il quand même arrivé ?

C'est clair, Haley, si tu avais éteint la sonnerie de ton putain de téléphone, ça ne se serait pas passé comme ça.

Elle regarda les étoiles visibles à travers l'épaisse canopée de la jungle. Toutes ces années, elle avait fui cet acte même, prenant le contrôle de sa vie sexuelle tout en se battant pour être prise au sérieux, pour être traitée comme l'égale des hommes. Et pourtant, ces animaux lui avaient jeté un simple regard dans la forêt sombre et, une fois de plus, elle avait été réduite à ses parties animales les plus basiques.

Il était difficile de voir leurs expressions avec la lampe de poche devant eux, mais elle savait qu'ils étaient excités. L'homme entre ses cuisses la maintenait en place en plaquant une main lourde sur son bassin. La bouche de Haley s'assécha et son sang se glaça. Elle savait ce qui allait se passer.

Le deuxième homme se tenait derrière le premier, observant sa nudité avec convoitise, attendant son tour avec impatience. Soudain, il sembla s'affaisser, son cou décrivant un angle improbable avant de tomber par terre.

L'homme qui la tenait tendit ses sales pattes pour la toucher, et elle tressaillit. Elle le détestait de toutes les cellules de son corps. Elle le méprisait. Elle aurait voulu le tuer, mais au lieu de ça, elle restait inerte comme une pierre. Silencieuse.

Il remarqua que son ami ne faisait plus de bruit et regarda autour de lui, mais il était trop tard. De grandes mains s'enroulèrent autour de sa mâchoire et firent violemment tourner sa tête vers la droite. Son agresseur s'affaissa et tomba lourdement sur sa cuisse. Quentin le saisit et le jeta sur le côté.

Elle essaya de rapprocher ses jambes, mais ses mouvements étaient raides et maladroits.

Elle aurait voulu se cacher, même si Quentin avait déjà vu chaque centimètre de son corps nu. Il y avait une nette différence entre être nue lors de rapports sexuels consensuels et dans d'autres circonstances. Quentin parut comprendre qu'elle était accablée et remonta rapidement le short le long de ses jambes et sur ses hanches, la traitant comme si elle était une enfant sans défense. Elle était allongée là, tremblant si fort qu'elle ne pensait pas pouvoir s'asseoir.

— Vous êtes blessée ? chuchota-t-il, l'air désespéré. Je suis arrivé trop tard ?

Elle secoua la tête, sentant la terre et les brindilles sous son cuir chevelu. Elle se sentait violée, sale et pleine de dégoût et de répugnance.

Quentin se servit de la lampe de poche de l'agresseur, mais maintint le faisceau lumineux braqué vers le sol pour qu'il ne soit pas visible de loin. Il fouilla le corps du mort à côté d'elle, trouva un couteau, le fit rouler sans cérémonie sur le côté et coupa la corde qui lui liait les poignets.

Le sang revint douloureusement dans ses mains et ses doigts, et elle eut un vertige en se redressant. Mais elle était libérée de ses liens et ne s'était jamais sentie aussi reconnaissante envers un autre être humain de toute sa vie. L'heure n'était toutefois pas à la célébration.

Quentin se détourna et commença à ramasser les armes et les munitions des deux morts. Histoire de se constituer un modeste arsenal. Il défit ensuite la chemise de l'homme, puis lui enleva son pantalon et ses bottes.

Il lui jeta les vêtements.

— Mettez-les.

Son estomac se souleva lorsque le tissu chaud toucha sa peau.

— Je ne peux pas.

Elle les repoussa.

— Il le faut.

Quentin s'accroupit à côté d'elle, le ton résolu.

— Votre peau est trop pâle et trop facilement visible. Tout comme vos cheveux. La prochaine fois que quelqu'un viendra nous chercher, on pourrait ne pas avoir autant de chance.

Elle étouffa un sanglot.

Il attrapa le haut de son bras.

— Je sais que vous pouvez le faire, Haley. Je sais que vous êtes solide.

Elle repoussa sa main. Ses mots ne faisaient que lui rappeler à quel point elle avait été faible ces dernières heures. Mais il avait raison pour sa peau. Elle brillait pratiquement au clair de lune. Elle saisit la chemise et la passa rapidement sur ses épaules, s'effaçant immédiatement un peu dans l'ombre. Elle aurait aimé pouvoir disparaître dans la terre, la laisser l'avaler tout entière. Elle défit les baskets trop grandes de Savage et remonta le pantalon du violeur en puissance sur ses jambes par-dessus le short de sport. Elle pouvait sentir l'odeur aigre de son agresseur, et son estomac se retourna, mais elle serra les dents.

Ce connard était mort. Pas elle. Et c'était très bien ainsi.

Elle voulut remettre les baskets de Quentin, mais il l'arrêta et lui jeta les bottes de l'homme à la place.

— Elles sont plus petites. Mettez-les.

Elle les enfila. C'était drôle. D'habitude, elle n'était pas douée pour suivre les ordres. En fait, elle était épouvantable dans ce domaine. Alex et Dermot seraient bouche bée devant son interaction avec cet agent du FBI. Mais ce que Savage lui disait de faire était logique et le contredire aurait pu leur coûter la vie à tous les deux, aussi préféra-t-elle éviter. Malgré sa gaffe avec le téléphone portable, elle n'était pas bête.

De plus, il l'avait sauvée d'un viol collectif brutal, sans oublier qu'il l'avait aidée à se soustraire aux avances de Cecil Wenck. Elle n'allait pas le remercier avec des conneries de diva.

— Est-ce que l'un d'eux a une casquette ? demanda-t-elle.

Quentin la regarda. Il avait enfilé le haut de l'autre homme, même s'il le serrait au niveau des épaules. Il fouilla le pantalon du type, et elle envisagea de faire de même avec celui qu'elle portait.

— J'ai trouvé.

Elle enfila la casquette sur ses cheveux clairs. Elle allait nettoyer chaque centimètre de son corps avec de l'eau de javel quand elle rentrerait. Peut-être se raser les cheveux et repartir de zéro. Mais d'abord, elle devait survivre à cette épreuve. Quentin hocha la tête en signe d'approbation et traîna les deux corps un peu plus loin dans les buissons.

Elle prit un AK.

— Vous savez vous en servir ? demanda-t-il.

— Oui.

— Tant mieux.

Il s'accroupit à côté d'elle, à genoux dans la terre. Le fait qu'il n'ait pas remis en question ses capacités lui avait fait chaud au cœur.

— Je veux que vous vous rendiez en haut de la colline, que vous trouviez un coin de jungle dense et que vous vous y cachiez jusqu'à ce que les secours arrivent. Quand ce sera le cas, quand vous serez sûre que ce sont les gentils, enlevez votre casquette et votre haut de camouflage, et laissez votre arme derrière vous. La dernière chose dont nous avons besoin est qu'ils vous prennent pour une terroriste.

Elle lui serra le bras.

— Où allez-vous ?

Il lui adressa un grand sourire qui l'éblouit. Plus tôt, elle avait été attirée par son apparence et impressionnée par ses compétences au lit, mais elle n'avait pas réalisé à quel point il était d'une beauté dévastatrice jusqu'à ce moment-là. Et elle n'avait pas réalisé à quel point il souriait peu.

— Je retourne à l'hôtel pour faire un point sur la situation. Pour voir si je peux sauver des vies.

— Je viens avec vous.

Bien qu'elle soit terrifiée. Elle avait acquis un tout nouveau respect pour les soldats et les forces de l'ordre qui assuraient la sécurité des civils.

— Non.

— Si.

Elle bondit sur ses pieds.

— J'en ai assez que les gens me traitent comme si je n'étais qu'un réceptacle pour leurs saloperies. Exception faite de vous, bien sûr.

Quentin eut un sourire étonné.

— Merci pour l'exception.

Il éteignit la lampe de poche, et la lumière de la lune éclaira le côté de son visage.

— L'une des personnes que j'espère aider est mon ami Chris Baylor. Je réalise que vous ne vous êtes pas séparés en bons termes, mais en tant qu'agent fédéral, je cherche à sauver tous ceux que je peux, et ça inclut les hommes comme Chris. Si ça vous pose un problème...

Haley ne pouvait pas arrêter les tremblements résiduels qui affectaient ses membres.

— J'ai davantage de mal avec l'idée de me cacher dans les bois pendant que d'autres personnes meurent.

Le regard qu'il lui lança frôlait la pitié, et elle détestait ça.

— Votre manque d'entraînement va me retarder.

Comme ce qui venait de se passer avec son téléphone portable ? Il ne le précisa pas, mais c'était inutile.

L'émotion lui noua la gorge. La honte également. Son honnêteté était à la fois rafraîchissante et indésirable.

— Je sais viser et tirer, rétorqua-t-elle.

— Nous allons avoir besoin de discrétion et de ruse aussi.

Haley déglutit. Était-ce égoïste de sa part de ne pas vouloir rester seule ? Certaines personnes pensaient qu'elle n'était rien d'autre qu'une salope égoïste, mais elle pouvait l'aider. Elle savait qu'elle le pouvait et voulait le prouver.

— Je suis une bonne tireuse et je connais les gestes de premiers secours, lui assura-t-elle.

Elle devait se rendre utile. Pas être un poids mort. Pas être la victime.

Quentin lui caressa doucement la joue.

— C'est mon travail, Haley. Et j'apprécie de savoir que j'ai au moins contribué à sauver une personne ce soir. Si quelque chose vous arrivait...

Elle lui serra la main, honteuse de sa dépendance.

— Je ne veux pas que vous soyez blessé non plus. Et j'ai peur, admit-elle, manquant de s'étrangler en l'avouant. Je vous en supplie, ne me laissez pas derrière.

CHAPITRE SEPT

Quentin savait qu'Haley avait peur. Quoi de plus naturel ? Il ne voulait pas la quitter, mais ne comptait pas non plus compromettre sa sécurité, et il devait voir s'il pouvait aider quelqu'un d'autre.

Ils se dévisagèrent. Ils étaient bien différents des êtres qu'ils étaient quelques heures plus tôt, différents des inconnus qui s'étaient retrouvés pour une partie de jambes en l'air incroyable.

Il avait tué deux hommes.

Ils auraient violé Haley et lui auraient mis une balle dans la tête dès qu'ils en auraient eu fini avec elle. Quentin n'éprouvait pas de remords, mais il pouvait encore sentir le moment où leurs nuques s'étaient brisées sous ses doigts. C'était une sensation qu'il n'oublierait jamais.

— Je veux aider, lui dit-elle, tenant l'AK d'une manière qui suggérait qu'elle savait se servir d'une arme à feu.

Il devait admettre qu'il était impressionné malgré lui. La femme en robe dorée et talons hauts avait eu l'air trop glamour pour manier un fusil d'assaut avec une telle autorité. La femme qui était allongée dans la terre avait eu l'air trop traumatisée pour essayer de le persuader de la laisser l'accompagner sur une mission à haut risque. Il avait du mal à croire que tous ces aspects différents faisaient partie intégrante de la même femme, mais il ne doutait pas qu'elle était sincère dans son désir d'aider.

Ils se tendirent en entendant des voix. Un groupe d'hommes se dirigeait dans leur direction. Quelqu'un aboyait des ordres avec colère.

Quentin prit la main d'Haley et l'entraîna plus loin de la plage, dans le ravin qui longeait le bas de la colline. Sa vision nocturne s'était tellement bien adaptée qu'il pouvait facilement distinguer le sol de la forêt. Haley vint se placer sans bruit à côté de lui. Pas de pleurs ou de panique contrairement à ce qu'on aurait pu attendre de civils.

Était-ce le groupe armé qui s'échappait avant l'arrivée des autorités ? Ça y ressemblait. Pendant ce temps, à l'hôtel, les survivants ou les personnes grièvement blessées auraient besoin de premiers soins.

L'apparition des deux premiers hommes prenait tout son sens à présent. Le groupe avait certainement laissé les bateaux sur la plage, et les deux gars étaient restés tout préparer en vue d'une retraite rapide. Dès qu'ils réaliseraient que ces hommes n'étaient pas là où ils étaient censés être, les criminels risquaient de se lancer à leur recherche. S'ils trouvaient les corps de leurs camarades, les nuques brisées leur indiqueraient que tout le monde n'était pas mort sur l'île.

Les poursuivraient-ils ou s'échapperaient-ils ? Quentin n'en savait rien, mais il ne comptait pas attendre de le découvrir.

Il continua à avancer dans la jungle, aussi vite qu'il l'osait, préférant la vitesse à la discrétion afin de mettre un peu de distance entre lui, Haley et les ennemis.

En haut de la colline, à gauche de l'antenne-relais, ils

poursuivirent jusqu'à ce que ses cuisses le lancent et que sa respiration devienne laborieuse. Soudain, ils débouchèrent dans une clairière. La route, réalisa-t-il. Il renvoya Haley dans les buissons. La route était risquée. Trop exposée.

Une lueur orange éclairait le ciel devant eux, visible à travers les branches et les feuilles. L'odeur de la fumée était étouffante et épaisse. L'hôtel brûlait.

Les doigts d'Haley se resserrèrent sur les siens dans une appréhension silencieuse. Le rugissement des flammes était de plus en plus fort au fur et à mesure qu'ils se rapprochaient. Le feu crachait et crépitait tandis que des étincelles volaient dans l'air. La chaleur faisait perler la sueur sur son front, même à distance.

Ils atteignirent la lisière de la jungle, là où elle rejoignait une pelouse soigneusement entretenue. Un côté de l'hôtel, celui où se trouvaient la plupart des gens, avait été englouti par des flammes rouges. L'autre moitié de l'hôtel semblait globalement intacte pour l'heure.

Il inspecta les environs. Personne ne semblait bouger. Pas de terroristes. Pas de victimes. Pas de survivants. Tout le monde ne pouvait quand même pas être mort ?

Après avoir observé les lieux pendant une bonne minute, il se tourna vers Haley et se pencha à son oreille, pour que sa voix ne porte pas. Il crut entendre des coups de feu, mais c'était difficile d'en être certain à cause du rugissement du brasier.

— Je vais vérifier le bar au rez-de-chaussée et voir si quelqu'un peut être secouru. Ne bougez pas.

— Non.

Elle secoua la tête, enleva l'horrible casquette et la fourra dans la poche de sa chemise, sûrement pour ne pas être prise pour une terroriste dans le cas improbable où les secours arriveraient. Il enleva la chemise militaire pour la même raison. Il était presque sûr que les assaillants avaient réussi à s'échapper, mais comment en être sûr ?

Haley était une adulte. Si elle voulait se mettre en danger pour sauver les autres, c'était son choix, même s'il n'aimait pas ça. Elle n'était pas sa subalterne, ne relevait pas de sa responsabilité. Mais après tout ce qu'ils avaient traversé, l'idée qu'il puisse lui arriver quoi que ce soit ébranlait fortement le blindage autour de son cœur.

— On va faire le tour du bâtiment en passant par le bois et entrer par les portes du jardin.

Ainsi, ils n'auraient pas à se transformer en cibles plus évidentes qu'ils ne l'étaient déjà et ils pourraient jeter un œil à l'intérieur du bâtiment avant de prendre le risque de se dévoiler.

Il la sentit hocher la tête et réalisa qu'il lui tenait toujours la main, mais comme ça ne semblait pas la déranger et qu'il aimait savoir exactement où elle était, il ne la lâcha pas.

Ce n'était pas exactement un rencard.

Ils coururent, pliés en deux. La végétation se fit moins dense ; c'était toujours la jungle, mais contrôlée par des jardiniers. Quentin se demanda si les terroristes avaient laissé vivre les locaux. Ils avaient vraisemblablement ciblé les étrangers présents à la conférence sur la sécurité afin de tourner les débats en dérision et d'attirer l'attention sur eux autant que possible. Et quel était l'intérêt de terrifier les gens si le monde n'en entendait pas parler ? En tuant les locaux, il était plus probable que les gens se retournent contre eux et révèlent leur identité... en supposant que quelqu'un ait survécu.

Une fois qu'ils atteignirent le niveau du bar, depuis l'extérieur, ils inspectèrent la scène de loin à travers la vitre. Des flammes orange léchaient les murs. Par un miracle de câblage électrique, les ventilateurs continuaient de tourbillonner paresseusement, attisant les flammes, mais le reste du monde avait changé en quelques heures.

— Vous pouvez toujours rester ici, loin du danger, murmura Quentin près de son oreille. Vous pourriez faire le guet, suggéra-t-il.

Elle se retourna pour le regarder dans les yeux.

— Vous aurez besoin d'aide pour faire sortir les survivants. Je viens avec vous.

Il lâcha sa main pour vérifier son arme et la regarda de travers alors qu'elle faisait de même. Elle semblait savoir manier l'AK. Avec un peu de chance, il ne recevrait pas une balle dans le dos. Mais la nuit était encore jeune. Qui savait ce qui allait se passer ensuite ?

— Allons-y.

Il courut sur la pelouse, s'attendant à moitié à entendre le bruit des tirs d'armes automatiques, mais rien ne se produisit. Il arriva au niveau de la porte qui donnait sur le patio. Il enclencha la poignée, mais elle était fermée. Un coup d'œil à travers la porte lui indiqua que quelqu'un avait fixé un serre-câble autour des poignées pour empêcher de l'ouvrir facilement. Les terroristes n'avaient pas voulu que les survivants trouvent un moyen de s'enfuir. En supposant qu'il y ait des survivants.

— Et merde, dit Haley en regardant fixement la pièce.

C'était un carnage, mais Quentin ne prit pas le temps de s'attarder sur le sang. Il cherchait des signes de vie. Personne ne bougeait.

Il brisa une vitre de la porte avec la crosse de son fusil. Il passa le couteau emprunté au travers et trancha le lien en plastique, ouvrant les portes en grand.

De la fumée jaillit, et ils reculèrent en toussant d'un même mouvement. Le feu s'intensifiait en provenance du bâtiment principal.

— Gardez la tête baissée, lui ordonna-t-il.

Des poutres étaient déjà tombées dans le hall, bloquant l'entrée principale de l'hôtel. Des gerbes d'étincelles jaillirent dans l'air.

Il fila derrière le bar, enjambant deux barmans morts – les terroristes avaient tué tout le monde – avant de plonger deux serviettes dans un évier plein d'eau. Il les essora, en tendit une à Haley et attacha l'autre autour de son nez et de sa bouche.

— On ne va pas pouvoir rester là-dedans bien longtemps.

La chaleur était intense, et le toit menaçait de s'effondrer.

— Prenez le pouls des victimes. Pour voir si quelqu'un est en vie.

Haley passa alors de victime en victime, touchant le cou des personnes qui prenaient un verre tranquillement lorsque l'enfer s'était abattu sur elles. Il fit de même. C'étaient surtout des gars, des durs à cuire. Des hommes endurcis qui avaient passé des années dans des zones de combat, mais avaient réussi à éviter les problèmes.

Quentin essaya de ne pas penser à eux comme à des gens à qui il s'était adressé quelques heures plus tôt. Il avait été si nerveux à l'idée de livrer le discours d'ouverture à cause de sa dyslexie, mais à présent, ça n'avait plus d'importance. Ses mots ne l'aideraient pas à s'en tirer.

Les cinq premières victimes sur lesquelles il se pencha étaient mortes. Beaucoup avaient des blessures par balle au torse, mais aussi à la tête, comme si quelqu'un avait fait un tour d'exécution. Il y avait des douilles partout.

Il se figea devant la sixième victime. C'était Tricia Rooks. Elle était cachée sous une table renversée et un homme mort. Il fit rouler le mort avec des excuses silencieuses. Contrairement aux autres, elle n'avait pas de blessure par balle à la tête, mais saignait d'une blessure à la poitrine.

Il pressa ses doigts plus fermement contre sa peau chaude.

Était-ce le fruit de son imagination ? Non, il était bien là, le faible murmure d'un pouls.

— Haley, cette femme est vivante. Aidez-moi à la traîner sur la pelouse.

Haley courut vers lui, les yeux rougis par la fumée, les cheveux striés de suie. Ils ne furent pas tendres, mais ils n'avaient pas le temps pour ça. Ils tirèrent Tricia par les bras et la laissèrent allongée sur l'herbe, à l'air libre, à bonne distance du bâtiment en feu. Il retourna immédiatement au bar. Les flammes se rapprochaient et l'idée que quelqu'un ait survécu à un massacre pour ensuite mourir brûlé lui donnait des frissons.

— Hé ! cria Haley pour couvrir le bruit des flammes.

Elle désignait l'entrée de l'hôtel.

— Chris. On dirait qu'il est coincé derrière, mais je crois l'avoir vu bouger son bras.

Quentin regarda l'endroit qu'elle désignait. Chris était un peu plus loin que la porte. Des flammes léchaient les murs autour de lui, l'escalier avait été englouti. Haley attrapa le bras de Quentin alors qu'une autre poutre tombait.

— Vous ne pouvez pas y retourner. Le toit va s'effondrer.

Chris essayait de se traîner sur le carrelage, mais il était coincé ou blessé, ou les deux.

— Je ne peux pas le laisser mourir.

Ils avaient traversé trop de choses ensemble au fil des ans. Quentin chassa la peur de brûler vif. Ce n'était pas comme ça qu'il voulait s'en aller.

— Restez là. Voyez s'il y a d'autres survivants.

Quentin tendit son arme à Haley et courut le long des corps des autres victimes, contournant les tables et les chaises renversées, et les morceaux de verre brisé. Il se précipita vers une grande poutre qui était tombée, bloquant à moitié les doubles portes, tout en essayant d'éviter les longs clous et les flammes brûlantes.

Il atteignit Chris, s'agenouilla et l'homme croisa son regard. Il y avait un Glock près de sa main, comme s'il avait essayé de se défendre. Quentin récupéra l'arme et la mit dans sa poche.

Chris attrapa la jambe de pantalon de Quentin.

— Mon pied est coincé.

Quentin descendit le long de son corps jusqu'au gros morceau de ce qui avait été auparavant le plafond qui clouait à présent Chris au sol. La chaleur lui brûlait la peau et rendait l'air trop chaud pour être respirable. Dieu seul savait comment Chris se sentait, mais au moins il était au sol, loin de la fumée noire toxique qui commençait à envahir la pièce.

Sans cesser de tousser, reconnaissant d'avoir une serviette humide sur le visage, Quentin souleva le morceau de plafond, et Chris rampa désespérément sur les carreaux pour se dégager. Le sang imprégnait son cou et sa chemise. Les seules blessures réelles que Quentin pouvait voir étaient ce qui ressemblait à une blessure par balle en haut de son bras gauche et une contusion qui saignait abondamment au niveau de son cuir chevelu.

Il passa le bras de Chris par-dessus ses épaules, et ils titubèrent maladroitement au milieu des poutres et des meubles, trébuchant de la même manière qu'ils avaient titubé, ivres, dans tant d'autres bars par le passé. Haley avait posé les armes et traînait l'un des serveurs par terre, jusque dans les escaliers, essayant d'empêcher la tête de l'homme de heurter les dalles.

Chris se redressa sur les genoux.

— Comment tu es sorti ? demanda-t-il d'une voix rauque.

— Coup de chance, répondit Quentin qui tentait de le remettre debout.

— Ça me rappelle Bagdad, dit Chris.

Sauf que Nick les avait couverts et les avait sauvés à Bagdad.

Haley revint à l'intérieur et l'aida à soutenir Chris. Il vacilla et Quentin le serra plus fort, se demandant combien de sang son ami avait perdu et avec quelle force il avait été frappé à la tête.

Ils le firent sortir, mais ce ne fut pas une mince affaire, même à deux. Chris était un grand gaillard.

Quentin n'avait pas davantage de temps à lui accorder. Il devait retourner à l'intérieur pour trouver d'autres survivants.

Haley fit mine de l'accompagner, mais il l'arrêta.

— Restez ici et occupez-vous des blessés.

Il courut vers la porte, mais elle le suivit tout de même. Il faillit sourire, mais la dernière chose qu'il voulait, c'était qu'elle meure brûlée ou écrasée par l'effondrement du bâtiment. *Et merde.*

Elle était vraiment têtue. Il l'appréciait encore plus pour ça.

Ils trouvèrent un autre homme encore en vie malgré de terribles blessures. Quentin le souleva et le mit sur ses épaules en le portant comme un pompier. Un terrible tremblement parcourut tout le bâtiment, et l'un des ventilateurs de plafond s'écrasa sur le sol. Il se mit à pleuvoir du feu tandis que la fumée commençait à s'enflammer.

Haley cria et fit des gestes dans sa direction.

— Sortez par cette fenêtre. Dépêchez-vous.

Elle l'ouvrit en grand et sauta. Quentin regarda les corps gisant sur le sol du bar. Il aurait aimé avoir plus de temps, mais les flammes étaient partout désormais. La chaleur était féroce. Il se servit d'une chaise pour accéder à la fenêtre et, au moment où il la franchit, le toit entier s'effondra derrière lui. Il sauta, et Haley l'aida à se rattraper de l'autre côté. Elle attrapa son bras et l'éloigna des flammes, et ils avancèrent péniblement sur la pelouse. Quentin déposa le blessé sur l'herbe et s'écroula sur la terre fraîche, épuisé.

Haley et lui restèrent allongés l'un à côté de l'autre, haletants, essayant de reprendre leur souffle. Sa main trouva la sienne et la serra fort.

— C'est fini ?

La fumée remplissait ses poumons et rendait sa voix rauque.

— Je pense.

Puis une ombre se détacha de l'obscurité et pointa une arme sur eux.

Quentin poussa un juron.

Le bâtard hurla quelque chose à pleins poumons. Quentin ne comprit pas ce qu'il disait. Ce qu'il réalisa, au plus profond de ses os, c'était que malgré tout ce qu'ils avaient enduré et surmonté, ils allaient quand même mourir.

***

— Debout.

La voix de l'inconnu mordit Haley comme des crocs acérés, mais elle éclata de rire. L'hystérie, certainement. Malgré ses années d'adolescence troublées, elle n'avait jamais été aussi proche de perdre la tête.

Quentin se leva, tirant Haley sur ses pieds, la protégeant de son corps. Elle essaya de se placer à ses côtés, mais il ne la laissa pas faire. Elle était trop épuisée pour être contrariée. Cela faisait longtemps qu'elle n'avait pas vu quelqu'un se montrer chevaleresque envers elle, mais depuis quand donnait-elle sa chance aux autres ? Alex et Dermot savaient qu'il valait mieux ne pas essayer.

L'homme au pistolet sortit quelque chose de sa poche, un papier froissé.

— FBI ?

Haley poussa un hoquet de stupeur dans le dos de Quentin. Il lui serra les doigts. Il était évident que cet homme cherchait Savage en particulier. Malheureusement, le tireur n'avait pas l'air d'être là pour les sauver. Il était habillé exactement comme les hommes qui avaient essayé de la violer dans les bois.

Ça ne pouvait pas être bon signe.

Quentin parut évaluer ses choix.

— Oui. Je suis du FBI.

Le visage de l'homme s'éclaira. Puis son regard se dirigea vers l'endroit où elle se tenait derrière Quentin et se durcit.

— Poussez-vous.

Il lui donna cet ordre en levant son arme.

Quentin se crispa et resserra sa prise sur son poignet, lui intimant silencieusement de ne pas bouger.

— Non. Si je m'écarte, vous allez tirer sur cette femme.

L'homme semblait comprendre parfaitement ce que Quentin disait, même si son anglais n'était pas parfait.

— Pas faire de mal à la jolie dame, FBI. Poussez-vous.

La voix passa d'amicale à tranchante. Le canon du pistolet bougea, indiquant qu'il voulait qu'ils se séparent.

L'estomac de Haley se retourna, et une nouvelle vague de terreur l'envahit.

— C'est bon, Quentin. On ferait mieux de faire ce qu'il dit.

Savage secoua fermement la tête.

— Non.

Il attrapa son autre poignet, l'attira pour qu'elle soit contre son dos, les bras enroulés autour de sa taille et incapable de bouger.

— La jolie dame est avec moi, dit Quentin au tireur.

Il les fit avancer. Vers l'homme avec l'arme mortelle pointée sur eux. Quentin allait s'en prendre au type au péril sa vie.

— Quentin, laissez-moi partir, dit-elle désespérément, essayant de se libérer.

C'était terminé.

Sa poigne était implacable. Il continuait à les faire avancer. Les yeux du terroriste s'agrandirent et il commença à leur crier dessus.

— Ne bougez pas !

Sinon quoi ? Il allait tirer ? Haley avait envie de pouffer de rire, mais rien de tout ça n'était drôle, loin de là.

Soudain, d'autres ombres sortirent de l'obscurité et le mince espoir qu'avait Haley de s'en sortir vivante s'évanouit.

Il y eut un échange rapide en indonésien. Un homme costaud s'avança.

— Comment vous appelez-vous ?

— Quentin Savage. Voici ma femme, Haley...

Un bruit d'hélicoptère au loin s'éleva et tout le monde regarda vers le nord. Le chef cria des ordres à ses hommes et ils fondirent sur Quentin et elle, les séparant, lui glissant un sac sur la tête qui l'empêchait de respirer. Son cœur se mit à battre la chamade tandis qu'elle se préparait à recevoir une balle. Ils voulaient l'agent du FBI, et le nombre de morts montrait clairement qu'ils ne se souciaient de personne d'autre.

Elle entendit un coup de feu. Quentin cria son nom et s'ensuivit ce qui ressemblait à une bagarre.

— Enfoiré !

Quentin réussit à passer outre leurs ravisseurs et à lui attraper le bras.

— Tout va bien. Je ne suis pas morte. *Pour l'instant.*

Elle avait peut-être uriné dans son pantalon. Ou dans le pantalon de quelqu'un d'autre. Des rires fous résonnèrent dans sa tête.

Puis sa bouche s'assécha lorsqu'elle réalisa qu'ils avaient sûrement tiré sur le blessé que Quentin avait sorti du bâtiment en feu au péril de sa vie.

Ces salauds ne voulaient pas laisser de témoins.

Elle se prépara à recevoir la balle qui allait mettre fin à sa vie. Grand dieu, elle les détestait, leur violence désinvolte et leur mépris total de la vie humaine.

Ses poumons malmenés par la fumée luttaient pour trouver de l'oxygène à travers l'épais sac moisi. Il était difficile de respirer, et encore plus difficile de penser, de classer ça dans un compartiment de son cerveau qui ait un sens.

On la pressait d'avancer, mais elle trébuchait constamment, presque complètement aveugle. Rien que ça, c'était terrifiant. Quelqu'un la remit brutalement debout, enfonçant ses doigts dans son bras. Ça faisait mal, mais elle ne laissa rien paraître. Allaient-ils la tuer ? Qu'attendaient-ils ? Que se passait-il ? Pourquoi voulaient-ils Quentin ? Ça ne pouvait pas être bon signe...

— Maintenant, bougez, ou on descend votre femme.

Elle réalisa qu'ils l'utilisaient pour que Quentin obéisse.

Qui savait combien de temps ça allait durer ? Jusqu'à ce qu'ils atteignent le bateau ou un autre moyen d'évasion ? Jusqu'à ce qu'ils arrivent à l'endroit où ils prévoyaient d'emmener Quentin ? Peut-être voulaient-ils le tuer devant la caméra et sûrement elle aussi. L'idée lui donnait envie de vomir, mais la seule option possible pour l'heure était de continuer à avancer.

Elle aurait aimé passer plus de temps avec lui, mieux le connaître. Elle aurait aimé se permettre enfin de prendre un risque.

Mais elle n'avait pas le temps ou l'énergie mentale pour les regrets. On la poussa à nouveau en avant. Son existence entière se réduisait aux prochaines secondes. Le lendemain n'avait pas d'importance. Toutes les réunions qu'elle avait prévues pour la semaine suivante n'avaient pas d'importance. Elle essaya de ne pas penser à l'excitation qu'elle ressentait à l'idée de voir le bébé d'Alex et Mallory. Elle devait prendre les choses une seconde, une minute à la fois. Tout le reste n'était que des chimères.

Elle s'efforçait de suivre le rythme, en dépit de sa cheville qui se tordait douloureusement sur le sol irrégulier. Elle n'osait pas ralentir le groupe, même si ça aurait pu donner le temps à l'hélicoptère des secours de les rattraper et de les sauver. Il y avait des chances pour que les terroristes la tuent ou l'utilisent comme bouclier humain.

Elle ne voulait pas mourir.

Elle trébucha sur un petit talus et se retrouva à genoux dans le sable, poussant un cri en tombant.

— Haley ! lança Quentin.

Il avait toujours peur qu'ils la tuent. Elle aussi.

— Je suis là, dit-elle doucement, mais les grognements et les bruits de métal sur la chair lui indiquèrent que leurs ravisseurs le passaient à tabac. Arrêtez ! Je vous en supplie, ne lui faites pas de mal. Quentin !

Un poing la frappa dans le ventre, si fort que la bile lui monta à la gorge. Puis ils fouillèrent dans ses poches, et l'un d'eux trouva son téléphone portable et le prit. Elle avait espéré le garder, sachant qu'Alex pourrait suivre le signal.

Elle chassa le désespoir qui l'envahit en s'en voyant dépouillée.

Une étape à la fois.

Pour l'heure, elle était encore en vie, contrairement à tant d'autres. On la tira par le bras et on la jeta dans un bateau.

Elle atterrit en tas sur une autre personne couchée au fond de la coque rigide.

Quentin ?

C'était bien lui. Elle le savait à son odeur et à son corps. Elle se pressa contre son dos, essayant de lui offrir son soutien sans bruit et de le remercier de lui avoir sauvé la vie.

Il ne bougeait pas.

Elle glissa son bras autour de sa poitrine dans l'obscurité pour vérifier qu'il respirait et s'affaissa de soulagement quand elle sentit ses poumons se remplir. Il était vivant, mais clairement blessé. Inconscient.

Des hommes grimpèrent à côté d'eux, et elle essaya de protéger Quentin pour qu'il ne se fasse pas marcher dessus, mais ils n'en avaient rien à faire, et elle retint un cri de douleur quand un connard écrasa sa cheville douloureuse. On poussa le bateau dans l'eau, et quelqu'un démarra un hors-bord. Un autre moteur cracha à proximité.

Deux bateaux. Des semi-rigides certainement. Elle en avait déjà emprunté pour faire de la plongée sous-marine. Ils étaient rapides et agiles.

Les coques rebondissaient sauvagement sur le ressac, puis frappaient la surface de l'eau dans un bruit sourd alors que les embarcations fendaient les vagues. Chaque mouvement faisait naître une vague de douleur dans tout son corps. Elle essayait de maintenir Quentin pour qu'il ne soit pas projeté ou davantage blessé. Elle glissa son bras sous sa tête pour lui offrir un coussin, ignorant les chocs douloureux qui, elle le savait, lui laisseraient des bleus, si elle vivait assez longtemps pour ça. Les embruns les éclaboussaient et s'accumulaient au fond du bateau, imprégnant leurs vêtements. Le froid était un soulagement bienvenu après la chaleur du feu, mais, rapidement, l'eau de mer commença à la démanger.

Elle ne sut pas combien de temps prit la traversée. Ça lui

parut durer une éternité. Des heures et des heures à être malmenés par les éléments.

Finalement, le bateau racla un fond sablonneux. Les hommes commencèrent à crier en sautant par-dessus bord. Quelqu'un l'entraîna avec lui, et elle tomba à l'eau, buvant la tasse avant de se relever en titubant.

Des mains impatientes la poussaient comme si elle était un bœuf. Elle retomba, et un homme murmura :

— Sale pute.

— Je ne vois pas où je mets les pieds, grogna-t-elle, amère. *Je t'y verrai bien, connard.*

On lui ôta le sac de la tête. Elle cligna des yeux, surprise. Un homme – l'un des terroristes – portait un bandana lui couvrant la bouche et le nez. Des yeux sombres se posèrent sur elle. Elle jeta un coup d'œil par-dessus son épaule et vit une baie spectaculaire au clair de lune, avec une plage blanche en forme de croissant et une eau bleu foncé. Un petit yacht y avait jeté l'ancre. Puis elle aperçut deux hommes qui traînaient Quentin par les bras.

— S'il vous plaît, laissez-moi aider mon mari.

Des mots qu'elle ne s'attendait pas à prononcer, mais ce mensonge lui avait déjà sauvé la vie, elle n'en doutait pas. Elle allait continuer à faire semblant aussi longtemps que possible, aussi longtemps que nécessaire jusqu'à ce qu'ils sortent de cet enfer.

— Avance.

L'homme la poussa, sans même prendre la peine de la menacer avec son arme. Elle était sur une île quelque part au milieu de l'Indonésie, entourée d'une jungle épaisse. Elle trébucha, suivant un chemin de terre à travers les arbres et montant une longue côte. Jusqu'à ce que ses jambes flageolent de fatigue et que ses poumons lui fassent mal, mais elle ne se plaignait pas. Finalement, alors qu'elle pensait ne pas pouvoir aller plus loin, ils atteignirent un petit groupe de cabanes. On poussa Haley vers une porte basse, et le soulagement l'envahit lorsqu'on déposa Savage sur le lit de camp à côté d'elle.

Mais il était toujours inconscient, et elle était terrifiée à l'idée qu'il puisse être mort.

CHAPITRE HUIT

Les pieds sur le bureau de son patron, Eban Winters sirotait une tasse de café. Il tenait la cellule de négociation de crise en ce samedi après-midi calme. Dominic Sheridan était en congé après l'agression de sa petite amie. Quentin Savage, son patron, animait une importante conférence en Indonésie. Charlotte Blood avait pris l'avion la nuit précédente pour l'État de Washington afin de s'intéresser à la dernière insurrection des Freemen. Ce n'était pas un incident majeur, mais ils ne pouvaient pas l'ignorer. Le Bureau savait bien mieux gérer les sièges prolongés qu'à l'époque de Ruby Ridge ou Waco, principalement en évitant la confrontation massive et en attendant que les gens retrouvent la raison.

Ce n'était pas évident.

La capacité à penser de manière critique et rationnelle semblait se raréfier de jour en jour.

Leur nouvelle manière de procéder était bien moins médiatisée, ce qui était à la fois une bonne et une mauvaise chose. C'était positif, car les médias n'incitaient pas à l'escalade des hostilités, d'un côté comme de l'autre. Malheureusement, aux yeux du public, les échecs du passé n'étaient donc jamais effacés par de récents succès.

Il connaissait la mentalité antigouvernementale. Il avait grandi dans une ville isolée du Montana appelée Stone Creek. Beaucoup de gens qu'il avait connus dans sa jeunesse essayaient de rester aussi planqués que possible. Certains se préparaient à l'apocalypse, la plupart cherchaient à éviter le fisc ou les mandats d'arrêt.

Enfant, il aimait les chevaux et les chiens bien plus que les gens. Mais il avait été attiré par le FBI dès son plus jeune âge par des histoires d'agents traquant Unabomber non loin de là où il avait vécu. L'idée du danger l'avait toujours attirée. Bien que, comme tout le monde aimait à le souligner, aucun négociateur n'avait jamais été tué par téléphone.

Eban prit une autre gorgée de café et profita du calme du bureau. Il aimait cette vie. C'était parfait. Calme. Paisible. Il regarda par la fenêtre la forêt verdoyante qui entourait les bâtiments de l'Académie et du Groupe de réaction aux incidents critiques. Il mordit à pleines dents dans une pomme sucrée. Peut-être irait-il courir ou ferait-il un tour au stand de tir. Tout ici semblait fonctionner comme sur des roulettes.

Le téléphone sonna, et il décrocha, toujours adossé au fauteuil de son patron.

— Winters.

— Eban. C'est Steve McKenzie. Je viens d'avoir de mauvaises nouvelles.

— Que se passe-t-il ?

Eban avait travaillé avec McKenzie au SIOC au printemps quand quelqu'un avait tenté de faire sauter le siège du FBI.

— J'ai reçu un appel de Savage il n'y a pas longtemps. L'hôtel dans lequel il se trouvait a été attaqué par des terroristes armés.

Eban ôta ses pieds de la table et se leva.

— Où est-il en ce moment ?

— Je ne sais pas.

McKenzie s'éclaircit la gorge.

— La police locale est arrivée par hélicoptère, mais les terroristes étaient déjà partis. Ils ont mis le feu à l'hôtel et, apparemment, c'est un bain de sang. Il y a quelques survivants grièvement blessés. On les transporte en ce moment même à Jakarta pour les soigner. L'attaché juridique les interrogera dès qu'ils pourront parler. Savage ne fait pas partie de ces survivants.

Le morceau de pomme qu'Eban venait d'avaler devint aigre dans son estomac. Quentin devait *forcément* aller bien.

— Est-ce que des équipes ont été envoyées sur place ? Pour traquer les terroristes ?

Pour retrouver Quentin ?

— Des ressortissants de nombreux pays étaient présents à la conférence, mais surtout des Américains. Des Américains riches et puissants. On envoie une équipe médico-légale sur place avec un anthropologue judiciaire pour identifier les restes calcinés d'autant de personnes que possible, aussi vite que possible. Le gouvernement indonésien coopère. On cherche des survivants...

— J'y vais.

— Ça ne dépend pas de moi.

— Ce n'était pas une demande, répliqua Eban. Je vais retrouver le négociateur qu'on a à Jakarta. Il est censé être relevé bientôt de toute façon. J'aimerais faire tout ce que je peux pour aider.

— Pouvez-vous contacter le bureau du FBI le plus proche de la famille de Savage ? Ils doivent l'entendre de notre bouche avant de le voir aux infos.

Eban laissa tomber son menton sur sa poitrine.

— Vous pensez qu'il est mort, c'est ça ?

— Peut-être que Savage s'est enfui et se cache pour des raisons inconnues, ou qu'il est blessé et perdu dans la jungle. On ne le saura pas avec certitude tant que les équipes médico-légales n'auront pas examiné les corps et que les équipes de recherche n'auront pas fouillé la zone.

— L'autre option est qu'il ait été pris en otage.

Eban refusait de croire que Quentin avait été assassiné. C'était un type formidable. Un gars brillant. Eban ne perdrait pas espoir tant qu'il ne serait pas certain que Quentin n'était plus là.

McKenzie souffla à l'autre bout du fil.

— C'est une possibilité. Mais ces terroristes ont assassiné près d'une centaine de participants et une vingtaine de locaux. Et ce n'est qu'une estimation. Pourquoi enlever Savage et pas un riche PDG ?

— Vous savez pourquoi.

Pour embarrasser le gouvernement américain.

McKenzie resta silencieux pendant un moment.

— Fait intéressant, le ministre indonésien des Affaires étrangères et un milliardaire australien, Cecil Wenck, ont tous deux quitté l'hôtel quelques heures avant l'attaque. Il était prévu que Wenck reste jusqu'au matin.

Eban avait entendu parler de Wenck. Comme la plupart des gens. C'était le chef du plus grand conglomérat minier du monde.

— Vous pensez qu'ils ont été informés ?

— J'aimerais beaucoup savoir pourquoi les plans de Wenck ont soudain changé. Il faut l'interroger et voir si on peut obtenir un mandat pour examiner ses appels entrants ou ses textos, mais je doute qu'il veuille nous parler.

— Vous pensez qu'il a été prévenu, mais qu'il n'a rien dit à personne d'autre ?

Eban sentit la rage monter en lui.

— Je ne sais pas. Voyez avec votre chef d'unité...

— Bonne idée, fit Eban. Mon chef d'unité est en Indonésie, je vais aller le retrouver pour lui demander.

McKenzie poussa un soupir fatigué.

— Écoutez, un vol part dans trois heures de la base aérienne d'Andrews avec le reste de l'équipe qui a été assignée. Je vais mettre votre nom sur la liste. Ne soyez pas en retard. Maintenant je dois appeler Alex Parker pour lui dire que son associée – l'une de ses meilleures amies – est également ment présumée morte.

Eban serra les dents.

Présumée morte.

C'était terrible, mais il n'avait pas le temps pour les émotions. Il avait un million de choses à faire avant de prendre ce vol, mais la plus importante était d'appeler la famille de Quentin en Californie du Sud.

Une chose était sûre. Il n'avait pas l'intention d'être laissé pour compte.

CHAPITRE NEUF

La douleur ne laissait aucun répit à Quentin. La lumière du soleil lui faisait mal aux yeux. Sa bouche avait le goût de la fumée et du sang, et il était tellement desséché qu'il avait l'impression qu'on lui avait brûlé la gorge au chalumeau. Il ruisselait de sueur dans cette chaleur insupportable, et ses vêtements lui collaient à la peau. On pressa un tissu humide contre son front. La fraîcheur était bienvenue, et il gémit.

Les souvenirs de la nuit précédente lui revinrent en mémoire, et il ouvrit les yeux. Il était allongé sur un lit de camp inconfortable dans une cabane primitive. Haley Cramer était à genoux à côté de lui sur le sol en terre battue.

Il lui prit la main.

Dieu merci, elle était encore en vie.

— Vous êtes réveillée. Je commençais à croire que vous aviez une fracture du crâne, que vous étiez dans le coma et que je ne pouvais rien faire pour vous aider...

Sa voix était un murmure furtif. Elle cligna des yeux rapidement comme pour chasser les larmes. Elle avait dû avoir la peur de sa vie.

Tout comme lui.

L'arrière de sa tête le lançait sérieusement là où l'un des assaillants lui avait enfoncé la crosse de son fusil dans le crâne. Ce bâtard aurait pu le tuer.

Alors pourquoi ne l'avait-il pas fait ?

— Je suis dans les vapes depuis combien de temps ?

Il parlait à voix basse. La dernière chose qu'il voulait, c'était que quelqu'un sache qu'il était réveillé ou vienne les voir. Et les sépare. Blesse Haley. Il avait besoin de temps pour rassembler tout ce qui lui restait d'esprit.

— Un bon moment. Des heures.

Elle consulta sa montre. Une montre de luxe au bracelet en argent. Il était surpris qu'elle l'ait encore. De plus, elle avait des diamants aux oreilles qui étaient certainement authentiques.

Mais pourquoi s'empresser de leur voler leurs biens ? Il doutait que leurs ravisseurs les relâchent de sitôt.

— On a dû passer deux, peut-être trois heures dans un bateau lancé à fond. Puis on nous a jetés dans ce logement plutôt luxueux vers l'aube. Vous n'avez presque pas bougé depuis. La moitié du temps, j'ignorais si vous respiriez encore.

Ses yeux bleus semblaient désemparés, et elle se mordit la lèvre.

— Je suis désolée qu'ils vous aient blessé pour avoir essayé de me défendre.

Le poids de la culpabilité était lourd à porter. Mais ça aurait été pire s'il n'avait pas essayé de la protéger.

Il porta le dos de sa main à ses lèvres. C'était une sorte d'intimité différente de celle qu'ils avaient partagée au lit la nuit précédente.

— J'ai cru qu'ils allaient vous tuer sur la plage et j'ai décidé que je préférais mourir en combattant plutôt que de les laisser nous éliminer un par un comme du bétail dans un abattoir. J'avais le Glock de Chris dans ma poche, je l'ai attrapé et j'ai appuyé sur la gâchette.

Ses yeux s'élargirent. C'était difficile de se rappeler qu'ils ne se connaissaient pas un jour plus tôt.

— La chambre était vide, mais ils n'étaient pas contents que personne n'ait pensé à me fouiller, alors j'ai reçu une raclée. La question est de savoir pourquoi ils ne m'ont pas tué.

— Ils vous ciblaient spécifiquement. J'ai trouvé ça...

Haley fouilla dans la poche de sa chemise kaki volée et en sortit un morceau de papier froissé.

Elle lui tendit une photo imprimée de lui provenant de la brochure de la conférence. Un portrait type du FBI devant le drapeau, que les chargés des relations publiques avaient envoyé. *Merde.*

Ces terroristes voulaient-ils faire de lui un exemple ? Le vendre au plus offrant ? Lui soutirer des informations ou simplement l'humilier pour se divertir et se venger ? Était-ce à cause de lui que tous ces gens avaient été assassinés ?

— Est-ce qu'ils ont enlevé quelqu'un d'autre à l'hôtel ? demanda-t-il.

Haley secoua la tête, envoyant ses cheveux blonds noircis par la suie dans ses yeux. Elle ramena la mèche derrière son oreille.

— Je n'ai vu personne d'autre sortir des bateaux.

Quentin se redressa dans le lit, ignorant la douleur lancinante dans ses côtes, et s'assit. Son cerveau tournait à plein régime sous son crâne, et il prit sa tête entre ses mains, essayant d'évacuer la tension. Il s'accorda un moment pour respirer profondément tandis qu'Haley le regardait avec inquiétude.

— Dites-moi tout ce dont vous vous souvenez, murmura-t-il pour les distraire tous les deux et aussi parce qu'il voulait des informations.

À quoi cela rimait-il ?

Elle s'exécuta, en terminant par une description de l'endroit où ils avaient atterri.

— Il y avait un yacht mouillé dans le port.

— Un yacht ?

— Environ trente-huit à quarante pieds. Mon père en avait un de la même taille quand j'étais petite.

Elle hocha la tête.

— Les hommes armés m'ont forcée à marcher sur un chemin de terre à travers la jungle pendant environ quarante minutes. Quelqu'un vous a porté et nous a déposés ici. Un type a apporté un bol d'eau pour nettoyer le sang.

Elle trempa le tissu et s'apprêtait à le passer sur son front une nouvelle fois, mais il le lui prit des mains et tamponna timidement la blessure à l'arrière de son crâne où ses cheveux étaient collés par le sang.

Elle regarda l'eau avec envie.

— Je n'ai pas osé la boire, même si j'ai vraiment soif. Je suppose que vous aussi.

— À un moment donné, il faudra qu'on boive, mais voyons d'abord si on peut trouver l'eau potable que consomment ces types. Cette source pourrait nous rendre malades aussi, mais c'est le mieux qu'on puisse espérer.

Elle déglutit et hocha la tête.

— Je sais. Je suppose que je fais comme si j'avais le choix.

Voir son libre arbitre violemment arraché était une chose terrible. Au moins, l'armée l'avait préparé à ça.

— Je suis désolé que vous ayez été embarquée dans tout ça. De toute évidence, ils me visaient.

Elle s'accroupit.

— Vous êtes sérieux ? Rien de tout ça n'est de votre faute. Sans vous, j'aurais été violée à plusieurs reprises, puis abattue.

Elle laissa échapper un rire qui n'avait rien de joyeux.

— J'aimerais bien savoir ce qu'ils me veulent. Et pourquoi ils ont décidé de vous épargner quand je leur ai dit que vous étiez ma femme.

Il ne comprenait pas.

— Pourquoi s'intéressent-ils à moi ? Pour une sorte de coup d'État terroriste ? Parce que s'attirer la colère du gouvernement américain n'en vaut pas la peine.

Il déchira la photo froissée en deux et la lui rendit. Une vague de vertige le gagna.

— Vous pouvez vous en débarrasser ? Déchirez-la en petits morceaux et glissez-les à travers les interstices des joncs. Il ne faut pas qu'ils sachent qu'on est au courant.

Il prendrait tous les avantages dont il pourrait disposer jusqu'à ce qu'ils trouvent une solution.

Elle se leva et fit ce qu'il lui demandait. Elle déchira de minuscules bouts de papier et les fit passer à travers les parois de la cabane, laissant le vent les porter. La cabane était construite à partir de branches entrelacées de feuilles. Elle se déplaça pour qu'il n'y ait pas de papiers accumulés sur le sol.

Il la regarda, réfléchissant à leurs options. Aucune ne lui plaisait. En général, la meilleure chose à faire pour un otage était d'attendre le paiement d'une rançon, même si cela pouvait prendre des mois, voire des années. Il était peu probable que le gouvernement américain laisse cette situation en l'état, et il mettrait tous les moyens à disposition pour retrouver ces enfoirés. De plus, le risque de finir décapité sur une vidéo en ligne d'un djihadiste était trop élevé pour se fier à la procédure habituelle. Et il y avait Haley...

Elle était assise à côté de lui sur le lit d'appoint. Une couverture grise était étalée sur les branches et l'herbe séchée qui formaient le matelas. Au moins, le lit était surélevé par rapport au sol. Moins de chance que des serpents et des insectes grimpent et répandent des maladies. Mais il savait qu'il ne fallait pas trop rêver.

Le lit de camp était étroit, et ils devraient le partager s'ils avaient la chance de rester ensemble. Il n'était pas sûr de ce qu'elle en penserait, compte tenu de ce qui lui était arrivé ces deux derniers jours. Ce n'était pas parce qu'ils avaient fait l'amour une fois qu'elle voudrait être physiquement proche de lui à nouveau. Il ne pouvait pas nier qu'il était attiré par elle, mais il n'y avait aucune chance qu'il se comporte de manière inappropriée dans un camp terroriste. Mais elle l'ignorait. Elle ne le connaissait pas.

— Personne n'est encore venu nous voir ?

— Non.

Elle soupira profondément, les cernes autour de ses yeux soulignant sa peur et sa fatigue. Il doutait qu'elle ait dormi.

— J'ai besoin d'aller aux toilettes, et j'ai une soif folle, mais j'ai trop peur de leur demander.

Il voyait qu'elle était sur le point de fondre en larmes. Il aurait voulu lui dire que tout irait bien, qu'il trouverait un moyen de les sauver tous les deux, mais en réalité, il ne savait pas encore à quoi ils avaient affaire. Et, en tant que négociateur, les seuls mensonges qu'il proférait s'adressaient à des criminels qui avaient épuisé toutes les discussions possibles. Ceux qui étaient sur le point de goûter au dernier volet du manuel du Groupe de réaction aux incidents critiques.

L'honnêteté avait toujours été son plus gros défaut.

— Haley, je n'ai aucune idée de ce qui va se passer ensuite, mais je doute que ce soit agréable. Quoi qu'il arrive, je veux que vous me promettiez une chose. N'essayez pas de me sauver. S'ils me prennent pour me passer à tabac régulièrement, faites-vous aussi petite que possible. Je ne vous le reprocherai pas. Je ne compte pas les affronter, pas tant que je ne suis pas en mesure de l'emporter. J'essaierai de trouver un moyen de nous échapper, mais je ne sais pas quand j'y parviendrai.

Elle allait ouvrir la bouche, mais il posa doucement un doigt sur ses lèvres, et elle se tut.

— Ils pensent que vous êtes ma femme, et ils pourraient se servir de vous pour m'atteindre. Ne leur dites pas la vérité sur le fait que nous ne sommes pas mariés.

Il lui prit la main et entremêla ses doigts aux siens.

— Ce ne sont pas des types sympas. Ce sont des criminels et des sociopathes qui cherchent un moyen de justifier leurs choix de vie. Vous êtes une belle femme et vos cheveux blonds attirent l'attention sur vous.

Il déglutit péniblement.

— L'agression sexuelle est une possibilité. C'est ainsi que les hommes comme eux affirment souvent leur pouvoir. Prétendre être ma femme devrait vous protéger à court terme.

Elle écarquilla les yeux et déglutit à plusieurs reprises. Il ne disait pas ça pour la mettre mal à l'aise. Mais pour qu'elle comprenne ce qui se passait. Ce qui pourrait arriver, même s'il comptait faire tout ce qui était en son pouvoir pour la protéger. Il ne pouvait pas garantir qu'il serait capable de la sauver.

Il pensa à Abbie et à leur enfant. Il n'avait pas pu les sauver non plus. Il chassa ces souvenirs.

— On doit éviter qu'ils nous séparent et qu'ils vous isolent si possible.

Elle lui attrapa l'autre main et serra.

— Vous avez dit que je n'avais pas le droit de vous sauver, mais vous n'avez pas le droit de me sauver non plus s'ils décident de me violer.

Elle tremblait, même si sa voix était inébranlable.

Il voulut rétorquer, mais elle couvrit sa voix.

— Je peux survivre à un viol si je le dois. Je l'ai déjà fait.

Elle soutint son regard sans broncher, et son cœur se brisa devant la vérité qu'il y vit.

— Mais je ne pense pas pouvoir survivre à cette épreuve sans vous.

Il tremblait lui aussi, et ce n'était pas seulement l'effet de la déshydratation. Le fait qu'elle ait été violée le rendait fou de rage, mais ce n'était pas le moment de se laisser aller à la colère ou de poser des questions.

Il hocha la tête.

— Très bien. Nous ferons tous les deux ce qu'il faut pour sortir d'ici en vie et indemnes.

— On ne laisse aucun homme derrière ?

Le sourire qui se dessina sur son visage était larmoyant.

— On ne laisse *personne* derrière. Bon, alors.

Il passa à l'aspect pratique. C'était sa spécialité.

— Quelques détails au cas où ils poseraient la question. Nous nous sommes mariés en secret il y a quelques semaines, c'est pourquoi ce n'est pas de notoriété publique. Nous nous sommes rencontrés lors d'un événement estival de type...

— Mariage. Mon associé, Alex Parker, a épousé l'agent du FBI Mallory Rooney. Des tas d'agents étaient présents à la cérémonie. C'était dans un vignoble en Virginie. J'ai assisté à la fête.

— Très bien. Vous étiez magnifique et ça a été le coup de foudre. Alors, où est-ce qu'on s'est mariés ?

— Vegas, suggéra-t-elle.

— Je pense que ces dossiers en ligne sont disponibles trop facilement.

— Bali ?

Il secoua à nouveau la tête.

— Ils connaissent peut-être quelqu'un à qui ils peuvent demander confirmation en Indonésie.

— Et les Caraïbes ? Je possède une île là-bas...

— Vous *possédez* une île ?

— Une petite.

Quentin essaya de masquer sa surprise. Qui possédait une île entière ?

— Oh, alors si ce n'est qu'une *petite* île.

Elle sentit son incrédulité et essaya de retirer ses mains, mais il ne la laissa pas faire.

Il savait qu'elle n'était ni timide ni effacée en temps normal – son assurance et sa vivacité au bar la veille au soir, alors qu'elle portait cette robe dorée, puis dans son lit, nue, le lui avaient prouvé – mais être retenue prisonnière changeait tout et vous faisait remettre en question ce que vous pensiez savoir sur vous-même. Il le savait déjà sur le papier. Il était certainement sur le point de le vivre en pratique.

— C'est génial. Vous êtes riche. C'est une autre raison pour eux de vous garder en vie.

Contrairement à lui. Que lui voulaient-ils, à la fin ? La seule chose qu'il avait pour lui était son badge du FBI, et il doutait qu'ils apprécient son expertise en la matière.

— Va pour l'île. Une cérémonie privée. Un de mes collègues, Eban Winters, a une licence pour officier, et ça nous offre un avantage supplémentaire. S'ils le contactent pour obtenir confirmation, c'est un négociateur aguerri et il saura quoi répondre.

Quentin repensa à une conversation qu'il avait eue avec Dominic Sheridan la semaine précédente, sur le fait que s'il venait à se retrouver dans une situation délicate, il voudrait que Dominic parle à ses ravisseurs avant qu'ils ne lui coupent quoi que ce soit de vital.

La plaisanterie ne semblait plus si amusante que ça à présent.

— Je soupçonne ces gars de justifier leurs méfaits par le fondamentalisme religieux, donc il nous faudra partir d'ici avant qu'ils ne découvrent la vérité sur notre relation. Dès que les médias apprendront qu'on a été capturés, ils fouilleront dans tous les dossiers et finiront sûrement par ruiner notre histoire.

Avec un peu de chance, le FBI garderait le silence sur son enlèvement aussi longtemps que possible, mais avec le massacre de la nuit précédente, ce n'était qu'une question de temps avant que l'histoire n'éclate au grand jour. Sa mère et ses frères seraient inquiets, tout comme ses collègues. Bien qu'il soit désolé qu'ils souffrent, il ne pouvait rien y faire pour l'heure.

Il regarda l'eau sale dans le bol.

— On doit aussi sortir d'ici avant d'être si faibles ou malades qu'on ne pourra pas faire plus de quelques mètres sans aide. Les fédéraux vont envoyer une équipe à notre recherche, mais on ne peut pas être certains qu'ils nous trouveront ou qu'ils réussiront la mission de sauvetage sans nous tuer accidentellement tous les deux.

C'était le moment le plus dangereux pour être un otage — pendant une tentative de sauvetage. C'était quelque chose qu'il essayait d'éviter lorsqu'il planchait sur une affaire de kidnapping et de demande de rançon, mais il n'était pas en charge de la police ou de l'armée locale, et il n'avait généralement pas beaucoup d'influence sur les tentatives de sauvetage. Il regarda fixement les yeux bleus d'Haley.

— On doit travailler ensemble. Quoi qu'il arrive. C'est compris ?

De près, ses yeux étaient comme des planètes. Les

regarder fixement, c'était comme regarder le cosmos pour la première fois.

— Partenaires, acquiesça-t-elle.

Il embrassa ses doigts, étroitement liés aux siens.

— Courage, Haley. On va s'en sortir, mais ce ne sera pas facile.

Ils se crispèrent en entendant des bruits de pas se rapprocher de la cabane.

CHAPITRE DIX

Depuis qu'elle était adulte, Haley n'avait jamais eu peur de dire ce qu'elle pensait. Elle savait se défendre et camper sur ses positions. Dermot disait qu'elle était un rouleau compresseur pour obtenir ce qu'elle voulait. Elle ne le voyait pas vraiment comme ça, mais il avait peut-être raison.

Elle s'était enfuie de chez elle à seize ans et avait réussi à terminer l'école, grâce à sa détermination, à l'amour et aux soins de sa grand-mère extrêmement riche. À l'époque, elle avait découvert que les hommes en général voulaient qu'on la voie et non qu'on l'entende, aussi avait-elle mis un point d'honneur à exprimer bruyamment ses opinions et ses objections aussi souvent que nécessaire.

Apparemment, pointer le canon d'un fusil automatique sur elle était un bien meilleur moyen de la faire taire que les menaces de son père ne l'avaient jamais été.

— Dehors, ordonna le garde.

Il avait les cheveux gras et les phalanges écorchées. Un foulard vert à franges couvrait son nez et sa bouche, mais l'hostilité dans ses yeux sombres était facilement identifiable.

Malgré la bravade habituelle d'Haley, elle n'envisagea pas

un instant de le défier. Elle n'avait jamais eu affaire à ce type d'être humain auparavant. Son inexpérience l'embarrassait, révélant des faiblesses dont elle n'avait pas eu conscience.

C'était différent à présent.

Savage lui lâcha la main, et elle se redressa avec raideur. Il se tint les côtes en essayant de se lever, et elle essaya de l'aider, mais le garde armé lui attrapa le bras et enfonça ses ongles sales dans sa peau.

Aoutch.

— Dehors. Maintenant.

Elle passa sous la porte basse, l'homme la poussa et elle s'étala par terre.

Elle se retrouva au milieu d'un groupe d'hommes qui riaient. Son pouls s'emballa et son cœur se mit à battre si violemment qu'elle craignait qu'il n'éclate. Quentin la suivit hors de la cabane, les épaules voûtées, se tenant toujours le côté. Elle ne savait pas s'il faisait semblant d'être blessé ou s'ils lui avaient vraiment cassé une côte ou deux en le frappant. Elle espérait que c'était la première option. Elle se releva en titubant et un autre homme la poussa à côté de Quentin, qui passa son bras autour de ses épaules pour la stabiliser.

Son étreinte lui procurait un sentiment de confort intense – ça n'avait aucun sens, et pourtant elle aurait voulu que ça ne s'arrête jamais. Elle savait qu'il ne pourrait pas la protéger si ces rebelles devenaient vicieux. Elle n'avait pas menti quand elle lui avait dit qu'elle ne voulait pas qu'il intervienne s'ils décidaient de s'en prendre à elle. Il était seul contre des hommes lourdement armés. La force brute ne les sortirait pas de ce cauchemar. Ils ne pouvaient pas se battre pour se libérer, et elle ne pensait pas pouvoir survivre sans lui.

Et la survie était tout ce qui comptait pour l'heure.

La présence de Quentin Savage était son arme la plus

précieuse. Elle constituait ce qui permettait aux gens de rester en vie même pendant les pires atrocités.

Quentin lui donnait de l'*espoir*.

Même ténu.

Leurs ravisseurs étaient habillés comme des guérilleros, avec des pantalons et des chemises de l'armée par-dessus des t-shirts tachés de sueur, de toutes les couleurs, de l'orange à ce qui avait sûrement été du blanc. La plupart portaient un foulard sur la moitié inférieure du visage et étaient équipés de ceintures de balles. Tous portaient des armes automatiques.

Étaient-ils des extrémistes violents ou des révolutionnaires de pacotille ? Dans tous les cas, ils ne considéreraient jamais une femme comme leur égale, elle n'avait besoin de personne pour l'expliquer à son cœur de féministe. C'était implicite. Ils l'ignoraient et s'adressaient à Quentin. C'était peut-être lâche, mais elle était soulagée.

Un homme s'avança. Il portait un uniforme propre avec une chemise boutonnée, un pistolet noir rangé dans son étui sur sa cuisse. Une matraque extensible à la main. Il portait une casquette et des lunettes de soleil sombres, et pas de bandana. Il était clairement le leader, d'après son ton et son comportement.

— Alors c'est vous l'agent du FBI.

L'agent du FBI ?

Ces mots firent frissonner Haley.

Quentin acquiesça. Sa peau était pâle, et ses cheveux étaient couverts de sang provenant de sa blessure à la tête qui n'arrêtait pas de saigner.

— Je ne suis pas sous mon meilleur jour.

Les mots de Quentin la firent sourire intérieurement.

— À qui ai-je le plaisir de m'adresser ?

Il lui tendit la main, mais l'homme l'ignora. Tant pis pour les présentations.

— Comment vous êtes-vous échappé de l'hôtel la nuit dernière ? aboya l'homme.

Quentin pencha la tête sur le côté. Son expression était légèrement interrogative.

— On a entendu des coups de feu et on s'est cachés dans la jungle.

Le chef frappa dans sa paume avec la matraque, comme pour mesurer son poids.

— Vous n'étiez pas dans votre chambre ?

Quentin secoua la tête et l'homme eut l'air confus.

— Nous avons fait une promenade dans le jardin avant d'aller nous coucher. Nous étions censés partir à la première heure demain matin et nous voulions profiter de notre dernière nuit sur Nabat.

Haley ne savait pas pourquoi il mentait. Peut-être pour que ces bandits sous-estiment leurs talents ? Escalader un bâtiment. Se cacher dans la jungle de nuit. Elle n'avait même pas cligné des yeux.

— Puis-je vous demander pourquoi vous avez attaqué l'hôtel la nuit dernière ? Qu'est-ce que vous voulez ?

Quentin était poli sans être obséquieux. Factuel sans émettre de jugement. Il maîtrisait son ton, réalisa Haley. Ferme sans être conflictuel.

— Ah, les Américains, ricana l'homme. Vous menez vos guerres par procuration dans d'autres pays et vous vous accaparez des terres regorgeant de ressources précieuses pour votre propre bénéfice.

Haley ne savait pas dans quelle direction allait ce type. Était-il un militant écologiste, ou détestait-il simplement les Américains ?

— Vous pensez que vous pouvez venir ici et prendre ce que vous voulez. *Tuer* qui vous voulez sans conséquences ?

Oh, bon sang. Haley baissa les yeux sur le pantalon de

camouflage qu'elle portait avec appréhension. Elle savait où le type voulait en venir. Le chef des terroristes croisa son regard lorsqu'elle releva la tête. Elle ne pouvait se forcer à détourner le regard ou à baisser la mâchoire, malgré les mots de Quentin lui conseillant de se faire toute petite.

L'homme tendit la matraque et désigna le pantalon.

— Où l'avez-vous eu ?

— Je l'ai trouvé ?

Elle essaya de paraître soumise, mais échoua.

Quentin se crispa à côté d'elle.

— Vous avez tué deux de mes hommes.

Il s'adressait à Quentin cette fois, parce qu'évidemment une femme ne pouvait pas faire ça. Haley était en colère de ne pas avoir été capable de le faire. Elle était furieuse. En colère contre la réalité. Elle connaissait des femmes qui étaient des dures à cuire. Elle n'en faisait pas partie.

— Deux hommes ont attaqué ma femme. J'ai fait ce que je devais pour la protéger.

Le chef abattit la matraque sur l'épaule de Quentin. Haley se couvrit la bouche et essaya de retenir un cri. Quentin n'essaya pas de se défendre. Il tomba à genoux.

C'était sa faute. Si elle avait éteint son téléphone portable, non seulement elle n'aurait pas attiré leur attention, mais ces hommes ne seraient pas morts, ces bandits n'auraient pas su que quelqu'un était encore en vie sur l'île et Quentin ne serait pas en train de se faire tabasser.

Deux hommes attrapèrent Quentin par les bras et le redressèrent. Le chef le frappa dans le ventre avec le bout de la matraque, et deux autres hommes se joignirent à lui à grand renfort de coups de poing et de pied.

Quentin haletait et grognait, plié en deux.

Haley aurait voulu crier ou se jeter devant lui pour le protéger, puis se souvint de ce qu'il lui avait dit. Ne pas essayer de le sauver. Il s'attendait à être tabassé. Mais c'était une chose d'être d'accord en théorie. C'était autre chose de le voir roué de coups.

Elle aurait voulu les supplier d'arrêter, mais elle était terrifiée à l'idée de faire du bruit. Tout son corps tremblait. Sous l'effet de la peur, de la terreur, de la déshydratation, du choc. Elle devait supporter ce qui arrivait à Quentin sans pouvoir s'y opposer. Dans la crainte d'être la prochaine, et que ce soit pire parce qu'ils ne se contenteraient pas de la frapper. Ils la violeraient.

Tout ce qu'elle pensait savoir sur le monde lui avait été arraché. C'était ce qu'elle était réellement. Misérable, effrayée, pathétique et muette.

— Assez, dit le chef.

Les hommes cessèrent immédiatement de frapper Quentin. Puis le chef montra ses jambes.

Haley se figea à nouveau.

Mon Dieu.

— Ces vêtements ne vous appartiennent pas. Enlevez-les.

Quand elle hésita, le bâtard se mit à frapper Quentin à nouveau.

— Arrêtez ! S'il vous plaît, arrêtez. Je vais le faire.

Elle défit rapidement le bouton et la fermeture éclair du pantalon, reconnaissante de porter le short de sport de Quentin en dessous. Elle les dominait tous par sa taille, sauf Quentin, et ils la dévisageaient comme si elle était une extra-terrestre. Les hommes qui l'entouraient parurent déçus qu'elle ne soit pas nue – mais s'ils voulaient vraiment la voir nue, elle ne pourrait pas les en empêcher. Le commandant avait un contrôle total sur sa vie et celle de Quentin, et il le savait. Leur destruction complète était suspendue à un seul ordre de sa part.

Elle détestait avoir tous ces regards braqués sur elle.

C'était une chose d'être le centre d'attention quand vous étiez dans un environnement favorable, mais une autre quand vous étiez entourée de tueurs impitoyables. La dernière chose qu'elle voulait était que ce seigneur de guerre regarde avec intérêt ses longues jambes ou ses cheveux blonds.

Elle fit rapidement passer le pantalon par-dessus ses bottes.

— Tenez. Voilà votre pantalon.

— Ramassez-le et apportez-le ici, ordonna le chef tandis que ses hommes regardaient avec une lueur avide dans les yeux.

Elle n'hésita pas. Elle n'allait pas se lancer dans une bataille de volontés avec un mini despote. Elle s'accroupit pour ramasser le pantalon sale, bien consciente que les regards des hommes s'attardaient sur chaque détail, notamment sur la courbe de ses fesses. Elle secoua le pantalon et le plia du mieux qu'elle put. Elle les tendit à l'homme, la tête baissée.

Elle allait faire preuve d'intelligence et d'autant de force que possible. Les secours viendraient. C'était une simple question de temps. Elle comptait sur Alex et Dermot, et le FBI qui voulait récupérer leur homme. Et peut-être quelques soldats des forces spéciales pour faire bonne mesure. Ils les tireraient de là. Elle devait juste survivre assez longtemps pour être secourue.

— Pas à moi.

Le commandant ricana comme si elle était idiote. Elle serra les dents.

— Donnez-le à Lyrita qui a perdu un mari et le père de ses enfants quand votre mari l'a assassiné.

La foule s'écarta et une jeune femme portant une robe aux couleurs vives et un foulard s'avança. Son expression était furieuse et elle arracha le pantalon des mains de Haley. Puis elle parla dans un dialecte local et lui cracha dessus. Haley fit un bond en arrière, surprise.

Était-ce le grand maigrichon qui avait voulu la violer ou le petit costaud qui avait été marié à la femme ? Une sacrée perte, Haley en était sûre. Ils oubliaient qu'elle et Quentin s'étaient battus pour leur vie...

Elle se retint de dire toutes les choses qu'elle aurait voulues. Il ne s'agissait pas d'un débat rationnel. Si elle commençait à discuter, ils mourraient tous les deux.

— Il semble que vous nous ayez enlevés parce que nous sommes Américains... déclara Quentin.

Il détournait l'attention d'elle.

— Les Américains pensent qu'ils possèdent le monde entier !

Le commandant se lança dans une nouvelle diatribe.

Elle aurait pu tomber amoureuse d'un type comme Quentin Savage. Le fait qu'il soit bon au lit était un bonus, mais ça ne figurait même pas dans le top 10 des raisons pour lesquelles elle aurait voulu l'embrasser.

Finalement, le discours du commandant s'essouffla, mais il n'avait pas dit son dernier mot. Il les encercla tous les deux, et elle le sentit se glisser derrière elle. C'était comme si des vautours rôdaient dans le ciel, aussi imposants que les oiseaux exotiques qui volaient de branche en branche parmi les arbres.

Et merde.

— Vous êtes le grand négociateur, n'est-ce pas ? L'homme qui aide à libérer les prisonniers américains ?

Les terroristes ricanèrent à leur tour, bien que Haley imaginait qu'ils ne parlaient pas tous anglais et ne pouvaient comprendre ce que leur chef disait.

Le chef en question la saisit par les cheveux et la mit brutalement à genoux. Le choc se répercuta dans tout son corps. Il sortit un couteau et le plaqua au bas de son nez. Elle déglutit convulsivement devant la morsure de la lame. Elle n'avait jamais imaginé qu'il pouvait y avoir quelque chose de pire qu'un viol.

Deux hommes attrapèrent Quentin quand il voulut se jeter sur le commandant.

— Je vais couper le nez de votre jolie femme. Histoire de voir si vous appréciez de dormir avec un monstre hideux.

Haley tremblait de peur. Elle n'avait jamais envisagé d'être défigurée. Elle ne savait pas si elle supporterait la douleur physique ou l'angoisse mentale de la chose. Cela la rendait-elle superficielle, ou humaine ? Elle déglutit lentement, sa gorge douloureusement sèche tandis que ses paumes étaient glissantes de sueur.

Quentin ne la regardait pas. Il avait les yeux rivés sur le commandant.

— On dirait que votre seul objectif est de me punir, ce que je mérite, selon vous. Mais est-ce ainsi que vous voudriez que votre femme soit traitée si nos rôles étaient inversés ? demanda-t-il. Votre idée de la justice pour les opprimés est-elle de punir les innocents ?

Le commandant approcha le couteau de sa gorge, et le pouls de Haley s'emballa comme un train de marchandises qui déraillerait.

— Si vous me dissuadez de lui trancher la gorge, je lui couperai peut-être les oreilles ou les doigts...

La peur était si écrasante qu'elle rendait toute discussion rationnelle impossible. Elle voulait le supplier de lui laisser la vie sauve, mais n'osait pas bouger un seul muscle.

— Contrairement à moi, ma femme vient d'une famille aisée. Vous voyez les diamants à ses oreilles ? Sa montre ? Ils valent des milliers de dollars. Si vous voulez envoyer un message politique aux États-Unis, faites-le avec moi, mais elle est un atout précieux. Sa famille ne paiera pas si vous la défigurez.

— Ils vont payer.

Le commandant éclata de rire.

— Ils paient toujours.

Donc ils l'avaient déjà fait par le passé ?

Quentin secoua la tête.

— Pas la famille d'Haley. C'est une bande de snobs. Les apparences sont tout pour eux. Si elle est mutilée, ils ne voudront pas qu'elle revienne ou qu'on en parle dans les journaux. Ils préféreront que vous la tuiez.

Elle se crispa lorsque le commandant éloigna le couteau de sa gorge et s'approcha dangereusement de son visage alors qu'il retirait les boucles d'oreille en diamant de ses oreilles, l'une après l'autre, en examinant le poinçon. Elles venaient de chez Tiffany's.

— Donnez-moi votre montre, exigea l'homme en tendant la main.

Ses mains tremblaient lorsqu'elle la retira. C'était une antiquité que sa grand-mère lui avait léguée et qui était restée dans le coffre de la vieille dame pendant soixante ans. L'idée de l'abandonner lui faisait mal, mais c'était mieux que de perdre son nez.

— C'est un modèle rare de *Cartier* fabriqué en 1926. Il n'en reste que quatre dans le monde.

Elle n'avait jamais été aussi reconnaissante de posséder les attributs de la richesse qu'en ce moment où elle les troquait contre des parties de son corps. C'était barbare et sadique, et le commandant prenait manifestement plaisir à lui foutre la trouille.

— Je vais peut-être vous laisser garder votre joli visage pour le moment. Mes hommes pourraient préférer, le moment venu...

La menace était implicite. C'était ainsi qu'il avait l'intention de la forcer à se tenir tranquille. La peur des conséquences. L'obéissance docile.

Elle essayait de ne pas se perdre dans le regard de Quentin, mais elle était tellement reconnaissante qu'il ait réussi à trouver quelque chose à dire pour empêcher le monstre de la mutiler, même temporairement.

Le commandant se retourna vers Quentin.

— Vous êtes précieux, vous aussi, M. FBI.

Quelqu'un la prit en photo, et le flash la fit cligner des yeux. Ils firent de même pour Quentin, dont la seule réaction fut de contracter subtilement la mâchoire.

Il secoua la tête.

— Ma famille n'est pas riche.

— Oh, mais vous vous sous-estimez. Que pensez-vous que cela vaut pour tous les combattants de la liberté dans le monde de vous voir à notre merci ?

Un rictus tordit ses lèvres épaisses.

— C'est ça que vous voulez ? demanda Quentin. De la crédibilité sur la scène mondiale ?

— Vous pensez que je manque de crédibilité ?

Le chef des terroristes fixa Quentin du regard pendant de longues secondes. Si longtemps, en fait, que les mouches qui bourdonnaient autour d'Haley commencèrent à se poser. Elle avait envie de les chasser, mais n'osait pas bouger. Elle n'osait pas rompre le charme ou attirer l'attention sur elle. Trop peureuse. Trop lâche. Elle serra les dents. Elle détestait cet homme, tous ces hommes, à l'exception de Quentin, et elle se détestait surtout elle-même, pour ne pas avoir été assez courageuse pour leur tenir tête.

Le commandant ne détachait pas ses yeux de Quentin, et ce dernier le dévisageait, mais sans animosité. Son regard était mesuré et respectueux. Il n'allait pas se battre contre ce type.

Il faisait ce qu'Alex lui avait appris comme étant la chose la plus importante en matière d'autodéfense : désamorcer la situation. Éviter le combat.

Vu la facilité avec laquelle Quentin avait pris le contrôle de leur situation difficile la nuit précédente, et tué deux hommes à mains nues, elle ne croyait pas à son impassibilité, mais ce bandit semblait mordre à l'hameçon. Il s'esclaffa, se retourna et aboya un ordre à ses hommes dans sa langue. Ils rirent tous et commencèrent à se disperser. Tout ce qu'Haley voyait, c'était le pistolet de l'homme sur sa hanche, si près qu'elle aurait pu tendre le bras et l'attraper...

Quentin lui serra la main en guise d'avertissement, l'aidant à se relever pour masquer ce mouvement. Elle poussa un profond soupir tremblant. Sa gorge était tellement sèche. Elle commençait à souffrir de la déshydratation.

— Serait-il possible d'avoir de l'eau, *Silahkan* ? demanda Quentin en se penchant légèrement. Et d'utiliser les toilettes ? Ce serait fort aimable à vous, surtout pour ma pauvre femme.

Le sous-entendu « femme faible » était bien là, mais à cet instant, elle se sentait faible, et ça entrait en adéquation avec leur objectif.

Le commandant se retourna lentement pour leur faire face. Puis il adressa un signe de tête à l'homme qui les avait fait sortir de la cabane plus tôt.

— Ramon. Emmène-les aux latrines.

Son sourire se fit mauvais.

— Mais c'est Lyrita qui est en charge de votre repas et de votre confort. Elle vous apportera à boire et à manger quand elle aura le temps.

Haley serra les lèvres devant l'injustice de la situation. Toute protestation de sa part n'aurait fait qu'empirer les choses. Elle devait économiser son énergie.

Ramon la poussa en avant, et elle inspira profondément

pour s'empêcher de lui crier dessus. Elle savait, sans aucun doute, qu'ils essaieraient de la pousser à bout pour qu'elle craque. Ensuite, soit ils la puniraient, soit ils puniraient l'homme qu'ils croyaient être son mari, l'homme qui l'avait sauvée tant de fois qu'elle ne savait pas comment elle pourrait jamais lui rendre la pareille. Elle aurait aimé qu'ils se réveillent dans les bras l'un de l'autre sans que personne ne soit blessé ou mort. Mais les souhaits ne la mèneraient nulle part, et elle devait se concentrer sur la réalité.

Quentin la suivit. Elle remarqua que son ombre était juste derrière elle, la protégeant à nouveau, de la seule façon qu'il pouvait le faire, de l'homme aux mains baladeuses.

Des enfants jouaient à même la terre, chassant les lézards avec des bâtons. Un chien l'accompagna sur quelques foulées avant de partir rejoindre les enfants dans leur chasse au lézard. Elle aurait tellement voulu le caresser...

Elle regarda autour d'elle. Certaines des structures étaient plus importantes que d'autres. Un bâtiment était robuste et en bois. Des hommes se prélassaient sur des hamacs et sur les marches. Une maison plus ancienne, plus délabrée, construite sur pilotis, se trouvait en retrait du village principal – si l'on pouvait appeler ça un village. La maison avait un toit de chaume et ce qui avait certainement été une vraie pelouse avant d'être récupérée par la jungle.

Ils arrivèrent à des cabanes en bordure du camp qui servaient de latrines. Quentin entra d'un côté, et le garde lui indiqua celle qui, quelques mètres plus loin, était manifestement réservée aux femmes.

Son estomac se retourna à cause de la puanteur, et elle eut un haut-le-cœur. La bile monta dans sa gorge. Les mouches bourdonnaient. Il y avait une planche de bois avec un trou dedans. Elle devait s'endurcir. Elle baissa son short et s'assit, se couvrant autant que possible avec le t-shirt de Quentin, consciente de l'œil impitoyable du garde qui lorgnait à travers une étroite ouverture dans les joncs. Elle aurait voulu vomir, mais toute sa vie, elle avait répété aux gens qu'elle était forte. Elle n'allait pas se laisser abattre par l'absence de toilettes ou par un pervers voyeur.

Un bol d'eau était posé à proximité avec une cuillère qu'elle utilisa pour se rincer du mieux qu'elle put. Son short devint humide, mais la chaleur était si écrasante que c'était acceptable. Il sécherait rapidement.

— On se dépêche, aboya la voix mauvaise dans la petite cabane. Il était furieux qu'elle ne lui ait pas donné plus à voir, mais heureusement, le haut de Quentin l'avait bien protégée.

Elle se rinça les mains avec la cuillère et se demanda à quel point elle devrait avoir soif pour boire l'eau de ce bol. Elle n'en était pas encore là, mais le mal de tête augmentait, et avec un tel climat, la déshydratation finirait par la tuer. Ce ne serait plus très loin.

Tout ce qu'elle mangerait et boirait pourrait potentielle-ment la rendre malade. Elle était à jour avec tous ses vaccins et rappels, mais son corps n'était pas résistant aux microbes et bactéries avec lesquels les locaux avaient grandi. Même une vilaine diarrhée pouvait la tuer. Un moustique bourdonna dans l'air humide des toilettes – une autre menace insidieuse. Ses pilules contre la malaria étaient à l'hôtel, carbonisées.

Les images de cet homme qu'on avait abattu devant eux sur la pelouse, de toutes les victimes du bar la nuit précédente, défilaient dans son cerveau en technicolor. Elle repoussa ce souvenir. Elle ne pouvait pas s'y arrêter pour l'heure. C'étaient des gens qu'elle avait connus professionnellement, avec qui elle avait été en concurrence. Des gens qu'elle avait appréciés et détestés sur le plan personnel. Elle ne savait pas ce que ça signifierait pour leur industrie dans son ensemble. Elle ne pouvait y penser pour l'heure. Elle les pleurerait dès qu'elle aurait l'espace mental pour ce faire, mais leur secteur devrait se débrouiller sans elle en attendant.

Pour elle et Savage, leur existence actuelle n'était que survie. Dire et faire tout ce qu'il fallait pour survivre à la prochaine rencontre. Elle pinça les lèvres en sortant des latrines et trouva Quentin qui l'attendait. Son regard inquiet la réchauffa, et elle déglutit pour chasser la sécheresse de sa gorge.

Il n'avait aucune idée de l'importance qu'il avait prise pour elle en si peu de temps. Avec lui à ses côtés, elle ne doutait pas qu'elle s'en sortirait, mais sans lui ?

Sans lui, elle n'avait aucune chance.

CHAPITRE ONZE

Le voyage avait été particulièrement long, mais Eban avait fini par atteindre le petit coin de paradis qui, pour tant de gens, s'était transformé en cauchemar. Il se dirigea lentement vers les ruines encore fumantes de ce qui, selon le site web, avait été un bel hôtel de luxe, un manoir colonial hollandais rénové qui avait survécu à la Seconde Guerre mondiale et aux violentes luttes pour l'indépendance qui avaient suivi. Mais il n'avait pas survécu à une conférence sur la sécurité assaillie par un groupe de terroristes armés.

Qui était responsable ?

Et pourquoi ?

Où était Quentin ? Était-il encore en vie ?

Telles étaient les questions qui tourbillonnaient dans son esprit, flirtant avec la colère et le chagrin qui menaçaient. Mais il gardait un visage impassible. C'était un professionnel.

Il portait des surchaussures en papier et des gants en nitrile qui le faisaient transpirer. Dans ces circonstances, c'était un miracle que la scène de crime ait été préservée, même vaguement.

C'était l'après-midi et le soleil se couchait tôt dans cette partie du monde. Les militaires indonésiens installaient ce qui ressemblait à d'énormes projecteurs de stade afin que les équipes médico-légales puissent commencer à récupérer les restes humains dès qu'il serait jugé sûr de pénétrer dans l'hôtel. Une poutre noircie s'écrasa, soulignant la faiblesse de la structure et le danger pour ceux qui se lançaient dans les recherches.

En début de semaine, Eban avait proposé avec désinvolture de prendre la place de son patron à cette conférence. En regardant le massacre autour de lui, il était heureux que Quentin n'ait pas accédé à sa demande.

Plusieurs corps jonchaient le sol, les taches de sang indiquant le type d'arme utilisé. Eban passa d'un cadavre à l'autre, se préparant chaque fois à trouver le corps d'un patron qu'il aimait et respectait. Un homme qu'il considérait comme un ami.

Un photographe du FBI l'accompagnait. Le flash de l'appareil photo aveuglait Eban à chaque cliché, s'imprimant sur ses rétines de la même manière que le massacre brutal marquait son âme.

Les images étaient envoyées directement aux États-Unis par satellite et passées dans des programmes de reconnaissance faciale. La vidéo était diffusée en direct au SIOC où une équipe travaillait sur différentes pistes.

L'attaché juridique du FBI dans la région, Reid Armstrong, observait la procédure tout en discutant avec un fonctionnaire de la police locale. Le ton monta et Eban leva les yeux, espérant ne pas avoir à interrompre une dispute.

Les émotions étaient à vif et le gouvernement américain souhaitait que des mesures rapides et énergiques soient prises pour traduire les terroristes en justice. Les États-Unis étaient prêts à intervenir si les Indonésiens ne pouvaient pas le faire par eux-mêmes. Le navire de guerre qui se trouvait dans la baie parlait pour lui-même.

Max Hawthorne, son ami de la CNU, négociateur et basé à Jakarta depuis six semaines, parcourait également les lieux avec un autre photographe, à la recherche du corps de Savage tout en essayant d'identifier les autres victimes.

Eban retourna à sa sinistre tâche.

En raison du grand nombre de victimes américaines, le FBI menait l'enquête conjointement avec ses homologues indonésiens. La police scientifique de la région apportait son aide et mettait à leur disposition ses installations en cas de besoin. Seuls trois survivants avaient été retrouvés jusqu'à présent, un local dans un état critique avec une balle dans la tête, une Américaine qu'on avait plongée dans un coma artificiel pour lui donner les meilleures chances de survie, et un autre homme avec une méchante commotion et une blessure par balle, mais dont les jours n'étaient pas en danger. Il était sous bonne garde à l'hôpital. C'était le seul témoin vivant et conscient de ce qui s'était passé la nuit précédente.

Un autre homme était revenu en titubant d'un bar de la ville la plus proche, tellement ivre qu'il ne marchait pas droit. La vue de l'incendie qui faisait rage et des cadavres l'avait rapidement dégrisé, et lui et son chauffeur de taxi avaient fait volte-face et étaient rentrés directement en ville.

Quelqu'un devrait l'interroger au plus vite.

Le meilleur expert en balistique du FBI mesurait les trajectoires et marquait l'emplacement des différentes balles. Étant donné qu'on se serait cru en zone de guerre, l'homme avait du pain sur la planche. Les douilles et les balles étaient systématiquement collectées pour être analysées. Il était peu probable que les empreintes digitales ou l'ADN des terroristes figurent dans leurs fichiers, mais lorsqu'on retrouverait ces salopards – et ils les *trouveraient* –, cela aiderait à les condamner.

La peine capitale était en vigueur en Indonésie.

Une odeur nauséabonde de chair brûlée et de fumée toxique flottait dans l'air. Eban voulait que ces connards paient le prix ultime, du moment qu'ils attrapaient les bons coupables.

Le photographe et lui continuèrent à marcher. Ils longèrent la pelouse jusqu'à ce qu'ils atteignent l'arrière de la propriété, qui donnait sur l'océan. Le paysage était spectaculaire, à l'exception d'un autre homme assassiné gisant sur la pelouse – abattu d'une balle dans le dos alors qu'il tentait de s'échapper. Grand, longiligne, brun, couché à plat ventre dans l'herbe.

Eban serra les poings et les dents pendant que le photographe prenait des clichés avant de retourner doucement le corps.

Les mouches bourdonnaient et une vague de nausée menaça d'avoir raison d'Eban à cause de la puanteur. La décomposition était rapide sous les tropiques, et il s'obligea à examiner attentivement les traits pour être sûr. Mais ce n'était pas Quentin. Ce n'était pas son patron. Dieu merci.

Il se crispa.

Ça y est. Ils avaient vérifié tous les cadavres qu'ils avaient retrouvés. Fouiller les ruines de l'hôtel allait prendre du temps, et les chances que les victimes soient autre chose que des cadavres noircis étaient au mieux très faibles.

Il appela McKenzie au SIOC, même s'il savait que ce ne serait pas le bon moment. Il ne se souvenait pas du décalage horaire qu'il y avait et se fichait pas mal que le type soit certainement au lit. McKenzie répondit immédiatement, d'une voix grave et inquiète.

— Vous l'avez trouvé ?

— Négatif.

Eban regardait la mer qui scintillait au soleil. Il n'y avait pas si longtemps, Quentin s'était sûrement tenu à ce même endroit et avait admiré cette même vue.

— Dites-moi où il a dit qu'il était quand vous lui avez parlé.

— Je l'ai écrit. Attendez.

Il y eut un bruissement et un choc, comme si McKenzie posait quelque chose de lourd sur une table.

— Alors, *sur la plage, sous l'antenne-relais de l'hôtel*. Attendez. En fait, il a dit *près* de la plage.

Eban regarda vers l'est. L'antenne-relais se dressait fièrement au sommet d'une colline voisine. C'était le point le plus élevé de cette partie de l'île. Il scruta l'horizon et vit une multitude de petites îles éparses au loin.

Bien qu'étant le quatrième pays le plus peuplé du monde, l'Indonésie comptait 9 000 îles inhabitées sur les 17 000 de son archipel. Plus de 255 millions de personnes vivaient dans cet endroit qui était plus une collection de cultures diverses qu'un pays unifié. Comme pour rendre les choses encore plus excitantes, des volcans parsemaient la région, dont un certain nombre pouvaient entrer en éruption à tout moment.

Cela lui fit penser à Darby O'Roarke, une étudiante diplômée en volcanologie qui avait été enlevée quelques jours plus tôt sur une île de la mer de Banda.

Était-ce lié ?

Cela semblait peu probable, étant donné que les assaillants avaient abattu tant d'otages potentiels sans distinction, mais l'Indonésie *était* un pays majoritairement sûr. Combien de poches indépendantes de terroristes y avait-il exactement ? Il devait savoir combien de groupes étaient actifs. L'attaché juridique connaîtrait sûrement la réponse à cette question.

— Je vais aller vérifier la zone qu'il a mentionnée, dit Eban à McKenzie, qui resta silencieux au bout du fil.

Tous deux réfléchissaient à l'éventualité que Quentin soit l'un des rares à avoir survécu à cette atrocité.

— Il était avec Haley Cramer, lui rappela McKenzie. Ses partenaires commerciaux veulent avoir accès à toutes les informations qui la concernent.

— On ne peut pas partager des informations sur une enquête en cours, rétorqua Eban.

— Cette fois, si. Alex Parker est consultant pour le FBI et, si quelqu'un peut les retrouver grâce aux dispositifs de communications électroniques, c'est certainement son équipe et lui. Croyez-moi, on doit travailler avec ce type.

En supposant que Quentin et Haley Cramer aient disparu et ne se trouvent pas dans les décombres de l'hôtel. Eban se gratta le crâne alors qu'un moustique essayait de lui sucer la cervelle.

— Je vous dirai s'il y a du nouveau.

Il raccrocha. C'était plus facile d'être froidement professionnel que de penser à ce qu'il cherchait. Un cadavre. Le corps de l'un de ses meilleurs amis.

Il y avait peu de chances que Quentin soit en vie. S'il l'était, il serait sorti de sa cachette au moment où Eban et les autres fédéraux étaient arrivés. Quentin était soit mort, soit inconscient, soit il avait été enlevé.

— Je dois aller fouiller la forêt près de la plage. Vous êtes prêt ? demanda Eban au photographe.

L'homme regarda autour de lui.

— On ne devrait pas y aller seuls, au cas où on tomberait sur un tigre.

Eban pinça les lèvres. Il espérait que le gars plaisantait.

— Les tigres sont le dernier de nos soucis.

Il fit signe à Hawthorne et à son technicien de la scienti

fique de les rejoindre, et les quatre agents se dirigèrent vers un chemin étroit dans la direction de l'antenne-relais.

— Beaucoup de traces vont dans cette direction, nota Hawthorne.

L'agent fédéral était un ancien soldat du SAS qui avait eu la double nationalité britannique et américaine. Il avait rejoint le Bureau après avoir passé du temps aux États-Unis à former des agents du FBI aux techniques de protection rapprochée. Hawthorne pouvait suivre des traces mieux que quiconque.

Eban le laissa faire. Ils avaient tous des lampes de poche, qu'ils allumèrent pour combattre les ombres de l'épaisse canopée.

— Oh, oui, dit l'ancien Britannique. *Beaucoup* de gens sont passés par là. Est-ce qu'on sait d'où l'assaut est venu ?

— On ne sait quasiment rien, déclara Eban d'un ton sec, sauf que beaucoup de gens sont morts, et qu'ils ne se sont pas blessés tout seuls.

Hawthorne hocha la tête.

— Je pense que les assaillants sont venus de cette direction. Ils ont certainement débarqué en bateau sur la plage. L'alternative serait une arrivée en hélicoptère, mais cela leur aurait fait perdre l'élément de surprise, et plus de gens se seraient dispersés dans les bois pour se cacher.

Eban suivait attentivement Hawthorne pour ne pas piétiner d'éventuelles preuves, même s'il n'était pas sûr de ce qu'elles pourraient leur apprendre. Au bout de cinq minutes environ, les arbres se firent plus rares et il aperçut la plage. Il marqua une pause.

— Savage est censé s'être caché dans les bois au pied de la colline.

Il braqua le faisceau de la puissante lampe de poche vers les broussailles dans cette direction. Quelque chose de cuivré brilla sur le sol de la forêt. Hawthorne et lui s'avancèrent prudemment à travers la végétation. Les photographes immortalisaient chaque étape du processus.

C'était une ceinture de balles. Ils devaient l'envoyer au labo.

— On dirait qu'une sorte de confrontation a eu lieu par ici. Regarde tous les buissons aplatis et les feuilles cassées, dit Hawthorne en fronçant les sourcils.

Eban repéra un pied nu qui dépassait de sous une fougère. Une boule se forma dans sa gorge, l'empêchant de respirer.

Les photographes s'activèrent. Hawthorne trouva un bâton et s'en servit pour écarter les branches.

Tout l'air quitta les poumons d'Eban quand il vit que ce n'était pas Quentin. Deux corps d'hommes, dépouillés de certains vêtements, mais pas nus, gisaient là dans le sous-bois. Pas de blessures par balle visibles. Ils portaient des hauts tachés de sueur et des bandanas autour du cou. On leur avait clairement brisé la nuque. Un homme n'avait plus ni pantalon ni chaussures.

Eban se mit en retrait pour laisser les photographes entrer et prendre des photos à envoyer au siège.

— Ce sont deux des assaillants, tu penses ?

Hawthorne s'accroupit à côté des corps.

— Ils ont quelques tatouages que j'aimerais mieux voir.

Les photographes se rapprochèrent, et Hawthorne fit rouler le corps pour avoir une meilleure vue.

— Quelqu'un leur a brisé la nuque.

Eban explora les environs, mais ne trouva rien d'autre.

— Allons voir la plage, suggéra Hawthorne.

Eban hocha la tête et suivit ses collègues.

Qui avait tué les deux hommes ? Savage ? Cette femme, Haley Cramer ? Quelqu'un d'autre ?

Où étaient-ils ?

Eban poussa un soupir frustré. Cela prendrait des jours pour fouiller la jungle. Peut-être que le gouvernement indonésien laisserait l'US Navy apporter son aide. Histoire que les marins puissent se rendre utiles.

Ils atteignirent la plage, et Hawthorne tendit le bras pour les empêcher d'aller plus loin.

— On a traîné quelque chose par-là. Deux bateaux. Prenez des photos, dit-il aux photographes.

Les deux hommes commencèrent à descendre sur la plage, s'écartant sur le côté avant d'avancer prudemment.

Ils firent un peu plus de cinq mètres avant que quelqu'un ne lance :

— J'ai une arme de poing et du sang ici.

Son flash éclaira les objets dans le sable.

— Des téléphones portables aussi.

Bingo.

Eban dut se retenir de courir alors qu'Hawthorne et lui rejoignaient rapidement les autres hommes. Dès que le photographe eut assez de clichés, Eban se pencha et prit avec précaution un téléphone portable par le bord pour le glisser dans un sac à scellés transparent.

Hawthorne fit de même avec l'autre téléphone. Eban reconnut le portable professionnel de Quentin. C'était tentant de l'allumer, mais il ne voulait rien faire qui puisse compromettre le travail des techniciens.

— Récupérons le sang et le pistolet, et on fera venir d'autres techniciens de la scientifique pour voir s'ils peuvent récupérer autre chose.

C'était un miracle qu'il n'ait pas plu au cours des dernières vingt-quatre heures, mais le miracle ne durerait pas beaucoup plus longtemps.

— Tu penses à ce que je pense ? demanda Hawthorne à voix basse.

Eban fixa du regard l'océan qui semblait sans fin.

— Qu'ils ont enlevé Quentin et cette Cramer ?

Eban croisa le regard inquiet de l'homme et hocha la tête.

— Oui, je pense que oui. Et maintenant, on doit les retrouver.

CHAPITRE DOUZE

Quentin ne dit pas un mot tandis qu'on les faisait défiler comme des bêtes de somme dans le village de fortune. Il exagérait la douleur au niveau de ses côtes et se traînait, l'air fatigué, voulant paraître plus faible qu'il ne l'était réellement. Il pourrait certainement maîtriser le garde, mais pas forcément sans que ce connard n'appelle à l'aide ou ne l'abatte avec l'AK qu'il tenait si négligemment.

Et s'ils tentaient de s'échapper et échouaient, leurs ravisseurs le battraient à mort. Non pas que cela ait été amusant jusque-là, mais il était parfaitement conscient, d'après tous les rapports qu'il avait lus au fil des ans, que lui et Haley auraient pu tomber plus mal. Il avait toujours sa tête, et elle n'avait pas été violemment agressée.

Pour l'instant.

Il ne doutait pas que la menace de défigurer Haley était réelle, mais elle était aussi destinée à les garder craintifs et dociles. Les pousser à suivre les règles sans quoi des choses terribles se produiraient. Comme s'ils avaient besoin d'un rappel après la nuit précédente.

Il ne voulait pas être responsable de la mutilation d'Haley, mais ils devaient établir un plan de fuite et ne pas plier face aux menaces. Facile à dire quand vous ne risquiez pas de perdre un morceau du visage, bien qu'il soit presque sûr qu'ils voudraient sa tête entière le moment venu, et pas seulement une partie.

Il entreprit d'examiner les lieux, tête penchée, ne bougeant que les yeux. À en juger par la maison principale et les petites baraques en bois, il semblait s'agir d'un camp semi-permanent. Le QG des terroristes.

Ça ne voulait pas dire que ces gens possédaient cette propriété. C'était sûrement un lieu abandonné, ou bien ils avaient tué le propriétaire d'origine et pris le contrôle de l'endroit.

Les cabanes délabrées dans lesquelles vivaient certaines personnes semblaient pouvoir être arrachées par un violent coup de vent. Ils ne voulaient sans doute pas investir du temps ou de l'énergie dans la construction de structures plus permanentes, alors qu'ils devraient tout abandonner en vitesse si les autorités les trouvaient. Mais la présence de femmes et d'enfants laissait penser qu'ils étaient assez sûrs que les autorités *ne* les trouveraient *pas*... C'était un mystère.

Quelque chose chez le chef, plus l'attaque hautement orchestrée de la nuit précédente, faisait penser à Quentin que ce type avait été – ou plus inquiétant, était *encore* – dans l'armée, ce qui signifiait que ce groupe pourrait être plus intelligent que la moyenne des preneurs d'otages.

Ils étaient musulmans, mais la plupart des Indonésiens étaient musulmans et pacifiques.

Ce groupe était-il affilié à l'État islamique ou à Al-Qaïda ? Ou bien avaient-ils un intérêt local à faire valoir ?

Ironiquement, il n'en savait pas beaucoup plus sur eux en plein cœur de leur camp que depuis son bureau.

Il essaya d'évaluer la taille de l'île, mais c'était impossible.

La canopée dense de la jungle ne lui permettait pas de voir à plus de trois à six mètres autour. Il entrevoyait le bleu de l'océan au sud. Au-dessus, les feuilles étaient impénétrables, à l'exception d'une bande étroite le long de la piste.

Quentin leva les yeux vers la fine ligne de ciel bleu vif. Un satellite pourrait bien passer juste au-dessus d'eux sans repérer les bâtiments ou les personnes y habitant.

Aucune antenne-relais en vue. Le commandant avait sûrement une radio dans sa maison ou dans la caserne ou les deux. S'y rendre et envoyer un message pourrait alerter les autorités sur leur position, mais Haley et lui seraient tués ou déplacés sur une nouvelle île avant que les secours n'aient la chance d'arriver.

Était-ce le même groupe qui avait enlevé les Alexander et Darby O'Roarke ? Si oui, où étaient-ils détenus ? Quentin n'avait vu aucun signe d'eux, mais Haley avait repéré un yacht qui pourrait être celui des Alexander – ou d'un autre pauvre voyageur assez malchanceux pour choisir le mauvais endroit pour des vacances isolées.

Le fait que Darby O'Roarke soit une femme célibataire qui travaillait seule signifiait que les chances qu'elle soit agressée ou même mariée de force à l'un des sales types qui l'avaient enlevée étaient élevées. C'était en partie la raison pour laquelle Quentin avait prétendu que Haley était sa femme, même si cela avait aussi été une tentative désespérée de la garder en vie. Le stratagème avait payé. À présent, ils avaient moins de risques d'être séparés. Quentin avait besoin de cette proximité s'il voulait la protéger et l'emmener avec lui lorsqu'il tenterait de s'échapper.

Ils arrivèrent à « leur » cabane, en bordure du camp. Derrière, il y avait une forêt dense et une descente abrupte. Le paysage était d'une beauté sauvage et s'étendait à une distance intimidante.

S'échapper ? S'échapper où ?

Une femme cria derrière eux, et il se retourna lentement. Lyrita, la veuve qui ne devait pas avoir plus de dix-huit ans, se précipita vers eux en tenant un bol couvert de quelque chose et une cruche d'eau.

Le garde lui dit quelque chose, mais elle écarta les aliments et montra férocement les dents à Haley avec un grognement audible.

Lyrita tendit le bol vers lui, il le prit et s'inclina légèrement pour paraître moins menaçant.

— *Terima kasih.*

Cela signifiait « merci » en bahasa indonésien. Bien que la plupart des îles aient leurs propres langues indigènes, plus de 220 millions de personnes parlaient la langue officielle. Avec un peu de chance, elle en faisait partie. Malheureusement, Quentin ne connaissait que deux phrases. *S'il vous plaît*, et *merci*. Il n'allait pas pouvoir faire la conversation.

La femme lui jeta un regard noir. Puis elle cracha dans la cruche d'eau et la lança vers Haley qui dut s'élancer pour l'attraper avant qu'elle ne s'écrase sur le sol.

— *Terima kasih*, cria Haley à la femme furieuse qui battait en retraite.

La femme leva les mains en l'air et poussa un nouveau cri d'indignation.

Quentin s'efforça de masquer un sourire. Le fait qu'Haley ait gardé le sens de l'humour malgré tout ce qu'ils venaient de traverser signifiait qu'elle pourrait survivre à ce cauchemar.

Avec un peu de chance.

Il se souvint de ce qu'elle avait dit à propos d'avoir déjà été violée par le passé, et cette vieille rage familière se réveilla. Mais ce serait pour une autre fois. Ils devaient affronter ces nouveaux dangers une minute après l'autre. Les enlèvements mettaient souvent des mois à être résolus, mais

Quentin ne comptait pas rester aussi longtemps s'il pouvait l'éviter.

Il avait été dans l'armée et avait suivi une formation en survie dans la jungle de Bornéo, qui n'était pas très différente de cet environnement. Il avait assez de compétences en la matière pour se sortir de là, en supposant qu'ils ne l'attachent pas ou ne le battent pas à mort avant. C'était les faire sortir tous les deux qui pourrait s'avérer difficile, mais il n'allait pas laisser Haley derrière lui.

Le garde passa la tête dans la cabane comme s'il cherchait des renforts – peut-être des Navy SEALs qui auraient été bienvenus compte tenu des circonstances. En tant que militaire, il aurait préféré l'intervention de la Delta Force, mais il ne pouvait pas faire le difficile. Le garde se retourna vers eux et agita son fusil pour les pousser à entrer.

Quentin fit signe à Haley de passer en premier.

— Après toi, mon amour.

Elle fronça les sourcils, mais avança quand même. Il ne voulait pas que le garde soit seul avec elle. Pas même un instant. Il avait vu comment les yeux de l'homme la suivaient et comment il ne pouvait pas s'empêcher de la toucher, même pour la bousculer.

Il connaissait les hommes de ce genre.

Quentin se faufila dans l'ouverture, et le garde referma la porte à clé derrière eux. Ce n'était pas vraiment Fort Knox, mais une petite brèche dans les joncs lui permit de voir le type affalé contre un arbre voisin, regardant avec ressentiment dans leur direction.

S'échapper ne serait pas facile, mais Quentin était sûr de pouvoir crocheter la serrure si le garde s'endormait.

Haley et lui étaient assis côte à côte sur le lit de camp, contemplant en silence la cruche d'eau et le bol couvert posé sur le sol devant eux. La soif collait sa langue au palais, et son estomac grognait.

Il ne s'attendait pas à être nourri. Pas encore. Mais qui savait ce qu'il y avait là-dedans. Cela pouvait être n'importe quoi, des araignées frites aux rats de la jungle. Cela pourrait aussi être une blague cruelle. Il avait tué le mari de Lyrita après tout.

Ça pourrait tout aussi bien être des fourmis rouges ou des étrons chauds.

— Prête ? demanda-t-il.

Haley acquiesça et prit une gorgée d'eau, crachats ou pas. Il se sentit ridiculement fier d'elle à ce moment-là, et leva presque les yeux au ciel en le réalisant. *Quel crétin.*

Elle lui passa la cruche, et il en prit une gorgée aussi. Elle semblait consciente, sans qu'il ait besoin de dire quoi que ce soit, qu'ils devaient rationner l'eau, mais pas trop, au cas où ce satané garde viendrait la leur reprendre ou la renverser dans un accès de rage.

Quentin retira avec précaution le couvercle du plat. Haley se tint le ventre, puis laissa échapper un soupir de soulagement qui ressemblait presque à un rire.

Des grillons frits.

Bon.

Ce n'était pas si terrible.

Il en prit un et mordit dans l'insecte croustillant. Ça restait comestible, et ça n'avait pas mauvais goût. Un petit côté noisette.

Haley s'approcha timidement et en mit un dans sa bouche aussi.

— Les insectes renferment plus de protéines que le bœuf, lui dit-elle avec une grimace.

Il hocha la tête, impressionné.

— Vous avez fait une formation SERE ou quelque chose comme ça ?

Les techniques de survie, d'évasion, de résistance et de fuite (Survival, Evasion, Resistance and Escape) étaient des éléments essentiels de la formation militaire.

Elle secoua la tête et grimaça en mangeant.

— Je ne suis pas fan de la douleur ou de la privation.

Elle prit un autre insecte.

— J'avais un énorme *crush* pour Bear Grylls.

Elle croqua les pattes de l'insecte.

— Vous pensez qu'elle a aussi craché dessus ?

— Je pense que c'est fort probable.

Elle laissa échapper un rire horrifié.

— Je m'en fiche à vrai dire. Je sais qu'on ne peut pas se permettre de s'affaiblir en manquant des repas.

Il prit une nouvelle gorgée d'eau et tendit la cruche à Haley qui la prit.

Ils regardèrent tous deux leur bol de grillons.

— Je ne sais pas si je dois être reconnaissant d'être nourri ou si je dois me méfier et me demander s'ils ne nous bercent pas d'un faux sentiment de sécurité, lui dit-il honnêtement. Les gardes semblent assez laxistes. C'est comme s'ils savaient que, même si on tentait de s'échapper, on échouerait. Je suppose que ça a un rapport avec le fait que l'île est inhabitée à l'exception de ce groupe de rebelles, et qu'ils gardent vrai-semblablement les bateaux. Peut-être qu'il y a un héliport ou même une piste quelque part...

— Vous savez piloter un avion ?

— Malheureusement non.

Il rit, puis se reprit. Ce n'était pas drôle.

— Qu'est-ce qu'ils vous veulent, à votre avis ?

— Je ne sais pas.

Il se racla la gorge, réticent à lui révéler ses pires craintes, mais c'était ridicule. Ils ne pouvaient pas avoir de secrets l'un pour l'autre.

— Ça pourrait être une simple demande de rançon. Un couple de retraités américains a été kidnappé sur un yacht en mer de Chine méridionale il y a environ six mois. Le yacht n'a jamais été retrouvé, un trente-huit pieds. Un groupe terroriste a demandé une rançon de dix millions de dollars. La famille a vendu tout ce qu'elle possédait pour essayer de réunir l'argent, mais elle n'a pu rassembler qu'un peu plus d'un million de dollars. Une autre jeune femme a été enlevée il y a un jour ou deux. Une étudiante diplômée en volcanologie. Aucune demande de rançon pour l'instant, mais il faut généralement quelques jours avant qu'ils n'essaient de prendre contact avec les proches. Ils pensent sûrement que s'ils m'ont sous leur contrôle, le gouvernement devra négocier, mais ce n'est pas comme ça que ça marche.

Haley lui toucha la main. Il avait remarqué qu'elle le faisait souvent. Le toucher. Il aimait ça. Beaucoup.

— Je pourrais réunir assez d'argent pour nous tirer d'affaire.

Quentin secoua la tête.

— Et ensuite, cette organisation aurait les moyens de kidnapper d'autres Occidentaux. Et ils vous demanderont toujours plus d'argent jusqu'à ce qu'ils vous saignent à blanc, vous et les autres familles. Le gouvernement ne permettrait jamais qu'une rançon soit versée en échange de ma libération. Dans le cas contraire, tous les fonctionnaires américains risqueraient de faire l'objet de kidnappings et de demandes de rançon.

La bouche de Haley se tordit, visiblement pas satisfaite de sa réponse.

— On dirait qu'ils jouent déjà à ce petit jeu-là.

— C'est vrai, mais avec tout cet argent, imaginez l'armement qu'ils pourraient acheter et combien de personnes ils pourraient blesser.

Elle remonta ses genoux jusqu'à son menton, visiblement déçue que ce ne soit pas si simple. Lui aussi l'était.

Ils restèrent assis en silence, côte à côte. Finalement, elle reprit la parole.

— Vous avez dit que ça *pourrait* être une demande de rançon. Qu'est-ce que ça pourrait être d'autre ?

Il détourna le regard.

— Une campagne de communication. Ils pourraient avoir l'intention de me torturer – il se racla la gorge, éprouvant le besoin d'être honnête –, de *nous* torturer, en direct sur Internet pour augmenter leur poids dans le milieu terroriste et faire un doigt d'honneur aux États-Unis. Et pour inciter les autres familles à payer la rançon. Maintenant qu'ils savent que vous êtes riche, je pense qu'ils vous garderont en vie.

— Avec ou sans nez ?

On aurait dit qu'elle allait vomir.

— Vous avez un plan qui m'empêchera de perdre la tête ?

Elle prit un autre grillon frit et le croqua avec détermination.

Il passa son bras autour de ses épaules et posa sa tête contre la sienne. Elle était belle et intelligente, et n'avait pas craqué malgré le cauchemar qu'elle vivait. Première règle de survie : ne pas paniquer.

— Vous auriez fait un excellent agent, vous savez.

Elle eut un rire dépourvu de joie.

— Parce que je suis *tellement* courageuse ?

— Vous *êtes* courageuse.

— Depuis notre rencontre, je n'ai fait que me cacher derrière vous.

Cette idée semblait la rebuter.

— On a bien fait quelque chose d'autre.

Il lui donna un petit coup sur l'épaule.

Ses yeux s'embrasèrent à ce rappel, et un éclair d'attirance passa entre eux tandis qu'elle riait.

— Et je suis contente qu'on l'ait fait. Ça fera quelque chose de positif à retenir si...

Il avait voulu lui changer les idées, mais avait manifestement échoué.

— Est-ce que c'est mal que je sois heureuse d'être entrée par hasard dans votre chambre hier soir, et pas dans celle d'un autre ? dit-elle doucement.

Ils se regardèrent fixement pendant un long moment, l'air se réchauffant entre eux.

— Non. Je suis content que ça ait été ma chambre, moi aussi. Je ne me suis pas senti comme ça depuis...

Il se tut. Haley Cramer n'était pas le genre de femme qui apprécierait d'être comparée à sa défunte épouse, et Abbie ne méritait pas ça. Et peut-être qu'Haley aurait couché avec quiconque l'aurait sauvée, simplement pour réaffirmer son contrôle sur son corps. Il ne savait qu'en penser ni que faire du sentiment désagréable associé à cette idée. Ils avaient des choses plus importantes à régler.

Il s'éclaircit la gorge.

— Je pense qu'on devrait essayer de s'échapper le plus tôt possible, même s'ils nous surveillent de près. On pourrait sûrement crocheter le cadenas et se faufiler dehors de nuit. Aller jusqu'à la crique et voler le yacht ou un autre bateau.

— C'est risqué.

Ses yeux étaient énormes.

— Ça l'est. Ils nous puniront si on se fait prendre, et à côté, cette journée ressemblera à un anniversaire d'enfant.

— Ils gardent peut-être les bateaux, souligna-t-elle.

— Je suppose, en effet. Mais si on ne peut pas atteindre les bateaux, on peut se cacher dans la jungle jusqu'à ce qu'on trouve un autre moyen de quitter cette île. C'est mieux que de rester assis ici à la merci de ces types.

— Je suis d'accord.

Elle frissonna et frictionna ses bras pour chasser la chair de poule.

— Plus on reste, plus la situation va s'aggraver. Je préfère mourir en essayant de sortir d'ici plutôt que d'attendre que ce connard découpe mon putain de nez.

Il l'embrassa sur la tête. L'odeur de la fumée était accrochée à ses cheveux. Elle se retourna et lui sourit, et il se retrouva à regarder ses lèvres, puis cligna des yeux, horrifié. À quoi pensait-il ? Ce n'était pas parce qu'ils avaient fait l'amour et qu'il avait besoin de ce contact humain qu'elle partageait son ressenti. Elle avait été victime de multiples agressions...

Elle se pencha et l'embrassa, comme s'ils étaient un vrai couple marié et que ce geste d'affection était tout ce qu'il y avait de plus naturel.

— Au cas où ils regarderaient, murmura-t-elle rapidement, ses joues s'empourprant.

Le peu qu'il pouvait voir du garde suggérait que l'homme dormait.

Il sentit une boule se former dans sa gorge. Après n'avoir plus rien ressenti pour une femme pendant des années, il avait enfin rencontré quelqu'un qui avait fait naître des choses en lui. Haley Cramer. Qui était superbe, même sans aucune fioriture, et intelligente, honnête et résiliente.

Il y avait de fortes chances pour qu'ils soient tous les deux morts dans une semaine.

L'univers avait vraiment un drôle de sens de l'humour.

Même s'ils arrivaient jusqu'au yacht, les terroristes avaient des hors-bords, des radios et des AK, et connaissaient la région. Lui disposait d'un vieil entraînement SERE, de beaucoup de détermination, et de l'aide d'une femme qui apparemment avait un faible pour les survivalistes anglais fous.

Il prit un autre criquet, déterminé à garder des forces. Puis le sol trembla sous ses pieds, et Haley cria.

CHAPITRE TREIZE

— **D**onc, en plus de tout le reste, on est assis sur un volcan actif ?

Haley n'en revenait pas. Qu'avait-elle fait pour contrarier ainsi l'univers ? Quoi qu'il en soit, elle était prête à se repentir.

— On dirait bien.

Leurs ravisseurs bavardaient avec excitation, mais leur attention semblait se porter sur la montagne, pas sur eux.

Quentin avait un visage impassible et essayait certainement de ne pas l'effrayer, mais elle en avait assez d'être courageuse.

— Comment pouvez-vous être si calme ? cracha-t-elle.

Ils faisaient attention à ne pas parler trop fort pour que les gardes ne puissent pas entendre leur conversation.

Il lui adressa un sourire de travers. Le fait qu'il soit magnifique, bien que sale, débraillé et avec une barbe naissante ne rendait pas les choses acceptables pour autant.

Rien n'allait.

Surtout le fait qu'elle soit en colère contre lui.

Les larmes lui montèrent aux yeux, et elle essaya de les arrêter, mais elles franchirent ses défenses et commencèrent à rouler sur ses joues. Bon sang, elle détestait pleurer. Elle se retrouva serrée contre un solide torse masculin et se mit à sangloter doucement. Pour ne pas attirer l'attention du garde, elle plaqua sa main sur sa bouche tandis que Quentin la berçait, comme un parent le ferait avec un enfant. Sauf que c'était un genre de réconfort qu'elle n'avait jamais reçu de son père distant, ce qui rendait les actes de Quentin encore plus poignants.

— Tout va bien, Haley. Je suis là. Aussi longtemps qu'il le faudra, je serai là. Laissez tout sortir.

Les larmes l'aveuglaient, et des sanglots s'échappaient de sa poitrine malgré ses tentatives pour se taire. Il lui frotta le dos, absorbant une partie de sa douleur, apaisant une partie de sa peur et de sa souffrance. Il lui murmurait des paroles de réconfort dans ses cheveux et elle pleurait encore et toujours, incapable de se ressaisir. Après plusieurs minutes, elle frissonna et s'immobilisa. C'était fini.

Quentin trempa un petit coin de la couverture dans l'eau et tamponna son visage.

— Je suis désolée.

Elle se sentait mieux, plus en contrôle à présent. Elle ne se souvenait même pas de la dernière fois qu'elle avait pleuré. Sûrement quand Alex Parker avait été incarcéré dans cette prison marocaine pour des motifs bidon, et qu'elle pensait l'avoir perdu à jamais.

— Je ne comptais pas craquer. On n'est même pas là depuis vingt-quatre heures que je pleurniche déjà comme un bébé.

Il essora le coin de la couverture et la remit sur le lit.

— Ce sera mon tour demain.

Il lui adressa un sourire, mais elle se souvint soudain qu'il s'était fait tabasser à plusieurs reprises, et elle ne lui avait même pas demandé s'il allait bien.

— Est-ce que vous êtes blessé ?

Elle arrêta de le serrer si fort.

— Je ne vous ai même pas demandé. Vos côtes...

— Elles me font un peu mal, mais j'exagérais devant nos amis. Les coups de poing n'étaient pas très agréables, mais ils n'ont pas fait trop de dégâts. Je ne pisse pas le sang, ce qui est bon signe.

Elle essaya de chasser la sensation de cette lame d'acier sous son nez.

— Je ne veux pas penser à la façon dont la situation pourrait empirer ou au temps qu'on risque de rester coincés ici.

Il commençait à faire sombre dehors, et elle savait que la nuit allait tomber ; or ils n'avaient ni lampe de poche ni bougie. Un moustique bourdonna et elle l'écrasa.

— Beurk.

Elle essuya la carcasse collante sur un morceau de bois.

Elle prit une nouvelle gorgée d'eau, se contrôlant parce qu'il était hors de question qu'elle aille dans ces toilettes effrayantes avec le garde effrayant au milieu de la nuit. À moins que ça ne fasse partie d'un plan d'évasion.

— On devrait essayer de se protéger autant que possible des piqûres. Prenez la couverture...

— Non.

— Mais...

Elle secoua la tête.

— Ne me traitez pas différemment parce que je suis une femme. Je dois faire ma part. Nous ne sommes plus dans le monde de la gentillesse et de la politesse. Nous sommes des partenaires qui se battent pour leur survie.

Les lèvres de Quentin se tordirent.

— Je n'étais pas sûr de savoir si vous voudriez partager un lit, étant donné ce qui s'est passé ces deux derniers jours et le fait que vous avez été violée par le passé. Je ne voudrais pas déclencher de SSPT ou de sorte de flashback.

— Oh, mon Dieu, Quentin.

Haley laissa échapper un petit rire, même si elle n'avait jamais parlé de ce qui lui était arrivé. Pas en dehors de sa famille et de ses séances de thérapie régulières. Mais plus de vingt ans avaient passé, et elle était gérait mieux à présent.

— Je ne pense pas avoir jamais rencontré quelqu'un d'aussi prévenant que vous.

Il fit la moue.

— Je suis sûr que les gens qui travaillent pour moi ne diraient pas la même chose.

Elle ne le croyait pas. Pas même un instant.

— Coucher avec quelqu'un n'a jamais déclenché de SSPT par le passé. Je sais que ça ne garantit pas que je ne ferai pas de cauchemars à l'avenir, mais je ne me suis jamais sentie plus en sécurité que lorsque je suis avec vous.

Il croisa son regard, ses yeux chocolat noir pleins de contrition et de remords pour des choses qui n'étaient même pas de sa faute. Si les autres hommes étaient à moitié aussi bons que lui, le monde ne serait pas ce qu'il était. Il détourna le regard, visiblement mal à l'aise face à la confiance qu'elle lui accordait.

— Je vais essayer de dormir quelques heures.

Haley déplaça le bol de grillons presque vide à l'extrémité du lit de camp et lui tendit la cruche d'eau, qu'il prit.

Puis il s'allongea avec précaution, lui indiquant que même s'il faisait semblant de ne pas avoir mal, en réalité, il souffrait le martyre. Il se mit sur le côté et elle s'allongea près de lui. Elle drapa la couverture grise sur leurs jambes et la remonta jusqu'à leurs poitrines. Elle sentait le moisi, mais c'était tout ce qu'ils avaient, et elle en était reconnaissante.

Elle s'allongea sur le dos et essaya de s'installer confortablement sans monopoliser l'espace disponible.

C'était *impossible*.

— Allongez-vous sur moi, dit-il après cinq minutes à s'agiter.

— Je ne veux pas vous faire de mal, protesta-t-elle.

Il leva son bras et elle s'installa, sans trop de réticence, contre son torse, en faisant aussi attention que possible aux blessures dont il ne lui aurait pas parlé. Elle glissa son genou sur le sien, cherchant une position confortable.

Il remonta la couverture sur elle, couvrant même ses cheveux, pour compliquer la vie des moustiques.

— Dites-moi si vous commencez à paniquer. À n'importe quel sujet.

— J'ai dépassé le stade de la panique.

Mais elle savait ce qu'il voulait dire. Elle serra le poing sur son torse. Elle ne se souvenait pas de la dernière fois où elle avait simplement dormi avec un homme. Sûrement avec Chris Baylor quand ils sortaient ensemble. Cette relation avait été un record pour elle. Elle en avait eu d'autres qui avaient théoriquement duré plus longtemps, mais c'étaient des relations à distance, et elle avait donc passé moins de temps avec eux. Alex disait qu'elle choisissait toujours des losers et autres types qui cherchaient à se servir d'elle. Cette pensée lui rappela les horreurs de la nuit précédente.

— Je pense qu'ils ont tiré sur l'homme que vous avez sauvé avant que le toit ne s'effondre hier. Je le connaissais un peu. C'était un ancien Marine qui excellait dans le travail de protection rapprochée. Il avait passé beaucoup de temps au Moyen-Orient, et j'ai essayé de le faire rejoindre notre cabinet il y a quelques années.

S'il avait travaillé pour eux, il n'aurait pas été présent à la conférence, et il ne serait pas mort.

— Vous pensez que Chris a survécu ?

Son bras se resserra autour d'elle.

— Je ne sais pas. Il aurait pu entendre les terroristes revenir et se cacher.

Elle s'interrogeait sur Tricia Rooks et l'autre personne qu'elle avait sauvée. Avaient-elles survécu ? Sans l'intervention de Quentin, Haley savait qu'elle serait certainement morte. C'était peut-être pour ça qu'elle ressentait une telle attirance pour cet homme – sauf qu'elle l'avait ressentie avant même l'attaque terroriste, avant qu'ils ne fassent l'amour.

Et elle ne semblait pas aller en s'amenuisant.

Les bruits des villageois vaquant à leurs occupations quotidiennes se poursuivirent alors que l'obscurité s'épaississait. Apparemment, le grondement d'un volcan n'était pas si inhabituel. Le son et l'odeur de la cuisson imprégnaient l'air de l'odeur du feu de bois. Elle ne pensait pas pouvoir sentir à nouveau de la fumée sans penser aux victimes qui avaient été assassinées la nuit précédente. Et à présent, Quentin et elle étaient entourés par les gens qui avaient fait ça à leurs semblables.

Elle ne pouvait pas se permettre de l'oublier. Ces fils de putes étaient des violeurs et des tueurs. Ils n'auraient aucune pitié.

— Comment vous vous êtes connus, avec Chris ? murmura Quentin dans l'obscurité.

Peut-être pouvait-il sentir son cœur s'emballer.

— On s'est rencontrés à Washington. Il était très charmant, jusqu'à ce qu'il ne le soit plus.

— Désolé.

À son ton, on aurait dit qu'il pensait que c'était sa faute.

— Pourquoi ?

— Parce que quand on était à l'armée ensemble, je ne le réduisais pas en bouillie chaque fois qu'il trompait une fille.

Elle laissa échapper un petit rire doux-amer.

— Je n'ai appris qu'il me trompait qu'après avoir découvert qu'il essayait de s'introduire dans mon ordinateur pour voler des secrets d'entreprise.

— Vous plaisantez.

Elle sentit qu'il essayait de croiser son regard, bien qu'il fasse trop sombre pour voir son expression.

— J'aurais bien aimé.

— Je n'en reviens pas.

Elle se raidit.

— Je ne veux pas dire que je ne vous crois pas... Mais qu'avez-vous fait ? Vous avez porté plainte ?

— Non, mes partenaires ont créé des informations erronées sur un contrat pour lequel nous étions tous les deux candidats, ce qui a fait perdre beaucoup d'argent à sa société en sous-enchère. Puis Alex a infecté son système informatique avec un virus qui a mis hors service toute la partie financière de son entreprise pendant deux semaines. On ne voulait pas compromettre le travail sur le terrain, mais j'étais d'accord pour que Chris passe un sale quart d'heure. Hum. Je me doute que ce n'est pas tout à fait légal, alors oubliez que je vous en ai parlé.

— Il s'est comporté comme un connard.

C'était le cas.

— Et vous ? Vous vous êtes rencontrés à l'armée ? demanda-t-elle.

Elle voulait en savoir plus. Pas sur Chris, mais sur Quentin. Si les choses ne se passaient pas comme ils le voulaient, elle pourrait avoir tout le temps du monde pour explorer son histoire personnelle, ou ne pas en avoir du tout. Elle ne voulait pas y penser.

— Au camp d'entraînement. Pour pouvoir postuler au FBI, il fallait que le gouvernement paie mon diplôme. En échange du service militaire. C'était le seul moyen pour moi d'aller à l'université.

— Vous avez toujours voulu être un agent ?

Elle le sentit rire, puis grimacer.

— Oui. Ça semble être un rêve ridicule pour un enfant.

— Ce n'est pas ridicule, lui assura-t-elle. C'est assez admirable.

— En ce moment, je regrette de ne pas avoir choisi d'être professeur de maths au lycée.

— Je ne sais pas, dit-elle. Le lycée semble presque aussi dangereux que les zones de guerre de nos jours.

— Ne m'en parlez pas.

Il la serra plus fort. Elle ignorait s'il s'en rendait compte. Ça ne l'effrayait pas, ça n'avait pas l'air sexuel. C'était agréable et réconfortant.

Bien sûr, elle trouvait Quentin séduisant. Il était sexy à bien des égards, mais le faire dans cette cabane branlante avec le garde dégoûtant et effrayant à l'extérieur ? Elle était incapable d'envisager de coucher avec lui dans cet endroit et était heureuse que lui non plus.

— Alors Chris et vous, vous êtes les meilleurs amis du monde ? Ça a dû être sympa de le retrouver à la conférence.

— On a été proches pendant longtemps, mais on s'est perdu de vue. On était trois à l'époque, avec un autre type appelé Nick Karlovac.

— Je connais Karlovac.

— Vous n'avez pas l'air de le porter dans votre cœur.

Elle haussa les épaules, restant toujours collée au torse de Quentin malgré l'humidité. Il sentait bon – pas comme un homme qui sortirait de la douche, mais bon quand même – et la sensation de son bras autour d'elle était encore plus agréable.

— C'est un concurrent, donc je n'irai pas prendre un brunch avec lui.

Mais c'était plus que ça. Karlovac et Baylor étaient tous deux des mâles alpha qui trouvaient normal d'essayer de l'intimider. Il ne leur avait pas fallu longtemps pour comprendre qu'elle n'était pas facilement intimidable, surtout avec Alex Parker et Dermot Gray comme partenaires.

— J'ai du mal à vous imaginer avec eux, pour être honnête.

— L'armée est un melting-pot de personnalités. J'étais habitué à ce genre de domination par les hommes – j'ai quatre frères – et je me faisais des amis facilement. Pour être honnête, j'avais besoin de ce lien quand j'ai quitté la maison. On était jeunes et bêtes. J'aime à penser que ça m'a passé, mais...

Sa voix devint sérieuse.

— J'espère que Chris s'en est tiré. Pour que je puisse lui botter le cul de votre part.

— J'espère aussi qu'il s'en est sorti, mais je n'ai pas besoin de vous pour lui botter le cul. On s'en est occupés. C'est terminé.

— Essayons de dormir quelques heures, murmura-t-il, l'air fatigué.

Elle n'était pas surprise.

Une partie d'elle était terrifiée à l'idée de lâcher prise et de s'abandonner à l'obscurité, mais l'autre partie peinait à rester éveillée. Elle n'avait quasiment pas dormi ces deux derniers jours et avait besoin d'être fraîche et dispose pour ce qui allait suivre.

— Merci, dit-elle. D'assurer mes arrières.

Il ne répondit pas. Elle se dit qu'il avait dû s'endormir.

La montagne gronda à nouveau, doucement, comme un ours en hibernation qui se retournerait.

CHAPITRE QUATORZE

Plus tard dans la soirée, Eban arpentait les couloirs animés de l'hôpital de Jakarta où les survivants étaient soignés. S'y rendre depuis l'aéroport avait été un cauchemar : trop de gens, d'embouteillages, de motards et de conducteurs de tuk-tuk inconscients se glissant entre les véhicules. Même la salle d'attente de l'hôpital était bruyante et chaotique. C'était le dernier endroit où il aurait voulu se retrouver blessé ou malade.

Le reste de l'équipe du FBI était restée sur l'île de Nabat pour examiner les preuves, y compris les corps, mais lui devait interroger les survivants au plus vite.

Il demanda où étaient les soins intensifs et dut montrer sa carte pour passer la sécurité. C'était bon signe. Les locaux prenaient la menace au sérieux, comme demandé par le FBI.

Eban avait parlé brièvement à Grant Gunn, l'homme qui était allé boire quelques bières et qui, par miracle, avait échappé au massacre. Gunn affirmait qu'il n'avait vu aucun des assaillants. Seulement le carnage qu'ils avaient laissé derrière. La force opérationnelle enquêtait sur ses antécédents, et Eban l'avait exhorté à rentrer aux États-Unis par le prochain vol disponible.

Chris Baylor était traité à cet étage pour des raisons logistiques et non parce qu'il avait besoin de soins intensifs. Ce type avait de la chance d'être encore en vie. Si les terroristes découvraient qu'il y avait des témoins du massacre, qui sait ce qu'ils feraient. Les assaillants avaient pris soin de n'épargner personne. Non pas que Chris Baylor ou Tricia Rooks puissent leur dire quoi que ce soit d'utile pour identifier ces salauds, mais avec un peu de chance... On ne savait jamais.

Eban emprunta un couloir donnant sur de nombreuses pièces avec de grandes fenêtres d'observation.

Un grand homme noir regardait fixement l'une des pièces, la mine renfrognée. Eban jeta un coup d'œil par la fenêtre en passant et s'arrêta. Il fit demi-tour. La femme allongée dans le lit de la chambre avait des cheveux bleu vif, mais à part cela, elle ressemblait à la photo qu'il avait de Tricia Rooks.

Il s'approcha de la fenêtre, et le grand type le regarda dans le reflet de la vitre.

— Vous êtes un parent de la patiente ? demanda Eban.

— Qui le demande ?

Un accent américain. Des yeux d'opérateur. L'homme arborait une expression impassible, mais Eban n'était pas dupe. Son interlocuteur était furieux.

Eban sortit sa carte de sa poche et la lui tendit.

— Agent spécial superviseur Winters, du FBI. Je cherche deux patients, l'une d'entre elles est Tricia Rooks.

Eban n'avait pas enfilé ses vêtements de travail. Il s'était habillé pour voyager et se rendre sur une scène de crime. L'odeur de la fumée restait imprégnée dans ses vêtements. Il aurait sûrement dû passer se changer, mais il voulait se fondre dans son environnement pour cette enquête. Impossible en portant un costume et une cravate. Et il ne pouvait supporter l'idée de passer un instant de plus sans savoir exactement ce qui était arrivé à son patron.

— C'est Tricia Rooks.

Il désigna la femme inconsciente et intubée.

— Qui êtes-vous ?

L'homme se détendit.

— Sean Logan.

Le type sortit son passeport de sa poche arrière et le montra à Eban.

— Je travaille avec Tricia à Raptor. Vous avez découvert ce qui s'est passé ?

— On y travaille.

Eban n'aurait jamais discuté d'une enquête en cours avec une personne extérieure au Bureau.

— J'espérais parler à Mlle Rooks de l'attaque.

— Oui. Moi aussi.

Sean remit son passeport dans sa poche.

— Les médecins l'ont plongée dans un coma artificiel pour l'aider à guérir. Nous essaierons de la faire évacuer demain, si son état est stable.

Eban serra les lèvres.

— Je dois vraiment lui parler d'hier soir. Pour voir si elle peut me donner des informations sur les assaillants ou sur ce qu'il s'est passé.

Sean hocha la tête.

— Je comprends, mais sa santé est notre priorité.

Eban détourna le regard. Il comprenait totalement. C'était sa crainte qu'il y ait des otages qui accroissait son sentiment d'urgence, mais il n'était pas prêt à révéler à un inconnu ses doutes concernant Quentin et Haley Cramer. Pour autant qu'il le sache, ils comptaient parmi les nombreux cadavres extraits des ruines de l'hôtel. Jusqu'à ce qu'il en soit sûr, il continuerait toutefois à les chercher.

— Une idée de la façon dont elle a pu s'en sortir ? demanda Eban.

Sean secoua la tête.

— Mais c'est une personne follement intelligente et déterminée. Si quelqu'un pouvait survivre à ça, c'est bien Tricia.

La salle était pleine de gens intelligents et déterminés.

— Quand elle se réveillera, appelez-moi.

Eban lui donna sa carte de visite.

— N'importe quand, de jour comme de nuit. Nous devons attraper ces types avant qu'ils ne lancent une autre attaque, et Tricia pourrait savoir quelque chose d'utile.

Une lueur déterminée brillait dans les yeux noisette de Sean quand ils croisèrent les siens.

— Le personnel de Raptor se tient à votre disposition.

Eban hocha la tête.

— Merci. C'est une affaire de la plus haute importante pour le FBI.

Il hésita.

— Connaissez-vous un groupe qui aurait pu prendre pour cible cette conférence ?

Un sourire sans joie fendit le visage de Sean.

— Non, monsieur, mais je peux vous assurer qu'ils ont commis une grave erreur de jugement.

— C'est certain.

Eban allait tourner les talons quand les paroles de Sean l'arrêtèrent net.

— Si les fédéraux n'attrapent pas ces salauds rapidement, alors l'un des entrepreneurs militaires privés qui a perdu des employés dans le drame le fera. Je peux vous garantir que nous avons tous des agents qui travaillent sur les données et échangent avec nos contacts dans la région.

Si Quentin était vivant et que les soldats d'une armée privée débarquaient, l'arme au poing sans se rendre compte que des prisonniers étaient détenus dans le camp, son patron n'aurait aucune chance. Le même risque existait si l'armée américaine ou les Indonésiens ouvraient le feu sans discernement. Eban devait déterminer si Quentin était vivant au plus vite pour pouvoir organiser son sauvetage, et non bombarder les terroristes.

— Le gouvernement américain appréciera toute information que des tiers pourront lui fournir, mais ne tolérera pas que des organisations privées se lancent dans l'autodéfense, avertit Eban. Des otages américains sont détenus dans cette région et il y a de fortes chances pour que les ravisseurs soient les terroristes de la conférence.

Il ne pouvait en dire davantage sans révéler qu'il pensait que Quentin pouvait compter parmi les otages.

— Je suppose que nous verrons ce qui se passera.

Sean croisa les bras, réservant clairement son jugement.

Eban regarda la femme qui gisait inerte sur le lit. Elle avait de la chance d'être encore en vie. Il pensa à son patron. Toutes ces questions sans réponse et pas la moindre piste...

— J'apprécierais que vous me teniez au courant de l'état de Tricia. Nous devons lui parler. Ce sera plus rapide si elle accepte que de passer par les canaux officiels ou de la mettre sous protection...

Il soutint le regard sombre de l'homme, car c'était un avertissement. Le FBI ne plaisantait pas avec ça. La rapidité d'obtention des réponses était vitale. La coopération essentielle.

Sean sembla se souvenir qu'ils étaient dans le même camp et hocha la tête.

— Je vous ferai savoir quand elle se réveillera.

Eban lui dit au revoir et poursuivit dans le couloir, ses chaussures claquant sur les carreaux de vinyle bien trop bruyants pour ce secteur rempli de personnes gravement malades.

Il tourna à l'angle et vit un homme dans une chambre au bout du couloir, assis dans son lit, envoyant furieusement des SMS sur un smartphone.

Il reconnut Chris Baylor, copropriétaire de Bay-Kar Inc, une autre grande entreprise de sécurité privée. Ces terroristes n'auraient pas pu choisir une meilleure cible pour leur rage et leur vengeance.

L'avaient-ils prévu ? Bien sûr. Avec l'aide de quelqu'un de l'intérieur ? Était-ce pour ça que le ministre indonésien des Affaires étrangères était parti avant l'attaque ? Eban devrait impliquer d'autres agences, ou peut-être que l'attaché juridique aurait des contacts utiles. Bien qu'il ne soit pas exactement diplomatique de demander à la nation hôte si elle était complice d'un incident terroriste contre des Américains.

L'Indonésie était un pays complexe. La plupart des gens étaient pacifiques et aimables, mais il y existait de petites poches d'extrémistes violents. C'était vrai de la plupart des pays de nos jours.

Chris Baylor leva les yeux quand Eban se rapprocha. Au moins soixante PDG ou cadres de haut rang avaient été tués la veille. Un membre de presque toutes les grandes sociétés de sécurité privées du monde. Le chagrin et l'indignation n'étaient pas moins présents parce qu'ils travaillaient dans le domaine de la sécurité. Au contraire, c'était pire. Ils se demandaient forcément comment ça avait pu arriver à un groupe de professionnels aussi avisés.

— M. Baylor ? demanda Eban en tendant la main.

— Qui le demande ?

Chris Baylor avait l'air méfiant en lui serrant la main.

— Mon nom est Eban Winters. SSA de la cellule de négociation de crise du FBI. Je dois vous interroger sur ce qu'il s'est passé la nuit dernière.

Chris écarquilla les yeux.

— Asseyez-vous.

Il indiqua une chaise à côté du lit.

— Vous avez quelqu'un ici avec vous ? demanda Eban.

— Non. Je leur ai dit de ne pas s'embêter à venir. J'ai une entaille à la jambe, une commotion et une blessure par balle mineure, mais à part ça, je m'en suis bien tiré. Je n'ai pas l'impression d'être à ma place ici.

Il retroussa la manche de sa blouse d'hôpital et révéla un bandage blanc sur son bras.

— Vous avez été touché ?

— Juste égratigné.

Eban repéra des sutures papillon le long d'une vilaine blessure au cuir chevelu à l'arrière de la tête de l'homme. Et il comptait parmi les chanceux.

— Quelqu'un a pris votre déposition ?

Chris secoua la tête.

— Pas vraiment. Deux des gars qui sont arrivés en premier sur les lieux ont demandé ce qui s'était passé, et je leur ai expliqué. Une autre femme de l'ambassade est venue me voir quand je suis arrivé ici. Rien depuis.

Tout le monde était sur place.

— Est ce que vous pouvez me parler de ce qui s'est passé hier soir ?

Chris haussa les épaules.

— Une bande de terroristes armés a fait irruption dans l'hôtel et a commencé à tirer.

Il se frotta la nuque et grimaça.

— C'est à peu près tout.

— Comment avez-vous survécu ? demanda Eban.

— Je ne pensais pas m'en sortir.

— Pouvez-vous me dire exactement ce qui s'est passé ?

— Je peux essayer, mais c'est un peu flou. J'étais dans ma chambre quand j'ai entendu des coups de feu en bas. J'ai attrapé mon pistolet, mais il était hors de question que j'affronte des terroristes armés de fusils automatiques avec un simple Glock et quelques chargeurs de rechange.

— Comment se fait-il que vous étiez le seul à avoir une arme à feu ?

Se procurer une arme aurait représenté bien trop de contraintes pour la plupart des participants à une conférence de trois jours seulement dans un pays étranger.

— J'ai travaillé entre Papau et le Timor oriental ces six dernières semaines et j'ai obtenu qu'un pilote local m'emmène à Nabat pour un bon prix.

Chris haussa les sourcils.

— J'ai pris mon Glock comme je n'aime pas être désarmé.

— Et la sécurité de la conférence ? Y en avait-il ?

Eban avait essayé de joindre les organisateurs, mais personne ne répondait. Ils étaient certainement tous morts.

— Il y avait des agents de sécurité. Et même des détecteurs de métaux à franchir pour accéder à l'auditorium.

Chris essuya un rai de sueur sur son front. Il faisait une chaleur d'enfer dans l'hôpital, même avec la climatisation à fond.

— Est-ce qu'ils ont riposté quand les terroristes sont arrivés ?

Chris eut un sourire sinistre.

— Ils sont partis avec les politiciens après le discours d'ouverture de Quentin.

— Quentin ? demanda brusquement Eban.

— Quentin Savage.

Les coins de la bouche de Chris s'affaissèrent.

— C'est un vieil ami.

— Vous connaissez Quentin Savage ? demanda Eban, surpris.

Chris pinça les lèvres, comme s'il essayait de maîtriser les émotions qui le traversaient.

— On était dans la 101ᵉ division aéroportée ensemble. Screaming Eagles – les Aigles hurlants.

Eban se nota de revenir sur cette information plus tard.

— Avez-vous vu Quentin pendant la fusillade ?

— Oui.

— Que lui est-il arrivé ? demanda Eban, essayant de contenir son impatience.

— J'ai été frappé à la tête par une poutre dans le hall de l'hôtel et j'ai perdu connaissance.

Chris toucha son cuir chevelu avec précaution.

— Quentin est sorti de nulle part et m'a sauvé. Il était avec Haley Cramer. Elle a aidé à me tirer de là aussi.

Voilà qui confirmait le lien entre eux.

— Avez-vous vu les assaillants ? demanda Eban.

Chris secoua la tête.

— Pas vraiment. Je ne savais pas quoi faire quand j'ai entendu les coups de feu. Je suis resté dans ma chambre en attendant que quelqu'un essaie d'enfoncer la porte. Je ne pouvais pas vraiment jouer les John McLean et sauver tout le monde, mais je savais que je ferais des dégâts si on venait me chercher.

Eban hocha la tête.

— J'en suis arrivé à un point où je ne pouvais plus rester dans ma chambre à cause de la fumée. J'ai mis un chiffon humide sur mon visage et j'ai descendu les escaliers. Je ne pouvais pas m'approcher de la porte d'entrée, alors je suis allé au bar. Et je me suis retrouvé piégé sous des décombres en feu.

— Continuez.

Eban utilisait un minimum d'encouragements. C'était la base des techniques d'écoute active – faire parler les gens.

Chris prit un verre sur la table de chevet et avala une longue gorgée d'eau.

— Je me suis réveillé et j'ai essayé de me libérer. Puis Quentin m'a traîné dehors et m'a jeté sur la pelouse. Haley et lui ont couru à l'intérieur pour sauver les autres.

La voix de Chris se brisa.

— Le toit leur est tombé sur la tête juste avant que je ne m'évanouisse à nouveau.

Il déglutit bruyamment, mais Eban avait du mal à saisir le sens de ses paroles.

Quentin était mort ?

La théorie d'Eban selon laquelle Quentin et Cramer avaient été enlevés par les terroristes, raison pour laquelle leurs corps n'avaient pas été retrouvés près de la plage venait de tomber à l'eau.

Et merde.

Sa gorge se resserra. Sa peau était soudain trempée de sueur. Le chagrin lui donnait envie de s'isoler pour pleurer, mais il avait un travail à effectuer. Il ferait son deuil plus tard. D'abord, il devait trouver les responsables.

— Vous avez eu affaire à l'un des terroristes ?

Eban montra la blessure sur le bras de Chris.

— Oui, répondit Chris en inspectant son biceps. Il y avait encore un type dans le hall, prêt à tendre une embuscade à quiconque tenterait de s'échapper. Heureusement, c'était un mauvais tireur.

— Vous l'avez tué ?

Chris grimaça.

— Je ne sais pas. Il a peut-être été écrasé quand le toit s'est effondré. On n'y voyait pas grand-chose.

— Connaissez-vous un certain Cecil Wenck ?

Chris grogna.

— Tout le monde connaît Cecil Wenck. Il est mort lui aussi ?

Eban secoua la tête.

— Il est parti avant l'attaque.

Les lèvres de Chris se retroussèrent.

— Enfoiré de veinard. La dernière fois que je l'ai vu, il allait dans sa chambre avec Haley Cramer. Elle semblait lui faire du rentre-dedans.

C'était une information nouvelle et inattendue. Quand et comment Cramer s'était-elle retrouvée avec Quentin ?

Eban était impatient que quelqu'un interroge Wenck, mais c'était un citoyen australien. Le FBI ne pouvait pas forcer l'interrogatoire du milliardaire, et son avocat hors de prix faisait traîner les choses.

Haley Cramer s'était retrouvée au cœur des événements. Peut-être demanderait-il à des gens de creuser plus profondément dans son passé également.

— Vous savez quand je pourrai sortir d'ici ? demanda Chris. Je prends un lit qu'un vrai malade pourrait utiliser.

— Pour l'instant, vous êtes le seul survivant de ce massacre capable de parler, donc nous devons vous protéger.

Eban voulait que Chris soit sous bonne garde en permanence.

— Je n'ai rien vu, rétorqua Chris.

— Ils n'en savent rien.

Chris fronça les sourcils.

— Vous pensez qu'ils vont envoyer quelqu'un s'occuper de moi ?

— C'est une possibilité. À votre place, je ne retournerais pas au Timor oriental tant que nous n'aurons pas arrêté les responsables.

Chris poussa un juron.

— J'ai trente hommes entraînés et armés pour me tenir compagnie au Timor oriental.

Eban haussa les épaules.

— Je ne peux pas vous dire quoi faire en Indonésie, monsieur, mais pourquoi risquer de provoquer une attaque contre vos hommes et vous ?

Ses yeux injectés de sang s'arrêtèrent sur lui.

— Mes gars savent se débrouiller.

— Et qui sait combien d'innocents pourraient mourir dans les tirs croisés ?

Chris grogna.

— Je suppose que les gars peuvent gérer les opérations sans mon aide.

— Une fois que j'aurai une déposition écrite de votre part, je vous suggère d'aller quelque part où ces gens ne vous trouveront pas pendant un certain temps.

Eban se gratta la tête et ajouta :

— Raptor organise une évacuation sanitaire pour Tricia Rooks vers les États-Unis. Peut-être que vous pourriez partir avec eux ?

— Elle est réveillée ? demanda Chris.

Eban secoua la tête.

Chris eut un rire dur.

— Je doute que Raptor veuille de moi à bord.

— Je pense qu'ils seraient prêts à oublier leurs vieilles rivalités pour aider un autre survivant.

Le visage de Chris s'adoucit, et il haussa les épaules d'une manière presque enfantine.

— Je suppose qu'ils pourraient.

Puis son visage se défit et il ajouta :

— J'aimerais que Quentin soit là...

Eban ne voulait pas parler de son patron. Le chagrin était

comme un marteau enfonçant lentement un clou dans son cœur.

— Accepteriez-vous de rédiger votre déposition pendant que je vais parler à l'agent de Raptor qui garde Mme Rooks pour lui demander pour ce rapatriement ?

Chris eut l'air surpris.

— Oui. Bien sûr. Merci. Donnez-moi un stylo et du papier. Ça me fera quelque chose à faire.

Eban hésita.

— Le FBI apprécierait également que vous vous absteniez de parler aux médias jusqu'à ce que nous ayons analysé la scène et que nous en sachions plus sur les agresseurs. Nous devons identifier les morts et informer les familles.

La mâchoire de Chris se contracta.

— Je vais y réfléchir, mais je ne vous promets rien. Ça fait une bonne publicité pour mon entreprise, et je ne compte pas passer à côté.

Eban haussa les sourcils. Il n'aurait pas dû être surpris que ces gars soient des mercenaires étant donné leur profession. Il sortit un stylo et du papier de sa sacoche d'ordinateur portable et trouva une planchette à pince au bout du lit pour lui servir de support.

— Indiquez le plus d'informations possible. Le moindre détail peut s'avérer utile. Je reviens dans vingt minutes. Vous voulez que je vous prenne un café ?

Chris hocha la tête.

— Noir avec deux sucres.

Il griffonnait déjà la date sur le haut de la feuille.

— Vous êtes un homme très chanceux, dit Eban, sincère.

Chris le regarda d'un air sévère.

— Je ne me sens pas particulièrement chanceux d'avoir failli mourir dans une attaque terroriste et d'avoir perdu l'un de mes meilleurs amis.

— Je comprends.

Eban s'éloigna. Alors qu'il faisait la queue pour prendre un café dans le hall de l'hôpital, son téléphone portable se mit à vibrer.

— Winters.

— SSA Winters. Mon nom est Alex Parker. Je suis consultant pour le FBI. Il faut qu'on parle.

CHAPITRE QUINZE

Quentin se réveilla et resta fixer du regard l'épaisse obscurité de la nuit. Il lui fallut quelques secondes pour se repérer, écoutant les bruits du camp assoupi. La femme pressée contre lui était chaude et douce, ses jambes s'entremêlant aux siennes, son souffle profond et paisible.

Il ne voulait pas la réveiller. Il détestait savoir qu'elle était en danger et risquait de mourir s'il commettait une erreur. Les probabilités ne jouaient pas en leur faveur.

Les bruits de la forêt tropicale indonésienne résonnaient comme des percussions. Les terroristes s'étaient tus. Ils étaient sûrement au lit après une dure nuit de travail la veille, à tuer des gens et à tout brûler sur leur passage. Malgré son entraînement, Quentin ne pouvait se défaire du sentiment que c'était le moment d'agir, avant qu'ils ne s'affaiblissent trop, avant que leurs ravisseurs n'imaginent qu'ils essaieraient de s'échapper.

Il s'éloigna d'Haley et secoua ses chaussures avant de les enfiler. Puis il prit une longue gorgée d'eau, en laissant assez pour qu'elle puisse étancher sa soif.

Qui sait quand ils auraient à boire la prochaine fois ?

Il s'agenouilla près de la porte de la cabane et observa l'extérieur pendant de longues minutes. La silhouette affaissée du garde restait immobile sous le même arbre que précédemment. Quentin scruta l'obscurité, bien qu'il soit difficile de distinguer autre chose dans la pénombre. Le village semblait endormi, et le garde aussi.

Il n'y avait qu'une seule façon de le savoir.

Quentin cassa un bâton court et fin dans les branches de la cabane et passa sa main entre les brindilles et les branches jusqu'à atteindre le gros cadenas en fer à l'ancienne. Il ne lui fallut que quelques secondes pour faire sauter la serrure. Le garde ne bougea pas.

Quentin retourna vers le lit de camp et secoua doucement Haley pour la réveiller.

Elle se raidit une seconde, puis trouva sa main et la serra sans dire un mot. Le fait qu'elle ne hurle pas de terreur témoignait d'un instinct de survie aussi fort que celui de n'importe quel soldat en mission. Elle chercha ses bottes à tâtons et les secoua avant de les enfiler.

Il lui tendit la cruche d'eau.

— Finissez-la.

Ses mots n'étaient qu'un murmure dans l'air chaud, mais elle les entendit et porta la cruche à ses lèvres, la vidant.

Il posa ensuite la cruche et le bol en terre sur le lit et les recouvrit de la couverture, même s'il était tenté de voler cette dernière. Le temps que cela pourrait leur faire gagner lorsque l'aube arriverait et que le garde jetterait un coup d'œil nonchalant à l'intérieur pourrait s'avérer vital. Il n'avait aucune idée du nombre d'heures d'obscurité qu'ils avaient encore devant eux.

— Laissez-moi m'occuper du garde, chuchota-t-il dans ses cheveux. Ensuite, on suivra le chemin qui descend la colline vers la plage. Notre vision nocturne devrait être assez bonne pour y voir. Si on entend ou on voit quelqu'un en chemin, on se fondra dans la végétation, on avancera lentement et le plus près possible du sol. Le mouvement attire l'œil plus vite que tout autre chose.

Quentin jeta un coup d'œil à ses longs membres pâles. Mince, c'était le même dilemme qu'ils avaient rencontré dans les bois près de l'hôtel. Sa peau était trop pâle, même dans l'obscurité. Rien dans la jungle ne brillait comme de l'albâtre.

Il récupéra la couverture.

— Vous allez en avoir besoin si on veut pouvoir leur fausser compagnie. Drapez-la autour de vos épaules comme une cape.

Il le fit pour elle. Haley se crispa à côté de lui tandis qu'il attachait les coins autour de son cou. Elle tremblait légèrement, manifestement terrifiée comme toute personne dotée d'un neurone l'aurait été.

— Si vous ne voulez pas le faire, ce n'est pas obligé, la rassura-t-il.

Mais les choses allaient empirer progressivement à partir de maintenant. Il serait trop tentant de détenir un agent du Federal Bureau of Investigation des États-Unis d'Amérique pour ne pas en abuser. Les caméras ne tarderaient pas à tourner et les machettes à être aiguisées.

Ils ne les avaient pas encore trop maltraités, car ils les berçaient d'un faux sentiment de sécurité. Ce n'étaient pas des individus miséricordieux. S'ils avaient simplement voulu de l'argent, ils auraient pris vingt otages occidentaux qui valaient tous beaucoup plus que lui.

Non, il était là pour une sorte de campagne d'influence négative.

Ils garderaient peut-être Haley en vie, mais ça ne se passerait pas bien pour elle non plus.

De nombreux hommes en position de pouvoir abusaient

des femmes lorsqu'ils en avaient l'occasion. Quentin aimait prétendre que les humains étaient civilisés, mais il avait vu des abus régulièrement en tant qu'agent de terrain.

Les États-Unis viendraient les chercher, arme au poing, dès que les vidéos feraient surface sur Internet. Ils anéantiraient cette île entière s'il le fallait, mais ça ne ramènerait pas Haley. Contrairement aux conseils qu'il donnait habituellement aux prisonniers, il valait mieux qu'ils tentent de s'échapper maintenant plutôt que de rester assis là comme des lemmings.

Il se dirigea vers la porte de la cabane et vérifia que le garde n'avait pas bougé. Il tenta de se blinder. Il ne pouvait pas se permettre d'être faible. Mettre en balance son humanité et leur survie n'aiderait pas Haley à s'en tirer.

— Restez ici, lui chuchota-t-il à l'oreille.

Il décrocha le cadenas et le fit glisser à l'intérieur à travers les joncs. Il poussa lentement la porte branlante, qui grinça comme un gong dans l'air de la nuit. Quentin se crispa. Le garde ne bougea pas. Un léger ronflement s'échappa.

Quentin s'avança, prêt à mobiliser des techniques d'entraînement au combat qu'il pensait avoir oubliées depuis longtemps. Il ne voulait pas tuer l'homme, mais il n'avait pas vraiment le choix. Si le garde se réveillait et les apercevait pendant la nuit, leur plan d'évasion serait fichu. Quentin se prépara.

Briser le cou de quelqu'un était l'acte le plus proche et personnel que deux personnes pouvaient avoir en dehors des ébats sexuels. Quentin n'hésita pas et ne laissa pas au garde l'occasion d'avertir les autres terroristes. Il fut rapide et brutalement efficace. Une petite partie de l'âme de Quentin mourut quand l'os se brisa. Mais il préférait cette perte d'humanité plutôt que de s'allonger et de se rendre, surtout si se rendre signifiait sacrifier Haley au passage.

Il appuya doucement l'homme contre l'arbre et fouilla dans ses poches. Il laissa l'AK. Il ne pouvait pas affronter une centaine de terroristes et espérer l'emporter. Les fusils étaient lourds et bruyants. Il prit un pistolet et un couteau, et les glissa dans sa ceinture et sa poche arrière, trouva une gourde d'eau presque pleine qu'il passa en bandoulière. Pas de téléphone, ce qui était surprenant, car les réseaux sociaux occupaient une place de choix dans cette partie du monde.

Cette absence de téléphones était-elle intentionnelle ? Les paramilitaires avaient-ils compris que les signaux des portables pouvaient être utilisés pour les suivre ? Peut-être.

Quentin retourna dans la cabane, et Haley en sortit, la couverture l'empêchant d'être trop visible au clair de lune. Il ferma rapidement la porte et remit le cadenas en place dans un cliquetis. Puis il prit la main d'Haley et trouva le chemin, descendant silencieusement la colline et s'éloignant des gens qui voulaient couper le nez et la tête de la femme. Priant pour que la chance soit pour une fois de leur côté.

Ils avançaient avec précaution. Le chemin était suffisamment large et sa vision nocturne suffisamment nette pour qu'Haley puisse voir où mettre les pieds et éviter les racines qui pourraient la faire trébucher.

Elle avait vu Quentin Savage faire honneur à son nom en tuant un autre homme, et pourtant elle ne pouvait se résoudre à ressentir autre chose que de la reconnaissance.

La jungle regorgeait de sons qui ne lui étaient pas familiers. Quelques nuits plus tôt, l'idée de marcher dans la forêt de nuit l'aurait fait paniquer. À présent, ses oreilles étaient concentrées sur la détection de signes d'activité humaine. Les humains étaient le prédateur le plus terrifiant de tous.

Vingt minutes après leur fuite, Quentin se figea en entendant un bruit métallique et l'écarta rapidement du chemin pour se cacher derrière un arbre. Il ajusta le bord de la couverture et remonta la laine moisie sur ses cheveux. Puis il l'entoura de ses bras sous la couverture et enfonça son nez dans le creux de son cou.

L'odeur de moisi lui piquait le nez, et elle n'avait jamais eu peur d'une chose aussi banale que d'éternuer. Son cœur battait la chamade. Si on les attrapait, elle savait qu'ils mettraient à exécution leurs menaces, et elle ne pensait pas pouvoir survivre au fait d'être mutilée pour le plaisir de quelqu'un.

Elle pouvait sentir le souffle de Quentin à travers les fibres grossières de la laine et calma sa propre respiration, la calquant sur la sienne. La force de ses bras était un pilier sur lequel s'appuyer tandis qu'un petit groupe d'hommes remontait le sentier vers le camp en riant et en plaisantant. Rester immobile et silencieuse était la chose la plus difficile qu'elle ait jamais faite de toute sa vie. Bien plus difficile que de s'enfuir de chez soi. Bien plus difficile que de se battre pour réussir dans un monde de requins dominé par les hommes. Elle devait à Quentin sa survie et sa santé mentale. Même s'ils ne s'échappaient jamais. Même s'ils mouraient dans les prochaines heures, elle lui devait tout.

Ils attendirent une minute entière après le passage des hommes.

Elle releva la tête, et Quentin passa sa main sur sa mâchoire. Son contact était chaud et réconfortant. Il la ramena sur le chemin et ils accélérèrent le rythme jusqu'à trottiner, le sentiment d'urgence croissant martelant sa cage thoracique.

Dès que ces hommes atteindraient le camp, ils tomberaient certainement sur le garde mort et donneraient l'alerte. Quentin et elle devraient être sur un bateau loin de là avant que ça n'arrive.

Moins de cinq minutes plus tard, ils pouvaient entendre le bruit régulier des vagues. Ils ralentirent et s'approchèrent prudemment, se cachant parmi les broussailles le long de la plage. Le yacht flottait au clair de lune, véritable tentation. Encore plus séduisant, deux bateaux pneumatiques étaient amarrés près des rochers de l'autre côté de la crique. Entre les deux se dressait ce qui ressemblait à un petit campement de fortune.

— Qu'est-ce que vous en pensez ? lui chuchota Quentin à l'oreille.

— Le yacht serait plus facile à rejoindre à la nage et à voler, mais ils pourraient nous rattraper facilement avec les bateaux pneumatiques, et on serait de retour à la case départ.

— Ce qui me dérange, c'est qu'il y a trop d'hommes sur cette île pour ces deux semi-rigides. Ils doivent avoir accès à un avion et à une piste ou à des bateaux plus grands pour déplacer leur camp.

— Mais ces bateaux sont sûrement le seul moyen pour eux de nous rattraper dans l'heure qui vient, en supposant que nous puissions atteindre la haute mer, déclara Haley.

— C'est vrai. Allons-y. On doit se frayer un chemin de l'autre côté du campement jusqu'à ces bateaux. Je doute qu'ils aient beaucoup de gardes en service puisqu'ils sont en terrain connu, mais ne présumons de rien.

— Pourquoi ces hommes changeaient-ils de camps en pleine nuit, à votre avis ?

— Je ne sais pas, répondit doucement Quentin. Mais on doit avancer. Ils vont bientôt atteindre l'autre camp. Gardez la couverture sur vos cheveux.

Il l'ajusta légèrement, et Haley eut le souffle coupé. C'était fou, compte tenu des circonstances, mais qui ne tomberait pas amoureuse d'un homme aussi beau et attentionné qui essayait en plus de la sauver des griffes de tueurs impitoyables ?

Elle acquiesça. Elle ne comptait pas être la blonde idiote qui faisait tout foirer. Pas cette fois. Ils allaient se tirer de là.

Ils se faufilèrent parmi les buissons et contournèrent une zone couverte de tentes qui semblaient être les quartiers de nuit.

Une petite cabane en bois délabrée se trouvait à l'extrémité du camp, avec une lampe-tempête allumée à l'extérieur. Un seul garde y était en faction. Il semblait être le seul éveillé du camp.

Était-ce là que dormait le commandant ? Ça semblait étrange sachant qu'il y avait une plus belle maison en haut de la colline. Quentin et elle se figèrent lorsque la porte s'ouvrit. Un homme sortit avec un large sourire sur le visage en remontant sa fermeture éclair. Il administra une tape sur le bras de l'autre garde, et ils échangèrent leur place quasi furtivement.

C'était étrange.

La prise de Quentin sur sa main était son seul point d'ancrage dans l'obscurité. Ils passèrent devant la cabane, mais se figèrent lorsqu'un cri s'éleva de l'intérieur. C'était le sanglot d'angoisse d'une femme.

— Non, je vous en supplie.

Haley inspira profondément. Ces hommes abusaient d'une femme là-dedans. Une Américaine, apparemment. Elle sentit la prise de Quentin se resserrer, et ils s'éloignèrent de l'abri, s'enfonçant dans les buissons qui longeaient la plage.

— On ne peut pas la laisser, chuchota-t-elle.

Ça aurait pu être elle à l'intérieur. Qu'on abusait. Qu'on blessait.

Il y avait assez de lumière pour qu'elle puisse voir l'expression de Quentin. Il ressentait la même chose.

— Ça pourrait nous coûter notre seule chance de nous tirer d'ici, murmura-t-il.

Elle avait beau vouloir s'enfuir et éviter le même sort, elle ne pouvait pas abandonner cette femme.

— Pouvez-vous démarrer le bateau ? demanda Quentin.

Elle acquiesça. Elle avait déjà conduit des semi-rigides quand elle faisait de la plongée ou parcourait l'océan.

— Je n'ai pas vu de gardes, mais vérifiez à nouveau avant de sortir à découvert. Si personne ne regarde, glissez-vous dans l'un des bateaux et assurez-vous qu'il est prêt à partir dès que j'arrive avec la femme. Attachez l'autre bateau à l'arrière du premier pour qu'ils ne puissent pas l'utiliser pour nous pourchasser. Et restez cachée, d'accord ?

Elle acquiesça.

— Et si je ne suis pas là dans cinq minutes, partez sans moi.

Elle secoua la tête.

— Promettez-le-moi, ou je ne vous quitte pas.

Il était têtu.

— Très bien.

Il pouvait toujours compter là-dessus...

Elle se dirigea vers les rochers où les bateaux étaient amarrés. Elle regarda attentivement autour d'elle, mais ne vit personne qui les gardait – les sentinelles étaient apparemment occupées à autre chose. Elle sentit la colère monter à cette pensée. Cette pauvre femme. C'était ce qui l'attendait s'ils se faisaient prendre.

Elle se glissa dans l'eau entre les rochers et les bateaux, et défit les nœuds qui amarraient l'un d'eux. La peur lui glaçait le sang tandis qu'elle libérait la corde de l'anneau métallique au mur et poussait la première embarcation dans le ressac. Le bateau était lourd, mais assez loin dans l'eau pour qu'elle puisse s'en sortir seule. Elle attacha le premier bateau à l'autre, sachant que s'ils devaient filer, ils devraient peut-être se débarrasser du deuxième semi-rigide. Elle se hissa sur le bord du bateau toujours fixé au mur. Elle vérifia les rames, puis rampa jusqu'au moteur. Elle effectua une danse de la joie en son for intérieur quand elle réalisa que le dernier utilisateur avait laissé les clés sur le contact. Elle brancha l'arrivée de carburant, mais ne put vérifier la quantité restante dans le réservoir en raison du manque de lumière.

Elle détacha la corde qui le maintenait attaché aux rochers, mais garda la corde dans l'anneau métallique pour qu'il ne s'éloigne pas.

Prêt à partir.

Elle se recroquevilla dans le bateau, s'efforçant de maîtriser ses nerfs et les battements de son cœur. Où était Quentin ? S'était-il fait attraper ? Avait-il sauvé la femme ? Était-il mort ? Cette idée lui donnait la nausée.

Elle chercha dans l'obscurité un signe de lui, mais tout ce qu'elle entendait, c'étaient des singes dans les arbres et des cris sauvages qui lui faisaient peur. La jungle était pleine de dangers, mais ils n'étaient pas aussi terrifiants que les monstres qui les avaient pris en otage.

Quentin attendit qu'Haley s'éloigne de l'abri, puis retourna se tapir dans l'ombre. Il ne pouvait pas se permettre d'attendre trop longtemps. Il jeta une pierre dans les buissons de l'autre côté de la cabane. Le garde se leva et alla regarder fixement l'obscurité. Derrière lui, Quentin contourna le côté du bâtiment et monta les marches. Il plaqua la main sur la bouche du bâtard pour l'empêcher de crier et passa le couteau sur sa gorge.

Il ne fallut pas longtemps pour que le type s'effondre, mort dans ses bras. Quentin le poussa dans les buissons à la lisière de la jungle.

Rapidement, il se dirigea vers la porte et l'ouvrit.

La scène à l'intérieur lui brisa le cœur et le rendit furieux à la fois. Il referma sans bruit la porte derrière lui. Une jeune femme gisait sur un fin matelas sale, recroquevillée sur le côté, dos à lui. L'homme se détourna de Quentin, dévisageant ses vêtements. Sans lever les yeux, le type dit quelque chose et s'esclaffa, pensant manifestement que Quentin était l'un de ses camarades venus en profiter. Quentin agrippa le type, mais ses mains étaient ensanglantées, et sa prise glissa. Il laissa tomber le couteau sur le sol en bois nu dans un bruit sourd.

Et merde !

L'homme se retourna et Quentin le frappa violemment au visage, enchaînant avec un coup de genou dans les bourses. Quentin tomba sur le bâtard, le bras pressé sur sa trachée, lui coupant l'arrivée d'air. Si le garde parvenait à respirer, il hurlerait. S'il criait, Quentin, Haley, et cette jeune femme, qu'il avait identifiée comme étant Darby O'Roarke, étaient morts.

Du coin de l'œil, il vit le garde tendre les doigts vers le couteau, et Quentin serra plus fort, incapable de lâcher prise. Son regard malveillant dégoulinait de haine. Le sentiment était réciproque. Quentin appuya plus fort, sachant qu'il était trop tard. Haley allait partir d'une seconde à l'autre, et il n'avait pas réussi à sauver cette jeune femme de ses kidnappeurs.

Les doigts du garde effleurèrent le couteau, mais la fille le lui arracha. La prise de Quentin se resserra encore plus alors que le garde commençait à gémir.

Quentin sentit le couteau s'enfoncer dans le corps de l'homme et grimaça. Il le soutint alors que la vie s'écoulait lentement de son corps. Finalement, le garde devint inerte. Dès qu'il apparut que l'homme était mort, Quentin se leva.

Darby O'Roarke portait des guenilles crasseuses qui ressemblaient à un sac. Elle s'accroupit loin de lui, brandissant le couteau, les yeux hagards.

— Darby. Je suis un agent fédéral.

Il poursuivit de sa voix la plus apaisante :

— Vous devez venir avec moi, mais nous devons partir maintenant, et nous devons être absolument silencieux. Nous n'avons pas beaucoup de temps. La femme avec qui je suis est déjà sur un bateau, et elle est censée partir si je ne suis pas là dans cinq minutes.

La notion de temps était déformée dans ces situations de vie ou de mort. Peut-être pouvaient-ils encore arriver à temps. S'ils se dépêchaient. Il tendit la main vers le couteau et pria pour qu'elle comprenne qu'il était là pour l'aider.

Darby se lécha les lèvres nerveusement, puis lui remit le couteau avec hésitation.

Quel courage fallait-il ! Pour abandonner sa seule chance de se défendre à un inconnu !

Il essuya la lame sur la poitrine du mort et la glissa dans sa ceinture.

— Vous êtes prête ?

Elle écarquilla les yeux et hocha la tête. Il ouvrit la porte, et elle passa devant lui. Elle descendit les marches en boitant.

Il s'approcha d'elle et essaya de l'aider, mais elle tressaillit. Elle continua à avancer en titubant, faisant plus de bruit que de raison lorsqu'elle tomba par terre. Il avait le cœur brisé pour elle, mais pas le temps de s'apitoyer sur son sort. Il devait les tirer de là.

Il se pencha sur elle.

— Je vais vous porter, Darby. Je ne veux pas vous presser, mais si nous ne rejoignons pas le bateau dans les trente prochaines secondes, nous ne quitterons jamais cette île.

Elle gémit dans l'obscurité, et il l'aida à se relever, puis la hissa sur son épaule. Il courut jusqu'à la plage. Alors qu'il se rapprochait de l'eau, il aperçut Haley blottie à l'arrière de l'un des bateaux, alors qu'elle aurait dû être partie depuis longtemps.

L'eau fraîche fit un bien fou à sa peau alors qu'il pataugeait dans les vagues, essayant de garder Darby au sec.

— Démarrez, chuchota Quentin en faisant rouler Darby sans ménagement dans le bateau.

Le moteur rugit au moment où une radio crépitait sur la rive.

Haley faisait déjà marche arrière alors qu'il se hissait à l'intérieur du bateau.

— Sortez-nous d'ici dès que possible.

Il n'eut pas besoin de le dire deux fois. Une corde frôla son oreille alors qu'elle mettait les gaz. L'autre bateau heurtait le flanc du leur, mais c'était une bonne couverture, et Quentin ne voulait surtout pas que les terroristes aient un moyen de les poursuivre. Ils devaient mettre le plus de distance possible entre cette île et eux.

Des balles passèrent en sifflant au-dessus de sa tête, et il poussa un juron, mais Haley continua, longeant la baie et, dès qu'ils le purent, elle tourna, les mettant hors de vue de la côte.

Il montra du doigt le promontoire dans l'obscurité.

— Ils pourraient nous tirer dessus depuis la falaise. On

devrait filer droit vers le large jusqu'à être hors de portée, et ensuite on verra quelle direction prendre.

Il resta étendu là, haletant, pendant quelques minutes, incapable de croire qu'ils s'étaient échappés, mais pas encore tout à fait serein. Les terroristes avaient peut-être d'autres bateaux dans une autre baie. Il y avait peut-être d'autres membres de leur gang sur les îles environnantes.

Une vague de remords le frappa quand il réalisa que les Alexander, le couple plus âgé dont il négociait la libération depuis des mois, étaient sûrement sur cette île, eux aussi. C'était bien leur yacht qui se trouvait dans le port. Ils étaient certainement séquestrés dans l'une des cabanes du village de fortune, à moins de cent mètres de l'endroit où Haley et lui avaient été enfermés.

Bon sang. Haley éleva la voix pour couvrir le vent qui leur fouettait le visage.

— Quentin. Vous pouvez prendre le relais ?

Il se redressa.

— On vous a tiré dessus ? Vous êtes blessée ?

— Non. Non, ce n'est pas ça.

Il pouvait à peine distinguer ses traits à la lumière de la lune. Bon sang, elle était magnifique. Elle fit signe de tête en direction de Darby, recroquevillée au fond du bateau et précisa :

— Je veux essayer de l'aider.

— Son nom est Darby, dit-il doucement. Elle a été kidnappée il y a cinq jours.

C'était un miracle qu'ils l'aient sortie de là. Mais ils devaient à présent trouver refuge dans une région éloignée où ils ne savaient pas qui compter parmi leurs amis... ou leurs ennemis.

Il prit les commandes du bateau. Il aurait mille fois

préféré être à Quantico en train de négocier avec des trous du cul qui ne voulaient pas payer leurs impôts fédéraux, plutôt que d'être au beau milieu d'une mer inconnue avec deux femmes vulnérables, essayant désespérément d'échapper à des terroristes armés.

CHAPITRE SEIZE

inq jours... D'une certaine manière, ce n'était pas très long, et pourtant, Haley savait que la jeune femme avait vécu une réelle torture à chaque seconde. Ça avait dû être un cauchemar sans fin.

Elle avait revécu son propre viol des milliers de fois dans sa tête au fil des ans et ça avait bien failli la détruire. Mais elle avait fini par trouver du soutien et avait repris le pouvoir.

Quel effet cette expérience brutale aurait-elle sur cette femme ?

Haley se dirigea d'une démarche mal assurée vers l'avant du bateau tandis que Quentin prenait la barre.

— Ça va, Darby ? demanda-t-elle.

La femme se recroquevilla davantage, et le cœur d'Haley se serra devant la douleur que ce réflexe laissait transparaître.

C'était une question bête.

Elle se cala à côté de la femme sur le fond du bateau humide et les couvrit toutes les deux avec la couverture en laine. La femme se figea à ce bref contact.

— Je ne vous ferai pas de mal. Je ne vous toucherai pas à

moins que vous ne le vouliez, mais je suis là pour vous serrer dans mes bras si vous avez besoin de moi.

La brise de l'océan fit frissonner Haley, qui ajouta :

— Je voulais partager ma couverture avec vous pour que vous n'ayez pas froid.

Quentin avait ralenti le rythme. Il était dangereux d'avancer trop vite quand on ne pouvait pas repérer les obstacles dans l'eau. L'île où ils avaient été retenus prisonniers était une ombre monstrueuse derrière eux, plus grande que ce qu'elle avait imaginé. Heureusement, il n'y avait aucun signe de poursuite, mais aucun signe d'une autre masse terrestre non plus.

— Je sais que vous avez vécu une expérience terrible, Darby, et j'aimerais pouvoir vous dire que vous êtes en sécurité maintenant, mais nous n'en sommes pas encore certains. Nous faisons tout ce qu'il faut pour ça, et nous ne vous laisserons pas derrière.

Elle aurait voulu lui caresser les cheveux, mais c'était à Darby de décider. Elle ne franchirait pas cette ligne sans sa permission.

— Quentin et moi avons été enlevés dans un hôtel que ces hommes ont attaqué tard la nuit dernière.

Cela semblait remonter à une éternité.

Elle déglutit, et le chagrin pour les personnes assassinées remonta à la surface. Sa voix devint rauque, obstruée par des restes de peur et une nouvelle vague de tristesse.

— Nous sommes les seuls à avoir été enlevés. Ils ont tué tous les autres.

Haley leva les yeux vers le ciel infini. Elle se sentait petite et insignifiante sur cette masse d'eau apparemment gigantesque.

— Quentin travaille pour le FBI. Vous pouvez lui confier votre vie. Et *lui* ne vous fera pas de mal.

C'était fou de voir à quel point elle avait confiance en lui, mais elle avait l'impression de le connaître jusque dans son ADN. C'était un homme bon.

— Pouvez-vous me dire où ils vous ont enlevée ?

Au début, elle crut que Darby n'allait pas répondre, mais la femme se tourna vers elle.

— Je travaille sur une île inhabitée de la mer de Banda. Je devais y passer un mois pour installer des réseaux de GPS dans le cadre de mes recherches.

Sa voix était enrouée, comme si elle avait mal à la gorge.

— J'étudie les volcans, poursuivit-elle. Il y a quelques jours, des hommes sont venus dans ma tente pendant la nuit. Ils m'ont attaquée et, et m'ont *prise*.

Elle se jeta contre la poitrine de Haley en sanglotant.

— J'ai eu tellement peur.

Haley s'accrocha à Darby, sachant qu'elle donnerait tout ce qu'elle possédait pour changer ce qui était arrivé à cette jeune femme, mais que c'était impossible.

— Ils m'ont *fait du mal*.

Les sanglots de Darby, portés par le vent, résonnaient en un écho obsédant.

Haley se sentait impuissante et ne savait pas quoi dire.

— Je pensais que ça ne finirait jamais. J'en étais à vouloir mourir, et puis vous êtes arrivés.

Darby fit mine de reculer, mais elle changea d'avis et resserra sa prise.

— Peut-être que je suis morte et que vous êtes des anges.

Haley croisa le regard de Quentin à l'autre bout du bateau. Elle aurait voulu pleurer avec Darby, mais elle voulait aussi massacrer ces bâtards.

Elle serra la femme contre elle, berçant Darby doucement, sachant qu'elle aurait subi le même sort si elles ne s'étaient pas échappées.

— Ce serait difficile de savoir sur quelle île ils sont ? demanda Quentin, élevant la voix pour couvrir le bruit du moteur.

Darby s'essuya les yeux

— Pas du tout. On sait à peu près quand les tremblements de terre volcaniques se sont produits. L'USGS devrait être capable de retracer les origines.

— Bien. Au moins, on pourra dire aux autorités où ils se trouvent.

Darby leva la tête, les yeux exorbités.

— Vous auriez de l'eau ? Je n'ai rien bu aujourd'hui.

Mon Dieu.

L'estomac de Haley se retourna. Quentin et elle avaient bénéficié d'une hospitalité totale comparée aux traitements subis par Darby. Quentin décrocha la sangle au-dessus de sa tête et lui balança la gourde. Haley l'attrapa et la passa à Darby.

— On doit soit trouver une ville où appeler à l'aide, soit nous cacher dans un endroit sûr une fois le soleil levé.

— Comment savoir à qui faire confiance ?

Darby serrait la gourde si fort qu'Haley vit ses articulations briller à la lumière de la lune. Après une longue gorgée, elle arrêta de boire et reboucha la bouteille, puis la leur rendit.

— Malheureusement, nous n'en savons rien, dit Quentin d'un air pensif.

— On peut sûrement trouver une station touristique ou quelque chose comme ça ? Ou nous signaler à un navire de passage ? suggéra Haley.

Le regard que Darby et Quentin échangèrent suggéra que ce ne serait pas si facile.

— Vous savez s'ils vous ont déplacée très loin ? demanda Quentin.

Elle s'essuya les yeux à nouveau.

— Le trajet n'a pas duré très longtemps. Une heure en mer tout au plus. Pourquoi ?

— Est-ce que vous veniez du nord, du sud, de l'est ou de l'ouest de l'île où on était ?

Darby s'éclaircit la gorge.

— Du nord.

— Vous pensez pouvoir retrouver l'île où vous faisiez vos recherches ? Vous savez comment naviguer avec les étoiles ?

Darby laissa échapper un rire qui fit penser à Haley que cette fille pourrait s'en sortir, en supposant qu'elles ne soient pas recapturées.

Darby leva les yeux vers le ciel.

— Je sais qu'on ne peut pas voir l'étoile Polaire, puisqu'on est sous l'équateur, mais la Croix du Sud est là-bas.

Darby pointa du doigt un petit amas de cinq étoiles lumineuses, puis deux étoiles brillantes sur la droite.

— Et ce sont les repères, reprit-elle. Donc le sud est par là.

Elle fit un signe de la main.

— Si nous allons vers le nord, Pulau Gunung Rebi, où je travaillais, devrait être assez facile à repérer. Il y a une coulée de lave qui tombe directement dans l'océan sur le côté nord.

Formidable, un autre volcan actif. Haley s'abstint de sauter de joie.

Quentin orienta le bateau dans cette direction.

— Je doute qu'ils s'attendent à ce que vous y retourniez.

Les dents de Darby se mirent à claquer. L'effet de la peur, même si elle n'en dit rien.

— Aviez-vous des moyens de communication sur place ? demanda Quentin.

Haley commençait à voir où il voulait en venir.

— J'avais un téléphone satellite, mais ils l'ont détruit.

Darby répondait bien aux questions, oubliant l'espace d'un instant le traumatisme qui l'entourait.

— Est-ce qu'on pourrait utiliser les balises GPS que vous installiez pour appeler à l'aide ? demanda Haley.

— Comment ça ?

Darby avait l'air dubitative.

— Si on les réunissait pour écrire SOS ? suggéra Haley.

— Il faudrait des jours pour déplacer autant d'unités GPS et les installer de cette manière. Les données sont collectées deux fois par jour et ne sont pas forcément analysées en temps réel.

— Peut-être qu'on pourrait en bouger suffisamment pour que les scientifiques à l'autre bout jettent un coup d'œil aux images satellites, et on pourrait écrire SOS d'une autre façon repérable depuis les airs ?

Haley ne savait pas si les scientifiques s'en rendraient compte, mais elle savait qu'Alex Parker et Dermot Gray oui.

— C'est une *excellente* idée.

Une approbation chaleureuse perçait dans la voix de Quentin.

Elle avait l'impression d'être une putain de génie.

— Je n'aime pas l'idée d'y retourner, admit Darby.

— On peut dissimuler les bateaux et se cacher. En attendant l'arrivée de la cavalerie.

— Comment savoir qui est la cavalerie ? demanda Darby, qui n'était clairement pas d'accord avec cette idée.

— On attendra jusqu'à être sûrs, lui assura Quentin.

Haley savait que les États-Unis mettraient tout en œuvre pour retrouver un agent fédéral kidnappé – en supposant qu'ils sachent qu'il avait été kidnappé. Ils risquaient de penser qu'il était mort avec tous les autres participants à la conférence. Elle aussi. Elle ne le dit pas devant Darby. La jeune femme avait besoin de tout l'optimisme d'Haley.

— Y a-t-il une réserve d'eau douce sur l'île ? demanda Quentin.

— Oui. Il y a une source naturelle. J'ai même laissé quelques rations militaires dans une glacière qu'ils n'ont pas dû trouver.

Elle regarda autour d'elle avec angoisse.

— J'ai peur, admit-elle.

— Nous allons être très prudents, Darby. Nous allons élaborer un plan et attendre que les autorités viennent nous chercher. Si vous avez une meilleure idée, alors n'hésitez pas à nous en faire part. Sinon, il nous faut mettre le cap sur cette île pour quitter l'eau avant le lever du jour.

Après un long moment, Darby acquiesça à contrecœur.

— Je ne vois pas de meilleur plan. Et je connais l'île. Si on y arrive, on aura peut-être une chance...

Le moteur choisit ce moment pour se mettre à crachoter et se taire pour de bon.

Quentin scrutait la surface sombre de la mer, à la recherche d'obstacles, tandis qu'il naviguait vers le nord, nord-ouest. Ils avaient grimpé dans le deuxième bateau pneumatique et abandonné le premier pour réduire leur poids et optimiser les réserves de carburant, en emportant tout ce qui pouvait être un tant soit peu utile.

Ils avaient trouvé des fusées de détresse et une boussole, mais pas de radio. Les fusées pourraient leur servir, mais pas avant de savoir exactement qui se trouvait dans les parages et qui répondrait à leur appel à l'aide.

Darby était tombée contre Haley, épuisée. Toutes deux étaient affalées au fond du bateau, à l'abri du vent. Les cheveux blonds d'Haley flottaient dans la brise.

Elle était toujours le centre d'attention – son attention, en tout cas. Il s'efforçait de ne pas y penser. Malgré tout, elle s'était faufilée sous ses défenses.

C'était en raison des circonstances.

Elle n'était pas faite pour lui. Il était un fonctionnaire qui se déplaçait au bon vouloir du FBI. Elle était une riche PDG qui avait survécu à un passé difficile. Il pinça les lèvres, se demandant pourquoi il pensait à leur relation inexistante – inexistante dans le monde réel, du moins. Ici, ils dépendaient les uns des autres pour leur soutien et leur survie. Chez elle, elle n'aurait même pas su qu'il existait, et pas seulement parce qu'il ne faisait que travailler ou dormir.

Rien de tout ça n'avait d'importance. Tout ce qui comptait était de mettre ces femmes en sécurité et de retourner ensuite tenter de sauver les Alexander. Les États-Unis ne laisseraient pas ces enfoirés s'en tirer après avoir massacré leurs citoyens, et il ne doutait pas que les terroristes utiliseraient les prisonniers américains comme bouclier. Mais il pourrait se rendre utile. C'était son domaine d'expertise – bien que négocier avec des sociopathes soit toujours un défi.

Il n'était pas sûr que retourner sur le lieu de l'enlèvement de Darby soit une bonne idée. Il s'était toutefois dit que c'était mieux que rester en mer et prier pour leur salut. C'était un risque, mais un risque calculé.

Le ciel commençait à s'éclaircir à l'est, ce qui le rendait nerveux. Il voulait avoir quitté l'eau à l'aube.

Un oiseau de mer fondit en piqué à côté de lui et son cœur fit un bond.

À l'ouest, il aperçut une ligne verticale d'un orange intense. De la lave. Il tourna la barre dans cette direction.

— Darby, appela-t-il.

Il ne voulait pas la déranger, mais c'était préférable à se retrouver sur l'île dont ils venaient de s'échapper.

Elle se réveilla en sursaut, la terreur brillant au fond des yeux pendant une fraction de seconde avant qu'elle ne réalise où elle était et avec qui.

Quentin désigna la coulée de lave d'un signe de tête.

— C'est votre île ?

Elle se pencha sur le côté du bateau pour voir. Puis elle hocha la tête, l'air pensif.

— Pulau Gunung Rebi. Il faudrait arriver par l'ouest depuis le côté nord. Il y a une petite plage sur laquelle on peut accoster.

Quentin plissa les yeux devant la lueur orange.

— Il ne va pas exploser, n'est-ce pas ?

— Entrer en éruption, vous voulez dire ?

Les yeux de Darby brillèrent pour la première fois depuis leur rencontre. Il était surpris qu'elle ne soit pas catatonique suite à la brutalité de ce qu'elle avait vécu, mais il soupçonnait qu'elle en avait refoulé une grande partie. Pour le moment. Ou peut-être était-elle extrêmement résiliente.

La survie prenait plusieurs formes. La lueur diminua dans ses yeux.

— Pas d'après les mesures au moment où je suis partie. Mais beaucoup de choses peuvent se passer en cinq jours, même pour les volcans.

Ses mots lui serrèrent la gorge, car elle pensait clairement à sa propre expérience.

— Je suis désolé qu'ils vous aient fait du mal. Je vous promets que les autorités américaines poursuivront ces hommes...

— Est-ce que tout le monde doit le savoir ? l'interrompit-elle brusquement.

Quentin la regarda fixement, en l'évaluant.

— Je dois rapporter ce que j'ai vu.

— Pourquoi ? Ce n'est pas vous qui avez été violé.

La dureté des mots les surprit tous deux, tout comme l'amertume de son ton. Mais qu'y avait-il de pire que d'être violée ?

Que le monde entier soit au courant.

Il voulait que les kidnappeurs soient punis, mais si cela faisait souffrir davantage Darby... Il marqua une pause, essayant de se rappeler ce qui faisait de lui un bon négociateur. Il se remémora la technique du Behavioural Change Stairway Model, qui aidait à influencer les actions des gens – écoute active, empathie, rapport, influence, changement de comportement.

Mais peut-être n'avait-il pas le droit d'essayer d'influencer cette femme. Il devrait peut-être la laisser prendre ses propres décisions.

— Je peux rédiger mon rapport de manière à ce qu'il ne contienne pas de détails explicites, mais les enquêteurs vont poser la question, et vous ne devriez pas leur mentir. Si vous leur mentez sur un point, ça sapera tout le reste de votre témoignage.

Sa bouche se crispa.

— Vous aurez besoin d'un traitement médical. De conseils.

Elle le regarda fixement.

— Je pourrais être enceinte. Ou avoir une terrible maladie vénérienne. Je n'ai pas fait d'injection contraceptive avant de partir.

Elle détourna le regard, le menton relevé en signe de colère.

La détresse des mots de Darby frappa Quentin de manière inattendue. Il avait l'habitude de traiter avec des personnes en crise, mais la vulnérabilité de la jeune femme faisait ressortir son instinct de protection.

— Je vais m'assurer que vous receviez le traitement

médical dont vous avez besoin, Darby. Peu importe ce dont il s'agit. Aussi longtemps que nécessaire. Je ferai de vos soins ma priorité et une priorité pour l'équipe de la cellule de négociation de crise. Il y a d'autres personnes au FBI qui peuvent vous aider. Nous avons des défenseurs des victimes. Nous avons des médecins. Nous pouvons vous aider à traverser cette épreuve. Je vous le promets.

Ses lèvres se mirent à trembler en le regardant. Elle acquiesça finalement.

Elle passa en mode conférence. C'était plus facile pour eux deux.

— La lave s'écoule par intermittence depuis environ cinq ans maintenant, et toute la région a certainement été plus active récemment avec le Krakatoa et toute l'excitation qu'il a suscitée. Mais ce volcan particulier est resté assez stable, et je doute que ça ait changé. Je vais vérifier les données de l'inclinomètre pour m'en assurer.

Quentin aurait préféré éviter d'assister à une éruption volcanique, surtout à cette distance. Il la laissa parler.

— Les Japonais ont détenu des prisonniers ici pendant la Seconde Guerre mondiale. Principalement la classe dirigeante hollandaise.

Elle tressa nerveusement ses cheveux entre ses doigts et poursuivit :

— Il y a un cimetière où ils ont enterré les morts et les vestiges de certaines des anciennes tours de garde, mais il n'a pas été utilisé longtemps et ils ont déplacé les prisonniers vers certains des principaux camps de Java après une activité sismique début 1943.

Le mal que les êtres humains se faisaient les uns aux autres ne manquait jamais de le déprimer. Le fait que les civilisations ne tirent pas de leçons de l'histoire était tout aussi inquiétant.

Le soleil se levait à l'horizon, et Quentin voulait faire une petite reconnaissance des lieux avant de s'en tenir au plan. Alors que cette idée lui traversait l'esprit, le bateau pneumatique commença à crachoter. La panne de carburant était proche.

Bon sang.

Il utilisa tout ce qu'il restait de jus, et quand le moteur rendit l'âme, il s'empara des rames. Darby lui passa la bouteille d'eau, et il en prit une gorgée avant de se mettre au travail.

Les courants étaient forts, mais le vent jouait en sa faveur. Au bout d'un moment, les muscles de ses épaules se mirent à le lancer, mais il ignora cette sensation.

Il rama jusqu'à ce qu'il aperçoive la plage dont Darby avait parlé. Ils inspectèrent tous deux la zone attentivement. Haley était encore profondément endormie. Elle devait être épuisée.

— Qu'en pensez-vous ? demanda-t-il à la jeune femme.

— Je ne vois aucun signe de présence.

— Est-ce qu'on prend le risque ? Ou est-ce qu'on continue à ramer jusqu'à ce qu'on trouve un bateau pour nous récupérer ?

Il voulait lui laisser le choix, pour qu'elle puisse reprendre le contrôle de sa vie. Il ne savait pas ce qu'il ferait si elle décidait de rester en mer. Ils pourraient facilement mourir en quelques jours s'ils ne trouvaient pas d'eau ou de secours.

Les yeux verts de Darby s'écarquillèrent.

— Un bateau au hasard ?

Il faisait assez clair à présent pour la voir frémir. C'était une jolie femme avec des cheveux d'un roux éclatant et des yeux qui renfermaient un monde de douleur.

— Non, je ne veux pas prendre le risque, décida-t-elle. Je connais tous les coins et recoins de cette île. Ils ne me prendront plus au dépourvu. Ils ne prendront aucun d'entre nous au dépourvu.

Tant mieux.

— Et plus vite on commencera à déplacer vos balises GPS, plus vite les secours arriveront.

Quentin manœuvrait maladroitement le bateau. Cela faisait longtemps qu'il n'avait pas ramé, et encore moins pour faire avancer une embarcation de cette taille. Darby s'installa à côté de lui sur le banc et lui prit une des rames.

— Je peux vous aider, dit-elle.

Quentin ne répondit rien. Il était important pour elle de retrouver son indépendance et son autonomie. Ça l'aiderait à se rétablir. Et son aide était la bienvenue.

Il ne leur fallut pas longtemps pour ramer jusqu'au rivage, même si Darby tremblait à cause de l'effort lorsqu'ils y arrivèrent. Elle était si maigre qu'il doutait qu'elle ait mangé beaucoup depuis son enlèvement. Pas même quelques grillons frits.

Quand ils touchèrent le fond sablonneux, il sauta par-dessus bord et attrapa la corde, tirant le bateau un peu plus loin.

L'île s'élevait de la plage en une large plaine herbeuse. Une forêt bordait sa partie inférieure, verte et luxuriante, qui s'étendait environ sur cinq kilomètres.

— Je suis surpris que cet endroit ne soit pas habité. Il y a de l'eau douce, et il semble y avoir des terres agricoles fertiles.

Darby grimaça.

— Les gens du coin pensent qu'elle est maudite. Ils pourraient bien avoir raison.

Quentin ne savait pas quoi répondre. Il désigna la bande entre la mer et le sable.

— Rapprochons le bateau de ces arbres avant de le hisser

sur la plage. Ensuite, on pourra le traîner dans la forêt ou le recouvrir de feuilles pour le cacher.

— Sans laisser de grosses traînées sur la plage qui révéleraient notre présence.

Darby lui lança un regard approbateur, ce qui le fit sourire compte tenu de leurs positions relatives dans la vie. Elle était manifestement confiante et intelligente, sans quoi elle n'aurait jamais entrepris ce genre d'aventure en solo.

Il espérait qu'elle ne perdrait pas ça, mais ajouterait simplement une couche de sécurité. Mais ce qui s'était passé était la faute de l'université et de son superviseur, et non la sienne.

Il jeta un coup d'œil à Haley, qui commençait à émerger. Il ressentit quelque chose dans la poitrine quand elle lui sourit. Il avait ce sentiment chaque fois qu'il la regardait.

Darby le surprit en sautant dans les vagues. Quand elle disparut sous la surface, il se figea et se dirigea vers elle. Puis elle réapparut, se lavant avec de l'eau de mer. Il ne pouvait qu'imaginer son besoin désespéré de propreté.

Haley lui toucha la main.

— Laissons-lui un peu d'espace. Je vais vous aider pour le bateau. Ça ira pour elle.

Les lèvres d'Haley étaient sèches et craquelées, ses yeux gonflés et fatigués, soulignés de cernes, mais elle était toujours aussi éblouissante que la femme qui avait retenu son attention au bar quelques jours auparavant. Une femme avec qui il avait fait l'amour.

Il aurait souhaité que les choses se passent différemment après ça. Il aurait aimé qu'ils aient le genre d'interaction normale impliquant des textos et un vrai rendez-vous. Ça aurait été plaisant. Contrairement à tenter d'échapper à des gens qui les couperaient en morceaux s'ils les rattrapaient.

Il réussit à détourner le regard. Il se rappela qu'ils

n'étaient pas encore tirés d'affaire. Pas du tout. Il devait se concentrer. Pour les protéger, les garder en sécurité.

Ne te laisse pas distraire, Savage. Reste dans le moment présent.

Ensemble, ils traînèrent le lourd bateau pneumatique sur les cailloux, jusque dans les buissons. Il utilisa le couteau volé pour couper des branches des buissons voisins, recouvrant le métal du moteur et masquant la brillance des côtés de l'embarcation.

— Je ne vous ai pas remercié comme il se doit, dit Haley lorsqu'ils eurent fini et admirèrent leur travail.

Elle avait les poings sur les hanches, et portait sa tenue de sport, ne chuchotant plus de peur d'être entendue. Pour la première fois depuis des jours, ils pouvaient parler normalement.

— Vous m'avez sauvé la vie tellement de fois. Je ne sais pas ce que j'aurais fait sans vous.

Elle se força à sourire, mais ses yeux contenaient une lueur qu'ils prétendaient tous les deux ne pas voir.

Haley Cramer s'était déjà effondrée une fois devant lui. Il doutait que ça se reproduise. Il prit sa main dans la sienne et frotta sa peau froide, la portant à ses lèvres sans réfléchir.

— Je n'aurais pas pu le faire sans vous.

— Bien sûr que si, rétorqua-t-elle.

— On l'a fait ensemble, Haley. Chaque étape.

Il ne voulait pas admettre qu'il tenait à elle comme il n'avait pas tenu à quelqu'un depuis des années. Même en sachant que l'un d'eux pouvait mourir à tout moment, il s'était attaché à elle. Il n'avait pas eu le choix.

Il voulut lui lâcher la main, mais elle ne le laissa pas faire.

— Vous êtes un homme bon, Quentin Savage.

Elle le regarda, et ce qu'il vit dans ses yeux lui fit souhaiter tant de choses.

— Je suis contente que ce soit dans votre chambre que j'aie atterri.

Ce commentaire le perturba. Était-ce la seule raison pour laquelle elle avait fait l'amour avec lui ? Parce qu'il s'était trouvé là ? Parce qu'il lui avait offert un espace sûr ? Est-ce que ça avait été une baise de pitié ?

Il y avait eu de l'attirance au bar, et alors ? Il fronça les sourcils parce qu'il n'en savait rien, et il était irrité que ça le dérange.

— Vous pensez que Cecil Wenck a été prévenu de l'attaque ? Qu'il est parti pour ça ? demanda-t-elle.

Quentin mit de côté ses pensées sur le pourquoi de leur relation.

— Tant qu'on ne sait pas s'il a survécu ou non, il ne sert à rien de spéculer.

Sa voix était un peu plus ferme que prévu. Le fait est que les autorités ne les recherchaient peut-être même pas encore. Ils pourraient supposer qu'Haley et lui étaient morts.

— Allons-y.

Ensemble, ils pataugèrent dans les vagues jusqu'à Darby, qui avait l'air d'aller mieux. Ses cheveux mouillés étaient plus foncés à présent et collés à son crâne. Le tissu en lambeaux qu'elle portait collait à son corps. Il n'arrivait pas à déterminer quel type de vêtement ça avait été à l'origine. Un sac ? Une couverture cousue ? Il détourna son regard, pour ne pas qu'elle soit mal à l'aise à l'idée qu'un homme voie sa silhouette.

— Évitons de marcher dans le sable et de faire des traces. On va passer par les bois. Comme ça, si quelqu'un inspecte rapidement la plage, il ne verra pas d'empreintes fraîches.

— Malin, fit Haley.

Bon sang. Les éloges de sa part lui donnaient envie de

bomber le torse comme un coq. Si son équipe le voyait, ils seraient morts de rire. Il leva les yeux au ciel.

— Pouvez-vous nous emmener à la source prendre de l'eau, et ensuite on verra quelles provisions il vous reste ? demanda Quentin.

Il mourait de faim, mais Darby n'avait pas mangé depuis *des jours*. Elle avait besoin de garder ses forces pour guérir.

— Ensuite, on s'occupera des balises GPS.

Darby hocha la tête.

— Allons-y.

Haley leva la main pour leur faire un *high-five*. Il s'exécuta, appréciant l'étincelle dans ses yeux après tout ce qu'ils avaient enduré.

Darby échangea un *high-five* avec Haley et se tourna vers lui. Elle hésita brièvement, puis frappa dans sa paume ouverte.

Il soutint son regard. Une partie de l'horreur de ce qu'elle avait vécu passa dans ses yeux verts. L'angoisse brute qu'il y vit lui fit serrer les dents. Malgré ça, un petit sourire se dessina au coin de ses lèvres.

— Ne laissez pas ces salauds vous avoir, murmura Haley à voix basse.

Darby acquiesça et regarda fixement les vagues qui se brisaient autour de ses chevilles pendant une longue inspiration. Puis elle leva les yeux.

— Allons bousiller les données de l'USGS et voir si quelqu'un s'en rend compte. Pour ma part, je veux retrouver ma vie.

CHAPITRE DIX-SEPT

Le téléphone sonna sur la table de nuit, et Eban se réveilla en sursaut. Il s'était endormi tout habillé avec la télé en fond sonore. Le décalage horaire, combiné à de longues heures de travail, l'avait fait tomber comme une masse dès qu'il était arrivé dans sa chambre, aux premières lueurs de l'aube.

Bon sang.

Groggy, il attrapa son portable, maudissant le câble qui fit tomber son carnet de notes de la table de chevet. Il le débrancha.

— Oui ?

C'était l'attaché juridique, Reid Armstrong. Eban l'avait rencontré lors de sa dernière rotation sur place.

— La scientifique a trouvé ce qu'il restait des papiers de Quentin Savage dans les ruines de l'hôtel.

Ces mots lui firent l'effet de plusieurs coups de poing. Un rapide une-deux suivi d'un uppercut géant. Eban ferma les yeux. Il refusait d'accepter ce que les preuves et les témoins oculaires lui disaient. Jusqu'à ce qu'il en soit sûr, jusqu'à ce qu'ils identifient le corps de Quentin, il ne perdrait pas espoir.

Armstrong se racla la gorge, comme s'il était mal à l'aise avec sa propre émotion.

— J'ai réussi à obtenir un rendez-vous avec l'assistante du ministre des Affaires étrangères Ini Kanawela à la première heure ce matin.

Quelle heure était-il ? Eban jeta un coup d'œil au réveil de l'hôtel et essaya de comprendre ce que signifiaient les chiffres sept un cinq. Il se dit que c'était sûrement le matin, mais n'était pas sûr à cent pour cent.

— Qu'est-ce qu'elle a dit ?

On aurait dit qu'Eban avait avalé des lames de rasoir.

Ils avaient tous travaillé sans relâche pour essayer de découvrir qui étaient ces terroristes, où ils étaient. Les corps avaient été transportés vers une morgue de fortune aux abords d'une base militaire à Java. Des laboratoires portables analysaient l'ADN de la moindre molaire de chaque squelette. Personne n'avait encore revendiqué l'attaque.

— Elle dit que le ministre des Affaires étrangères est parti immédiatement après le discours de Quentin, comme il devait assister à une réunion importante le lendemain à Manille. Une réunion prévue depuis des semaines.

Eban se demanda si Reid couchait avec elle. Sept heures quinze... du matin, apparemment... était une heure bien matinale pour avoir déjà terminé une réunion.

— Donc vous me dites que le ministre n'a pas reçu un tuyau de dernière minute lui indiquant que des terroristes étaient en route pour tuer tout le monde sur leur passage et qu'il fallait dégager.

Mince. Ça aurait été trop facile, et Eban aurait pu tabasser le type pour savoir exactement qui l'avait prévenu et qui avait bien pu massacrer tous ces gens.

Raison pour laquelle Eban n'était pas l'attaché juridique. Armstrong était bien plus diplomate que le natif du Montana.

— Ça soulève un point intéressant, convint Armstrong. Les terroristes savaient-ils que le ministre était parti, et qu'il n'y avait donc plus aucune sécurité à la conférence, ou est-ce un hasard s'ils sont arrivés exactement à ce moment-là ?

Eban ne croyait pas à ce degré de chance.

— Je parie que les terroristes savaient exactement ce qui se passait dans ce bâtiment. Peut-être que quelqu'un les a contactés dès que la voie a été libre, ou qu'ils avaient une très bonne idée du programme. J'ai un consultant du FBI appelé Alex Parker qui s'intéresse aux données des antennes-relais. Laissez-moi consulter mes e-mails. Voir s'il a trouvé quelque chose.

— Vous savez que c'était un espion, n'est-ce pas ?

— Quoi ? Qui ça ? Parker ?

Eban l'ignorait, mais les rumeurs circulaient au Bureau de la même façon que les ragots au lycée.

— Je me fiche qu'il ait été un assassin de sang-froid tant qu'il m'envoie ce qu'il a dit.

Eban ouvrit son ordinateur portable et regarda ses e-mails entrants. Ses yeux parcoururent la liste des messages jusqu'à ce qu'il tombe sur celui de Parker.

C'était une feuille de calcul.

— Il m'a envoyé tous les numéros de portables qui ont été captés par l'antenne et les a fait correspondre aux coordonnées des propriétaires. *Merde.* Ça fait beaucoup de numéros, fit-il en se frottant les yeux.

Armstrong resta silencieux à l'autre bout de la ligne.

La plupart de ces personnes étaient mortes.

Parker avait mis en évidence les numéros de portable de Quentin et Haley Cramer. Ils avaient tous deux passé des appels après minuit – Cramer à Alex Parker et Quentin au SIOC. Il était intéressant de noter que personne d'autre dans l'hôtel n'avait appelé qui que ce soit.

Eban inspecta rapidement le reste du message.

— Parker dit qu'il semble que quelqu'un a sûrement utilisé un brouilleur de signal à l'intérieur de l'hôtel pour que personne ne puisse appeler à l'aide.

— C'est assez sophistiqué pour une bande de bandits de merde, marmonna Armstrong.

Clairement.

— Que font les Indonésiens pour retrouver ces types ?

Eban n'avait pas une grande confiance dans les autorités locales.

— Ils ont procédé à quelques arrestations, mais qui sait s'ils ont les bonnes personnes.

— Ça ne suffit pas.

La peau d'Eban le démangeait d'impatience. Il était tellement en colère et frustré. Il savait que ce n'était pas comme ça que les gens obtenaient des résultats, mais il ne pouvait pas négocier avec qui que ce soit à moins que quelqu'un ne prenne contact, et personne ne le ferait si Quentin Savage et Haley Cramer étaient morts.

Il s'obstinait à chasser cette idée de sa tête, parce qu'il ne voulait pas y croire, mais si c'était vrai et qu'il était un imbécile ?

— Leur gouvernement tente constamment de sévir contre les extrémistes violents qui nuisent au tourisme et déstabilisent la région. Mais certains partisans de la ligne dure au Parlement se réjouissent de cette perturbation, car ils souhaitent que le pays adopte une forme plus stricte de la charia.

Eban se demanda si l'assistante était la principale source d'information d'Armstrong.

— Il est intéressant de noter que l'un des partisans de la ligne dure est le ministre de l'Intérieur qui a fait des déclarations virulentes après l'attentat, critiquant le ministre des

Affaires étrangères pour avoir organisé la conférence sur le sol indonésien. Il n'est pas particulièrement bien disposé envers l'Occident, grogna Armstrong. Mais le Premier ministre a mobilisé une partie importante de l'armée pour mener des recherches.

Armstrong marqua une pause avant de reprendre à voix basse, comme s'il craignait que quelqu'un ne l'entende :

— Je ne peux m'empêcher de me demander si ce ne sont pas des ex-militaires qui ont attaqué l'hôtel. Ils étaient clairement bien armés, et c'était une opération bien planifiée. Ce n'étaient même pas forcément des militaires *indonésiens*.

Il leur suffisait de savoir comment tuer efficacement et disparaître dans la végétation dense de l'Asie du Sud-Est.

— Hurek ?

— Peut-être. Les gens d'ici ne veulent pas en parler.

Darmawan Hurek était un ancien major de l'armée indonésienne, suspect dans l'affaire de l'enlèvement des Alexander. Ils n'avaient aucune preuve que le gars était encore en vie, et encore moins qu'il menait des missions de kidnapping ou de terrorisme. Juste la parole d'un meurtrier qui avait été exécuté avant que le FBI ne puisse l'interroger.

C'était quand même une piste potentielle à suivre, faute de mieux.

L'estomac d'Eban grogna, et il réalisa qu'il mourait de faim. Il n'avait pas mangé grand-chose à part un bol de riz qu'ils avaient distribué au personnel la veille dans les ruines de l'hôtel. Personne n'avait vraiment faim.

— Des nouvelles de Darby O'Roarke ? demanda Eban.

Aucun groupe n'avait encore revendiqué son enlèvement. En cas de demande de rançon, les ravisseurs attendaient généralement une semaine environ avant de contacter la famille. Pour essayer d'évaluer ce qu'elle valait d'après la frénésie médiatique que sa disparition provoquait. C'était en partie pour cette raison que le FBI essayait d'éviter que les enlève-ments ne fassent la une des journaux. Ils essayaient de s'en occuper discrètement, et non en fanfare. Le battage média-tique augmentait le prix, et les familles se faisaient déjà plumer jusqu'au dernier centime.

— Si quelqu'un d'autre a enlevé la fille O'Roarke, il ne veut peut-être pas attirer l'attention sur lui alors que tout le pays est en guerre contre les terroristes, suggéra Armstrong.

C'était vrai. Ce qui pourrait être une mauvaise nouvelle pour Darby. Il était assez facile de lui trancher la gorge et de laisser son corps au milieu de la jungle où on ne la retrouverait jamais.

Un autre message d'Alex Parker arriva.

— Selon Parker, dit Eban à l'attaché juridique, trente-huit des deux cent quatre téléphones portables qui sont passés par l'antenne-relais de l'hôtel pendant la conférence sont encore actifs aujourd'hui.

— Donc trente-huit personnes n'ont pas été massacrées par les terroristes ? demanda Armstrong.

— Beaucoup d'entre eux sont des membres du personnel qui n'étaient pas de service cette nuit-là, ou des clients qui avaient déjà quitté l'hôtel. Parker est en train de compiler une liste de noms et des derniers emplacements connus de ces portables pour interroger leurs propriétaires.

— Peut-être que l'un d'entre eux aura vu ou entendu quelque chose ou, mieux encore, *sera* l'un des connards de terroristes qui n'a pas éteint son portable pendant l'attaque et le trajet retour.

— Ce serait génial, convint Eban.

Il consulta un autre e-mail, d'un médecin légiste de Java. Il brandit le poing, exultant.

— *Yes* ! Le sang sur la plage appartenait à Quentin Savage.

Ils l'ont comparé au profil d'un de ses frères qu'ils avaient dans leur dossier en tant que soldat en service actif.

Eban se mit à arpenter la pièce, essayant de comprendre le déroulé des événements à partir des preuves. Les informations obtenues au téléphone avec Washington. Les deux terroristes à la nuque brisée. Les récits des témoins oculaires de l'incendie. Les téléphones portables sur la plage...

— Vous ne pensez tout de même pas qu'il est vivant ? demanda Armstrong, incrédule.

— Nous n'avons pas trouvé leurs corps sur la plage, et quelles sont les chances que Savage et Cramer aient tous deux accidentellement perdu leurs téléphones ? Le Glock aussi. Quentin n'aurait jamais laissé cette arme sans y être contraint.

Le sang le confirmait pour Eban. Quelqu'un avait utilisé le pistolet pour frapper Quentin.

— S'ils sont morts, pourquoi récupérer leurs corps ? reprit-il.

La balistique avait envoyé le pistolet à Quantico avec un millier de douilles et de munitions utilisées.

— Ils ont réussi à sortir de l'hôtel avant que le toit ne s'effondre, mais les terroristes les ont trouvés et les ont pris en otage, conclut-il.

— *Pourquoi* ? Pourquoi les enlever alors qu'ils ont tué tous les autres ?

— Je ne sais pas, admit Eban.

D'autres corps avaient été trouvés dans les bois, mais aucun n'appartenait à Quentin ni à cette Cramer.

— Pourquoi on n'a pas entendu les terroristes se vanter d'avoir un agent du FBI sur Internet ?

— Je ne sais pas non plus, admit Eban. Peut-être qu'ils voulaient avoir des garanties, s'assurer qu'ils n'avaient pas foiré avant de risquer de s'attirer la colère des États-Unis ? S'il est vivant, on aura bientôt des nouvelles.

— Je paierai moi-même cette foutue rançon si vous avez raison, marmonna Armstrong.

— Je suis prêt à le faire aussi, convint Eban. S'ils appellent pour demander une rançon, il nous faudra changer de tactique. Pas de marchandage. Il nous faut une preuve de vie, et ensuite nous accepterons de payer ce qu'ils veulent et nous attendrons leurs instructions pour déposer l'argent.

— Vous ne pensez pas réellement qu'ils vont demander une rançon, n'est-ce pas ?

Eban passa une main sur sa tête.

— Peut-être pas.

Il raffermit sa voix. C'était un professionnel et il devait se détacher du fait qu'ils parlaient d'un ami.

— Ça dépend beaucoup de leur motivation, ajouta-t-il. Est-ce qu'ils font ça pour l'argent ? Pour asseoir leur réputation ? Avoir une influence sur les États-Unis ? Dans le premier ou le second cas, ils devraient le garder en vie, surtout si on leur assure qu'on paiera une belle somme pour le récupérer.

— Et si c'est autre chose, il est aussi bien mort, termina Armstrong pour lui.

— À moins qu'on ne le trouve avant, dit fermement Eban.

En supposant que Quentin soit toujours vivant. Rien n'était moins sûr, mais Eban espérait quand même. Un nouvel e-mail arriva dans sa boîte de réception avec un *ding*.

— Un instant.

Il provenait de Charlotte Blood, qui tenait le fort à Quantico.

Le FBI avait reçu une demande de rançon dix minutes plus tôt, ainsi que des photos qui suggéraient que Savage et Cramer avaient survécu à l'attaque terroriste.

— On vient de recevoir une demande de rançon.

Eban regarda le plafond. Il le savait. Il en était sûr. Après avoir inspiré pour se calmer, il lut le reste de l'e-mail.

La mauvaise nouvelle, c'était que les terroristes exigeaient vingt millions de dollars en bitcoins contre Quentin Savage et la même somme en échange d'Haley Cramer, et ce avant 20 heures ce soir-là. Si le FBI ne leur envoyait pas l'argent, ils allaient commencer à les découper en morceaux et à les envoyer à Quantico, un à un.

CHAPITRE DIX-HUIT

En remontant le chemin derrière Quentin, Haley se surprit à admirer la forme de ses fesses et de ses cuisses musclées soulignées par le pantalon noir qu'il portait. Ça la choquait un peu de constater qu'après tout ce qu'elle avait vécu récemment, elle pouvait encore ressentir du désir. Mais elle avait décidé bien longtemps auparavant qu'elle ne laisserait pas des monstres lui voler sa sexualité. Son cerveau cherchait à ne pas penser à certaines des choses qu'on *lui* avait volées.

Elle croyait au sexe entre adultes consentants – agréable, sain, mutuellement plaisant. Le sexe pour le sexe. Le sexe pour l'excitation. Le sexe pour l'extase fugace de l'orgasme, créant une dépendance aussi forte que n'importe quelle autre drogue. À la façon dont ses yeux le dévoraient et son pouls s'accélérait, son corps venait de se rappeler que Quentin était terriblement bon à ça aussi.

Le pouvoir des plaisirs basiques ne devait jamais être sous-estimé. Et sa liberté de choisir un partenaire – homme, femme ou entre les deux – était une chose qu'elle avait défendue farouchement toutes ces années.

Elle regarda autour d'elle alors qu'une sorte d'oiseau de mer piaillait dans le ciel. La vue était spectaculaire, presque aussi belle que son île dans les Caraïbes qui, fort heureusement, n'abritait aucun volcan.

Elle se sentait rafraîchie. Ils s'étaient lavés dans l'océan, l'eau de mer astringente étant bénéfique pour les coupures et les écorchures qu'ils avaient accumulées. Puis ils s'étaient immergés à nouveau dans l'eau douce du ruisseau. Ils avaient mangé des rations militaires, et bu environ quatre litres d'eau chacun. Heureusement, les terroristes n'avaient pas trouvé la principale réserve de Darby, qu'elle avait placée dans des glacières dans une petite clairière boisée.

Ils étaient passés devant sa tente, mais Darby avait évité d'y entrer. Haley savait pourquoi. Ce n'était plus un refuge. Elle avait ressenti la même chose à propos de sa chambre quand elle était adolescente, même si pendant un certain temps, elle avait dû y dormir quand même, jusqu'à ce qu'elle trouve finalement le courage de s'enfuir.

Elle se pencha pour ajuster les chaussettes humides qui frottaient contre le talon de ses bottes volées. Elle était irritée, mais ce n'était pas bien grave. Elle les sécherait plus tard. Elle portait toujours les vêtements de sport de Quentin et ces satanées bottes. Les vêtements de Darby étaient trop petits pour elle. La fille était petite et avait les os fins. Ils s'étaient tous tartinés de crème solaire que Darby avait emportée, afin que leur peau ne soit pas roussie par le soleil de midi.

Qui savait combien de temps il faudrait pour construire leur signal, mais Haley avait presque hâte. La liberté était une sensation grisante, et le dur labeur ne l'effrayait pas.

Darby marchait vingt pas devant eux, apparemment indomptable, gravissant la colline à grandes enjambées, chaussée de bottes de randonnée, vêtue d'un short kaki propre et d'une chemise en toile verte, avec un chapeau mou enfoncé sur ses boucles. Elle était belle et tellement plus forte qu'Haley ne l'aurait été si leurs situations avaient été inversées.

La jeune femme avait redressé les épaules, déterminée. L'angle de sa mâchoire était celui d'une survivante. Des bleus de toutes les couleurs couvraient sa peau exposée, suggérant que ces bâtards l'avaient tabassée à intervalles réguliers pendant qu'elle était prisonnière. L'idée que cette jeune femme sans défense ait été maltraitée rendait Haley malade. À côté de ça, sa propre expérience aux mains du frère cadet de son père paraissait insignifiante.

Ses pieds cessèrent de bouger, et elle se retrouva à déglutir à plusieurs reprises, luttant soudain contre l'émotion. Cette expérience avait façonné toute sa vie, mais Darby ne savait même pas si elle allait survivre – ou combien de temps elle allait devoir endurer ce cauchemar...

Pathétique. Haley était complètement pathétique. Elle avait passé des années à fuir son passé. Des années à s'en servir amèrement comme excuse pour ne jamais s'approcher d'un homme, parce qu'elle ne laisserait plus personne la contrôler de cette façon.

Elle s'était efforcée de garder son *self-control.* Bon sang, elle ne pouvait pas le perdre à nouveau.

Quentin se retourna, comme s'il sentait sa détresse. Darby continuait à gravir la colline, loin d'eux, hors de portée de voix.

Il revint vers elle et posa une main sur son épaule. Ce contact était agréable – chaud et familier, mais nouveau et excitant en même temps.

— Tout va bien ?

Bien sûr, voilà ce qu'elle aurait répondu en temps normal, avec une sorte de rire sexy forcé.

À part sa famille, Haley n'avait parlé à personne, sauf à

son thérapeute, de son viol. Pas même à Alex ou Dermot. Certainement pas à l'un de ses anciens amants. Elle n'avait pas voulu exposer cette faille. C'était son secret, sa douleur. Mais Quentin le savait déjà, parce qu'elle l'avait laissé échapper quand elle pensait qu'ils allaient mourir.

Sa gorge la lançait à force de ravaler la honte enfouie au plus profond d'elle-même.

— Je pensais à mon expérience en matière d'agression sexuelle et au fait qu'elle n'est rien comparée à ce que Darby a enduré, admit-elle, ignorant comment expliquer toutes les émotions qui tourbillonnaient en elle.

Il la choqua en l'attirant contre sa poitrine et en la serrant si fort que ses côtes la lancèrent.

Bon sang, comme c'était bon.

Il posa son menton sur le sommet de son crâne, un geste qui la toucha au plus profond de son cœur.

— Un traumatisme est un traumatisme, Haley, peu importe le degré.

Il recula, soutint son regard et ajouta :

— Je suis désolé que vous ayez traversé ça.

— C'était il y a bien longtemps. J'ai tourné la page, vraiment, et je ne veux pas penser à mon passé alors que le traumatisme est tellement frais pour Darby.

Ses yeux sombres la fixaient et elle ne pouvait détourner le regard.

— Si vous avez besoin d'en parler un jour, je serai là pour vous. Il paraît que je suis très doué pour écouter les gens.

Il sourit, et elle sentit ses genoux vaciller pendant un bref instant.

— Mais Darby pourrait apprécier que vous parliez avec elle – savoir qu'elle n'est pas seule, même si ce sont deux expériences bien distinctes. Ne lui demandez pas de détails sur ce qui lui est arrivé, mais racontez-lui peut-être votre histoire, si vous êtes capable d'en parler. Je peux me faire discret.

Les mots se coincèrent dans sa gorge. Le problème était qu'elle ne savait pas comment en parler. C'était trop difficile. Trop humiliant.

Quoi qu'il perçoive dans son expression, son regard devint sombre.

— Ce n'est pas grave si vous ne le voulez pas, Haley. Quel que soit votre choix, ce sera le bon.

Et sur ces mots, il lui prit la main et déposa un baiser dessus comme il l'avait fait plusieurs fois depuis qu'ils avaient été enlevés. Elle sentit son cœur décrire un petit bond.

— Allez. Rattrapons-la avant qu'elle ne décide de revenir nous traîner.

Haley éclata de rire, et ils gravirent le chemin ensemble en se tenant toujours la main. Elle détestait le bien-être que lui conférait ce simple geste. Le réconfort qu'il lui apportait. Elle détestait le fait d'en vouloir plus. Beaucoup plus. Ça ne lui ressemblait pas.

Lorsqu'on les sauverait, si ça arrivait, elle pourrait retrouver son indépendance et son équilibre habituels. Quentin et elle pourraient même s'offrir de courts ébats pour fêter ça, puis retourner à leur vie. Elle serra les doigts anxieusement autour de sa main.

Ils franchirent la crête, en prenant soin de surveiller l'horizon au cas où quelqu'un, quelque part, les surveillerait. Ils seraient minuscules, mais personne ne voulait prendre le risque.

Quelque chose avait attiré les terroristes sur l'île quand ils avaient enlevé Darby.

Haley était en sueur après dix minutes de montée constante sur un terrain de plus en plus escarpé puis sur de la roche volcanique.

Darby ne ralentissait pas. Elle était une véritable boule d'énergie. On n'aurait jamais deviné qu'elle avait été agressée, à moins de voir ses marques ou de lire le traumatisme dans son regard.

Les victimes faisaient souvent ça.

Elles bloquaient le traumatisme et continuaient comme si de rien n'était, puis les gens disaient qu'ils n'avaient jamais remarqué de changement dans leur comportement. Ils avaient du mal à croire à la vérité quand elle éclatait au grand jour.

Les mécanismes de survie pouvaient être délicats à comprendre, à moins d'avoir soi-même traversé ce genre d'épreuve.

Quentin tenait la main de Haley, l'aidant à avancer tandis que l'air se raréfiait et que son corps commençait à trembler de fatigue. Darby observait le lien entre Quentin et elle d'un air circonspect. Haley se doutait que l'idée d'une relation, même amicale, pourrait être difficile pour elle pendant un certain temps.

Non pas qu'Haley et Quentin partagent une relation, du moins pas une relation conventionnelle. Peut-être une relation basée sur la survie mutuelle, ce qui était un peu trop proche de la notion de besoin selon Haley. Elle lâcha sa main et but une gorgée d'eau. Il fit de même, et ils regardèrent tous deux la vue.

De petites îles tachetaient la mer au loin. Elles n'étaient pas proches, mais suffisamment pour que leurs kidnappeurs représentent toujours une menace. Aucun bateau en vue. Elle ne savait pas si c'était positif ou non.

Après une courte pause, ils entamèrent la suite de la montée. Darby atteignit un trépied jaune vif maintenu en place par quelques gros rochers. Un disque blanc était posé dessus.

Quand Haley et Quentin rattrapèrent leur retard, Darby leur expliqua ce dont il s'agissait.

— On appelle ça un point de référence, dit-elle en faisant un geste vers le cylindre de béton planté dans le sol sous le disque blanc. Les géophysiciens reviennent par intermittence et prennent des mesures à des points de référence fixes marqués par des blocs de béton, pour qu'on puisse évaluer les changements au fil du temps. On a également des stations GPS permanentes et fixes, mais celle-ci sera plus facile à déplacer, avec le panneau solaire portable.

Quentin désigna une sorte de structure en béton.

— Qu'est-ce que c'est, là-bas ?

— Ça mesure l'angle d'inclinaison. Au fur et à mesure qu'un volcan se développe, on constate une augmentation de l'inclinaison, et ce changement s'accélère à mesure que l'on se rapproche d'une éruption.

Elle s'en approcha et sourit.

— Ne vous inquiétez pas, il n'y a pas eu de changement majeur depuis...

Sa voix faiblit.

— Depuis que j'ai été enlevée.

Haley changea de sujet, essayant de contourner les souvenirs que Darby ne pourrait jamais oublier.

— Qu'est-ce que vous étudiez, exactement ?

Darby cligna des yeux.

— Ma thèse était censée évaluer toute déformation de la géologie de ce volcan à la suite de l'activité accrue récente du Krakatoa. La déformation est généralement causée par la formation de magma sous la surface. On la mesure en réalisant tout un réseau GPS à la surface du volcan en utilisant ces points de référence.

Darby regarda au loin. Ses mains se mirent à trembler

alors qu'elle commençait à enrouler le fil qui reliait le panneau solaire à la batterie.

— Je ne sais pas si je pourrai finir le travail ici ou si j'en ai envie, après...

Elle ne put terminer sa phrase.

— Vous n'avez pas à prendre de décision pour le moment, Darby, dit doucement Quentin.

La jeune femme eut une inspiration tremblante.

— Mon superviseur est un de ces professeurs qui n'accepte pas les excuses...

— Ce qui vous est arrivé n'est pas une *excuse*.

Le ton de Quentin était ferme.

— Ce n'est pas un échec de *votre* part qui a conduit à l'attaque. Il s'agit plutôt d'un manquement de la part de l'université, qui n'a pas assuré une protection adéquate à l'une de ses étudiantes, et je vais leur en toucher deux mots, croyez-moi.

— Et si je ne veux pas qu'ils le sachent ? demanda Darby, sa voix montant dans les aigus, son expression affligée. Comment pourrais-je regarder mon superviseur ou mes camarades dans les yeux s'ils savent ce qui s'est passé...

— Ça ne change pas qui vous êtes, dit Quentin à voix basse.

Mais il ne comprenait pas. Ce genre de choses vous changeait, prenait d'assaut toutes les vérités que vous pensiez connaître sur vous-même.

Même ainsi, Haley était choquée que Darby ait envisagé de cacher ce qui lui était arrivé. C'était une attaque si violente. Sauf que... n'était-ce pas ce qu'elle avait fait ? Quand son père avait refusé de la croire elle plutôt que son frère, n'avait-elle pas enterré le secret si profondément que personne n'aurait pu le trouver sans son accord ?

— Vous n'avez pas besoin de prendre de décision pour

l'instant, lui assura Haley. Tout ce qu'on doit faire, c'est trouver comment être secourus par les bonnes personnes.

Les yeux de Darby devinrent énormes, et elle hocha la tête, la peur de retrouver leurs ravisseurs décuplée. Haley voulait dire quelque chose pour apaiser son anxiété, mais rien ne vint. Et si les terroristes les pourchassaient ? Et s'ils les retrouvaient ? Ils n'étaient pas encore hors de danger. Ils étaient piégés sur cette île jusqu'à ce qu'ils soient secourus — et découvrir qui étaient les gentils risquait de ne pas être une mince affaire.

Darby plia les pieds du trépied pour qu'il forme une longue unité, mais avant qu'elle ne puisse le mettre sur son épaule, Quentin le lui prit.

— Est-ce qu'il y en a un autre pas trop loin d'ici ? demanda-t-il.

— Oui, fit-elle en dirigeant le menton vers l'ouest. Au-dessus de la crête. Pas très loin.

— Pensez-vous que deux unités GPS suffiront à attirer l'attention de quelqu'un ? demanda-t-il.

Darby haussa les épaules.

— Je ne sais pas. Ils surveillent sûrement des volcans plus actifs, comme celui de l'île où on était retenus.

Sa voix se brisa.

— Pourquoi n'y a-t-il pas de volcanologues là-bas ? demanda Quentin en s'éloignant dans la direction que Darby avait indiquée.

Haley fermait la marche.

— Il n'est devenu actif que récemment. Je suis sûre que des équipes vont bientôt arriver là-bas pour installer des stations de surveillance.

— Des équipes d'où ? demanda Quentin.

— Les États-Unis déploient généralement une équipe.

— Ce qui signifie vraisemblablement que les terroristes

devront trouver un autre endroit pour installer leur camp, déclara Haley.

— C'est certainement la raison pour laquelle ils sont venus ici en premier lieu, ajouta Quentin. Ils cherchaient un endroit où déménager.

Darby porta ses mains à sa gorge

— Oh mon Dieu. Ils vont revenir.

Haley échangea un regard avec Quentin. *Merde.*

— C'est une possibilité, convint Quentin avec prudence. Ou bien ils pourraient se diriger vers l'une des milliers d'îles inhabitées dans le coin qui ne sont pas volcaniques. Plus vite on transmettra notre appel à l'aide, mieux ce sera, parce que je ne sais pas pour vous, mais je veux attraper ces bâtards et leur faire payer pour tout ce qu'ils ont fait.

Darby se mit en route vers la prochaine station, d'un pas précipité, et Haley eut à nouveau le cœur brisé pour elle. En même temps, elle avait peur pour elle et Quentin. Si les terroristes les rattrapaient, elle subirait le même sort que Darby, et Quentin serait tué.

Réaliser qu'ils n'étaient toujours pas en sécurité lui nouait l'estomac, et elle se dépêcha de rattraper les autres pour trouver un moyen de quitter ce fichu volcan.

***

Quentin savait qu'il se mentirait à lui-même en prétendant ne pas être inquiet que les terroristes les retrouvent sur cette île avant qu'il ne puisse assurer leur sécurité. Il travaillait pour le FBI. Il était chargé de protéger les citoyens américains. Il avait un pistolet avec un seul chargeur de munitions et un couteau qu'il n'avait pas peur d'utiliser, mais ce ne serait pas suffisant contre une petite armée de bandits meurtriers.

Avoir ces deux femmes fortes, mais vulnérables, en sa compagnie aggravait son appréhension. L'idée que quelqu'un puisse leur faire du mal le rendait furieux. Elles avaient déjà bien trop souffert.

Tous les trois devraient faire preuve de ruse et d'intelligence pour se mettre à l'abri, et ne pas compter sur la violence ou la force brute.

Il pensa à Abbie et à ce qu'elle aurait pensé de lui, se cachant sur un volcan actif après s'être échappé d'un camp terroriste. Du fait qu'il ait tué cinq hommes à mains nues. Elle aurait détesté ça. Elle était une âme douce et gentille, incapable d'écraser une guêpe.

La douleur éprouvée en pensant à sa défunte épouse ne fut pas aussi profonde qu'à l'accoutumée. C'était à la fois un soulagement coupable et une perspective terrifiante, car il savait pourquoi. Peut-être était-ce le fait d'avoir failli mourir qui lui avait permis de se débarrasser de sa paralysie émotionnelle. Peut-être était-ce le passage inexorable du temps. Ou la partie de jambes en l'air incroyable avec une beauté renversante. Ou peut-être était-ce simplement le fait de s'autoriser à se soucier d'une autre personne, à la fois comme amante et comme amie. C'était généralement l'un ou l'autre. Mais Haley cochait toutes les cases.

À cet instant, elle se relayait avec Darby pour transporter le second trépied et le panneau solaire flexible en bas de la colline jusqu'à un endroit au-dessus des arbres que Darby estimait approprié pour envoyer leur SOS. La zone était invisible depuis la terre ou l'eau. Si les terroristes la survolaient, ils étaient fichus, mais ils devaient prendre ce risque.

Le lourd trépied lui entaillait l'épaule, et il l'ajusta légèrement. Ils y étaient presque.

— Vous déplacez ces trucs toute seule normalement ?

Il ne voulait pas être sexiste, mais Darby devait faire un mètre soixante et elle était frêle. Il faisait plus d'un mètre quatre-vingt et était en forme, mais il sentait ses muscles le lancer.

Darby essuya sur son épaule la sueur qui lui coulait sur le visage.

— L'hélicoptère a largué les caisses à proximité de l'endroit où chaque repère devait être installé. Je n'ai eu à les déplacer que de vingt ou trente mètres.

Il haussa les sourcils, admiratif. Elle était solide. Elle en aurait besoin.

Finalement, Darby s'arrêta et aida Haley à poser avec précaution la lourde unité sur le sol et à la mettre sur ses pieds. Il examina le terrain et s'éloigna de trente pas pour que les trépieds marquent les deux extrémités des trois lettres.

— Il faut rendre le SOS aussi grand que possible pour qu'il soit visible de l'espace, et assez lourd pour qu'il ne s'envole pas si la brise se lève.

Il mit ses poings sur ses hanches.

— Et si Haley et moi on allait chercher des pierres pendant que vous configurez le signal GPS ?

— D'accord.

Darby jeta un regard nerveux autour d'elle.

Ils devraient mettre en place un système de garde, mais cette mission passait avant. C'était leur seule chance d'être sauvés.

— On ne s'éloigne pas trop, assura-t-elle à la jeune femme.

Cette dernière hocha la tête d'un air penaud.

— Désolée. En temps normal, je ne suis pas si peureuse.

Haley ouvrit grand les bras et enlaça la femme.

— Vous n'avez pas à vous excuser, Darby. Quentin et moi,

on sait ce que vous avez enduré, et on est tous les deux très impressionnés par votre force de caractère.

Haley laissa échapper un petit rire qui ressemblait à un sanglot.

— Vous avez le droit de vous effondrer si vous en avez besoin. Je sais que ça m'arrive parfois.

C'était lui qui était censé être doué avec les mots, mais elle savait exactement quoi dire.

Haley serra Darby une dernière fois et renifla.

— Bon. Allez, Savage. On a des pierres à transporter.

Un côté de la bouche se retroussa. Il aimait son côté autoritaire. Le fait qu'elle reprenne confiance en elle après leur dure épreuve lui mettait un peu de baume au cœur.

Ils commencèrent à accumuler un tas de pierres et à passer les environs au peigne fin. Dommage qu'ils n'aient pas eu de la peinture blanche.

Dès que Darby eut fini d'installer les deux stations GPS, elle entreprit de former les lettres. Tout d'abord, elle créa un plan général pour qu'ils sachent combien de trous ils devraient combler. Ayant épuisé les pierres situées dans les environs immédiats, Haley et lui se dirigèrent vers ce qui était certainement le lit d'un ruisseau lorsqu'il pleuvait. Pour l'heure, il était à sec.

Haley se pencha pour ramasser une pierre. Ses jambes étaient un million de fois mieux dans son short de sport que les siennes. Repenser à leur poids sur ses hanches fit dévier le sang vers son entrejambe.

— Vous aimez ce que vous voyez ?

Elle l'avait surpris en train de mater ses fesses.

Plutôt que de détourner le regard, il lui dit la vérité.

— Je repense à ce qui s'est passé à l'hôtel. J'espère que ça se reproduira un jour où on ne sera pas en train de fuir pour sauver nos vies.

Ses pupilles se dilatèrent.

— Oh.

Il rit.

— Oh ? C'est tout ce que ça me vaut d'avoir été honnête ?

Elle cligna des yeux, et il paniqua devant sa mine défaite. Et merde, peut-être n'était-elle pas prête à entendre parler de sexe après avoir vécu sous la menace de la violence. Et peut-être que ça n'avait été qu'un coup d'un soir qui ne se reproduirait jamais. Il était peut-être le seul à avoir trouvé leurs ébats stupéfiants.

Elle rit.

— Je pensais que j'allais devoir travailler beaucoup plus dur pour vous persuader de remettre ça.

— Me persuader ?

Il refléta ses mots, cherchant à en savoir plus, même s'il brandissait le poing mentalement en signe de triomphe.

— Vous persuader de coucher avec moi. Vous ne pensez pas que j'en serais capable.

Elle n'avait qu'à respirer, et il était partant. Il la laissa s'approcher, sa démarche se faisant séductrice, ses yeux pétillants et son sourire... On aurait dit qu'elle connaissait tous les fantasmes cochons qu'il avait pu imaginer et certainement quelques-uns dont il n'avait jamais rêvé.

Quand elle arriva à portée de main, il lui prit le visage alors qu'elle essayait encore de transformer ça en compétition, parce que c'était comme ça qu'elle rendait les choses moins personnelles. Il était moins question de faire l'amour et plus question d'un jeu de pouvoir dans le cadre d'ébats passionnés.

C'était comme ça qu'elle opérait habituellement. Il le savait sans qu'elle le lui dise. Et il savait pourquoi.

Elle était nez à nez avec lui, et il se plongea dans ses yeux, des planètes bleues de systèmes solaires inconnus. Le désir était là, c'était certain, mais il y avait aussi autre chose.

Quelque chose de timide et d'incertain auquel il ne voulait pas trop réfléchir, car il savait que ça se reflétait dans son regard. Une chose qu'elle ne voulait pas ressentir ou ignorait comment gérer. Il ne voulait pas non plus y faire face, mais il était conscient de ce qu'il ressentait. Il l'embrassa de façon à ce qu'aucun d'eux n'ait à penser à autre chose qu'au goût de l'autre.

Ses lèvres étaient douces et s'ouvrirent pour lui immédiatement. Il passa son bras autour de sa taille et l'attira contre lui pour qu'elle sache l'effet qu'elle avait sur lui, même s'ils ne pouvaient rien faire dans l'immédiat pour y remédier.

Il la fit basculer sur son bras et glissa sa langue dans sa bouche, la goûtant, l'explorant. Ce n'était pas le même élan féroce que quelques nuits plus tôt. Il la savourait. Il la titillait, l'apaisait, lui murmurait des choses alors qu'il se fondait de plus en plus en elle.

Et elle réagit comme du magnésium devant une flamme, grésillant dans ses bras. Elle glissa sa langue dans sa bouche, l'entremêlant avec la sienne tandis qu'elle le savourait. Il la déséquilibra volontairement. Sa main libre passa sur la courbe de sa taille, sur ses hanches arrondies jusqu'à ce qu'il passe ses doigts sur ses fesses bombées. Il aurait aimé pouvoir aller plus loin. Ils ne pouvaient pas laisser Darby seule pendant très longtemps et ils devaient créer ce SOS dès que possible afin de pouvoir sauver les civils et traduire ces salauds en justice.

Lentement, il releva la tête et regarda ses lèvres rouges et lisses.

— Je ne pense pas avoir besoin de beaucoup de persuasion, dit-il en souriant. Et dès que j'en aurai l'occasion, je vous garderai nue pendant deux jours d'affilée pour vous faire jouir non-stop.

Haley allait ouvrir la bouche pour répondre, mais un cri

perçant déchira l'air, et Quentin faillit la faire tomber. Rapidement, il la redressa et courut vers le sommet de la colline.

Quand il arriva, il vit Darby courir sur place.

— Quoi ? Qu'est-ce qu'il y a ?

Il était soulagé qu'il n'y ait pas une armée autour d'elle, mais son cœur battait la chamade.

Il fallait vraiment qu'ils instaurent un tour de garde.

Darby leva les yeux, penaude. Faisant passer ses mains à plusieurs reprises sur ses bras et ses jambes.

— Une araignée.

Haley porta sa main à sa bouche, ne parvenant pas à cacher un rire. Un sourire se dessina sur ses propres lèvres.

Darby arrêta finalement de sautiller et se mit à rire, mais après quelques instants d'hilarité, son visage reprit une expression triste. Haley alla enlacer la jeune femme, et Quentin les serra toutes les deux dans ses bras.

— On va sortir d'ici, leur promit-il.

D'une manière ou d'une autre, il ramènerait ces femmes chez elle.

Il leva les yeux vers le ciel, se demandant si le satellite qui suivait ces signaux GPS était déjà passé au-dessus de leur tête. Il se demandait si, en ce moment, quelqu'un les cherchait quelque part, Haley et lui. Compte tenu du nombre de victimes de l'hôtel et du brasier qui l'avait englouti, ils supposaient sûrement qu'ils étaient morts comme tous les autres.

Mais il n'était pas mort.

Ironiquement, il se sentait plus vivant qu'il ne l'avait été depuis des années.

CHAPITRE DIX-NEUF

— D'où provient la photo ?

Eban se trouvait dans le bureau de l'attaché juridique de l'ambassade américaine à Jakarta. L'attaché juridique Reid Armstrong était assis à côté de lui. Max Hawthorne, l'autre négociateur de la CNU, faisait les cent pas derrière eux, fatigué d'avoir passé une nouvelle nuit blanche sur les lieux du massacre. L'odeur de la fumée persistait, malgré la douche qu'avait prise Hawthorne quelques minutes plus tôt.

La photo qu'ils avaient reçue de Quentin le montrait fatigué et meurtri, mais entier. Celle de Haley Cramer révélait une belle femme qui avait l'air abattue et terrifiée – rien d'étonnant.

Alex Parker était en visio, berçant un nouveau-né endormi.

— Il n'y a aucune information d'identification dans les métadonnées. Quelqu'un les a effacées avant de nous l'envoyer.

Ce qui suggérait un degré de sophistication qui mettait Eban mal à l'aise. Ces gars étaient des pros.

— L'e-mail provient d'un compte anonyme créé en Indonésie il y a quelques jours, poursuivit Alex. Aucun autre message envoyé ou reçu. L'ordinateur où a été créé le compte est un cybercafé très fréquenté à Jakarta – sans caméras de surveillance. J'ai vérifié. Je pense que le plus intéressant, c'est qu'ils ont envoyé la photo au même inspecteur qui a négocié la libération des deux Occidentaux enlevés en mer de Chine méridionale. Ça dévoile un peu leur jeu, malgré leurs efforts pour dissimuler leur identité.

Le FBI traitait rarement directement avec les kidnappeurs dans ce genre d'affaires. La barrière de la langue était un problème. Le temps en était un autre. Dans ce cas, ils avaient travaillé avec un inspecteur de la police locale que Hawthorne avait formé. L'inspecteur avait fait un sacré bon travail, même s'ils n'avaient pas beaucoup avancé.

— Des nouvelles de l'autre femme, Darby O'Roarke ? demanda Alex.

Il s'était vraiment mis à la page rapidement. L'enlèvement de Darby n'avait pas encore été divulgué dans les médias.

Eban secoua la tête.

— Rien.

Il était de plus en plus convaincu qu'elle était morte.

Alex berça le bébé alors qu'il – ou *elle* à en croire le pyjama rose – commençait à s'agiter.

— Qu'est-ce qu'on sait des kidnappeurs des Alexander ?

Eban laissa Hawthorne prendre le relais, car il avait travaillé sur l'affaire récemment.

— Notre principal suspect est un certain Darmawan Hurek.

Hawthorne l'épela pour le gars de la cybersécurité à l'autre bout du monde.

— Un major de l'armée indonésienne qui a déserté il y a cinq ans après avoir été arrêté pour avoir volé du matériel militaire et l'avoir vendu au marché noir. Un tas de ses hommes ont déserté avec lui.

Alex hocha la tête, tapant sur les touches d'une main.

— Pourquoi pensez-vous qu'il est impliqué ?

— On ne le pensait pas jusqu'à il y a environ trois semaines, lorsqu'un homme a été arrêté pour meurtre dans le nord de Sumatra. Il a affirmé qu'il savait où les Alexander étaient détenus et que Hurek était derrière les enlèvements.

— Vous a-t-il donné une preuve quand vous l'avez interrogé ? demanda Alex.

— Il n'en a jamais eu l'occasion. Il a été condamné à mort et exécuté immédiatement. Le temps que j'arrive, il avait déjà été incinéré.

Hawthorne semblait contrarié.

Ils avaient tous été tous furieux.

— Envoyez-moi son nom, dit Parker. Voyons si on peut trouver où il a voyagé ou avec qui il a communiqué dans les mois précédant sa mort. Je vais demander à mon équipe de traquer les autres soldats qui ont déserté. On pourra peut-être trianguler des données de communication.

Cela ne faisait pas si longtemps que le gouvernement indonésien se battait contre des groupes séparatistes à Aceh. Eban se gratta la mâchoire. Il aurait eu bien besoin de se raser, mais il s'en fichait.

— L'attaque de l'hôtel pourrait-elle avoir un lien avec les extrémistes musulmans qui veulent que le pays applique des lois religieuses plus strictes ?

Hawthorne arrêta de faire les cent pas.

— Dans ce cas, ce serait étonnant d'avoir trouvé des tatouages sur ces terroristes morts dans les bois. De nombreux musulmans pensent que les tatouages sont *haram*. Interdits.

— Le ministre des Affaires étrangères qui a participé à la

conférence est un modéré connu, dit l'attaché juridique en se levant et en se servant un café. Les extrémistes auraient sans doute attaqué quand il était là, plutôt qu'après son départ s'ils essayaient de promouvoir un programme politique.

Eban était démuni.

— En tous les cas, celui qui a commandité l'attaque de l'hôtel avait certainement une sorte d'entraînement militaire ou de milicien, dit Alex. Ils ont attendu qu'il n'y ait pratiquement plus aucune sécurité sur le site. Ils ont coupé les communications de l'hôtel pour que personne ne puisse appeler à l'aide, et ils ont éliminé presque tout le monde sur place.

— Pourquoi enlever Quentin et Cramer et personne d'autre ? demanda Armstrong.

— C'est souvent une question financière avec ces types — même l'État islamique libère régulièrement des otages en échange d'argent. Je pense qu'ils ont enlevé Quentin quand ils ont découvert qu'il était du FBI. Même s'ils ne peuvent pas demander de rançon, il y a d'autres groupes qui seraient prêts à payer beaucoup d'argent pour mettre la main sur quelqu'un du Bureau. Haley a sûrement été enlevée parce qu'elle est belle et extrêmement riche.

L'expression d'Alex s'assombrit. On aurait dit qu'il avait du mal à avaler. L'idée que son amie ait été capturée venait de le frapper de plein fouet. Eban savait exactement ce qu'il ressentait.

Le FBI avait vérifié les antécédents de la femme et de la société qu'elle possédait avec Alex Parker et un autre homme. Rien de louche. Mais Eban était convaincu que leur interlocuteur de l'autre côté de la caméra pouvait modifier tout ce qu'il voulait en ligne s'il était aussi doué que sa réputation le laissait entendre. Haley Cramer était une multimillionnaire qui possédait sa propre île privée. Elle n'avait pas besoin d'argent, et leur entreprise n'avait pas besoin de ce genre d'attention.

Même si Quentin avait demandé une vérification des antécédents de la femme, il était possible que ça ait été pour des raisons personnelles. Les agents du FBI devaient être prudents quant à leurs fréquentations.

Peut-être qu'ils avaient couché ensemble, ou que Quentin l'avait voulu. Ce qui aurait été une bonne nouvelle, car il souffrait depuis qu'il avait perdu sa femme cinq ans plus tôt.

Mais vu le contexte de leur rencontre, devait-on parler de mauvais timing, de malchance ou des deux ?

— Avez-vous parlé aux survivants ? demanda Alex.

Le bébé remua encore, et il l'ajusta contre son torse.

— Tricia Rooks est dans le coma. J'ai parlé à Chris Baylor hier soir, qui était apparemment dans la 101ᵉ avec Savage. Ils sont amis. Il dit avoir vu le plafond s'effondrer sur Quentin et Haley après qu'ils l'ont sorti du bâtiment en feu. Il est convaincu qu'ils sont morts. Il était assez bouleversé. Grant Gunn a quitté l'Indonésie sans que je puisse lui parler. On le retrouvera aux États-Unis pour une déposition officielle. J'avais prévu de retourner à l'hôpital ce matin, mais on a reçu la demande de rançon.

Il consulta sa montre.

— Chris Baylor et Tricia Rooks sont censés être dans un hélicoptère médicalisé privé affrété par la compagnie de Tricia, Raptor, en route pour les États-Unis en ce moment même. Nous aurons besoin d'agents sur le terrain pour leur reparler dès qu'ils arriveront. Je veux savoir où ils sont à tout moment jusqu'à ce qu'on arrive à y voir plus clair.

— Et Cecil Wenck ?

Le ton d'Alex Parker était calme, mais Eban n'était pas dupe.

— J'ai demandé aux autorités australiennes de l'interroger, mais je ne sais pas encore s'il acceptera ou non.

— Il y a eu un appel passé depuis sa chambre vers 23 heures, lui apprit Alex. Il était sur la piste d'atterrissage et dans son jet privé à 23 h 30.

— Et son portable ? demanda Eban.

Alex caressa le dos du bébé d'un geste apaisant.

— Vous aurez besoin d'un mandat pour accéder à ces informations.

Eban soutint le regard de l'homme à travers la caméra. Il était hors de question qu'Alex Parker attende un mandat, mais également hors de question qu'il l'admette dans une salle remplie d'agents du FBI.

— Je suis sûr que s'il y a une activité suspecte, nous le découvrirons, dit Eban avec toute la diplomatie dont il était capable.

Alex inclina le menton.

— J'en suis sûr.

— Pouvons-nous réunir assez de bitcoins pour la rançon ? demanda l'attaché juridique à l'ensemble de la salle.

— Oui, dit Alex comme si ce n'était pas un problème.

Bienvenue dans le privé.

— On peut même les tracer, ajouta-t-il.

Eban haussa les sourcils. Il avait entendu dire que c'était possible, mais il n'avait pas encore pu le vérifier. Les escrocs pensaient qu'ils étaient invisibles et intraçables. Mais ils ne l'étaient pas, et Eban esquissa un rictus.

— Les États-Unis ne permettront pas officiellement le versement d'une rançon en échange de la libération d'un de leurs agents, leur rappela l'attaché juridique.

— Ils le pourraient s'ils croient que c'est de l'argent factice, rétorqua Alex. Et peut-être que c'est ce que les kidnappeurs espèrent comme excuse pour tuer Quentin Savage. Que la politique américaine s'en mêle. Puis ils pourront accuser les Américains quand ils le tortureront et le tueront sur YouTube.

Eban tressaillit.

— C'est de l'argent factice ?

Alex Parker regarda fixement l'écran et évita la question.

— Avant de payer quoi que ce soit, les kidnappeurs doivent nous prouver qu'Haley et Quentin sont toujours en vie. Il nous faut une communication que je puisse tracer. La simple ouverture d'un e-mail peut suffire.

— Je vais préparer une réponse pour essayer de leur faire miroiter un échange et gagner du temps.

Il n'était pas rare que les kidnappeurs commencent par témoigner de l'agressivité pour effrayer la famille de leurs victimes. Il n'était pas rare non plus que les ravisseurs tuent les otages à la date prévue. Mais c'était inhabituel pour les groupes qui voulaient réellement de l'argent.

Le bébé commença à s'agiter. Alex se balança d'avant en arrière, mais les pleurs étaient de plus en plus forts.

— On dirait bien que je vais devoir ramener cette petite à sa maman. Contactez-moi immédiatement si les ravisseurs entrent en contact. Et envoyez-moi le nom du type qu'ils ont exécuté à Sumatra. Je vais aussi voir si je peux retracer les appels que les kidnappeurs ont passés à votre négociateur à Jakarta dans le passé. Peut-être qu'ils n'ont pas été aussi prudents qu'ils le pensaient.

Il se leva et ajouta :

— Je suis là si vous avez besoin de quoi que ce soit d'autre... et, si vous entendez quoi que ce soit au sujet de Haley, *s'il vous plaît*, dites-le-moi tout de suite, de jour comme de nuit. Même si c'est une mauvaise nouvelle. Je préfère savoir.

Eban pinça les lèvres et hocha la tête. Il ressentait la même chose au sujet de Quentin. Le sentiment d'urgence, le besoin de faire quelque chose, s'intensifiait. Ils n'avaient que quelques heures avant la première échéance.

Quentin était intelligent. Il se comporterait bien et ferait de lui le prisonnier modèle sachant que ces négociations prenaient souvent du temps. Eban se servit un café pendant que tout le monde se mettait au travail.

CHAPITRE VINGT

Haley distribua des rations militaires en sachet pour le dîner. Son repas était composé de pâtes carbonara et de M&Ms en guise de dessert. Elle mourait de faim après avoir trimballé toutes ces pierres. Leur SOS était assez impressionnant et elle savait qu'Alex chercherait désespérément un signe de vie. Elle gérerait la culpabilité d'avoir interféré avec son nouveau rôle de père plus tard, dès qu'ils seraient tous en sécurité à la maison.

Retrouve-nous, Alex. Elle envoya ce souhait dans les airs. C'était aussi proche d'une prière qu'elle le pouvait.

Ils avaient décidé de camper au milieu d'un petit groupe d'arbres, plus haut dans la montagne que la base originale de Darby. Cela leur offrait un excellent point de vue pour observer l'eau entourant l'île, sauf si quelqu'un s'approchait par le côté nord, ce qui était peu probable puisqu'il était composé de roches stériles et de falaises abruptes. Les arbres les cachaient et les protégeaient du soleil tropical brûlant. Ils avaient laissé la tente de Darby en place au cas où ses kidnappeurs viendraient la chercher, mais ils avaient récupéré son sac de couchage et sa literie, ainsi que la petite chaise de camping que Darby avait apportée pour s'asseoir. Haley avait encore la couverture qu'elle avait prise dans la cabane et qu'elle avait lavée dans la mer, puis rincée dans le ruisseau et laissée sécher au soleil brûlant. Elle serait bien utile ce soir-là quand la température baisserait. Heureusement, les insectes n'étaient pas trop présents en raison de la brise marine fraîche.

Ils avaient également rempli et transporté suffisamment de conteneurs d'eau à flanc de colline pour leur permettre de faire profil bas pendant plusieurs jours en cas d'apparition des terroristes.

Darby avait emporté un livre de sudoku pour se distraire, et Haley repéra un carnet de croquis dans l'une des glacières qu'elles avaient portées en haut de la colline plus tôt. En tout, ils avaient fait le trajet cinq fois, mais à présent, leur camp était bien approvisionné, et ils avaient juste besoin de construire une sorte d'abri basique au cas où il pleuvrait.

— Je n'ai qu'une fourchette et une cuillère, s'excusa la jeune femme, avant de tendre les ustensiles à Haley et Quentin.

Ils échangèrent un regard. Darby tenait bon, mais ce n'était qu'une question de temps avant qu'elle ne craque.

— Vous n'attendiez pas vraiment de visiteurs, dit Quentin avec un sourire, puis il grimaça comme s'il craignait d'avoir dit quelque chose de mal.

Darby lui pardonna avec un sourire.

— Commencez avec la fourchette. J'attendrai.

Quentin la rendit à Darby qui secoua la tête.

En tant que négociateur, il faisait attention aux mots, remarqua Haley, mais il semblait aussi extrêmement vigilant sur le langage corporel et le ton de la voix. Elle aimait le fait qu'il soit attentionné. Ça le rendait encore plus sexy, ce qui n'était pas peu dire.

Elle devait se rappeler qu'elle ne devait pas tomber amoureuse de lui. Ce qu'ils avaient ne pouvait être plus qu'une aventure. Tout ce qui était plus sérieux la perturbait toujours après une semaine ou deux. Elle ne supportait pas d'être dirigée par quelqu'un ou de voir ses décisions ou ses mouvements remis en question.

Les agents du FBI semblaient particulièrement sûrs d'eux, ce qui était peut-être une bonne chose quand on cherchait à survivre, mais pas forcément quand on vivait sa vie. Pourtant, elle l'aimait bien. Vraiment.

— Attendez une minute, s'exclama Darby en fouillant dans la glacière avec leurs provisions. Ah ah. J'ai un outil multifonction avec un machin qui sert de fourchette. Je vais l'utiliser.

« Machin » était si peu scientifique qu'ils sourirent tous. Ils purent enfin commencer à manger.

— C'est *vraiment* délicieux.

Haley savoura les linguine, qui s'avérèrent bien meilleures que ce qu'elle attendait – aussi bonnes que dans n'importe quel restaurant cinq étoiles de chez elle.

— Mon plat aussi.

Quentin mangeait du curry. Darby, un plat à base de bacon et d'œufs.

— Je prends toujours cette marque quand je fais de la randonnée, alors je sais que c'est bon, marmonna Darby entre deux bouchées.

Il ne fallut pas longtemps à Haley pour finir son repas. Elle aurait été gênée si les autres n'avaient pas été aussi gloutons.

— D'où êtes-vous originaire ? demanda Quentin à Darby.

Elle sourit.

— L'Alaska. J'y ai fait mes études et j'ai commencé un programme de doctorat en septembre dernier. J'ai toujours voulu voyager.

Elle fit la grimace et détourna le regard.

— Ne laissez pas ce qui s'est passé vous empêcher de poursuivre vos rêves, Darby, dit Haley avec véhémence.

L'idée qu'être agressée puisse empêcher cette jeune femme brillante d'aller de l'avant l'horrifiait.

— Je ne vous dis pas de prendre des risques fous, mais en faisant attention...

Elle s'interrompit, car parfois, faire attention n'était pas suffisant. Parfois, les criminels parvenaient tout de même à vous atteindre. C'était la raison d'être des entreprises comme la sienne.

Elle déglutit.

— Écoutez, j'ai été violée quand j'avais quatorze ans.

Une vague de froid s'empara de sa peau, mais elle poursuivit :

— C'était le frère de mon père, qui vivait avec nous à l'époque comme sa femme l'avait mis à la porte. Il est venu dans ma chambre une nuit et m'a dit que si j'en parlais à quelqu'un, il leur dirait que je l'avais dragué. Il me menaçait aussi et menaçait ma grand-mère. Il disait qu'il serait facile pour elle de trébucher et de tomber dans les escaliers. Il n'arrêtait pas de me dire que mon père ne croirait jamais une sale pute comme moi plutôt que le frère qu'il adorait. Il s'est avéré qu'il avait raison.

Haley ne voyait plus l'île tropicale luxuriante, elle voyait la porte de sa chambre s'ouvrir et une ombre se profiler au-dessus d'elle dans l'obscurité. Il était ivre, ou avait fait semblant de l'être la première fois, comme si cela pouvait atténuer ses crimes.

Elle inspira brusquement, ignorant si cela aiderait Darby ou empirerait les choses pour tout le monde. Haley voulait désespérément l'aider. Elle ne regarda pas Quentin, mais savait qu'il l'observait attentivement. Elle n'avait besoin de la pitié de personne, mais elle voulait que Darby sache que certaines personnes se remettaient d'une agression, même si ce n'était pas facile. C'était un processus qui pouvait prendre des années.

— Les agressions ont duré plus d'un an jusqu'au jour où j'ai cru être enceinte et où j'ai enfin trouvé le courage de dire à ma mère ce qui se passait.

Elle renifla et ajouta :

— Vous imaginez comment ça s'est passé.

— Que s'est-il passé ? demanda Darby d'une toute petite voix.

— Elle ne m'a pas crue. Elle l'a dit à mon père, et il a confronté mon oncle… qui a nié. Il a dit que je devais coucher avec un garçon et que je voulais lui causer le plus de problèmes possible.

Le ressentiment envahit Haley. Le sentiment de blessure et d'injustice déversait de l'acide sur des plaies mal cicatrisées. Elle pensait en avoir fini avec tout ça, mais elle ne s'en remettrait jamais vraiment tant que son oncle n'aurait pas admis ses crimes. Le problème, c'était qu'il était mort depuis plus de dix ans après avoir percuté de plein fouet un camion à ordures alors qu'il était trois fois au-dessus de la limite d'alcoolémie.

Elle avait voulu envoyer des fleurs au chauffeur, mais avait décidé que cela révélerait trop sa rage intérieure.

— J'ai compris assez vite que mes parents ne me croyaient pas. J'avais peur de ce que le frère de mon père me ferait s'il me surprenait seule. J'ai fait mon sac une nuit et je me suis enfuie chez ma grand-mère maternelle. Nous n'étions pas proches jusque-là, mais je n'avais personne d'autre vers qui me tourner.

Haley cligna des yeux pour chasser la vague d'émotion qui la frappa quand elle pensa à cette vieille femme déterminée.

— Elle m'a accueillie et m'a crue immédiatement. Elle m'a pris un rendez-vous à la clinique, mais il s'est avéré que je n'étais pas enceinte au final. Ce bâtard m'avait refourgué une MST. Elle n'a pas été traitée assez vite et s'est propagé à mes trompes de Fallope et j'ai fini...

Elle inspira rapidement trois fois avant de pouvoir terminer.

— J'ai fini stérile.

Elle croisa le regard de Quentin, mais ne parvint pas à déchiffrer ses pensées. Darby prit la main de Haley.

— Je suis vraiment désolée que ça vous soit arrivé.

Darby déglutit bruyamment.

L'enfer que cette femme avait traversé ne semblait pas préférable au sien. Haley couvrit la main de Darby avec la mienne, comme si elle pouvait la protéger de toutes les mauvaises choses.

— Je suis terrifiée à l'idée d'être enceinte. Mon père est assez strict et s'il le découvrait, il me le forcerait à le garder.

Darby secoua la tête vigoureusement.

— Je ne veux aucun souvenir de ce qu'ils m'ont fait, ajouta-t-elle.

— Je comprends. Vous devrez parler à un médecin et à un thérapeute dès que nous serons rentrés, lui dit Haley. Votre père n'a pas son mot à dire là-dessus. C'est votre décision.

Darby jeta un coup d'œil à Quentin.

— Je sais. Mais j'ai peur de le faire toute seule.

— Je vais m'assurer que vous obteniez toute l'aide dont vous avez besoin, Darby, dit doucement Quentin.

Haley se pencha plus près de Darby.

— C'est un agent du FBI. Il tient ses promesses.

Darby s'éclaircit la gorge.

— Que s'est-il passé avec votre famille, si je peux me permettre ?

Haley leva la tête vers le ciel et rit.

— À la fin, il y a eu une sorte de justice divine. Je veux dire, je n'ai pas eu l'occasion de couper la queue de mon oncle et de la lui donner à manger avant qu'il ne meure, mais il a mal fini.

Ces rêves de vengeance avaient été merveilleux.

— Ma grand-mère m'a laissée vivre avec elle le temps que je finisse le lycée, et on a vraiment appris à se connaître autour de gâteaux au chocolat et d'épisodes de *Friends*.

Elles étaient devenues aussi proches que des meilleures amies.

— Elle est morte quand j'avais vingt et un ans, me laissant chaque centime de sa fortune, dont mon père avait supposé que ma mère hériterait. Il s'est retrouvé à la retraite avec quelques millions de moins que prévu et il a essayé de me poursuivre en justice pour ça.

Son sourire était aussi tranchant qu'une lame.

— Ma grand-mère avait été très explicite dans ses instructions et elle était absolument saine d'esprit. Quand mon père a perdu le procès, il a divorcé de ma mère.

Haley regarda les nuages couver à l'horizon. Une tempête était imminente, ce qui n'avait rien d'étonnant vu la période de l'année.

— Ma mère et moi avons fini par nous réconcilier, mais je crois que je ne lui ai jamais vraiment pardonné de ne pas m'avoir soutenue.

— Je vous aurais crue, déclara Quentin.

Elle soutint son regard sombre et sut qu'il disait la vérité.

— Merci.

— Je vous aurais cru aussi, dit Darby d'une petite voix.

— Merci.

Haley regarda dans les yeux verts de la fille, voyant les ombres qui y vacillaient.

— Ne laissez pas ce qui s'est passé détruire vos rêves. Adaptez-les si nécessaire. Mais ne les laissez pas vous abattre. Vous êtes intelligente, belle et vous avez un cœur pur.

— Arf.

Darby s'essuya les yeux, et Haley réalisa qu'il y avait aussi des larmes sur ses joues. Puis l'autre femme leva les yeux vers la ligne d'horizon.

— On va avoir de la pluie dans l'heure.

Quentin se leva.

— Je vais construire un abri.

Haley sourit.

— Ça fait très Bear Grylls.

— J'ai une machette dans la glacière.

Darby sortit la lame du bac en plastique.

— J'aime les filles qui sont préparées. Donnez-la-moi. Je veux impressionner Haley avec mes compétences en survie.

Haley prit une gorgée d'eau.

— Ce sera plus impressionnant si vous enlevez votre haut pendant que vous le faites.

Elle agita les sourcils devant Darby et s'appuya sur ses coudes, profitant de la vue. Quentin enleva son haut et le lui jeta à la figure. Elle l'attrapa en riant, et son souffle s'arrêta en même temps.

Wouah.

Son visage devint brûlant. C'était la première fois qu'elle le voyait torse nu au soleil. Il était affûté, avec des muscles bien définis qu'elle aurait voulu lécher. Ses cheveux noirs lui tombaient dans les yeux et il lui souriait. Il était vraiment trop sexy.

Elle laissa échapper un long sifflement pour prouver que sa virilité ne la laissait pas de marbre. Darby rit de leur chahut.

— J'ai toujours pensé que les agents du FBI étaient des types en costumes pleins de vent, surtout les *négociateurs*.

— Combien de *négociateurs* connaissez-vous exactement ?

Quentin tenait la machette d'une main et prenait la pose en souriant comme un pirate.

Ses lèvres se retroussèrent.

— Un seul.

Puis il regarda le ciel et devint sérieux.

— Je pense qu'on est sur le point d'être trempés. Si quelqu'un veut m'aider avant que les nuages ne s'y mettent, ça pourrait être une bonne chose. Je suis un peu rouillé en matière de construction d'abris.

Haley vérifia à nouveau l'horizon et se rendit compte que les nuages s'assombrissaient. La tempête se rapprochait d'eux rapidement.

— J'ai de la ficelle dans la tente si besoin.

Darby jeta un regard anxieux dans la direction de son premier campement.

Quentin acquiesça.

— J'aurais bien aimé prouver que je suis plus doué qu'un Anglais parvenu, mais ce n'est peut-être pas une mauvaise chose de tricher un peu. Vous pouvez aller la chercher ?

Haley vit à la façon dont Darby se mordait les lèvres qu'elle ne voulait pas descendre à la tente toute seule.

— Et si j'y allais ? proposa Haley même si ses cuisses la brûlaient à force d'avoir gravi et descendu la colline toute la journée.

Darby hocha la tête avec soulagement.

Quentin leva les yeux vers le ciel.

— Faites vite.

Haley se précipita en bas de la montagne. Un mur de grisaille obscurcissait l'horizon, et elle se doutait qu'elle allait être trempée sur le chemin du retour. Elle entra dans la tente et entreprit de récupérer ce qui restait des affaires de Darby, y compris un bloc-notes. Une étrange vibration s'éleva et les côtés de la tente furent violemment secoués par le vent. Il fallut quelques secondes à Haley pour réaliser que ce bruit n'était pas le vent, mais un hélicoptère. Devait-elle fuir vers les arbres ? Le bruit semblait proche, mais elle n'avait aucune idée de l'endroit où se trouvait l'engin.

Elle se dirigea vers l'avant de la tente et baissa la fermeture éclair pour se cacher.

Étaient-ce les secours ou les terroristes qui les traquaient ? Elle l'ignorait. Elle se figea et se recroquevilla en boule. Elle était paralysée par la terreur de son enlèvement, la certitude que si les ravisseurs récupéraient leurs trophées, Darby et elle devraient endurer l'horreur au quotidien. Quentin serait torturé, certainement à mort.

— S'il vous plaît, s'il vous plaît, s'il vous plaît.

Elle supplia une éventuelle divinité qui veillerait sur les femmes désespérées dans ces régions. Non pas qu'elles aient beaucoup aidé Darby.

— Je ferai n'importe quoi. Je serai une meilleure personne. J'arrêterai de jurer autant, j'arrêterai de boire et d'avoir des aventures d'un soir, et je ferai du bénévolat dans un refuge pour animaux.

Le battement des rotors devint de plus en plus fort jusqu'à ce qu'il lui fasse mal aux oreilles et lui donne des coups dans la poitrine. Elle ferma les yeux comme une enfant cachée dans un placard qui jouerait à cache-cache. Puis elle prit une décision.

Quentin venait de finir de couper les principales branches de soutien pour leur abri de fortune quand il entendit le battement des pales.

— Merde.

Darby leva les yeux de l'endroit où elle ramassait des feuilles pour en recouvrir le toit de la structure.

— Aidez-moi à tout cacher. Tout de suite.

Il attrapa la glacière et y jeta tout ce qu'ils avaient utilisé pour le dîner, referma le couvercle et cacha la glacière dans les profondeurs des arbres. Darby prit la chaise de camping et le sac de couchage. Elle le suivait péniblement, les yeux énormes et désespérés.

— Ce sont eux ?

Sa voix était faible et haut perchée.

— Je ne sais pas, mais on ne peut pas prendre le risque qu'ils nous trouvent. Allez dans ces buissons et couvrez-vous avec cette couverture. Ne bougez pas. Sous aucun prétexte.

Il tendit la couverture grise d'Haley à la jeune femme et elle la prit, les doigts tremblant tellement qu'elle faillit la faire tomber.

C'était à ça que ressemblait la vraie terreur.

Et il la ressentait aussi.

Où était Haley ? Où était l'hélico ? L'avaient-ils repérée ? Avait-elle entendu le bruit et s'était-elle cachée avant qu'ils ne l'atteignent ?

Et si c'était une équipe de secours ?

Et si ce *n'était pas* le cas ?

Merde.

Il empila des feuilles, des branches et de la terre sur les glacières cachées dans les broussailles, puis s'allongea à côté de Darby, les couvrant tous les deux de la lourde laine grise. Il sortit le pistolet de sa ceinture et mit une balle dans la chambre, prêt à tirer sur quiconque tenterait de les ramener sur cette île.

Il sortit le couteau et le tendit à Darby. Elle le serra fort, les yeux arrondis par la peur, mais la mâchoire déterminée. Elle avait déjà tué un de ses agresseurs. L'occasion ne se présenterait peut-être pas à nouveau, mais au moins, elle ne se sentirait pas totalement démunie.

— Vous pensez qu'Haley va bien ?

Ses yeux cherchaient frénétiquement à travers la fine fente au bas de la couverture.

— Je l'espère, dit-il avec ferveur.

Il aurait voulu descendre la montagne en courant, mais s'il menait les terroristes directement à eux ? Et comment pourrait-il laisser Darby affronter ce danger seule ? Même pour Haley ?

— Vous l'aimez bien.

Il renifla.

— Bien sûr que je l'aime bien.

— Non, dit-elle en riant, puis elle déglutit nerveusement. Vous l'aimez *vraiment*. Je vous ai vu la regarder.

Il la regarda, mais ne répondit pas. Comment ne pas l'aimer ? Haley était une femme intelligente et belle, mais Darby l'était aussi. Comme des milliers d'autres femmes dans le monde, mais il ne les avait plus regardées depuis qu'il avait rencontré Abbie, dix ans plus tôt.

Soudain, le bruit de l'hélicoptère s'amplifia, tandis que la pluie se mettait à tomber en un déluge qui les trempa jusqu'aux os en deux secondes à peine. Au moins, la pluie était chaude et refroidit sa peau, qui atteignit une température supportable.

— Baissez la tête et ne bougez pas, ordonna-t-il à Darby alors qu'ils ancraient la couverture autour d'eux.

Il regarda à travers une étroite trouée un hélicoptère vert foncé s'élever et apparaître, fouillant clairement la plaine.

Quelqu'un avait-il remarqué le signal ? La réaction semblait trop rapide, mais... Il scruta l'engin à la recherche d'un quelconque indice, mais il n'y avait rien d'utile à part un numéro qu'il ne pouvait pas distinguer à cette distance. Il essaya d'apercevoir le pilote et l'équipage, mais la pluie était trop épaisse, un mur de gris lessivant les couleurs et les détails.

Il aurait aimé pouvoir courir en agitant les mains comme un Robinson Crusoé du vingt et unième siècle repérant un navire, mais s'il se trompait, il ne serait pas le seul à souffrir. Haley et Darby en pâtiraient également. Et il ne souhaitait pas que le dernier souvenir que sa famille garderait de lui soit celui d'un prisonnier s'agenouillant docilement alors que sa tête était arrachée de ses épaules.

Les enfoirés.

Au bout de ce qui sembla être une éternité, l'hélico fit demi-tour et traversa l'île en direction de la plage. Dieu merci, ils avaient mis le bateau sous les arbres. Il doutait qu'ils le repèrent avec cette pluie.

Il posa une main sur l'épaule de Darby quand elle commença à bouger. Elle tressaillit et se figea. L'hélicoptère passa trente secondes de plus à scruter la côte, mais pas à proximité de leur SOS.

S'ils étaient venus à cause du signal, ils s'y seraient forcément rendus en premier.

C'était évident.

Ces gens n'étaient pas venus en réponse à leur appel à l'aide, ce qui signifiait que les risques qu'ils soient des terroristes venaient d'augmenter.

La pluie s'écoulait en rivières dans son dos, sur son visage, ruisselant de la pointe de ses cheveux. Sa barbe le démangeait comme si elle abritait des fourmis rouges.

Et dire que quelques jours plus tôt, il était inquiet à l'idée de parler lors de la conférence. À présent, il construisait des abris à partir de palmiers sur une île tropicale, se cachant de terroristes armés, prêt à se défendre et à défendre ces femmes jusqu'au bout.

Sa bouche s'assécha. Son inquiétude pour Haley le consumait. Finalement, l'hélicoptère s'éloigna de l'île et se dirigea vers le sud et les nuages de pluie.

Il se donna trente secondes avant d'ôter la couverture de sa tête.

— Je dois aller voir comment va Haley. Restez ici et ne vous faites pas remarquer.

Et s'ils l'avaient trouvée et emmenée ?

Darby lui attrapa la manche.

— Et s'ils ont déposé quelqu'un sur l'île ? Je vous en supplie, ne me laissez pas.

Il avait l'impression que son cœur était déchiré en deux. Il compta jusqu'à dix. Se concentrant sur lui-même.

— Je ne pense pas qu'ils se soient posés. Ils l'auraient fait s'ils voulaient déposer un groupe pour se lancer à notre recherche, mais vous avez raison, nous devons être prudents. Je vais descendre jusqu'à la tente, mais scruter les alentours. Je ne serai pas long, mais il me faudra peut-être une heure ou plus pour faire l'aller-retour. Restez cachée ici. Vous savez vous servir d'un pistolet ? demanda-t-il.

— Je suis de l'Alaska.

C'est vrai.

Il lui tendit le pistolet.

— On échange.

Elle prit l'arme et lui tendit le couteau.

— Et si vous pouviez éviter de nous tirer dessus à notre retour. Je vous appellerai ou mieux encore, j'imiterai le cri du hibou et vous ferez de même, d'accord ?

Le mimétisme était le plus vieil outil d'attachement.

— Mais si je ne trouve pas Haley, n'oubliez pas qu'elle ne saura rien de notre signal, alors évitez d'appuyer sur la gâchette tant que vous ne savez pas à qui vous avez affaire, d'accord ?

Un sourire malheureux fit vaciller la lèvre inférieure de Darby.

— D'accord.

— Très bien, dit-il d'une voix ferme. Restez sous la couverture. Si la nuit tombe avant mon retour, n'utilisez aucune lumière. Vous êtes bien cachée ici. On vous retrouvera. On va s'en sortir.

Darby hocha vigoureusement la tête.

— Allez chercher Haley. Ça ira pour moi.

Il lui serra l'épaule.

— Je sais.

Il se dirigea vers un ravin qui descendait de la montagne. De l'eau y coulait, mais il était déjà trempé. Il descendit la pente en trottinant, faisant attention à ses chevilles, mais voulant s'assurer au plus vite que Haley était en sécurité et que ces salauds ne l'avaient pas récupérée pour la ramener sur cette île.

Ses pieds glissaient dans la boue, mais il continuait, son cœur martelant son inquiétude un peu trop fort.

Près de l'endroit où devait se trouver la tente, il s'extirpa du lit du ruisseau et jeta un coup d'œil.

Des torrents de pluie s'abattaient sur lui. Rien ne bougeait à l'exception d'un oiseau coloré qui volait parmi les arbres. Le rabat de la tente était bien fermé. Haley se cachait-elle à l'intérieur ?

Il observa les parages une minute encore avant de regagner le ravin et de courir ventre à terre jusqu'à la tente.

— Haley, dit-il, augmentant le volume pour couvrir la pluie. C'est moi.

Il ouvrit la fermeture éclair et regarda à l'intérieur, ressentant un coup de poing dans le ventre quand il réalisa qu'elle n'était pas là.

Il entendit des pas marteler le sol une fraction de seconde avant que quelque chose ne le frappe par-derrière.

CHAPITRE VINGT-ET-UN

Haley avait seulement l'intention d'étreindre Quentin, mais elle glissa et s'écrasa sur lui, puis se retrouva sur le dos, le couteau sous la gorge.

Elle poussa un petit cri.

— Salut.

Le couteau disparut.

— Merde. Désolé.

— Ce n'est pas de votre faute. C'est moi.

— J'aurais dû me douter que c'était vous, mais j'avais tellement peur que les gens dans cet hélico vous aient enlevée...

— L'hélicoptère a tourné autour de la tente, mais personne n'est sorti pour aller voir à l'intérieur. Et j'ai détalé comme un lapin effrayé quand ils sont partis. C'étaient les terroristes ? Ou les secours ?

— Je n'en ai aucune idée, mais certainement les terroristes. Je suis tellement soulagé que vous n'ayez rien.

Un sourire en coin courba ses lèvres douces. Sa barbe était bien fournie après seulement quelques jours.

— Je suis contente que vous alliez bien, moi aussi, dit-elle à voix basse.

Elle passa sa main sur sa mâchoire, puis s'immobilisa alors que l'air crépitait autour d'eux. L'énergie pleuvait comme un milliard d'électrons entrant en collision les uns avec les autres.

— Vous êtes trempée.

Il leva les yeux vers le ciel, mais elle serra les jambes parce qu'elle était trempée. *Partout.* Et excitée. Et elle mourait de faim. C'était une idée terrible, mais elle voulait qu'il la pénètre aussi vite et aussi profondément qu'il le pouvait.

Il le vit dans ses yeux. Elle en était sûre.

Et il dut le sentir à la façon dont ses tétons traversaient le tissu fin du haut qu'elle avait emprunté et lui lançaient un « bonjour » bien visible.

Il pinça les lèvres et ses narines se dilatèrent tandis qu'il la regardait fixement, allongée dans la boue.

Haley n'avait jamais été timide. Elle se trémoussa pour ôter son t-shirt et se mettre nue devant lui. Il n'y avait aucune confusion possible sur ses désirs.

Ses pupilles se dilatèrent, mais il regarda autour d'eux.

Elle crut qu'il allait refuser ses avances, mais au lieu de cela, il gémit.

— On doit faire vite.

Elle hocha la tête. Il était déjà en train de défaire son bouton et sa fermeture éclair. Elle repoussa ses mains et plongea dans son boxer, s'emparant de son sexe. Elle voulait que ce velours brûlant se transforme rapidement en acier rigide.

Il fit glisser son short le long de ses jambes et la testa avec ses doigts. Elle se plaqua contre lui, les muscles se contractant, déjà à mi-chemin de l'orgasme.

— Merde. Je n'ai pas de capote.

Sa bouche dessina une ligne frustrée alors qu'il trouvait infailliblement ce point qui la rendait folle, sa paume touchant son clitoris et l'incitant à appuyer contre sa main.

— Je suis négative et je ne peux pas tomber enceinte. Je fais des contrôles réguliers et je n'ai couché avec personne d'autre que vous depuis un moment.

— Je suis négatif moi aussi. Mais...

Ils se regardèrent. C'était risqué. Bien sûr. Mais ils étaient passés très près de la mort et l'arrivée d'un hélicoptère inconnu leur avait fait prendre conscience du danger qu'ils couraient. Ils n'étaient pas encore en sécurité. Ils n'étaient pas libres. C'était peut-être leur dernière chance d'être ensemble.

Elle laissa échapper un soupir de soulagement quand il se cala entre ses jambes. Elle écarta les cuisses, soulevant ses hanches, le suppliant silencieusement de la prendre vite et fort malgré la pluie, malgré la boue.

Puis il l'embrassa, et elle accepta sa langue dans sa bouche alors qu'il glissait en elle. Il suffit d'un coup de reins pour qu'il s'enfonce au plus profond de son intimité, la remplissant parfaitement. Elle enroula une jambe autour de lui, l'ancrant à son bassin alors qu'ils commençaient à bouger. Ils trouvèrent un rythme sauvage, intrépide et délicieux. Il n'y avait aucune finesse dans leurs ébats. Ils étaient en rut dans la boue, se frottant l'un contre l'autre dans leur hâte de jouir. Ses mains pinçaient ses tétons, sa bouche dévorait la sienne. Elle levait les hanches de plus en plus haut, et il les fit pivoter de manière à ce qu'elle soit sur le dessus. Elle le regardait, chevauchant sa verge épaisse, l'utilisant pour atteindre un orgasme qui déclencha des vagues de plaisir dans tout son corps.

Puis il les fit rouler à nouveau, et elle n'eut pas le temps de reprendre son souffle qu'il se jeta sur elle, le pénétrant sans relâche jusqu'à ce qu'il jouisse avec un rugissement qui transforma son beau visage en une parodie de douleur.

Les battements de son cœur martelaient ses oreilles.

Elle n'avait jamais rien fait de tel avant. Elle n'avait jamais ressenti quelque chose de similaire.

Il ferma les yeux et posa son front contre son épaule. Elle pouvait sentir son cœur battre contre sa poitrine comme s'il avait couru un marathon. Était-ce le danger qu'ils affrontaient ? La montée d'adrénaline ? Ou était-ce eux ?

Il se retira et rangea son matériel, remonta sa fermeture éclair et reboutonna son pantalon pendant qu'elle était allongée, essoufflée.

Il avait l'air pensif. Ses yeux étaient sombres et inquiets. Il se détourna.

— Tout va bien ? Est-ce que j'ai fait quelque chose de mal ? demanda-t-elle, soudain incertaine.

Il se retourna, les sourcils levés, et renifla.

— Je pense que je ne pourrais plus jamais coucher avec une autre femme après ça.

Mais il avait l'air mal à l'aise, comme s'il regrettait ce qu'ils avaient fait.

— On doit rentrer avant que Darby ne vienne nous chercher et n'en prenne plein les yeux, ce qu'elle risquerait d'avoir du mal à digérer actuellement.

Mon Dieu. Bien sûr. Elle ne savait pas comment elle avait pu être si égoïste, mais elle en avait eu besoin. Elle avait eu besoin de ressentir cette libération. De baiser avec Quentin pour tout oublier.

Ce n'était qu'une partie de jambes en l'air, se dit-elle en passant ses bottes humides dans son short et en renfilant son haut sur son corps crasseux.

Ce n'était pas vrai, mais elle savait comment simuler le détachement. Elle savait comment faire semblant jusqu'à ce que la vérité éclate.

— Si vous voulez relâcher la pression à nouveau, vous savez où me trouver.

Elle sourit comme si elle n'était pas un rat errant sur une

île volcanique, mais plutôt la femme fatale sophistiquée qu'elle avait passé la majeure partie de sa vie à prétendre être.

Au lieu de répondre, il la regarda avec une expression indéchiffrable.

— Allons-y.

Quentin ne prit pas la main d'Haley pour remonter le ravin. Il savait que, malgré l'assurance de la jeune femme, son attitude après leurs ébats l'avait troublée.

Lui aussi.

Ce qui s'était passé là-bas, lorsque pour la première fois hors mariage il avait baisé une femme sans capote, l'avait bouleversé. C'était la meilleure partie de jambes en l'air de toute sa vie, et il avait eu l'impression de trahir sa défunte épouse et leur mariage court, mais incroyablement heureux.

Sa vie sexuelle avec Abbie avait été pleine d'amour et de plaisir, et ils n'avaient certainement jamais cessé d'apprécier ce qui se passait au lit. Mais batifoler à l'air libre, sous la pluie battante, dans la boue couvrant chaque centimètre carré de leur peau... il avait été électrisé par l'envie. C'était comme si son cerveau avait été arraché et remplacé par un désir vorace et incontrôlable. Il s'était senti comme un animal prenant possession du corps parfait d'Haley. Un fou en proie à la psychose.

Il s'arrêta, et elle faillit lui rentrer dedans.

— Je vous ai fait mal ? demanda-t-il en se retournant pour lui faire face.

Elle haussa les sourcils.

— Vous voulez dire avec la taille de votre sexe ou votre passion débridée ?

Il y avait un côté mordant dans son ton qui n'était pas là avant. Pas depuis cette première nuit à l'hôtel.

Ça masquait ses insécurités, réalisa-t-il.

Et merde.

Il l'avait *bien* blessée, mais pas physiquement.

Il utilisa l'un de ses tours de passe-passe de négociateur Jedi pour essayer de la faire parler davantage.

— Ma passion débridée ?

Si elle commençait à parler de sa queue, il allait encore avoir envie d'elle, et il ignorait pourquoi son désir pour cette femme semblait prendre le dessus sur son cerveau si facilement. Il ne savait pas non plus pourquoi ça le dérangeait tant.

— Vous savez, quand vous m'avez pilonnée comme un marteau-piqueur.

Sa bouche s'assécha. Il aurait dû savoir qu'elle ne serait pas facilement manipulable. Quel était le mot sur lequel rebondir maintenant ? Pilonnée ? Marteau-piqueur ? Tout ce qu'il voulait faire sans s'arrêter, en boucle.

Elle avait dû voir la faim dans ses yeux.

Il se détourna, mais au lieu de remonter la pente, il se retourna au moment où elle faisait un pas en avant. Il l'attrapa pour qu'elle ne tombe pas en arrière quand leurs corps entrèrent en collision. Il la tint assez près pour qu'elle puisse sentir son érection. Elle ouvrit grand les yeux.

Ils devaient avoir cette conversation quelque part où Darby ne les entendrait pas.

— Je ne sais pas comment m'y prendre avec une femme comme vous, Haley, lui dit-il en toute honnêteté.

— Comment ça ? Une femme comme quoi ?

Elle avait l'air circonspecte. Sa bouche faisait semblant de ne pas être triste.

Tout en elle lui rappelait une créature blessée, et il repensa à son violeur d'oncle et à la façon dont elle avait revendiqué sa sexualité comme une arme à manier. Mais ce n'était pas de ça qu'il s'agissait quelques minutes plus tôt, ça avait été une histoire de passion et d'honnêteté. Il choisit la vérité plutôt que de protéger son cœur, parce qu'elle avait été trop blessée et qu'il ne pouvait pas supporter l'idée de la faire souffrir.

— Une femme qui brille si fort que j'ai l'impression d'être aveuglé par une étoile quand je la regarde.

Elle cligna des yeux.

— Une femme qui s'éloignera de moi sans un regard en arrière dès que ce sera fini.

Elle resta bouche bée. Elle regarda fixement sa gorge, évitant son regard.

— Je n'ai jamais voulu m'éloigner dans le passé...

Elle leva alors les yeux vers lui, non pas pour s'excuser, mais avec crainte.

— Je n'ai aucune idée de ce que je vais ressentir pour vous quand ce sera fini, ajouta-t-elle. Je n'ai jamais...

Elle ravala ses mots, puis réessaya.

— Je ne suis pas une femme auprès de laquelle les hommes cherchent autre chose que des parties de jambes en l'air, Quentin, et nos ébats ont été fantastiques.

Elle passa sa main le long de son torse, mais il ne se laissa pas distraire.

— Vous essayez vraiment de me dire que les hommes s'éloignent de vous en premier ?

Elle lui jeta un regard. Puis elle rit.

— Non.

— Non ?

Il ouvrait à nouveau la boîte à outils du négociateur.

La colère l'avait quittée.

— Je pars toujours avant de m'impliquer émotionnelle-ment. Je ne veux pas de ces émotions gênantes et collantes. Je n'ai pas besoin d'être distraite de mon travail.

— Donc, pour être clair, vous me dites que, quand ce sera fini, quand on sera sauvés – parce qu'ils allaient être sauvés –, vous vous en irez plutôt que de vivre une relation avec moi ?

— Une relation ? demanda-t-elle.

— Vous savez. Des gens qui parlent, sortent et font l'amour aussi souvent que possible.

Elle ouvrit la bouche à nouveau, mais aucun mot n'en sortit. Elle le regarda fixement en silence.

Il allait se retourner, mais elle lui attrapa le bras.

— Je ne veux pas de relation, chuchota-t-elle.

Il poussa un profond soupir et se tordit pour échapper à sa prise. Il aurait dû être soulagé. Il savait exactement où il en était, et s'ils faisaient à nouveau l'amour, il pouvait en profiter sans se soucier de l'image que cela donnerait de son mariage ou de la profondeur des sentiments qu'il avait eus pour sa défunte épouse. Ce serait un acte purement physique avec une femme incroyablement attirante.

Mais pour la première fois depuis la mort d'Abbie, il se demandait si cela serait suffisant.

CHAPITRE VINGT-DEUX

Les cris de la vidéo en ligne s'arrêtèrent brusquement, coupés aussi violemment que l'oreille de l'homme. La vidéo était en noir et blanc, mais le sang était évident. Douze secondes d'horreur.

L'estomac d'Eban se retourna.

— Repassez-la.

La victime était maintenue au sol par un genou qui lui enfonçait la tête dans la terre. La seule chose visible était le côté de la tête de l'homme, d'épais cheveux noirs et un t-shirt sombre.

Un halètement retentit comme s'il y avait une bagarre. Ensuite, les mains d'un autre homme apparurent, tenant un grand couteau de chasse. Il saisit le haut de l'oreille du prisonnier et trancha le cartilage jusqu'au lobe, déchiquetant la chair. La victime hurlait et la blessure pissait le sang.

Eban ferma les yeux. Le message sur la vidéo indiquait qu'ils avaient douze heures avant de couper l'autre oreille de Quentin. Après ça, ils lui couperaient les doigts et les orteils avant de lui arracher les bourses.

Eban se prit la tête entre les mains.

— Et merdeee !

Charlotte Blood était en visio, le teint cendré. Alex Parker était également à l'écran, *sans* bébé cette fois, Dieu merci.

— Quand est-ce qu'on aura l'argent ? demanda Eban.

Le nouveau chef de la force opérationnelle arrivait du groupe de réaction aux incidents critiques, et Eban ne voulait pas qu'il fasse tout foirer en suivant à la lettre les procédures quitte à laisser mourir son patron.

— L'argent est prêt, répondit Alex. Mais je veux une preuve de vie d'Haley avant de l'envoyer.

— Les gars, dit Charlotte.

— C'est sérieux ? demanda Eban à Alex avec incrédulité.

— On ne peut plus sérieux.

Le ton d'Alex était implacable.

— Les gars, répéta Charlotte.

— Ils viennent de lui couper sa putain d'oreille, grogna Eban.

— Les gars ! cria Charlotte avec impatience. Je ne pense pas que c'était Quentin.

Elle faisait quelque chose de son côté.

— Regardez cette photographie, reprit-elle.

Elle envoya à Eban et Parker une photo de Quentin prise lors d'un mariage. Il avait les cheveux plus courts sur l'image. C'était avant la mort d'Abbie et il se la jouait à la Keanu Reeves.

— Comparez cette personne qui vient de perdre son oreille avec cette photo du patron.

Eban regarda fixement les deux images. Puis il se redressa. Les oreilles étaient aussi uniques que les empreintes digitales.

— Elle a raison.

Alex produisit une superposition des deux images. Les oreilles n'avaient pas du tout la même forme.

Eban inspira lentement. Ce n'était pas Quentin qui venait de se faire couper l'oreille, c'était un autre pauvre type.

— Pourquoi faire semblant de lui couper l'oreille ?

— Et pourquoi cette hâte d'obtenir l'argent ? Ils savent que ça prend généralement des mois.

Charlotte avait l'air inquiète.

Eban cligna des yeux alors que les pièces du puzzle s'imbriquaient.

— Eh merde. Ils ne l'ont plus.

Son exaltation se transforma en découragement. Il passa ses mains sur son visage, tout le stress et la tension des derniers jours le frappant comme un tank.

— Il est sûrement mort.

Il regarda fixement le plafond du bureau de l'attaché juridique à l'ambassade des États-Unis, envahi par le désespoir. Travailler sur des enlèvements et des demandes de rançons avait toujours été dur, mais rien ne l'avait préparé à ce qui se passait lorsque l'otage était l'un des leurs.

— Il a pu s'échapper, rétorqua Alex.

Eban secoua la tête.

— Quentin sait que la meilleure chose à faire quand on est otage est d'attendre qu'on paie la rançon.

— Demandez-leur une preuve de vie pour Haley et Quentin, mais dites-leur qu'on a de l'argent prêt à être envoyé immédiatement en témoignage de nos bonnes intentions. Suppliez-les de ne plus leur faire de mal.

Alex plissa les yeux face à l'écran.

— Je ne les abandonnerai pas tant qu'on n'aura pas des informations irréfutables que c'est foutu. Laissez-moi un peu de temps pour retracer l'importation de la vidéo. Mes analystes travaillent encore sur les données des antennes-relais, mais ça fait beaucoup d'informations. Ça va prendre du temps.

Eban redressa l'échine et hocha la tête, honteux d'avoir cédé au désespoir.

— Je vais leur envoyer un e-mail tout de suite.

Peu importe que Quentin soit vivant ou mort, Eban allait traquer ces salauds. Personne ne pouvait attaquer des citoyens américains sans subir le courroux des ressources américaines. Personne ne s'en sortirait en tuant ses amis.

— Vous avez une équipe de libération d'otages en place et prête à intervenir si on localise ces types ? demanda Alex. Parce que j'ai un groupe privé basé en Colombie sur un vol pour Jakarta en ce moment même.

Eban hocha lentement la tête.

— L'équipe de libération d'otages est en route. Elle sera basée sur le bâtiment de la Navy près du site de l'attaque.

Prêts à botter le cul des terroristes dès qu'ils sauraient où se trouvaient ces salauds.

CHAPITRE VINGT-TROIS

— **V**ous allez bien ? demanda Darby avec anxiété quand ils arrivèrent au camp.

Il avait imité le cri du hibou comme prévu, et elle avait répondu de la même manière, signe qu'ils étaient en sécurité pour l'heure.

Le crépuscule s'était installé. La pluie avait enfin cessé, et de la vapeur s'élevait de ses vêtements en vagues brumeuses.

Quentin acquiesça, mais décida de laisser Haley parler pendant qu'il s'attelait à la finition de l'abri. Il espérait qu'ils ne resteraient pas assez longtemps pour en avoir besoin.

Il prit la machette et commença à couper quelques jeunes arbres supplémentaires pour consolider le toit. Puis il superposa de grandes frondes sur la structure, en les maintenant avec d'autres branches et en répétant le processus jusqu'à obtenir ce qu'il espérait être une couverture imperméable sous laquelle ils pourraient s'asseoir en cas de futures averses tropicales.

Il écrasa un moustique.

— Tenez.

Haley lui tendit une bouteille d'insecticide, et il la prit, sans croiser son regard.

— Merci.

Il s'en aspergea, le DEET lui prenant la gorge en une vague nocive.

Darby était hors de portée de voix, fouillant bruyamment dans la glacière à la recherche de quelque chose à manger en guise d'en-cas. Ils avaient accepté de rationner ses provisions au cas où les secours arriveraient plus tard qu'ils ne l'espéraient, mais elle avait besoin de manger. Le lendemain, il verrait s'il pouvait attraper du poisson. Histoire de montrer à Bear Grylls de quel bois il se chauffait.

Il grogna.

Haley se pencha plus près, et il prit soudain conscience de chaque cellule de son corps.

— Quand j'ai dit que je ne voulais pas de relation, je voulais vraiment dire que je ne *veux* pas avoir de relation. L'idée d'être sous le contrôle de quelqu'un m'effraie... murmura-t-elle.

— Ce n'est pas ça, une relation, dit Quentin en s'efforçant de ne pas paraître agressif.

Où était sa voix de DJ de fin de soirée ? Ou sa voix de bon copain qui l'avait aidé à faire céder tant de braqueurs de banque et de drogués ?

— On ne contrôle pas l'autre, dans une relation, précisa-t-il.

— Je le sais à un certain niveau, dans la partie rationnelle de mon cerveau.

Elle serra les poings.

— Mais la jeune fille de quatorze ans enfouie pas si profondément sous la surface est consciente que, sans une grand-mère riche, j'aurais été dépendante de mes parents, qui refusaient de croire que j'étais maltraitée dans ma propre maison – ou bien je me serais retrouvée à la rue, et j'aurais dû faire ce qu'il fallait pour survivre.

Il tissa une autre feuille avec les branches.

— Vous assimilez les relations intimes à l'asservissement et à l'abus ?

— Oui. Non.

Elle secoua la tête.

— Je ne sais pas. Quentin, je sais juste que je… que je…

Elle commençait à manquer d'air.

Eh merde.

Il se retourna vers elle. Bon sang, il était un vrai crétin.

— Tout va bien, Haley. Respirez. Je n'aurais jamais dû en parler. Je ne veux pas de relation non plus.

À quoi pensait-il, bon sang ?

— Nous sommes dans une situation de survie, ce n'était pas juste de vous faire ça et de vous mettre sous pression de cette façon. Je suis désolé.

Elle s'accrocha à ses avant-bras.

— Non. Vous pensiez comme une personne normale. J'essaie de vous expliquer que je ne suis *pas* normale. Je pense que je ne l'ai jamais été.

Il l'attira vers lui, puis vit Darby qui les regardait d'un air hanté, seule et perdue. Il tendit l'autre bras et Darby se jeta dans l'étreinte collective.

Il se tenait là, tenant deux femmes effrayées dans ses bras et regardant le ciel bleu marine immaculé alors que la lune argentée commençait à se lever. Il avait de la peine pour ce que ces femmes avaient perdu. Il était affligé par la douleur et la souffrance qu'elles avaient endurées aux mains des hommes. Il leur murmura des paroles réconfortantes et les berça toutes les deux. Il ferait tout ce qu'il pourrait pour les protéger, même si cela devait le rendre vulnérable.

Le vent tomba, et les nuages disparurent comme s'ils

avaient déversé tout ce qu'ils avaient sur cette vaste étendue sauvage et isolée.

— Vous savez ce que j'ai envie de voir ? dit-il, réalisant que c'était vrai, même s'il cherchait simplement quelque chose pour les distraire.

Haley s'éloigna de lui, s'essuyant les yeux et paraissant embarrassée. Darby l'imita.

— Quoi ? demandèrent-elles à l'unisson.

— Une coulée de lave la nuit.

Haley poussa un rire, et les yeux de Darby brillèrent.

— On devra attendre que la lune se lève complètement pour pouvoir voir le chemin, lui dit Darby en mettant les mains sur les hanches et en faisant ce qu'elle faisait le mieux, organiser les choses.

— Vous deux, essayez de vous reposer quelques heures d'ici là.

Même s'il était tôt, ils étaient tous épuisés.

— Je vais prendre le premier tour de garde.

Darby lui tendit le pistolet, il lui fit un signe de tête et s'empara de la chaise de camping, puis partit à la recherche du meilleur point d'observation. Ils devaient garder une longueur d'avance sur l'ennemi.

Le chemin était étroit et tortueux, mais la lune était si brillante et la nuit si claire qu'on y voyait presque comme en plein jour. De la sueur perlait sur son front. La montée raide faisait souffrir ses muscles. Cela faisait près d'une heure qu'ils montaient à un rythme soutenu. Se casser un membre aurait pu être une condamnation à mort.

La roche sous leurs pieds était granuleuse. L'air dégageait une odeur de soufre et était si sec et chaud qu'il pouvait sentir sa chaleur dans ses poumons.

Ils avaient apporté une gourde d'eau et une barre de céréales chacun.

— Vous ne vous êtes jamais sentie seule ici ? demanda Haley à Darby.

— Pas vraiment. Je suis habituée aux grands espaces et j'aime ma propre compagnie.

La jeune femme ouvrait la voie, et Quentin remarqua quelque chose dans sa démarche qui n'existait pas auparavant. Cela lui donna de l'espoir. Elle pourrait s'en sortir, même s'il savait que ce ne serait ni rapide ni facile.

— Je passe beaucoup de temps sur une île isolée des Caraïbes. Au bout de deux jours de solitude, je me mets à griffer les murs, souffla Haley. Je pense toujours que c'est ce que je veux, mais quand je l'ai, je n'en veux plus.

Elle rit.

— Pareil pour moi.

Quentin posa les mains sur ses hanches pour la stabiliser alors qu'elle escaladait une petite paroi rocheuse. Le regard qu'elle lui lança par-dessus son épaule était si passionné que ses doigts se serrèrent par réflexe sur ses hanches.

Elle passa la main sur sa joue, presque tendrement, puis se hissa sur la corniche.

— Pareil que qui ? demanda Darby en riant, inconsciente de la tension sexuelle qui régnait entre Haley et lui.

Et merde. Il pouvait à peine respirer, encore moins penser.

— Vous aimez votre propre compagnie ou non ? demanda Darby.

Il sourit en se hissant sur le rocher. Darby était toujours aussi perspicace et concentrée, malgré tout ce qu'elle avait enduré.

— Eh bien, je *pense* toujours que j'aime la solitude, mais je ne suis pas sûr que ce soit vrai. Je ne prends jamais un jour de congé.

— Jamais ? demanda Haley, incrédule.

Quentin secoua la tête.

— Plus maintenant.

Haley fronça les sourcils en le regardant d'un air perplexe.

— Jusqu'où doit-on aller ?

Il changea de sujet, car il ne voulait pas qu'elles comprennent que quelque chose avait changé, et que ce bouleversement était la perte tragique de sa femme et de leur enfant mort-né. Même s'il connaissait chaque recoin de leur traumatisme, il n'était pas prêt à partager le sien. Ou peut-être ne voulait-il pas les accabler de plus de tristesse. Elles souffraient déjà suffisamment.

Darby grimpa jusqu'au sommet d'une crête voisine et planta ses poings sur ses hanches.

— Et voilà !

En la rejoignant, Quentin s'arrêta net devant un paysage spectaculaire. En contrebas s'étirait une pente sombre et escarpée. D'un noir d'encre à l'exception d'une ligne rougeoyante – de la lave en fusion qui se dirigeait inexorablement vers une falaise avant de plonger brusquement dans la mer. L'air empestait le soufre.

— Bienvenue dans le Mordor, souffla-t-il.

Darby lui sourit, visiblement ravie de trouver un autre fan de Tolkien.

— Ce n'est pas considéré comme un volcan actif ?

L'inquiétude perçait dans le ton d'Haley. La lueur rouge de la lave illuminait son visage, et il avait du mal à détacher son regard d'elle. Elle était belle. Superbe.

— C'est un volcan actif, mais stable depuis environ soixante-dix ans. L'USGS le surveille – d'où ma présence ici –

mais nous n'avons pas d'équipe à plein temps, car ce volcan ne montre aucun signe d'éruption imminente et l'île n'est pas habituée.

Quentin détourna le regard du paysage spectaculaire.

— Est-ce qu'il y aurait un moyen de faire croire qu'une éruption est imminente ?

Et d'attirer l'attention de quelqu'un ?

Darby pinça les lèvres.

— Eh bien, déplacer les balises GPS de référence pourrait faire l'affaire. Mais étant donné qu'elles sont portables, elles ne seront pas forcément contrôlées automatiquement, contrairement aux stations GPS fixes et permanentes.

Elle fronça encore plus les sourcils.

— Si on dévissait les boîtiers et qu'on secouait quelques inclinomètres, *ça* pourrait déclencher une alarme automatique, mais mon patron et l'USGS seraient furieux qu'on interfère avec les données de base.

Son patron pouvait aller se faire voir. Quentin incurva les lèvres, espérant qu'il n'avait pas l'air aussi furieux contre le gars qu'il ne l'était réellement.

— Ils pourront m'en parler une fois qu'on sera tirés d'affaire. Allons mettre en scène une petite activité sismique de notre cru.

Ils rentrèrent au camp avec la fatigue et la joie de scouts revenant d'une longue randonnée. C'était fou de ressentir ce sentiment de satisfaction profonde. Haley était pratiquement euphorique.

— Je vais prendre le premier tour de garde, proposa Quentin.

— Je crois que vous venez de le faire.

Haley leva les yeux au ciel. Il avait fait le guet pendant que Darby et elle dormaient, plus tôt. Il devait être environ trois heures du matin.

— Ça ne me dérange pas de continuer à monter la garde, insista-t-il.

— Ce n'est pas comme ça que cette histoire d'égalité fonctionne, fit Haley en secouant la tête. Je m'en occupe.

— Non, dit Darby en tendant la main vers l'arme que Quentin portait à la ceinture. *Je* m'en charge. J'ai bien dormi tout à l'heure, et j'ai fait suffisamment de cauchemars pour la nuit.

L'euphorie retomba. La bouche d'Haley s'assécha. Il était facile d'oublier que Darby avait récemment traversé une épreuve aussi brutale. Elle était si calme et si compétente. Mais quand elle fermait les yeux, elle revivait sûrement chaque détail. Haley passa la main sur l'épaule de Darby, et la jeune fille lui sourit avec amertume.

— Quatre heures, et ensuite c'est le tour d'Haley, dit Quentin sévèrement.

Dès que Darby s'éloigna, Haley chercha la couverture qu'elle utilisait. Quentin la ramassa, la secoua et la lui tendit, sachant déjà ce qu'elle cherchait. C'était effrayant de voir à quel point il la connaissait déjà si bien.

Il défit la fermeture éclair du sac de couchage de Darby et le posa sur le matelas, puis jeta un coup d'œil à la jeune femme qui se tenait là, incertaine.

— C'est assez grand pour deux si vous voulez partager.

C'était l'invitation qu'elle attendait. Elle se précipita à côté de lui et se retrouva une fois de plus blottie contre un corps masculin fort, posant sa joue sur sa poitrine. Elle ajusta

la couverture sur eux, la brise de l'océan gardant la température tolérable.

Elle fit glisser doucement sa main sur son torse. Il attrapa
ses doigts et la maintint immobile.

— Si vous continuez à me toucher comme ça, je n'arriverai
jamais à dormir.

Haley sentit un frisson de désir parcourir sa peau. Mais ce
n'était pas juste pour Darby d'initier quoi que ce soit de sexuel
alors qu'elle pourrait les surprendre. Pas alors que ses blessures étaient si récentes.

— Peut-être qu'on pourrait aller chercher d'autres pierres
demain, suggéra Haley. Et se perdre un peu sur le chemin du
retour.

Ses mains se resserrèrent autour de sa taille, et sa voix
devint rauque.

— J'aime cette idée.

Son odeur la réconfortait. La chaleur de ses muscles
solides lui procurait un sentiment rassurant de sécurité.

— J'aimerais pouvoir comprendre pourquoi j'étais la seule
personne qu'ils avaient prévu d'enlever, chuchota-t-il après
quelques instants de silence.

C'était évident que ça le rongeait.

— Peut-être que vous étiez la cible depuis le début.

— Bon sang, j'espère que non.

Haley leva la tête pour le regarder en face.

— Ce qui est arrivé n'est pas votre faute, Quentin. Vous le
savez bien.

Ses yeux sombres brillèrent.

— Je le sais académiquement, mais ce n'est pas la même
chose que d'y croire au fond de son âme.

— Vous pensez que quelqu'un d'autre a survécu ?
chuchota-t-elle en reposant sa tête.

— Je l'espère bien.

Il embrassa ses cheveux. On aurait dit le geste le plus naturel et le plus élémentaire du monde. Il n'était pas seulement doué pour le sexe. Mais pour tout.

Le sommeil grignotait déjà sa conscience, l'entraînant dans ses profondeurs.

— Je n'arrive pas à croire qu'une femme chanceuse ne vous ait pas encore mis le grappin dessus, murmura-t-elle.

Elle s'endormit au son de son cœur qui battait sous sa joue, bercée par les bruits de l'océan, douce cadence d'un rivage lointain. Pour quelqu'un qui se retrouvait abandonné sur une île tropicale, ce n'était pas si mal.

———

Le téléphone sonna à côté de l'oreille d'Eban, et il se redressa d'un bond, le cœur battant, le sang pulsant dans ses veines. Il lui fallut un moment pour comprendre où il était. Chambre d'hôtel. Jakarta. Il était rentré dormir quelques heures.

Le téléphone sonna à nouveau. Il décrocha.

— Winters.

On aurait dit que quelqu'un avait nettoyé sa gorge avec de la javel.

— Je crois qu'on a quelque chose.

C'était Alex Parker.

Eban essayait de garder les yeux ouverts, mais c'était comme si ses paupières étaient collées. Il était six heures du matin, et son réveil se mit à sonner alors qu'il jetait ses jambes sur le côté du lit.

— Quoi ?

— Le FBI a identifié un des terroristes morts comme étant

un certain Kenga Kaswali. C'était l'un des hommes qui ont déserté avec Darmawan Hurek. Kaswali était marié à une femme de Sulawesi.

— Et elle téléphone à la maison deux fois par semaine comme une gentille fille ?

— Pas tout à fait. Mais tous les mois ou presque, il y a un appel de Bandaneira dans les îles Banda. Nous avons trouvé un schéma similaire dans d'autres données téléphoniques de proches de déserteurs soupçonnés d'avoir accompagné Hurek.

— C'est possible de réduire la liste ?

— Il y a dix minutes, j'aurais répondu que non, mais j'ai ensuite intercepté des messages entre le personnel des services géologiques américains et l'ambassade de Jakarta. L'USGS a demandé à ce qu'une équipe retourne sur l'île où Darby O'Roarke a été enlevée, car des événements éruptifs inhabituels y ont été enregistrés. Ils voulaient savoir si la région était stable pour les étrangers. L'ambassade a déconseillé tout voyage dans cette partie du monde à la suite du massacre de l'hôtel jusqu'à ce que les conditions de sécurité soient réunies.

Eban ne savait pas où il voulait en venir.

— J'ai décidé de jeter un coup d'œil aux données dont ils parlaient, puis j'ai vérifié les images satellites. Regardez la capture d'écran que je vous ai envoyée.

L'excitation vibrait dans sa voix.

Eban regarda l'image qui était apparue sur son ordinateur portable.

— Putain de *merde*.

— Je ne sais pas où sont les terroristes, mais je pense que nous avons peut-être trouvé Quentin et Haley. Ou Darby.

On aurait dit que son interlocuteur essayait de contenir son excitation.

— Même si ce ne sont pas eux, c'est quelqu'un qui a besoin d'aide.

Quelqu'un qui a fait beaucoup d'efforts pour construire un SOS géant visible depuis l'espace.

— Le siège du FBI est au courant ?

Eban se dirigea vers la salle de bain et alluma la douche. Il empestait.

— Ils envoient le bateau de guerre dans la zone. Ce qu'il y a c'est que... la compagnie que j'ai engagée depuis la Colombie est arrivée à Jakarta la nuit dernière, et ils ont un hélicoptère rempli d'équipement prêt à partir. Il s'avère qu'ils connaissent Max Hawthorne pour avoir servi ensemble dans le SAS. Ils ont également dit qu'ils pouvaient vous faire monter tous les deux à bord si vous vouliez participer à la balade. Si ça ne marche pas comme prévu, ils feront le plein à Bandaneira, alors vous pourrez peut-être profiter du voyage pour poser des questions aux habitants sur Hurek et sa bande de voyous meurtriers. Ça ne peut pas faire de mal.

— Donnez-moi les indications...

— Je peux faire mieux que ça. Une voiture viendra vous chercher dans quinze minutes. Au fait, j'ai l'impression que vos grands patrons ne veulent pas que nous fassions cette petite reconnaissance, donc si vous voulez venir avec nous, je vous conseille de ne pas répondre à leurs appels jusqu'à ce que vous soyez en vol.

Et à ce moment-là, il serait trop tard.

— Je serai prêt. Allez dormir, Alex. Je vous rappelle dès qu'on arrive.

CHAPITRE VINGT-QUATRE

Quentin prit plusieurs inspirations successives, puis plongea sous la surface aigue-marine de l'eau cristalline. Cela aurait pu être l'escapade parfaite s'il n'était pas en train de pêcher pour les nourrir pendant que Darby surveillait leurs ennemis depuis le camp.

Il était à la recherche d'un poisson qu'il pourrait atteindre avec son harpon de fortune. Il attendit au fond, ralentissant son pouls, calmant son esprit. Le soleil illuminait la surface de l'eau au-dessus de lui, l'aveuglant lorsque ses rayons l'atteignaient. Des créatures fonçaient autour de lui. Trop petites et trop agiles pour qu'il puisse les attraper.

La pression dans sa cage thoracique augmentait. Ce besoin d'inspirer de l'oxygène frais. Un éclair d'argent à gauche attira son attention, même s'il ne bougea pas. Lentement, un gros poisson s'approcha. Quentin attendit qu'il passe devant lui avant de s'élancer avec son harpon à plusieurs têtes.

Yes !

L'allégresse l'envahit lorsqu'il réussit à attraper la créature. Il donna de grands coups de pied pour se propulser vers le haut, inspirant à pleins poumons lorsqu'il fendit la surface.

— Whouhou !

Il se retourna dans l'eau et faillit lâcher sa prise.

Haley était assise nue sur un rocher, ses vêtements mouillés et étendus pour sécher comme si elle venait de faire la lessive. Elle avait l'air confiante et provocatrice. C'était la femme la plus sexy qu'il ait jamais vue.

Il sortit sur les rochers – ils avaient décidé d'éviter de laisser des traces dans le sable – et acheva le pauvre poisson qui allait les nourrir tous les trois pendant plusieurs jours.

Puis il posa le harpon sur le rocher en admirant la vue.

Elle haussa un sourcil et sourit, en levant un genou. Elle allait le tuer. L'afflux sanguin vers son cerveau allait être coupé et détourné vers sa queue, et ce serait la fin pour lui.

— Tu vas prendre des coups de soleil.

Sa voix était aussi rocailleuse que le fond de la mer.

— J'ai lavé mes vêtements.

Haley ignora son commentaire et désigna le t-shirt et le short qui lui avaient appartenu.

— Je vois ça.

Il regarda les ruisseaux d'eau qui s'écoulaient de son caleçon et ajouta :

— J'ai lavé les miens aussi.

— Maintenant que vous avez attrapé le dîner, vous devriez sécher vos vêtements sur les rochers avec les miens.

— Alors nous serions tous les deux nus.

Haley se mordit la lèvre et il sentit son entrejambe tressaillir.

Vendu.

Il enleva son caleçon et le posa sur la roche chaude.

C'était au tour d'Haley d'avoir un regard lubrique.

Il ne voulait pas laisser les vêtements trop visibles sur le rocher et les récupéra. Il lui tendit la main, elle la prit et il la remit sur ses pieds, appréciant sa surprise lorsqu'elle tomba contre lui. Elle ramassa leurs chaussures en riant. Il la conduisit vers le sol sablonneux et mou sous les arbres où ils avaient entreposé le bateau, à l'abri du soleil brûlant. Il étendit leurs vêtements sur des branches pour qu'ils sèchent, puis la plaqua contre un tronc d'arbre lisse et l'embrassa, désirant sa bouche comme si elle était une bouffée d'air frais après avoir retenu sa respiration trop longtemps.

Il fut ravi de voir qu'elle s'ouvrait à lui immédiatement. Pas d'hésitation. Elle avait un goût de sel et de soleil chaud, et il aurait pu passer des heures à explorer sa bouche. Elle remonta son genou le long de sa jambe et le plaqua contre sa hanche. Il baissa la tête pour sucer ses jolis tétons, sa peau déjà légèrement rougie par le soleil.

Sa main glissa plus bas, s'insinuant entre ses lèvres avant de s'enfoncer profondément dans sa chaleur humide.

Elle gémit en se hissant sur la pointe d'un pied, l'autre pied toujours agrippé à sa hanche. Il aimait le fait qu'elle n'avait pas peur de lui montrer ce qu'elle aimait. Il aimait tellement ça que sa queue était en feu.

Elle voulut le prendre en main, mais il n'en avait pas encore fini. Les hommes étaient simples en matière d'orgasmes. Pas les femmes. Ce n'était pas seulement une affaire de caresses mécaniques pour elles. Il fallait les titiller, et le clitoris devait être adoré avec juste ce qu'il fallait de pression. Il se mit à genoux, plaçant son pied à elle sur son épaule pour qu'elle soit exposée à lui. Puis il entreprit de l'accompagner vers l'orgasme, à l'aide de sa langue.

Elle résista une demi-seconde avant de plonger une main dans ses cheveux et de s'y agripper. Elle reposa sa tête contre le tronc de l'arbre. Il tendit la main pour titiller ses tétons, l'un après l'autre, les rendant durs comme la pierre. Puis il trouva la tactique exacte qui fonctionnait pour elle, le rythme qui la poussait à se tordre contre sa bouche, cherchant plus de pression, cherchant la libération. Il la travailla jusqu'à ce qu'elle serre ses cheveux assez fort pour lui faire mal et écarte ses cuisses pour se rapprocher encore plus. Quand elle jouit sur sa langue, il absorba ses frissons et se délecta de sa saveur. Il sourit en se relevant, jusqu'au moment où elle se mit à genoux et le lécha sur toute sa longueur.

Et merde.

Il s'agrippa à l'arbre alors que ses genoux menaçaient de se dérober. C'était une réelle lutte pour lui de garder le contrôle alors qu'elle lui faisait ce qu'il venait de lui faire. Mais il voulait être en elle à nouveau. Il voulait la regarder dans les yeux quand ils jouiraient tous les deux.

Après une délicieuse minute, il s'éloigna et la remit debout. Il l'embrassa, fermant les yeux pour les imaginer quelque part où ils seraient en sécurité, peut-être sur son île à elle ou dans son lit à lui...

Elle trouva son sexe dur et elle le guida jusqu'à son intimité, le frottant contre ses lèvres en chemin. Il la souleva et glissa en elle, amortissant son dos plaqué contre le tronc dur avec un bras autour de sa taille, l'autre sous ses fesses alors qu'il entrait et sortait de son intimité. Il aurait aimé avoir une main de plus.

— Touchez-vous. Faites-vous plaisir.

Elle le regarda fixement tandis qu'elle glissait une main plus bas, l'autre l'attrapant par la nuque, s'accrochant tandis qu'il la pilonnait comme un fou.

Il ne fallut que quelques secondes pour qu'il sente ses muscles se contracter et frémir autour de lui. Elle poussa un petit cri d'extase. Ses bourses se serrèrent et le plaisir se propagea le long de son sexe, une lumière blanche l'aveuglant, le laissant épuisé et rassasié. Ils étaient collés par la sueur.

Il revint au monde réel lentement, comme s'il se réveillait d'un profond sommeil. Un bourdonnement retentit dans son oreille. Il regarda autour de lui, pensant trouver une abeille ou un moustique.

Mais ce n'était pas un insecte.

Et merde. Il s'éloigna rapidement de Haley qui n'avait toujours pas compris.

— C'était...

Il plaqua une main sur sa bouche, la faisant sursauter. Puis elle cligna des yeux, et le bruit devint plus fort. Un moteur de bateau.

Ils récupérèrent leurs vêtements.

— Cachez-vous derrière ce grand arbre là-bas et ne bougez pas. Je vais essayer de récupérer le poisson que j'ai attrapé avant que la personne dans ce bateau n'atteigne la crique. Si on a de la chance, ça pourrait être les gentils.

Il courut en faisant profil bas. Pas de temps à perdre. Il s'accroupit à l'orée du bois, mais il ne pouvait atteindre le poisson sur le harpon sans se dévoiler.

Il se baissa en apercevant le bateau qui s'approchait de la plage à grande vitesse, s'accroupit derrière le rocher et enfila rapidement ses vêtements, qui étaient encore humides et légèrement saupoudrés de sable. Puis il courut ventre à terre dans les bois et poussa un soupir de soulagement en arrivant à l'arbre derrière lequel il avait dit à Haley de se cacher. Mais le soulagement fut de courte durée. Elle n'était plus là.

Haley montait en courant le chemin de montagne jusqu'au camp. Elle était pieds nus et se sentait affreusement exposée, mais elle resta entre les arbres aussi longtemps que possible avant de grimper à quatre pattes dans le ravin de l'autre côté de la tente de Darby pour éviter d'être vue de la plage.

Étaient-ce les mêmes personnes qui se trouvaient dans l'hélicoptère la nuit précédente ? L'avaient-ils aperçue en train de courir dans les bois et avaient-ils décidé de revenir pour les récupérer ?

Ou était-ce une équipe de secours ?

Haley n'était pas restée dans les parages pour le découvrir. Elle devait prévenir Darby, même si cela signifiait abandonner Quentin. Elle déglutit péniblement à l'idée de l'avoir laissé en danger, mais il avait plus de chances de passer inaperçu seul.

Darby avait besoin d'elle. Haley ne pouvait pas la laisser affronter cette nouvelle épreuve sans être au courant de ce qui se passait. Elle ne pouvait pas courir le risque que la jeune femme n'ait pas vu le bateau, qu'elle vienne à leur rencontre et qu'elle se retrouve confrontée à une situation mortelle. Ça ne pouvait pas se produire. Elle allait prévenir Darby, prendre le pistolet et retourner chercher Quentin.

Elle ne regrettait pas d'avoir séduit Quentin. Leur « relation », faute d'un meilleur mot, était la seule chose positive dans cet épisode cauchemardesque. Mais elle regrettait d'avoir baissé la garde au pire moment possible.

Elle s'arrêta dans sa course folle, car elle devait traverser quelques mètres de terrain où elle pouvait être vue d'en bas. Si elle rampait, elle devrait être cachée par les hautes herbes. Elle jeta un coup d'œil à travers la végétation, et sa bouche s'assécha.

Des hommes armés avaient accosté sur la plage et se dispersaient le long de la crique. Ils n'avaient pas l'air de gentils. Ils n'allaient pas tarder à trouver le bateau pneumatique et à comprendre que quelqu'un avait débarqué là.

En supposant qu'il s'agissait des mêmes terroristes que précédemment, et pas d'un nouvel ennemi.

Elle rampa dans l'herbe, passant derrière une falaise rocheuse qui la cachait d'en bas. Puis elle courut, ignorant la morsure des pierres qui lui coupaient les pieds.

Une fois au camp, au centre de la petite clairière, elle appela d'une petite voix :

— Darby ?

Pas de réponse. Elle suivit donc un autre chemin jusqu'à l'endroit où ils avaient installé leur poste de surveillance. Il y avait un petit endroit en surplomb où l'on pouvait s'asseoir dans l'ombre et regarder l'océan.

Haley arriva en l'appelant à nouveau.

— Darby ? Où êtes-vous ?

— Haley ?

Darby se précipita vers elle avec un froncement de sourcils inquiet.

— Qu'est-ce qu'il y a ? Qu'est-ce qu'il s'est passé ?

Haley aurait préféré ne pas avoir à briser le calme fragile de cette jeune femme.

— Un bateau est arrivé.

Darby se figea.

— Je pense que ce sont eux, fit Haley qui n'essaya pas d'édulcorer la réalité. Quentin est toujours en bas. Donnez-moi le pistolet. Je vais y retourner et me tenir prête à le sauver s'ils le trouvent. Vous, cachez-vous. D'accord ?

— Je me suis endormie. Oh, mon dieu, je me suis endormie et ensuite j'ai eu besoin de faire pipi, et ils nous ont trouvés.

Darby faisait de l'hyperventilation et tremblait violemment. Haley essaya de la calmer.

— Ce n'est pas de votre faute. Rien n'est de votre faute. Nous faisons tous du mieux que nous pouvons, alors s'il vous plaît, ne culpabilisez pas.

Darby hocha la tête, déglutissant bruyamment. Elle plongea dans la poche de sa veste et en sortit l'arme.

— Je dois me cacher, mais où ?

La jeune femme se mordit la lèvre en lui remettant l'arme.

Haley lui serra l'épaule et plongea son regard dans les grands yeux verts de Darby.

— Ne me le dites pas au cas où...

Ce fut au tour d'Haley d'avaler bruyamment.

Au cas où ils l'attraperaient et essaieraient de lui soutirer l'emplacement de Darby.

Elle reprit :

— Cachez-vous et ne sortez pas de là avant d'être sûre que c'est sans danger.

Elle la serra à nouveau contre elle.

— Je dois y aller.

Quentin était en danger, et elle ne pouvait pas supporter l'idée qu'il soit blessé.

— Attendez, lui ordonna vivement Darby.

Elle courut vers un petit sac qu'elle avait apporté. Elle lui tendit une capeline verte.

— Ce n'est pas grand-chose, mais ça pourrait permettre de cacher vos cheveux et votre visage.

Haley prit le chapeau avec reconnaissance et le plaça sur sa tête, en tirant sur la ficelle. On était loin des robes dorées et des Jimmy Choo, mais elle était très reconnaissante pour ce cadeau, qui pourrait potentiellement lui sauver la vie.

La peau de Darby était pâle.

— J'aimerais être assez courageuse pour venir avec vous.

Haley lui toucha le bras, se rappelant ce que Quentin lui avait dit lors de l'attaque de l'hôtel.

— Vous êtes courageuse, Darby. Ce serait bien si l'un de nous survivait. Ça donnerait un sens à tout ça. Allez-y, ordonna Haley. Cachez-vous. On vous appellera quand ce sera sûr.

Haley retourna vers l'endroit où elle avait laissé Quentin, utilisant le ravin pour descendre la montagne, n'ayant jamais eu aussi peur de toute sa vie. Elle espérait atteindre les bois en bas de la colline avant que les nouveaux arrivants ne quittent la plage. Elle atteignit l'ombre des arbres et soupira de soulagement. Un perroquet se mit à battre des ailes et à piailler au-dessus de sa tête, et elle leva les yeux, portant la main droite à sa gorge, effrayée.

Son pouls s'emballa et elle s'exhorta à se détendre.

— Ce n'est qu'un oiseau, andouille.

Mais lorsqu'un homme étrange sortit de l'ombre, un sourire malicieux étirant ses lèvres, elle réalisa qu'elle aurait dû prêter attention non pas à l'oiseau, mais à ce qui l'avait effrayé.

L'homme était vêtu d'un treillis crasseux et d'un t-shirt taché de sueur, et elle le reconnut du village où ils avaient été retenus prisonniers. Il essaya de lui attraper le bras, mais elle ne voulait plus être le jouet de personne ni leur faciliter la tâche. Elle se détourna, leva sa main gauche et visa, appuyant sur la gâchette avant que l'homme ne puisse saisir son fusil et lui tirer dessus.

Il tomba par terre, toujours vivant, luttant toujours pour prendre son arme. Haley lui tira encore dessus. À bout portant.

Quentin était caché sous une berge en contrebas, caché par les racines d'un grand palmier. Un crabe avançait de son étrange démarche latérale avant de disparaître dans un trou. Les vagues clapotaient à environ un mètre de l'endroit où il était accroupi. Le son apaisant de l'eau lui permettait difficilement de réaliser que des hommes armés les pourchassaient à nouveau.

Où était Haley ?

Était-elle allée prévenir Darby ou devait-il s'inquiéter qu'elles aient été capturées et blessées ?

Haley était intelligente. Elles l'étaient toutes les deux. Il était presque sûr qu'elle serait montée au camp. Là-bas, les deux femmes avaient des provisions et pouvaient se cacher assez longtemps pour qu'un type de l'USGS daigne enfin prêter attention à ces putains de données et envoie une équipe de sauvetage.

Les nouveaux arrivants n'étaient pas des alliés, ni des militaires indonésiens. Ils avaient rapidement découvert le bateau caché sous le feuillage, et il avait entendu le bavardage excité entre les hommes, même s'il ne comprenait pas leur langue. Il ne pensait pas qu'ils avaient déjà signalé leur découverte par radio, car cette dernière se trouvait sur le bateau pneumatique qu'ils avaient laissé sans surveillance sur la plage.

S'il pouvait mettre la main sur cette radio, il pourrait appeler directement à l'aide.

Si.

Ses options étaient limitées. Il pouvait se cacher, mais cela ne lui offrirait qu'un avantage limité, jusqu'à ce que ces connards fassent leur rapport à la base, et que l'île se mette à grouiller de terroristes qui avaient déjà prouvé leur soif de sang. Ou bien il pouvait les attaquer, au péril de sa vie. Mais après tout, il était formé à ça. Et protéger Haley et Darby était tout ce qui comptait.

Les hommes s'étaient dispersés, sans doute pour chercher des indices de leur localisation.

Quentin sortit furtivement de sa cachette et se dirigea vers les rochers, se faisant discret et se déplaçant lentement pour ne pas attirer leur regard. De là, il inspecta la zone. Les deux hommes qu'il pouvait voir lui tournaient le dos. Il prit le harpon qu'il avait fabriqué plus tôt et retira le poisson de son extrémité en s'excusant silencieusement. L'arme ne ferait pas le poids face à un fusil d'assaut, mais c'était mieux que rien.

Il se déplaça prudemment d'arbre en arbre, à la recherche d'une cible. S'il pouvait éliminer discrètement quelques-uns de ces gars, alors les probabilités de réussite deviendraient beaucoup plus favorables.

Il se figea lorsque l'un des hommes apparut et se dirigea vers l'arbre derrière lequel Quentin avait dit à Haley de se cacher. L'homme avait dû repérer des empreintes de pas dans la terre. Quentin ne le dévisagea pas. Il ne voulait pas réveiller cet instinct de survie inné qui indiquait à quelqu'un qu'il était observé.

L'homme se pencha et ramassa la botte d'Haley.

Quentin n'hésita pas. Les autres terroristes étaient hors de vue. Il courut, préférant l'attaque-surprise à la discrétion. Au dernier moment, l'homme se retourna. Quentin enfonça le harpon à plusieurs pointes dans la gorge du type avant de l'arracher. Son estomac se retourna devant le résultat macabre.

La victime lâcha son fusil et tomba à genoux, serrant désespérément la blessure, essayant d'endiguer le sang qui s'écoulait de sa jugulaire.

Quentin s'empara du fusil et se débarrassa de sa lance primitive. La pitié lui donnait envie d'aider le gars, d'essayer d'arrêter l'hémorragie. Bon sang, il n'avait pas le temps pour ça, c'étaient des tueurs impitoyables. Il passa la sangle du fusil au-dessus de sa tête et l'arme dans son dos, et prit les mains de l'homme dans les siennes. Il les plaça autour de la blessure.

— Appuyez fort pour arrêter le saignement.

Quentin parlait doucement, sa pitié pour l'homme en concurrence directe avec son instinct de survie. Les yeux du mourant s'écarquillèrent et un calme total gagna ses traits. Quelques secondes plus tard, tout son corps se relâcha. Sa poitrine ne bougeait plus, il était clairement mort.

Quentin déglutit pour chasser la boule qui s'était formée dans sa gorge. Il ferma les yeux pendant un moment. Il était doué pour manier les mots, mais il ne pouvait pas négocier avec des fous, ni avec des gens qui refusaient de communiquer comme des êtres humains normaux. Il n'avait pas le temps pour réfléchir ou s'apitoyer sur son sort. Il devait faire tout ce qu'il fallait pour mettre les femmes en sécurité et traduire ce groupe en justice.

Un coup de feu retentit, et l'estomac de Quentin se contracta. Puis il y eut un deuxième tir.

Avaient-ils trouvé Haley ou tiraient-ils sur un cochon sauvage ?

Même si la peur pour les autres résonnait dans sa tête, il se força à ne pas courir, mais à localiser l'emplacement de chaque menace. Deux des hommes étaient devant lui et se dirigeaient vers le chemin qui menait à l'ancien camp de Darby – en direction des coups de feu. Il ne savait pas où étaient les deux autres.

Il marqua une pause. Aurait-il dû faire demi-tour et récupérer la radio ? Mais l'idée de laisser Haley ou Darby vulnérables rendait cette solution impossible.

Le sous-bois dense de cette partie de l'île ne permettait pas de voir très loin devant. Il trottina, le fusil levé, le doigt sur la gâchette.

Il utilisait les arbres pour se couvrir. Puis il entendit le son inimitable de tirs d'armes légères et un homme gémissant de douleur.

Quelqu'un tirait sur les terroristes. Il supposait que c'était l'une des femmes.

La rafale d'un fusil d'assaut automatique vint rompre la tranquillité de l'île.

Des hommes avec des AK affrontaient une femme avec une arme de poing et des munitions limitées. Ce n'était pas équitable.

Protège-les. Protège-les. Protège-les.

Quentin tourna à droite, vers un endroit où il avait à la fois une bonne vue sur les tireurs et une bonne couverture. La personne sur laquelle ils tiraient était cachée derrière un grand figuier. Un homme commença à se déplacer pour identifier la position de la cible.

Ce n'était qu'une question de secondes avant que le reste des bâtards ne débarquent. Quentin visa, atteignant le premier homme à la poitrine et le faisant tomber par terre, puis il visa à gauche et abattit le suivant avant même qu'il ne réalise que quelqu'un l'avait en joue.

Malgré le silence qui s'ensuivit, il savait qu'il y avait encore des ennemis bien vivants.

— C'est moi, Quentin. Vous êtes blessée ? appela-t-il doucement.

Il ne voulait pas qu'Haley ou Darby lui tire dessus accidentellement.

Haley sortit la tête, l'air effrayé, mais pas blessé. Il courut vers le premier homme qu'il avait tué et lui prit son fusil. Il le lança à Haley qui l'attrapa. Il n'était pas sûr que l'homme soit mort, mais il le fouilla rapidement à la recherche de dispositifs de communication. Il ne trouva rien, hormis un couteau de chasse qu'il jeta sous le figuier.

L'autre gars avait pris une balle dans la tête et était clairement mort. Quentin attrapa son arme, la passant sur son autre épaule. Encore une fois, pas de dispositif de communication.

— Il y a deux autres hommes sur l'île, dit Quentin à Haley.

— J'en ai tué un.

Sa peau était blanche comme de la craie.

— J'ai pris son arme, expliqua-t-il, mais elle s'est enrayée quand j'ai essayé de l'utiliser.

Ça avait dû être terrifiant.

— J'en ai tué un autre, ce qui n'en laisse qu'un.

Mais un seul type suffisait pour les tuer, ou appeler à l'aide par radio.

— Je ne pense pas qu'ils aient d'autres moyens de communication que la radio du bateau.

Ils devaient absolument mettre la main dessus.

— Il a forcément entendu tout le grabuge. On va retourner à la plage, mais il va falloir être prudents.

Quentin ne voulait pas qu'Haley se retrouve dans la ligne de mire, mais ils n'avaient pas vraiment le choix.

— On va faire profil bas et rester dans les bois qui nous offrent une certaine couverture. Et suivez-moi, mais laissez un peu d'espace entre nous.

Même s'il voulait qu'elle soit près de lui, il était tactiquement préférable qu'ils soient séparés par une certaine distance pour ne pas être anéantis par un même coup de feu.

Il courut, genoux pliés, scrutant les parages à la recherche du dernier terroriste. Il aurait pu être n'importe où, mais Quentin aurait parié qu'il avait filé vers la plage. Et voyant que ses copains ne revenaient pas, il comptait sûrement s'enfuir.

Quentin n'avait rien vu qui ressemble à du courage de la part de ces connards. De l'attaque d'une conférence de civils non armés à l'enlèvement de personnes âgées et de jeunes femmes.

À travers les arbres, Quentin repéra du mouvement.

L'homme traînait désespérément le bateau pneumatique dans les vagues. *Bon sang*. Pas moyen que Quentin le laisse appeler des renforts.

Et merde !

Quentin se mit à courir.

Les bateaux étaient lourds et difficiles à manier seul, et le gars avait du mal. La houle s'était levée. Les vagues venaient s'écraser sur le petit récif extérieur avant de s'insinuer dans la baie.

Quentin courait à toute vitesse à présent. La sueur lui coulait dans les yeux, mais il ne se laisserait pas déconcentrer. Il bondit sur l'affleurement rocheux tandis que le terroriste roulait dans le bateau et démarrait précipitamment.

Quentin visa.

Quand l'homme saisit la radio, Quentin ouvrit le feu. Les balles déchirèrent le flanc du bateau, et l'homme s'effondra soudain, manifestement touché, avec un peu de chance mort. Le bateau ne s'arrêta pas pour autant. Il se dirigeait à toute allure vers la mer, et ils n'avaient aucun espoir de le rattraper.

Quentin poussa un juron.

Ils étaient toujours bloqués, mais les kidnappeurs n'allaient pas tarder à se demander ce qu'il était advenu de l'équipe qu'ils avaient envoyée à Pulau Gunung Rebi. Et ils enverraient un autre groupe pour le découvrir.

Il regarda fixement le bateau qui disparaissait rapidement. Il aurait dû aller chercher la radio plus tôt. Il aurait pu appeler à l'aide et mettre fin à ce cauchemar. *Bon sang*.

Ils devaient être intelligents. Se débarrasser des preuves. Mener une guerre psychologique.

— Je vais jeter tous les corps dans la mer du haut d'une falaise, dit-il quand Haley arriva à son niveau. Vous pouvez mettre des branches et des feuilles sur le sable pour cacher les traces et les empreintes ?

Il regarda le vernis à ongles rose sur ses orteils. Elle portait un chapeau vert, était pieds nus et tenait un fusil. C'était surréaliste. Leur monde avait totalement viré sur lui-même, et il se demandait s'ils allaient s'en sortir vivants.

Elle mordilla ses lèvres sèches.

— Je devrais aller dire à Darby que c'est fini.

Il secoua la tête.

— Plus tard. Faisons ça d'abord au cas où d'autres terroristes viendraient nous chercher. Je ne veux pas qu'ils sachent si leurs hommes sont arrivés ici ou non.

Ils devaient soit cacher leur bateau pneumatique, soit le laisser dériver vers la mer. Mais l'idée d'être vraiment bloqués était effrayante. Sauf que flotter à la dérive sur l'océan n'était pas vraiment une stratégie de survie non plus.

Quelqu'un remarquerait sûrement bientôt leur signal ?

— Qu'est-ce qu'on fait s'ils reviennent ?

Les yeux bleus d'Haley étaient écarquillés par l'horreur de ce qu'ils avaient été contraints de faire.

— Alors on se cache.

D'un air sombre, Quentin tapota le fusil d'assaut.

— Au moins, cette fois, on pourra se défendre.

CHAPITRE VINGT-CINQ

Eban était ravi que son ordinateur portable dispose d'une connexion Wi-Fi fonctionnelle, même si l'arrière d'un hélicoptère militaire n'était pas le bureau le plus confortable qui soit.

Les autres rattrapaient leur retard et discutaient. La petite bande était composée d'anciens membres des forces spéciales britanniques qui travaillaient désormais pour une société privée appelée Penny Fan. Eban n'était pas dupe. Ces types n'étaient pas des agents de sécurité privée comme Haley Cramer et Alex Parker, sans quoi l'un d'entre eux aurait participé à la conférence en question.

C'étaient des Black Ops se faisant passer pour des entrepreneurs dans la sécurité. Apparemment, Hawthorne connaissait la plupart des membres du groupe, à l'exception du pilote qui était un local en qui ils avaient confiance et avec qui ils avaient déjà travaillé. Les gars passaient la plupart de leur temps à raconter des histoires embarrassantes sur des choses qui avaient mal tourné et qui avaient failli les tuer à un moment ou à un autre. Ils ne semblaient jamais à court d'anecdotes.

Il était en ligne avec l'attaché juridique. Eban avait obtenu qu'Hawthorne et lui aillent voir le site de l'enlèvement de Darby O'Roarke pour avancer sur l'affaire. Heureusement, McKenzie, au SIOC, l'avait soutenu. Ce dernier bénéficiait de la confiance du directeur après avoir aidé à déjouer une attaque contre le siège plus tôt dans l'année. Alex Parker avait aussi aidé à stopper cette attaque, ce qui lui donnait plus de crédibilité quand il affirmait que le SOS qu'il avait identifié devait être un signal d'Haley Cramer. Le Bureau tenait à l'aider à suivre une piste, même si elle ne menait à rien. Le chef de la force opérationnelle, un vrai dur à cuire, n'était pas aussi ravi. « Répercussions » semblait gravé dans toutes ses réponses courtes et laconiques.

Mais ce déplacement avait du sens.

Les kidnappeurs avaient organisé une autre ablation d'oreille en ligne – c'était difficile à regarder, même en sachant que ce n'était peut-être pas Quentin qui était ainsi mutilé. Ils avaient également envoyé une autre photo d'Haley avec un homme sans visage tenant un couteau sous son nez, menaçant clairement de le lui couper. Il semblait qu'elle ait été prise le même jour que la première photo. Ce cliché lui avait tordu les tripes.

Les données des communications n'avaient rien fait pour dissiper leur théorie selon laquelle les terroristes n'avaient plus Quentin ou Haley, mais elles n'écartaient pas non plus la possibilité qu'ils les aient déjà tués.

Seule la certitude d'Alex Parker concernant ce SOS permettait à Eban de garder espoir.

Alex s'était arrangé pour envoyer un acompte de cent mille dollars à condition que les ravisseurs cessent de faire du mal aux otages et leur laissent le temps de réunir la totalité de la rançon. Vingt millions étaient difficiles à obtenir dans un délai aussi court, mais cent mille dollars étaient déjà un sacré acompte.

Alex suivait la trace de l'argent. Une équipe de ces anciens gars du SAS s'était installée dans un hôtel de Jakarta, prête à intervenir s'ils repéraient quelqu'un captant des communications là-bas.

L'envoi de bitcoins créait également un faux sentiment de sécurité pour les kidnappeurs. Pourquoi les familles des victimes paieraient-elles cette somme si Eban et compagnie s'apprêtaient à libérer les otages ?

Une équipe d'analystes du siège et de Cramer, Parker et Gray avait examiné les images satellites de Pulau Gunung Rebi, et rien n'indiquait la présence d'un camp terroriste, même si rien n'était sûr à cent pour cent, car des arbres et d'éventuelles grottes pouvaient les cacher.

Ces mêmes analystes vérifiaient les îles voisines avec le plus grand soin possible, mais il y avait beaucoup d'îles et les terroristes pouvaient se cacher à la vue de tous dans une ville ou un village lambda.

— On arrive dans dix minutes.

Eban acquiesça, rangea son ordinateur et enfila son gilet pare-balles. L'un des opérateurs, un grand type du nom de Logan Masters qui semblait être le responsable de l'équipe, lui lança une oreillette pour communiquer, puis fit glisser un MK5 sur le sol. Eban hocha la tête en signe de remerciement. Il espérait qu'il s'agissait d'une mission de sauvetage, mais s'ils débarquaient dans un camp terroriste, il voulait être prêt en cas de fusillade.

La mer au-dessous d'eux était bleu foncé avec de petites îles çà et là et des chaînes volcaniques émergeant de l'océan telles des dents de requin. Un paradis, mais rempli de dangers potentiels.

Max Hawthorne pointa du doigt la vitre. Pulau Gunung

Rebi. L'île où Darby O'Roarke avait été enlevée et où quelqu'un avait écrit un SOS dans une tentative désespérée – ou pour attirer les personnes sans méfiance...

Ils firent le tour de l'île, cherchant d'abord des traces de mouvement ou des signes de vie. Une petite tente à l'aspect désolé était dressée sur un terrain plat, au-dessus de quelques arbres du côté protégé de l'île. Un flot spectaculaire de lave orange vif s'écoulait dans la mer au nord. L'hélicoptère décrivit des cercles jusqu'à ce qu'il se trouve directement au-dessus des pierres qui épelaient SOS, mais personne n'accourut pour les saluer et se réjouir de l'arrivée des secours. Deux grands trépieds jaunes se trouvaient à chaque extrémité des lettres. Eban ne savait pas à quoi ils servaient, mais ils semblaient avoir été assemblés ainsi volontairement plutôt que placés au hasard.

— Descendons, dit Masters au pilote qui acquiesça et commença à tourner en rond.

Eban fronça les sourcils en entendant un bruit étrange. Quelque chose frappant sur du métal. Le pilote descendit abruptement tandis que Masters criait :

— On nous tire dessus !

Eban s'accrocha. Quelqu'un en bas les avait certainement pris pour cible. La grande question était de savoir s'il s'agissait d'otages qui avaient besoin d'être secourus ou de terroristes qui se cachaient. Ils étaient sur le point de le découvrir.

Le pilote reprit sa trajectoire circulaire et posa l'hélico près de la petite tente dont la toile était agitée par le vent. Les opérateurs et deux agents sortirent, se dirigeant droit vers le couvert des arbres. Le pilote repartit en mer pour attendre qu'ils aient sécurisé l'île ou qu'il ait besoin de faire le plein. Il était ainsi hors de portée des balles.

Eban regarda Hawthorne qui lui souriait. L'homme était

un excellent négociateur, mais il était manifestement heureux de retourner sur le terrain.

Ils se regroupèrent en cercle, dix hommes en tout, avec beaucoup de terrain à couvrir.

Masters sortit des cartes et les posa en équilibre sur un genou.

— On se sépare en deux unités de quatre hommes plus un agent du FBI chacune. Un groupe prend la zone de la plage, l'autre se dirige vers l'endroit d'où viennent les tirs.

Les opérateurs étaient habillés en tenue de camouflage avec des casques et des oreillettes. Ils ressemblaient à des militaires professionnels plutôt qu'à des bandits mal équipés. Eban et Hawthorne étaient en tenue tactique noire avec FBI écrit clairement en jaune sur leurs gilets pare-balles.

Si c'étaient des terroristes qui leur avaient tiré dessus, ils seraient facilement repérables. Mais s'il y avait une chance que Quentin, Haley, Darby O'Roarke ou même les Alexander soient là, il espérait que cela leur ferait comprendre qu'ils étaient les gentils. Et qu'ils étaient en sécurité.

Haley grimaça lorsque Darby commença à tirer sur l'hélicoptère qui avait survolé leur SOS.

— Ne tirez pas, ordonna Quentin en dirigeant le canon du fusil vers le sol.

Darby lui jeta un regard noir.

— C'est peut-être les secours. Vous voyez comme ils sont venus directement vers le SOS ? C'est quelqu'un qui savait déjà que le signal était là.

Darby prit un air mutin.

— Les terroristes aussi pourraient avoir eu accès aux images satellites.

— Bon point, murmura Haley.

Ils étaient tous à cran, attendant la prochaine attaque.

L'hélicoptère disparut, et Haley devina que des gens débarquaient. La question était : qui étaient-ils ?

— Nous devons faire très attention à ne pas tirer sur des innocents qui viendraient nous sauver. Quentin semblait préoccupé par l'état mental de Darby. Haley était aussi inquiète pour elle. Depuis qu'elle avait été avertie de la présence de visiteurs inopportuns à la première heure ce matin-là, Darby était nerveuse. Ses yeux étaient hagards. Haley comprenait, mais la dernière chose dont ils avaient besoin était d'effrayer ou de blesser leurs sauveteurs.

— On veut tous partir d'ici, pas vrai ?

Haley insuffla de la jovialité dans son ton.

Les chances qu'ils s'en sortent vivants avaient chuté ce matin-là, et il était fort possible qu'il s'agisse d'une équipe venue chercher leurs camarades disparus qui étaient tous morts.

— Comment on saura si ce sont des gentils ou des méchants ? demanda Haley.

Ils tenaient des fusils d'assaut et se trouvaient dans un fourré dense, au nord du signal.

Quentin fit la grimace.

— J'espérais que ce serait évident, mais ça pourrait ne pas l'être si les Indonésiens ont des militaires qui nous recherchent aussi. La dernière chose que je veux, c'est de finir dans une prison locale pour avoir tué les mauvaises personnes. Ou de me faire abattre parce qu'ils pensent que nous sommes des terroristes.

Les yeux sombres de Quentin étaient hantés. Haley savait que le nombre de morts lui pesait lourdement. Elle avait le cœur brisé d'avoir été obligée de tuer un homme, mais elle le referait sans hésiter pour survivre. Mais combien de fois l'entraînement de Quentin et l'effet de surprise l'emporteraient-ils encore sur des locaux qui connaissaient la région et étaient des criminels lourdement armés et sans rien à perdre ?

— Quel est le plan, Q ? demanda-t-elle.

Il jeta un regard indécis à Darby.

— Vous pouvez me laisser seule, fit-elle avec amertume. Je vais m'en sortir.

Il croisa le regard d'Haley, lui demandant silencieusement son avis.

Haley hocha la tête et se tourna vers Darby.

— Cachez-vous comme la dernière fois, et on criera si vous pouvez sortir.

Darby hocha la tête. Elle avait les traits tirés. Des cheveux roux s'échappaient du bandeau qu'elle avait mis pour essayer de les dompter. Aucun d'entre eux n'avait mangé ou bu suffisamment d'eau ce jour-là, et le stress commençait à se voir sur leur visage et leur santé. Ils attendaient tous le retour des terroristes. Pour Darby, c'était la perspective la plus terrifiante qui soit.

Haley tendit le bras et lui toucha l'épaule.

— On va revenir. Avec des secours, j'espère.

Le regard de Darby s'adoucit, et elle hocha la tête, laissant tomber le nez du fusil vers le sol.

Quentin se leva.

— Rappelez-vous de ne pas tirer sans poser de questions. Rester immobile en silence est le meilleur moyen de se protéger.

— Oui, papa, murmura Darby avec irritation.

Mais elle semblait avoir retrouvé ses esprits. Elle pensait de nouveau rationnellement.

Quentin roula des yeux et tendit la main pour aider

Haley à se relever. Ses doigts étaient calleux, mais chauds et forts. Elle confierait sa vie à cet homme, peut-être même plus que ça.

Ils prirent à droite, empruntant un sentier à peine discernable qui descendait de la montagne vers la plage, en restant près des arbres et en essayant de ne pas faire de bruit. Elle portait sa couverture comme un sarong par-dessus le short de sport que Quentin lui avait donné. Ses bottes volées frottaient encore son talon, mais sa peau s'endurcissait. L'état de ses pieds était étonnamment bon compte tenu des circonstances.

Quand ils furent hors de portée de voix de Darby, elle demanda :

— Vous pensez vraiment qu'on vient nous sauver ?

Il se retourna et lui adressa un sourire. Mon Dieu, il était magnifique, même débraillé et barbu.

— Je pense que c'est 50/50 à ce stade.

Il parlait à voix basse. Le son portait si près de l'eau.

Elle commençait à en avoir assez de devoir se taire. Elle comptait bien passer une heure à hurler à tue-tête dès qu'ils seraient tirés d'affaire. Avec un peu de chance, Quentin Savage serait en elle pendant tout ce temps.

Ils avançaient furtivement le long du chemin. Les oiseaux volaient de branche en branche. Les lézards se prélassaient au soleil avant de s'enfuir. Les épais anneaux verts d'un serpent firent faire un brusque détour à Quentin.

Il n'aimait pas les serpents. C'était plutôt attachant pour un homme qui avait triomphé de tant de criminels.

Une minute plus tard, il leva la main, et elle se figea. Ils se plaquèrent tous les deux sur le sol, cachés par les buissons. À travers les trous dans le feuillage, ils pouvaient tout juste distinguer la plage en contrebas. Deux silhouettes se déplaçaient près de l'endroit où ils avaient précédemment caché le bateau.

Des hommes en uniforme de combat. Lourdement armés. Le souffle d'Haley sembla se bloquer dans ses poumons. Elle n'arrivait pas à expirer. Quentin posa une main à l'arrière de sa nuque et chassa la tension accumulée. Lentement, sa poitrine se débloqua, et elle commença à respirer normalement.

Ils observèrent la scène en silence. Puis un homme noir en tenue tactique sortit de l'ombre et traversa la plage en direction des autres. Il avait F-B-I inscrit au pochoir sur son dos en lettres jaunes vives.

Elle sentit Quentin se tendre.

— Vous le connaissez ?

Quentin se leva.

— Oh que oui. Il s'appelle Max Hawthorne. Je suis son patron.

Il leva les mains au-dessus de sa tête et cria aux hommes sur la plage :

— On est là !

Les hommes se retournèrent vers eux et le type appelé Hawthorne poussa un grand cri de joie.

— Venez, descendons à leur rencontre, et ensuite on ira chercher Darby.

Quentin lui prit la main, et ils se précipitèrent à travers les broussailles, Quentin écartant du chemin les branches en surplomb.

C'était agréable de sentir ses doigts sur les siens. Elle avait l'horrible sentiment qu'une fois sauvés, ils partiraient chacun de leur côté, et qu'elle ne le reverrait plus jamais, et cette idée la terrifiait.

— J'aimerais essayer ce truc dont vous avez parlé, quand on sera de retour à la civilisation.

— Quel truc ?

Quentin l'écoutait à peine. Le timing était affreux.

— Le truc du rendez-vous.

Il s'arrêta si brusquement qu'elle le heurta. Il la prit dans ses bras.

— Sérieusement ?

Elle regarda fixement ses yeux chocolat noir.

— Je ne serai sûrement pas très douée pour ça, mais j'espère profiter de quelques repas qui ne soient pas des grillons frits avant qu'on ne se plante.

Il ferma les yeux et posa son front contre le sien.

— Et, si on a de la chance, de formidables parties de jambes en l'air. N'oublions pas le sexe.

Elle pouffa. Il glissa ses doigts dans les petits cheveux sur sa nuque et souleva son menton pour embrasser ses lèvres gercées. Elle n'avait l'air de rien, mais il ne semblait pas s'en soucier. Sa barbe était douce contre sa peau, et l'émotion qu'il mit dans ce baiser était si profonde qu'elle se sentit dépourvue quand il se détacha de ses lèvres.

— Venez.

Il était impatient et elle traînait un peu les pieds. Ce qu'ils avaient vécu avait été horrible, mais ça l'avait changée. Ça l'avait rendue plus forte. Elle ne s'y attendait pas. Ça l'avait aussi rendue plus douce d'une certaine manière. Ça lui donnait envie de s'accrocher à certaines des bonnes choses qu'elle avait découvertes, comme Quentin, même si elle n'avait pas la moindre idée du fonctionnement d'une relation.

Ils débarquèrent sur la plage, sans se soucier, pour la première fois, de laisser des empreintes.

Quentin lui lâcha la main et étreignit son collègue qui l'attrapa par la taille et le souleva de terre dans une étreinte d'ours.

— On pensait que vous étiez morts, bordel de merde.

L'accent de l'homme la surprit. Un Anglais.

— Madame.

Un homme brun en treillis lui tendit la main.

— Avez-vous besoin de soins médicaux ?

Un autre Britannique.

— Je vais bien. Rien de plus qu'un coup de soleil et des nerfs en pelote.

Elle sourit, et tout le monde eut l'air soulagé et se présenta rapidement.

— Savez-vous s'il y a des ennemis dans la région ?

Elle secoua la tête.

— On a eu le droit à des visiteurs mal intentionnés ce matin, c'est là qu'on a récupéré ça.

Elle toucha la crosse du fusil d'assaut qu'elle portait. Elle s'était attachée à son poids rassurant sur son épaule.

— C'est vous qui nous avez tirés dessus ? demanda l'homme, sur un ton qui n'était pas celui de la critique, mais pas ravi non plus.

Quentin répondit :

— Non. Désolé. C'était Darby O'Roarke. Elle est encore un peu nerveuse après l'épreuve qu'elle a vécue.

— Elle est vivante ? demanda Hawthorne.

— Oui, dit Haley, mais elle a été mal... traitée.

Comment allaient-ils bien pouvoir garder ce secret ?

— On doit y retourner et lui dire que c'est fini... ajouta-t-il.

— On a une équipe qui se dirige vers le site du SOS, lui assura l'homme.

— Appelez-les par radio et dites-leur d'attendre qu'on soit là-haut. Il est peu probable qu'elle refasse confiance à un inconnu de sitôt, s'empressa de préciser Quentin.

Les hommes parurent comprendre le non-dit. Leur colère était palpable. L'un des hommes contacta l'autre équipe par radio, mais quelques secondes plus tard, le bruit de coups de feu vint troubler le calme de l'après-midi.

CHAPITRE VINGT-SIX

Eban et les militaires se dispersèrent en s'approchant de la zone où le SOS massif avait été élaboré avec des pierres. Celui qui leur avait tiré dessus s'était caché ou était parti depuis longtemps.

— Qu'est-ce que c'est que ça ? demanda l'un des ex-soldats en désignant les trépieds jaunes reliés à des panneaux solaires.

Eban secoua la tête et se souvint qu'Alex avait mentionné que l'USGS avait relevé des données inhabituelles sur les équipements de l'île.

— Je pense que ça pourrait être des instruments qui mesurent l'activité volcanique.

— Vous pensez que cette fille est toujours en vie ? La volcanologue ?

Un gars fit rapidement le lien.

Eban l'ignorait. Il avait honte du sentiment de déception qui voulait s'insinuer dans son esprit à l'idée que c'était Darby O'Roarke et non Quentin Savage qui avait appelé à l'aide. Il marcha jusqu'à l'orée de la clairière et regarda dans les épaisses broussailles. Il aurait juré sentir quelqu'un qui l'observait, mais il n'y avait personne. Peut-être que c'est l'environnement inconnu qui lui faisait cet effet. La jungle tropicale et les volcans actifs n'étaient pas son terrain habituel.

Mais quelqu'un leur avait tiré dessus. Quelqu'un avait construit ce brillant appel à l'aide. Darby ou Quentin ?

La sueur collait son t-shirt à sa peau sous son gilet, et il y avait une démangeaison sous son omoplate qu'il n'avait pas la moindre chance d'atteindre. Il avait la bouche sèche, et il ne pouvait qu'imaginer ce qu'un otage devait affronter au quotidien. Sans trop savoir si les secours allaient arriver ou s'il allait mourir d'une mort lente et anonyme, ou pire, d'une mort rapide, télévisée.

Il marcha jusqu'à l'endroit où la forêt dense commençait. Se faisait-il des illusions en pensant que Quentin pourrait être encore en vie ? Dans quel état serait-il s'il l'était ? Comprendrait-il qu'ils étaient là pour l'aider ?

— Quentin ? Tu es là ? C'est moi, Eban.

Il voulait que tous ceux qui étaient là sachent qu'il était américain. Si c'était Quentin, il serait déjà sorti s'il en était capable. L'espoir de le retrouver vivant s'amenuisait. Eban se sentait terriblement mal.

Les opérateurs fouillaient les environs, fusils d'assaut dans des poings faussement détendus. Un membre du groupe restait hors de vue.

Eban tourna les talons et se dirigea vers eux.

— Vous êtes du FBI ? lança une voix fluette et chevrotante derrière lui.

Une Américaine. Il inspecta la zone, mais où qu'elle soit, elle était bien cachée.

— C'est exact. Mon nom est Eban Winters. À qui est-ce que je parle ?

Eban regarda vers l'endroit d'où il pensait que la voix

provenait. Il ne toucha pas à son fusil, mais sentit plus qu'il ne vit le reste de l'équipe se diriger vers l'orée de la clairière.

— Peu importe qui je suis. Prouvez-moi que vous êtes celui que vous prétendez.

Ses mots étaient durs. Elle ne plaisantait pas.

— J'ai mes papiers.

Il sortit sa carte de sa poche et la lui tendit.

— Je suis négociateur pour le FBI.

— Dites-leur d'arrêter de bouger ou je vais tirer !

La voix de la femme était aiguë et paniquée. Il leva les mains en signe d'avertissement, bien que personne ne veuille se trouver dans le collimateur d'une entité inconnue.

— Nous n'allons pas vous faire de mal, mais si vous tirez, nous riposterons. Je ne sais pas qui vous êtes, mais je soupçonne que vous êtes l'une des trois femmes américaines disparues dans cette région. Des femmes que je suis venu sauver, avec ces hommes. Alice Alexander, Haley Cramer ou Darby O'Roarke.

— N'importe qui pourrait connaître ces noms, surtout les kidnappeurs.

Qui qu'elle soit, elle avait toute sa tête, mais elle était clairement traumatisée. Ils devaient y aller doucement.

— Il semble que vous ayez besoin de temps pour nous faire confiance. Apparemment, nous vous rendons nerveuse et vous êtes effrayée, ce qui est compréhensible, mais aucun d'entre nous n'est là pour vous faire du mal. Dites-moi ce que nous pouvons faire pour vous le prouver.

— Comment puis-je savoir que vous ne travaillez pas avec les hommes qui m'ont kidnappé ?

Elle avait l'air trop jeune pour être Alice Alexander.

Il leva les mains, paumes vers le haut.

— C'est difficile de prouver une chose négative, mais nous n'avons pas l'intention de vous faire du mal. Nous sommes venus en réponse au SOS qu'un homme nommé Alex Parker a repéré sur les images satellites.

Il n'y eut aucune réaction au nom d'Alex. Eban était sûr à 99 % d'avoir affaire à Darby O'Roarke. Il essaya de ne pas être déçu. Il voulait tous les sauver, mais surtout son patron.

Des coups de feu retentirent, brisant la tranquillité de ce paradis illusoire. Des balles plurent dans l'herbe à sa droite. Putain de merde. La femme s'écria :

— Je leur ai dit de ne pas bouger !

Un des hommes lança :

— Darby O'Roarke ! Quentin Savage à la radio. Il dit qu'il arrive vous chercher. S'il vous plaît, posez votre arme avant que quelqu'un ne soit blessé.

Eban se retourna pour faire face au type.

— Quentin est vivant ?

L'homme sourit et acquiesça.

— Lui et une blonde.

Les genoux d'Eban s'affaissèrent, et il se prit la tête dans les mains alors que le soulagement l'envahissait. Dieu merci. Il inspira profondément.

— Darby, je comprends que vous ayez peur, mais je vous jure que nous sommes les gentils. Je travaille avec Quentin à Quantico. Alex Parker, le gars qui a repéré le SOS, a engagé ces hommes pour retrouver Haley Cramer. C'est son partenaire commercial et son ami. Nous pensions qu'ils étaient morts en attendant que vos kidnappeurs prennent contact. J'ai parlé à votre père, et il est très inquiet pour vous.

Un cri strident déchira l'air, puis il y eut le bruit d'une bagarre et de poings qui heurtaient la chair avant que quelque chose de grand ne s'écrase dans les buissons dans leur direction. Eban savait que l'un des hommes se fraierait un chemin jusqu'à sa position. Il apparut soudain, portant à bout de bras une rousse désarmée devant lui. Les bras et les jambes de la jeune femme s'agitaient en tous sens, mais elle était trop petite pour faire de réels dégâts, et il était évident que l'ancien soldat essayait de ne pas la blesser.

Mais personne ne voulait d'une arme chargée pointée dans sa direction, surtout aux mains d'une personne émotionnellement fragile.

Eban tendit son arme à son voisin et se dirigea vers l'homme qui essayait de contenir une furie sans la blesser. Il y avait quelque chose de féroce dans ses gestes. Quelque chose de si désespéré qu'il comprit qu'elle avait été attaquée et certainement violée.

— Darby, dit-il calmement. On ne vous fera pas de mal. En fait, on donnerait tous notre vie pour vous protéger.

L'opérateur la déposa sur ses pieds et fit rapidement marche arrière. Elle se jeta sur lui, puis s'arrêta.

Elle resta plantée là, les poings levés, tremblante, la peur et la rage se disputant la place dans ses yeux.

Elle était belle. Ce qui le prit au dépourvu. Des cheveux roux vif. Les yeux les plus verts qu'il ait jamais vus. Des taches de rousseur et une peau pâle.

Le mal qui lui avait été infligé se lisait sur ses traits. Son expression était si féroce qu'elle lui brisa le cœur.

— On ne vous fera pas de mal. C'est promis, dit-il doucement.

Elle jeta des regards frénétiques autour d'elle à tous les hommes qui l'observaient avec leurs armes pointées vers le sol et leurs expressions compréhensives et compatissantes. Elle cligna des yeux et déglutit.

— Vous êtes vraiment ici pour nous sauver ?

— On essaie.

Eban hocha la tête et resta là, voulant être là pour elle si elle avait besoin de lui.

— Vous avez vraiment parlé à mon père ?

Sa voix se brisa, et elle regarda par-dessus son épaule comme si elle était prête à s'enfuir.

Il hocha la tête. Bon sang, que lui avaient-ils fait ?

— Papa va bien ?

Elle se retourna, attendant d'être rassurée.

— Il est assez bouleversé, mais on peut l'appeler pour lui dire que vous allez bien. Vous pouvez lui parler si vous voulez, mais vous n'êtes pas obligée, pas encore, ajouta-t-il rapidement lorsque ses yeux s'écarquillèrent d'inquiétude. C'est à vous de décider. C'est parfaitement normal. Parfois, les personnes qui ont été retenues prisonnières ont besoin d'un peu de temps pour se réhabituer au monde.

— *Normal.*

Elle eut un rire amer, puis frictionna ses bras nus.

Il repéra des marques à cet endroit et sur ses jambes, mais ne quitta pas son visage des yeux.

— Nous sommes là pour vous sauver, Darby. Vous êtes en sécurité maintenant.

Il ouvrit grand les bras, se sentant ridicule, mais peu importe. Si elle voulait un câlin, elle pouvait venir. Si elle n'en voulait pas, alors il assumerait d'être passé pour un idiot.

Elle les regarda tous et se mordit la lèvre.

— J'ai tiré sur votre hélicoptère.

— Oui, il vaut mieux mettre ça sur le dos de Quentin. Je ne pense pas que le pilote était très content.

— Je suis désolée.

Elle déglutit à plusieurs reprises, clignant des yeux pour chasser les larmes qui brillaient, mais qu'elle refusait de laisser couler. Puis elle se jeta dans ses bras et le serra si fort qu'il crut qu'elle allait l'étrangler, mais il s'en fichait. Il resserra son étreinte doucement, en essayant de ne pas l'effrayer.

Darby O'Roarke était en sécurité dans ses bras et, bien qu'elle soit maigre et débraillée, elle était plus ou moins entière. Elle se mit à sangloter, et il soutint le regard de chacun des opérateurs, un par un. Ils avaient tous la même expression triste et en colère.

— Tout va bien, Darby. On s'occupe de vous. Vous êtes en sécurité maintenant. On vous protégera.

CHAPITRE VINGT-SEPT

Quentin se rendait dans une chambre d'hôpital à bord du navire de guerre qui avait jeté l'ancre au nord de l'île de Darby. Il faisait nuit noire à présent, et ils avaient une vue magnifique sur la lave se déversant directement dans la mer, mais il n'oublierait jamais ce moment où il s'était tenu aux côtés de Darby et Haley au clair de lune, à observer ce déluge de feu.

Darby avait insisté pour qu'ils remettent ses trépieds jaunes dans la bonne position avant de quitter l'île. Cela leur avait donné quelque chose à faire en attendant que la Navy les récupère.

Il venait de raccrocher le téléphone, défendant son droit d'être impliqué dans l'affaire, et défendant également Haley. Le chef de la force opérationnelle chargé d'enquêter sur l'attaque se méfiait d'elle, ce qui agaçait Quentin. Il avait expliqué qu'il avait demandé une vérification des antécédents d'Haley à cause de l'incident avec ce bâtard de Wenck qui avait survécu à l'attaque. Le type était parti peu après la conversation qu'ils avaient eue sur le balcon.

Quentin n'avait pas avoué la partie de jambes en l'air

torride avec Haley, le Bureau en savait déjà trop sur lui. Il leur avait dit qu'il entretenait désormais une relation personnelle avec elle et que, combinés à Darby, ils étaient la meilleure chance de retrouver et de faire condamner les terroristes. Contre l'avis du commandant de la force opérationnelle, le directeur les avait laissés poursuivre, à condition qu'Haley ne soit pas autorisée à accéder aux documents confidentiels de l'affaire. Quentin avait failli rire. Comme si elle n'avait pas vécu chaque moment de cette putain d'épreuve avec lui.

Il frappa à la porte et passa la tête à l'intérieur. Au lieu d'être dans son lit, Haley était assise sur le côté du matelas, le téléphone du bateau à la main. Elle leva les yeux et lui fit signe d'entrer.

Il avait détesté être séparé d'elle, mais ils avaient tous besoin d'être débriefés. Un processus qui continuerait sûrement une fois qu'ils seraient rentrés aux États-Unis. Un mal nécessaire, mais néanmoins irritant.

Elle s'était lavée. Elle portait un simple t-shirt blanc et un legging noir que quelqu'un lui avait trouvés. Ses pieds étaient nus, mais elle portait toujours son vernis à ongles rose. Ses cheveux brillaient comme du miel, son bronzage donnant l'impression qu'elle avait passé la semaine à la plage plutôt qu'à défendre sa peau. Elle avait ramassé ses cheveux en une queue de cheval qui soulignait ses pommettes affûtées et sa mâchoire têtue.

Ses yeux brillaient et elle riait de ce que disait la personne à l'autre bout du fil.

— Je t'aime, Alex Parker. Ne l'oublie pas.

Elle raccrocha et regarda Quentin.

Il croisa les bras et s'adossa à la porte.

— Vous auriez dû lui dire que je l'aime aussi.

Alex Parker était l'homme qui avait repéré leur SOS alors

que les imbéciles de l'USGS l'avaient manqué. Il aimait à penser qu'ils auraient fini par comprendre.

— Vous pourrez lui dire vous-même de retour aux États-Unis. Il a une maison à Quantico et un appartement à Washington.

Elle se tordit les mains, comme si elle était soudain incertaine.

— J'aimerais vous présenter Alex et Dermot, mes partenaires commerciaux, qui sont aussi mes meilleurs amis.

Ainsi donc, elle était sérieuse. Elle voulait leur donner une chance. C'était difficile pour elle. Pour lui aussi.

Il s'assit à côté d'elle sur le lit, prit sa main dans la sienne et la caressa de son pouce.

— J'aimerais bien.

Elle croisa alors son regard, et sa beauté le stupéfia, comme chaque fois. Le fait qu'une femme comme elle le regarde de cette façon, comme si elle voulait l'embrasser jusqu'à ne plus en pouvoir et, encore plus inexplicablement, qu'elle veuille s'asseoir et lui tenir la main était un miracle.

Était-ce sa seconde chance ? Rien que d'y penser, cela lui faisait peur. Perdre Abbie avait été catastrophique. Pourrait-il risquer de vivre ce genre d'angoisse à nouveau ?

Haley appuya sa tête contre son épaule, et sa gorge se noua. Il voulait essayer.

C'était le début. Il n'avait pas besoin de se jeter dans le vide. Ils pourraient y aller doucement. Voir comment les sentiments qu'ils éprouvaient l'un pour l'autre résisteraient aux défis du monde réel, comme le fait qu'il laisse la lunette des toilettes relevée ou qu'elle soit désordonnée et perturbe son existence ordonnée de célibataire.

— Vous avez vu Darby ? demanda-t-elle. Comment va-t-elle ?

— Les médecins sont satisfaits de sa récupération

physique. On essaie de s'assurer que quelqu'un de la CNU soit avec elle chaque fois qu'elle est réveillée. Eban Winters y est en ce moment. Elle a l'air d'être à l'aise avec lui.

Il retourna sa main dans la sienne, puis suivit sa ligne de vie jusqu'au tendon sous la peau délicate de son poignet.

— Elle a demandé aux médecins de la mettre sous sédatif pour l'examen.

Ils lui avaient fait subir un examen post-viol, ce qui avait pris beaucoup plus de temps qu'il ne l'espérait.

— Elle est sous antibiotiques en intraveineuse et sous prophylaxie. Il n'y aurait pas de grossesse non désirée.

Haley avait l'air triste, et il se souvint de ce qu'elle avait dit à propos de sa stérilité.

— Ça vous dérange de ne pas pouvoir avoir d'enfants ?

— C'est une réalité pour moi depuis de nombreuses années. Je ne m'autorise pas trop à y penser.

Elle parut pensive.

— J'ai toujours été bien sans enfants dans ma vie. Je vais jouer la tante du bébé d'Alex. Et vous ? Vous avez déjà voulu être père ? Vous *êtes* père ?

Ces mots furent comme des balles qui transpercèrent son âme. Il secoua la têtc, incapable de prononcer les mots, même s'il devait à Haley une explication au sujet d'Abbie. Il le ferait plus tard, lorsqu'ils seraient de retour aux États-Unis, et il pourrait peut-être expliquer exactement combien il avait aimé sa femme sans donner à Haley l'impression qu'elle devait rivaliser avec son souvenir.

Ce n'était pas juste et ce n'était pas nécessairement exact, car ses sentiments pour Haley étaient intenses. Mais il n'était pas sûr de pouvoir se fier à ces émotions, car elles étaient nées de circonstances hors normes.

Il aurait menti en prétendant ne pas être soulagé à l'idée qu'Haley ne puisse pas concevoir. Perdre sa compagne et leur bébé d'un seul coup n'était pas un risque qu'il comptait prendre à nouveau. Des milliers de femmes accouchaient chaque jour, certes. Mais il était sûr d'avoir la poisse, et la seule pensée d'une grossesse le rendait malade. Bon sang, il s'emballait *un peu* trop. Ils n'avaient même pas encore eu de rendez-vous.

— J'ai entendu dire que Cecil Wenck et ses gardes du corps sont partis avant l'attaque.

Sa voix était calme, mais empreinte de colère.

Il hocha la tête. Il était furieux, mais il devait se débarrasser de cette émotion s'il espérait rester dans le cadre de cette enquête.

— Son avocat temporise pour retarder au maximum son interrogatoire par des agents du FBI.

La richesse était apparemment un bouclier efficace lorsqu'il s'agissait de faire respecter la loi. La question était de savoir pourquoi il essayait de gagner du temps.

— Chris a survécu ?

Quentin sourit.

— Oui. Tout comme Tricia Rooks et Grant Gunn qui était occupé à se saouler en ville.

Haley lui sourit et lui tapa sur l'épaule.

— Je suis heureuse de le savoir.

— Moi aussi.

Bien que cela fasse ridiculement peu de survivants.

Il consulta l'heure et réalisa qu'il était déjà en retard pour une réunion.

— Je dois aller voir comment les plans avancent.

— Je peux venir ? demanda Haley.

Il la regarda fixement et fronça les sourcils. Strictement parlant, c'était réservé au personnel du gouvernement, mais ce n'était pas une information classifiée en soi. Elle pourrait se souvenir de quelque chose qu'il avait oublié...

Quentin lui prit la main, embrassa le bout de ses doigts, puis la lâcha.

— Vous pouvez y assister, mais ils pourraient bien vous mettre dehors si les choses deviennent sérieuses, et vous ne pourrez pas vous mettre en colère contre eux s'ils le font. Notre présence est seulement tolérée.

Elle agita les sourcils et sourit.

— L'histoire de ma vie.

Ces mots lui firent l'effet d'un coup de poing dans les tripes.

— Où allons-nous ?

Elle glissa ses pieds dans les mêmes bottes volées qu'elle portait depuis l'attaque de l'hôtel.

— L'équipe de libération d'otages ainsi que quelques Navy SEALs et quelques membres des forces spéciales indonésiennes vont mener un raid à l'aube sur l'île. On envoie d'abord un drone en repérage.

Haley hocha la tête et mit ses épaules en arrière comme si elle se préparait à la bataille. Revoir cette île ne serait pas facile, or ils avaient été relativement bien traités, juste menacés et un peu malmenés.

Contrairement à Darby.

La seule explication que Quentin ait pu trouver était que les terroristes étaient simplement trop fatigués après l'attaque de l'hôtel, et que lui et Haley auraient été battus et torturés davantage s'ils ne s'étaient pas échappés.

Le risque qu'ils avaient pris en valait la peine, d'autant plus qu'ils avaient trouvé Darby. Mais, et pour les Alexander ? Leur sort le tourmentait.

Haley le suivit hors de la pièce et le long des étroits couloirs métalliques. Quentin était conscient de l'agitation qu'elle provoquait parmi l'équipage majoritairement masculin. Le t-shirt blanc qu'elle portait était fin et, en regardant bien, on pouvait voir qu'elle n'avait pas de soutien-gorge.

Quentin dévisagea un type qui la lorgnait de manière un peu trop évidente. C'était une chose d'admirer la beauté, c'en était une autre de la reluquer jusqu'à la mettre mal à l'aise.

— Détendez-vous.

Elle passa sa main sur son épaule et le long de son bras dans un geste possessif destiné à l'apaiser, ce qui le fit se sentir bête.

— Vous allez vous casser la mâchoire à force de la serrer si fort.

Il se força à relâcher la tension et la laissa le précéder dans l'escalier métallique. Le fait qu'il ne puisse pas détourner le regard de ses fesses signifiait qu'il était aussi primaire que tous ces hommes.

Bon sang.

Elle était spéciale. Ce n'était pas seulement son visage ou sa silhouette. Elle était courageuse et intelligente, et conservait son sens de l'humour même quand les choses devenaient vraiment difficiles. Mais c'était certainement la femme la plus sexy avec laquelle il n'ait jamais été, et cela faisait naître en lui un sentiment de culpabilité. Abbie était jolie et indéniablement gentille, mais dans le genre fille d'à côté, alors qu'Haley était plus glamour.

Il secoua la tête. C'était comme essayer de comparer des joyaux rares. Tous deux étaient précieux, uniques et beaux. Tous deux avaient une valeur qui n'éclipsait pas celle de l'autre. Il devait dire à Haley pour Abbie, mais la culpabilité l'écorchait encore. Il avait besoin d'un peu de temps pour comprendre, pour essayer de trouver non seulement les bons mots, mais aussi le bon état d'esprit.

Il conduisit Haley à un autre niveau et dans un couloir. Il frappa à une porte en bois. Un marin ouvrit.

Devant son froncement de sourcils, Quentin déclara :

— Mme Cramer est avec moi.

Il fit signe à Haley de passer devant et adressa un signe de tête aux personnes à l'intérieur. Il lui tendit une chaise pour qu'elle s'assoie tandis que lui restait debout. Kurt Montana, le commandant tactique de la HRT, était assis à côté du capitaine du navire et tous les membres de la HRT et des Navy SEALs étaient alignés le long des murs, face à deux grands écrans. Même le chef du groupe d'entrepreneurs militaires privés qui les avait secourus plus tôt avait un siège à table.

Si Haley était intimidée par la quantité de testostérone dans l'air, elle n'en laissa rien paraître.

Eban Winters et Max Hawthorne arrivèrent en retard. Quentin supposa que cela signifiait que Darby était toujours dans les vapes, car il avait été explicite dans ses instructions. La présence des négociateurs devrait rappeler aux gens que l'on pensait toujours que les Alexander étaient prisonniers et qu'une tentative de sauvetage devait être organisée si possible. Malheureusement, le temps de la discussion était clairement terminé. Le gouvernement américain n'avait plus la patience de négocier avec ces tueurs impitoyables.

À présent que tout le monde était là, le capitaine donna le signal. Le drone était en vol stationnaire au-dessus de l'île où ils avaient certainement été retenus prisonniers. Mais il y avait tellement d'îles dans la région qu'ils devaient en être sûrs.

La salle devint silencieuse alors que l'opérateur du drone – quelque part à bord du bateau – fit descendre l'appareil. Il disposait d'un système de surveillance tactique nocturne à grande échelle et pouvait détecter des cibles mobiles.

Tout le monde dans la pièce regardait attentivement les moniteurs diffusant un flux en direct. Le drone était silencieux. Il était donc peu probable qu'on l'entende parmi les bruits nocturnes de la forêt tropicale. L'opérateur zooma sur la petite baie où le yacht était précédemment amarré. Le bateau n'était plus là.

Quentin distingua le petit hangar où Darby avait été retenue prisonnière.

— C'est le bon endroit, confirma-t-il.

Il mettrait personnellement le feu à ce hangar dès que la police scientifique en aurait terminé.

Quentin plissa les yeux. Il avait décrit au pilote du drone la route qu'ils avaient empruntée jusqu'au village, mais elle était indiscernable sur les images satellites. Il se rapprocha alors que la caméra thermique commençait à capter la lueur jaunâtre indiquant des êtres humains, mais il y avait quelque chose d'étrange à leur sujet. Ils étaient figés sur place.

— Il y a un problème avec la caméra ?

Kurt Montana secoua la tête.

— Je ne crois pas.

Haley exprima la question que tout le monde se posait.

— Pourquoi personne ne bouge ?

— Ils sont soit endormis, soit morts, dit Montana d'un ton sinistre.

Personne ne dit mot tandis que le pilote du drone volait vers le camp principal. Une fois encore, des personnes étaient visibles sur le profil thermique de la caméra, d'apparence plus froide que prévu, couchées de façon désordonnée, toutes parfaitement immobiles.

Quentin serra les poings.

Le pilote rapprocha le drone du sol. Quelques chiens accoururent de l'endroit où ils avaient dormi et regardèrent le ciel. Aucune réaction humaine.

— Quel est le plan ? demanda Montana.

Le FBI était officiellement en charge de cette opération, et Montana était responsable du côté tactique. La Navy n'aimait peut-être pas ça, mais elle savait respecter la chaîne de commandement.

Montana n'avait pas l'air heureux, mais c'était habituel chez lui.

— Nous devons évaluer la scène pour déterminer les risques biologiques avant d'y aller, et savoir si ces personnes sont endormies ou mortes. Si elles sont mortes, qu'est-ce qui les a tuées ? Nous allons envoyer une petite équipe en combinaison et voir ce qu'ils trouvent. Continuez à surveiller la zone avec le drone pendant qu'ils approchent par le nord.

Comme il l'avait soupçonné, il y avait un autre petit port sur l'île avec plus de bateaux et une aire d'atterrissage pour hélicoptères. La plupart de ces bateaux étaient encore amarrés au quai flottant.

Quentin acquiesça. Personne ne voulait exposer l'équipe à des dangers potentiels, mais ils devaient savoir à quoi ils avaient affaire.

— Je ne comprends pas.

Les yeux d'Haley étaient énormes.

— Moi non plus. Allons chercher à manger au mess en attendant que ces gars nous donnent des nouvelles.

Haley repoussa sa chaise et il lui prit le coude. Il aurait aimé pouvoir la protéger de ce qui risquait d'être une vérité particulièrement terrible. Quelqu'un avait assassiné tous les hommes, femmes et enfants de cette île. La question était : qui ?

Eban et Hawthorne les suivirent.

— Alors, qu'est-ce que tu attends de nous, patron ? demanda Eban.

— Assure-toi que Darby va bien. Je veux autant d'informations que possible sur ses ravisseurs. Hawthorne – Quentin plissa les yeux en s'adressant à l'ancien Britannique –, je veux qu'on soit informés des découvertes des gars en temps réel.

Il montra du doigt la pièce dont ils venaient de sortir.

— Je ne veux pas être sur la touche.

Les deux hommes hochèrent la tête et partirent dans des directions opposées.

Quentin conduisit Haley jusqu'à la cuisine du navire où ils mangèrent tous deux en silence. Haley bâilla et parut soudain incroyablement fatiguée. Il ressentait la même chose. Il avait passé la plupart de la nuit précédente à faire le guet.

— Offrons-nous quelques heures de sommeil. Il faudra du temps à l'équipe pour se préparer et arriver sur l'île de toute façon.

À la porte de la chambre d'Haley, il lui dit bonne nuit et se détourna, même si cela lui faisait bizarre de ne pas être avec elle.

— Ne me laissez pas seule, dit-elle doucement.

Quentin croisa son regard.

— Vous êtes sûre ?

Son doux sourire était la réponse dont il avait besoin.

CHAPITRE VINGT-HUIT

Haley regardait fixement la lune à travers le hublot de la pièce. Quentin s'était éclipsé discrètement une demi-heure plus tôt, pensant qu'elle somnolait. Mais elle faisait semblant. Avant qu'ils ne s'endorment, il lui avait fait promettre de ne pas mentionner, même à Alex, le fait que tous les terroristes qui les avaient attaqués semblaient être morts ou drogués. Cette promesse la dérangeait.

Quentin n'avait-il pas compris qu'Alex faisait partie des gentils ? Sans lui, ils seraient encore sur l'île à se battre contre des bandits. Quentin ne lui faisait-il pas confiance ?

Ça commençait déjà – ce compromis délicat entre « l'homme de sa vie » et ses amis/partenaires commerciaux qui représentaient tout pour elle. Et elle voulait assister au raid, mais Quentin avait dit qu'il n'était pas sûr qu'elle soit autorisée à entrer dans la salle des opérations pour ça, et qu'il l'appellerait si c'était possible.

Elle n'avait pas pour habitude de demander la permission ou de suivre des ordres.

Irritée, elle prit la tablette qu'une des infirmières lui avait prêtée et appela Alex en visio.

— Salut, dit-elle gaiement quand il répondit. Je t'embête ?

Les lèvres d'Alex se retroussèrent en un sourire patient. Il était assis sur le balcon de son luxueux appartement de D.C., berçant sa petite Georgina.

— Non. On s'est installés là pour laisser Mallory dormir un peu. On dirait que quelqu'un tient de son père et est un peu un oiseau de nuit.

— Elle est adorable.

Alex sourit.

— Je sais. On va rentrer à Quantico pour s'installer dans la maison avec ce petit bout de chou dans quelques jours. Passe nous voir quand tu rentreras.

— Je ne veux pas interférer.

— Tu fais partie de la famille. Tu es *censée* interférer.

Elle éclata d'un rire tremblant.

— Très bien. Avec plaisir.

— Tu tiens toujours le coup ?

Haley sentit son sourire s'effacer.

— Arf, tu sais...

Elle haussa les épaules.

Il plissa les yeux.

— Alors, toi et le Fed, hein ?

Elle le regarda fixement, abasourdie.

— Comment tu le sais ?

— J'aimerais dire que c'était mon intuition innée ou un dispositif d'écoute dont tu ignorais l'existence, mais en fait, Mallory le tient de Lincoln Frazer. Il le tient de Steve McKenzie qui le tient du chef d'unité du SIOC. Le chef de la force opérationnelle chargée d'enquêter sur l'attaque de l'hôtel voulait que Savage soit écarté de tout ce qui avait trait à l'affaire et qu'il soit immédiatement rapatrié par avion, pour l'éloigner de *toi* parce que *tu* pourrais avoir quelque chose à voir avec l'attaque terroriste.

— Sérieusement ? *Moi* ?

Sa voix était un cri silencieux d'indignation.

— C'était une théorie plausible après que la force opérationnelle a découvert que Savage avait vérifié tes antécédents quelques heures avant l'attaque de l'hôtel.

— Quoi ?

— J'aurais fait la même chose si j'avais voulu sortir avec une inconnue rencontrée à une conférence.

Haley savait que sa bouche était grande ouverte.

— McKenzie a usé de son influence auprès du directeur, et ils ont réussi à insuffler un peu de bon sens à la situation. Tu n'avais aucun mobile pour tuer des centaines d'innocents et te faire enlever.

Leur « relation » avait déjà causé des problèmes à Quentin, mais il ne lui en avait pas parlé. Il ne lui avait rien reproché.

— Quand Quentin m'a dit de ne pas te contacter et de ne pas divulguer certaines informations...

— Il essaie de garder son travail et de suivre les règles. Les fédéraux sont très à cheval là-dessus. Demande-moi comment je le sais... dit-il avec une moue. Quentin a mis en jeu sa réputation sur la base de ton intégrité. Ne me dis rien que tu n'es pas censée me dire, à moins que tu ne veuilles qu'il soit viré.

— Pourquoi je voudrais qu'il soit viré ?

— Pour qu'il s'énerve, que vous vous disputiez, et ensuite que tu aies une excuse pour le larguer.

— Alex ? Sérieusement ?

— Haley, dit Alex avec exaspération en embrassant la tête du bébé, je te connais depuis longtemps. C'est ce que tu fais toujours, surtout quand tu aimes vraiment quelqu'un. Tu supportes des connards sans valeur deux fois plus longtemps que tu ne sors avec un homme décent.

— Les hommes décents sont souvent atrocement ennuyeux ou des trous du cul pompeux.

— Et Quentin ?

Elle regarda fixement Alex à travers l'écran pendant un long moment, et aucun des deux ne dit mot.

Elle avait déjà érigé des barrières, elle s'en rendait compte, pour pouvoir justifier de battre en retraite en cas de désaccord. C'était pour ça qu'elle appelait Alex. Parce que Quentin lui avait demandé de ne pas le faire, et elle n'aimait pas qu'on lui dicte se actes. Ça sentait le contrôle, de la même façon que son père aimait la contrôler.

Mais Quentin faisait simplement son travail, et elle se comportait comme une gamine.

Bon sang. Elle détestait être prévisible, elle détestait perpétuer ce cycle dans lequel elle était coincée. Pas étonnant qu'elle n'ait jamais eu de relations valables.

Plutôt que d'admettre qu'Alex avait raison, elle changea de sujet :

— En fait, j'ai appelé pour t'en dire plus sur l'altercation que j'ai eue avec Cecil Wenck la nuit de l'attaque.

Il resta silencieux lorsqu'elle eut fini de lui raconter tous les détails de l'histoire. Trop silencieux.

— Je l'ai enregistré sur mon téléphone, mais le FBI a mon portable comme preuve.

On aurait dit qu'Alex avait envie de frapper quelque chose.

— Tu n'as pas le droit de le blesser, pas physiquement en tout cas. Tu n'as même pas le droit d'infecter ses systèmes informatiques avec un virus, car on serait les premières personnes soupçonnées d'un tel acte.

— Personne ne pourra jamais remonter jusqu'à moi, lui assura Alex.

— Mais les fédéraux s'en douteraient, et peut-être qu'ils

arrêteraient de travailler avec nous. Peut-être qu'ils arrêteraient de te laisser travailler avec Mallory.

Il plissa ses yeux face à l'écran.

— Je n'arrive pas à croire que tu réussisses à être si calme à
ce sujet. J'ai envie de le mettre en pièces.

Et elle n'était pas du genre passif, sauf quand passivité
égalait survie.

— Crois-moi, je veux qu'il ait ce qu'il mérite, mais j'ai des
choses plus importantes à gérer d'abord. Tu as compris pourquoi Wenck est parti plus tôt ? Quelqu'un l'a prévenu ?

Elle n'était peut-être pas au courant des détails de l'enquête, mais Alex était *son* partenaire.

— Il a reçu un appel sur son portable vers 23 heures. Il
s'est dirigé directement vers l'aéroport et son jet privé.

— Il a dû être averti. Le commanditaire de l'attaque ne
voulait pas qu'il meure.

— J'ai demandé à quelqu'un d'examiner les finances de
cet homme, et il donne beaucoup d'argent à de nombreux
candidats politiques aux niveaux municipal et national
partout où il possède une mine, c'est-à-dire à peu près partout.
Il a un réseau de protection intégré.

— Je déteste voir à quel point ce monde est corrompu.

— On ne fera jamais affaire avec ce connard ni sa société,
lui dit Alex.

— Je suis d'accord. Tu vas commencer à creuser pour
moi ? Voir s'il y a des rumeurs d'agressions sexuelles, ou des
allusions à des liaisons dans son passé ? Certaines des femmes
ont pu être payées ou intimidées pour se taire.

— Ça doit pouvoir se faire.

Alex hocha la tête, mais la lumière dans ses yeux était
glaciale.

— Le FBI n'arrive pas à obtenir de l'interroger. Je parie
que je pourrais entrer pour le voir.

— Je ne veux pas que tu t'approches de ce...

Il regarda Georgina qui dormait avant de lancer un vilain juron à la caméra.

Elle eut un sourire sinistre.

— Je ne vais pas laisser Wenck me faire peur, Alex. Il finira par être mis hors-jeu de toute façon. Et je pense qu'il voudra me voir pour savoir ce qui s'est passé pendant et après l'attaque. Ou pour voir si on pense qu'il est impliqué.

La mâchoire d'Alex se contracta.

— Prends le Fed avec toi, sinon je vais devoir blesser le gars.

— C'est noté.

Haley se souvint d'un autre détail.

— Ah, j'avais oublié : les ravisseurs ont pris la montre de ma grand-mère et des boucles d'oreilles en diamant Tiffany.

— Tu adorais cette montre.

— Ils menaçaient de me couper le nez, et je suis plus attachée à lui.

Alex tressaillit. Elle aurait préféré n'avoir rien dit.

— Mais les bijoux vont sûrement faire surface dans une vente aux enchères à un moment ou l'autre. J'ai pris soin de préciser qu'ils étaient très précieux. Les informations de l'assurance avec des photos et des informations plus détaillées sont dans mon coffre.

Auquel Alex pouvait accéder depuis sa maison de Georgetown.

— C'est le genre de chose qu'on peut suivre plus rapidement que les fédéraux, surtout quand ils ont d'autres chats à fouetter.

Alex hocha la tête.

— Je vais mettre en place des robots d'indexation et déclencher des recherches.

Georgina commença à s'agiter.

— C'est l'heure de manger.

Alex baissa les yeux avec une telle adoration dans son regard, qu'Haley ressentit une vive douleur pour ce qu'elle ne pouvait pas avoir.

— À demain. Embrasse Mallory pour moi.

Elle coupa la vidéo et resta assise pendant quelques minutes à réfléchir à ce qu'Alex avait dit. Avait-il raison ? L'idée qu'elle se soit enfuie toutes ces années sous le couvert d'une indépendance farouche l'amenait à se demander sur quoi d'autre elle s'était menti à elle-même.

Elle décida d'aller voir Darby. Il était tôt, mais elle n'arrivait pas à dormir et n'aurait pas été surprise que Darby non plus.

Haley glissa les pieds par-dessus le bord du lit et se glissa dans les chaussures du mort. En vérité, elle s'était attachée à ces robustes bottes militaires noires. Elle avait l'intention de les garder en souvenir de tout ce qu'elle avait vécu, ainsi que sa couverture en laine grise.

Elle referma silencieusement la porte derrière elle. Malgré les centaines de personnes à bord du navire, la zone était déserte et calme. Elle se dirigea dans le couloir vers la chambre de Darby et frappa à la porte.

La porte s'ouvrit sur l'un des collègues de Quentin, Eban Winters, qui avait le même teint que son patron, mais était plus petit et plus large. Et presque aussi beau.

— Elle dort.

Il ne semblait pas particulièrement ravi de la voir.

— Qui est-ce ?

La voix groggy de Darby vint rompre le silence.

Eban roula des yeux et ouvrit la porte en grand.

Haley se glissa à l'intérieur.

— Seulement moi. Je n'arrivais pas à dormir et je me suis

dit que j'allais venir voir comment tu allais. Si tu veux te reposer, je peux partir.

— Non. Reste.

Darby semblait minuscule au milieu des draps blancs et des oreillers du lit d'hôpital. Son visage était pâle, ses cheveux coiffés en une tresse serrée, sans artifice, et ses yeux verts étaient toujours inquiets. Elle tendit la main, Haley s'approcha, la prit et s'assit à côté d'elle sur le lit.

Combien de temps faudrait-il avant que Darby cesse de ressentir cette terreur ?

Combien de temps avant que Haley ne cesse de la ressentir ?

— Où est Quentin ? demanda Darby.

Un carnet était posé sur la chaise voisine, et Haley vit que Darby consignait ce qu'elle avait vécu.

Haley regarda Eban. Pas étonnant qu'il ait l'air tendu et surprotecteur. Elle le comprenait mieux qu'il ne se comprenait lui-même. Le désir de protéger cette femme vulnérable s'était infiltré dans chacune de leurs âmes.

— Il est à une réunion à laquelle Eban devrait sûrement assister aussi.

— Je ne veux pas que Darby reste seule...

Intéressant qu'il l'ait déjà revendiquée.

— Je vais rester.

Haley enleva ses bottes et s'allongea à côté de la femme. Darby se déplaça simplement de quelques centimètres sans dire un mot. Le temps qu'elles avaient passé ensemble les avait liés plus solidement que des sœurs.

Eban hésita avant de prendre le carnet sur la table de chevet. Puis il fouilla dans sa poche et prit un téléphone à sa place.

— C'est mon portable personnel. Mon numéro professionnel est dans les contacts.

Il composa le code PIN.

— Appelez-moi si Haley doit partir, si vous avez faim ou si vous vous souvenez d'autre chose d'important.

Haley pensa soudain au sien.

— Vous avez retrouvé mon portable sur l'île de Nabat ?

Eban hocha la tête.

— J'ai une chance de le récupérer ?

— Il est avec les preuves à Quantico maintenant. Vous pouvez faire une demande pour le récupérer.

Haley fit la grimace. Elle avait besoin de ce téléphone, car il contenait l'enregistrement de son agression par Wenck.

— Je vais faire ça.

Elle demanderait à Alex de s'en charger et de lui trouver un nouveau téléphone en attendant. Elle doutait qu'ils restent longtemps sur le bateau. Mais elle voulait rester près de Quentin, ce qui était troublant. Elle n'était pas du genre collant, d'habitude.

Eban s'apprêtait à partir.

— Vous viendrez nous dire... commença Haley. Si vous apprenez quelque chose ?

Il comprima ses lèvres en une fine ligne et fit un signe de tête. Puis il partit.

Haley éteignit la lampe de chevet, et Darby et elle restèrent allongées, leurs épaules se touchant, représentant chacune pour l'autre une présence rassurante dans un endroit inconnu. La respiration de Darby se calma finalement, prenant un rythme régulier, et Haley resta allongée, regardant l'eau se refléter sur le plafond et sachant que les soldats des forces spéciales s'approchaient en ce moment même de l'île, et que Quentin était dans la salle de briefing et regardait le drame se dérouler. Il essayait toujours de la protéger d'un danger invisible. Il essayait toujours de les garder en sécurité.

L'armure autour de son cœur se fissurait, percée sans

relâche par la rapière qu'était Quentin Savage. Elle savait qu'elle n'était pas assez bien pour lui et ne savait pas comment elle ferait face lorsqu'il s'en rendrait compte.

À l'aube, Quentin se tenait à la lisière du village où Haley et lui avaient été retenus en otage quelques jours auparavant. Il portait des vêtements de protection avec un filtre à air de qualité militaire couvrant son nez et sa bouche. Non pas parce que toutes ces personnes étaient mortes à cause d'un agent pathogène inconnu – elles avaient clairement été abattues par balles. Malheureusement, ces mêmes victimes représentaient désormais un danger pour la santé humaine en raison de la propagation de maladies provenant de leurs cadavres en décomposition rapide.

Des équipes médico-légales américaines et indonésiennes étaient en route depuis Jakarta. Des experts en balistique arrivaient par avion des États-Unis et des Philippines afin qu'il n'y ait aucun doute sur la véracité des résultats obtenus. Les États-Unis avaient besoin d'une transparence totale, car il serait facile pour quelqu'un de les accuser d'avoir perpétré ce massacre pour se venger de l'attaque de l'hôtel.

Ça pourrait être une des sociétés militaires privées qui avaient perdu des employés pendant l'attaque terroriste. Bien que Quentin comprenne leur motivation, un massacre n'en justifiait pas un autre. Quel que soit le coupable, le FBI ferait tout son possible pour le traduire en justice.

— Vous êtes sûr que ces gens étaient en vie quand vous êtes parti ? demanda Kurt Montana.

Ancien militaire particulièrement doué pour les opérations tactiques, Montana considérait la négociation comme un mal nécessaire découlant des trop nombreux procès du passé lorsque les choses avaient mal tourné.

— La plupart d'entre eux étaient en vie quand je suis parti.

Quentin avait déjà rédigé ses rapports sur les hommes qu'il avait tués pendant leur fuite.

— Je n'aurais jamais commis ce massacre après coup.

La voix de Quentin tremblait. Trouver qui était derrière l'attaque de l'hôtel et son propre enlèvement était désormais beaucoup plus difficile. La plupart des participants étaient morts.

Il s'efforça d'observer le carnage sans émotion. Ces gens avaient compris le genre de vie qu'ils avaient choisi. Il jeta un coup d'œil autour de lui, sachant, grâce aux images thermiques qu'il avait vues, que ce qui se trouvait devant lui allait être bien pire que les paramilitaires éparpillés dans le camp en contrebas.

— C'est la cabane où on nous avait enfermés.

Il la montra au caméraman et plongea sa tête à l'intérieur. Elle était vide, à l'exception du petit lit qu'il avait brièvement partagé avec Haley. Le corps du garde mort avait été enlevé et vraisemblablement enterré.

Quentin continua à inspecter le village en passant devant les autres cabanes. Ils entrèrent à l'intérieur de chacune d'elles, dans un périple long et déprimant. On cataloguait tous les morts. On collectait photographies, empreintes digitales et échantillons d'ADN pour les analyser, mais Quentin n'avait pas attendu que les techniciens s'occupent des corps. Il cherchait trois personnes. Le chef de cette bande de meurtriers – un homme appelé Darmawan Hurek que Quentin avait identifié à partir de vieilles photographies – et les Alexander.

Quelqu'un avait pris le yacht.

Il pourrait s'agir de la personne qui avait attaqué ce village, mais pourquoi se trahir de manière aussi évidente en étant en possession d'un yacht volé qui les reliait au crime ?

Quentin s'accrochait à l'espoir que les Alexander avaient réussi à fuir lorsque le village avait été attaqué.

Il s'arrêta près du puits. Un important groupe de personnes avait été rassemblé là et abattu. Il repéra une robe aux couleurs vives et reconnut la jeune veuve, Lyrita, serrant l'un de ses enfants contre sa poitrine. Elle était à peine sortie de l'adolescence.

Il sentit la bile monter en voyant les enfants. Des innocents. Ceux qui avaient fait ça méritaient tout ce que les gouvernements indonésien et américain leur réservaient. La sueur coulait sur son front et dans ses yeux, même si le soleil était à peine levé.

— Tout va bien ? lui demanda Montana.

— Oui.

Quentin poursuivit.

Les hommes qui les avaient retrouvés sur le volcan de Darby la veille au matin faisaient partie de ce groupe terroriste. Étaient-ils partis avant que l'escadron de la mort n'attaque ? Ou étaient-ils les tueurs ? Le fait que les villageois n'aient pas fui dans la jungle suggérait que les habitants avaient suffisamment eu confiance en eux pour les laisser se promener parmi eux.

Quentin ne comprenait pas. Peut-être que certaines personnes s'étaient échappées et cachées dans la jungle, mais le drone n'avait pas détecté de sources de chaleur humaine sur l'île.

Il monta les marches de l'ancienne maison. L'endroit était délabré. Des taches d'eau sur les plafonds suggéraient que le toit fuyait, des meubles mangés par les mites semblaient avoir été là depuis les jours de gloire du commerce des épices. Mais ce n'était pas non plus un dépotoir.

Plusieurs cadavres jonchaient les lieux. Une femme était nue dans la chambre, mais il ne semblait pas qu'elle ait été agressée sexuellement. Abattue, mais pas violée – les tueurs avaient été rapides et systématiques. Une valise à moitié remplie était posée près du placard. Les vêtements d'un homme remplissaient certains des tiroirs et étaient suspendus à des cintres. Quentin était presque certain qu'Hurek vivait là. Était-ce sa femme ou son amante allongée là ?

— Rappelez aux équipes médico-légales d'extraire des profils ADN des draps.

Montana alluma sa radio et relaya le message.

Aucun signe du corps du commandant ou de sa matraque extensible que Quentin avait voulu enfoncer dans le visage d'Hurek.

Quentin sortit et descendit les marches du porche d'entrée. Il s'éloigna sur le chemin. Des mouches bourdonnaient. Des douilles en laiton étaient éparpillées dans la terre et dans les broussailles. Sur la droite se trouvait une cabane dont la porte était fermée par un gros cadenas métallique.

— Coupe boulons, dit Quentin.

Un agent de la HRT en sortit un d'une lourde caisse à outils qu'il transportait. Quentin le laissa sectionner le métal épais et glisser la serrure dans un sac à scellés avant d'ouvrir la porte en grand. La puanteur frappa Quentin lorsqu'il entra. Sang, sueur et excréments. La netteté de l'image lui coupa le souffle et lui fit monter les larmes aux yeux, tout comme la scène qui se déroulait devant lui.

Un homme grand et blond était allongé sur la forme beaucoup plus petite d'une femme plus âgée. Tous deux étaient émaciés, les cheveux longs, ébouriffés et grisonnants.

Il y avait sept impacts de balles dans le dos d'Erik Alexander. Il était mort en essayant de protéger sa femme.

Quentin ferma les yeux. Il avait laissé tomber ces gens à plusieurs reprises. D'abord, il n'avait pas réussi à négocier leur liberté, puis il n'avait pas pu les sauver lorsqu'Haley et lui s'étaient échappés. Il sortit et laissa les autres membres de l'équipe faire leur travail. Contrairement à lui, ils étaient bons dans ce domaine.

— Hé ! s'écria Kurt Montana. Que quelqu'un appelle un médecin !

Quentin retourna à l'intérieur. Ils avaient fait rouler Erik Alexander avec précaution et allongé le gars sur le sol. Alice était couverte de sang, mais son sacrifice avait porté ses fruits. Même si cela prit un moment, Quentin parvint à distinguer le faible mouvement de la poitrine de la femme.

— Putain de merde. Elle est vivante.

CHAPITRE VINGT-NEUF

Eban regardait par le hublot de la chambre de Darby O'Roarke. Cela le démangeait de se mettre au travail pour comprendre ce qui se passait, mais il ne voulait pas laisser Darby seule. Haley Cramer faisait une visite du navire en compagnie du capitaine. Eban avait le sentiment que son patron n'allait pas aimer ça.

Ou peut-être qu'il s'en ficherait.

Peut-être qu'il s'agissait d'une de ces relations qui naissaient de l'intensité émotionnelle et de la proximité du moment et qui s'éteignaient aussi vite. Eban ne pouvait pas le lui reprocher. Cette femme était un rêve érotique ambulant. Eban n'avait pas ce sentiment, mais, malheureusement pour lui, les rousses avaient toujours été son point faible.

La porte était ouverte pour mettre Darby à l'aise et pour aérer la petite cabine. Mais ils étaient dans un bateau métallique près de l'équateur et, malgré les tentatives de climatisation, il faisait terriblement chaud.

— Qu'est-ce que vous me cachez ? demanda soudain Darby en fronçant les sourcils.

— Comment ça ?

Elle leva les yeux au ciel. D'après son dossier, elle avait vingt-quatre ans et avait commencé son doctorat à l'Institut de géophysique de l'Université de l'Alaska de Fairbanks en septembre. Il était évident qu'elle était intelligente, mais ce qu'un dossier papier ne pouvait pas vous dire, c'était l'étincelle de défi qui illuminait ses yeux verts clairs lorsqu'elle parvenait à oublier, même brièvement, ce qui lui était arrivé. Ou comment ces ombres arrachaient son cœur à lui quand elle n'y parvenait pas.

— Où allons-nous ? demanda-t-elle.

Les moteurs avaient démarré trente minutes plus tôt.

— Je ne sais pas.

Mais il avait une bonne idée de la question.

Darby poussa un soupir et enleva le drap qui couvrait ses jambes nues.

Il jeta un coup d'œil et aperçut quelques bleus et coupures sur ses cuisses. Un bleu ressemblait à une empreinte de main sur sa peau pâle.

— Arrêtez, cracha Darby. Je n'ai pas besoin de votre pitié.

Ce qu'il ressentait n'était pas de la pitié. C'était de la fureur, mais il doutait que sa rage la fasse se sentir mieux.

— Je suis désolé de ce qui vous est arrivé, Darby.

Elle détourna la tête et changea de sujet. Parfois, il avait remarqué qu'elle regardait en face ce qui lui était arrivé. D'autres fois, elle ne semblait pas pouvoir l'affronter.

— Je dois enfiler quelque chose.

Il croisa les bras sur sa poitrine.

— Où comptez-vous aller ?

Elle lui jeta un regard perplexe.

— Marcher ?

— Les médecins veulent que vous vous reposiez.

— J'en ai assez de me reposer.

— Je...

Elle leva la main.

— Si vous ne m'aidez pas, vous pouvez partir.

Madame était de mauvaise humeur. Il se dirigea vers un casier en hauteur, l'ouvrit et en sortit un sac en toile contenant ses affaires. Il le jeta sur le lit, elle lui sourit et il se sentit comme un putain de héros. Apparemment, son ego était vraiment fragile.

Il sortit de la chambre pendant qu'elle s'habillait. Quand elle quitta la pièce, elle portait un short en toile verte et un t-shirt jaune avec le logo d'une sorte de conférence sur la géologie. Elle avait mis des sandales plates et enfilé une casquette de l'Université de l'Alaska sur ses cheveux désormais retenus par une queue de cheval. En la regardant, mis à part les bleus qui parsemaient son corps, on n'aurait jamais su qu'elle avait été brutalement agressée quelques jours plus tôt.

Ses yeux se détournèrent des siens. Elle semblait savoir ce qu'il pensait. Il se détacha du mur.

— Où voulez-vous aller ?

Il avait l'air revêche.

— Sur le pont. Je veux prendre l'air.

Elle regarda autour d'elle, incertaine.

— Je ne me souviens pas de quel côté c'est.

— Par ici. Venez.

Eban la conduisit le long de couloirs sinueux. Ils montèrent plusieurs escaliers, puis arrivèrent sur le pont principal. Ils croisèrent des marins en chemin, et il sentit Darby se crisper chaque fois qu'elle attirait leur attention.

Sur le pont, elle se dirigea vers le bastingage et enroula ses doigts autour des barres métalliques. Elle ferma les yeux et leva la tête vers le ciel, appréciant manifestement la brise fraîche à en croire ses joues rouges.

Il ne pouvait détourner son regard de ces lèvres légèrement entrouvertes et de la ligne délicate de sa gorge, jusqu'à ce qu'il atteigne la première ecchymose et se détourne, dégoûté de lui-même. Elle avait été blessée, et il pensait à sa beauté ? Quel genre de connard agissait comme ça ?

Un groupe de marins arriva sur le pont, plaisantant et riant. Darby écarquilla les yeux et elle se plaça de sorte qu'il la sépare d'eux.

Dès qu'ils aperçurent Darby, les marins dégrisèrent, leur expression se transforma en pitié, et ils s'éloignèrent.

Darby leur tourna le dos et regarda le soleil rasant à l'est.

— Est-ce que ce sera toujours comme ça, selon vous ? demanda-t-elle doucement. Est-ce que je vais toujours agir comme une poule mouillée et les hommes me regarder avec pitié ?

— Bien sûr que non.

Du moins l'espérait-il.

Elle plongea ses yeux verts dans les siens.

— Est-ce que tous les hommes avec qui je coucherai me traiteront différemment à cause de ce qu'ils m'ont fait ?

Il ne voulait pas discuter de ça avec elle. Il n'était pas diplômé en psychologie. Mais la pousser à parler, à faire sortir chaque morceau d'amertume en elle pour qu'elle puisse commencer à guérir...

— La plupart des hommes raisonnables feront attention à ne pas vous bouleverser ou vous effrayer s'ils ont la chance de se trouver dans cette position.

Il ne voulait même pas penser à tous les bouffons qui pourraient la bousiller pour de bon.

— Le mieux serait de vous laisser le temps de guérir complètement avant de devenir intime avec quelqu'un. Si la personne est digne de vous, elle attendra.

— J'étais vierge.

Ses mots le frappèrent si fort qu'il s'agrippa au bastingage, ses genoux menaçant de céder.

— Pathétique, non ? Je sortais avec un gars avant de commencer mon doctorat. Il m'a larguée parce que je ne voulais pas coucher avec lui. Quelle ironie, quelle perte de temps. J'ai été idiote de garder quelque chose si férocement alors qu'on pouvait me le prendre si facilement par la force.

Ces mots lui firent l'effet d'un couteau dentelé qu'on enfoncerait et qu'on sortirait de son cœur. Il savait déjà que le monde pouvait être un endroit dangereux. Il le voyait régulièrement. Mais c'était rarement aussi brut ou personnel.

— Ça n'avait rien de ridicule, Darby. Vous avez fait un choix personnel. Un jour, vous trouverez un homme digne de tout ça.

Il fronça les sourcils.

— Et je ne crois pas que le viol prenne la « virginité » de quelqu'un. Le viol n'est pas un acte sexuel ni d'amour. Vous n'avez jamais fait l'amour, vous n'avez jamais connu de véritable intimité.

Il essaya de garder un ton neutre.

— Vous pouvez toujours choisir avec qui vous voulez franchir ce pas.

Elle fit la moue.

— Auriez-vous des relations sexuelles avec quelqu'un qui a été dégradé comme je l'ai été ? Qui sursaute au moindre bruit et s'en prend même aux gentils ?

S'il lui disait la vérité, elle prendrait ses jambes à son cou, alors il préféra se taire.

Elle soupira et se détourna.

— C'est ce que je pensais.

Il se déplaça pour qu'on ne puisse pas les entendre. Elle se tendit.

— Reposez-moi la question quand vous serez prête à commencer à penser à cette partie de votre vie. En attendant, ne soyez pas pressée d'avoir des relations sexuelles avec des hommes qui ne méritent sûrement pas d'être dans la même pièce que vous, et encore moins dans votre lit.

Sa voix était un peu ferme, mais il pensait chaque mot.

— Laissez-vous le temps de guérir. Soyez indulgente avec vous-même parce que vous le méritez.

Elle lui lança un regard qu'il ne put interpréter, puis regarda fixement l'horizon sud derrière lui.

— Où allons-nous ?

La silhouette sombre d'une île commença à se dessiner à l'horizon. Ses yeux verts s'y arrêtèrent et s'agrandirent, puis son regard se dirigea vers le sien.

— On retourne sur l'île.

Ses narines se dilatèrent, elle commença à secouer la tête et à reculer.

— Je n'y retournerai pas. Je dois...

— Ils ne peuvent plus vous faire de mal.

Il lui prit la main.

— Je jure que je ne laisserai plus personne vous faire du mal, Darby. Je le *jure*. Et la Navy non plus.

Elle cessa de lutter et s'affaissa contre son torse comme si quelqu'un avait rompu les cordes qui la maintenaient debout. Elle sanglotait si fort qu'Eban ne pouvait pas le supporter. Il la souleva, et elle enfouit son nez contre son épaule alors qu'il la ramenait à l'infirmerie, croisant des regards curieux et compatissants qu'elle aurait détestés si elle les avait vus.

Dans sa chambre, il ferma la porte et voulut la coucher, mais elle s'accrochait à lui. Au lieu de cela, il se tourna et s'assit, la tenant toujours dans ses bras.

Il la berça jusqu'à ce que ses larmes se tarissent et que les frissons cessent de secouer son corps. Lentement, elle retrouva son calme, mais il la garda sur ses genoux, sentant les battements de son cœur se calmer lentement et la douce chaleur de son corps se détendre.

Elle lui prit le menton et il regarda ses yeux rougis et ses joues tachées de larmes.

— Vous voulez bien m'embrasser pour que j'aie un bon souvenir auquel me raccrocher quand tous les mauvais seront trop oppressants ?

Il vit la panique dans ses yeux dès qu'elle eut posé la question.

— Oh, mon Dieu. Bien sûr que vous ne voulez pas m'embrasser, vous êtes ici pour me garder, pas pour être mon sexologue personnel.

Elle essaya de se redresser, mais perdit l'équilibre, et il décida que ce n'était pas une mauvaise chose.

— Je suis vraiment désolée. C'était une suggestion tellement ridicule...

Il se pencha et très, très doucement, posa ses lèvres sur les siennes. Juste un soupçon de sensation. Une once de tendresse. Puis il recula et sourit devant son expression choquée.

— Essayez de vous en souvenir dans les moments les plus sombres, Darby.

Puis il la reposa à côté de lui sur le lit et quitta la pièce, car la dernière chose qu'il voulait faire était de l'effrayer.

Haley vit Quentin regagner le bateau ancré au large de l'île où ils avaient été retenus en otage. Même de loin, il avait l'air sinistre. Elle aurait voulu aller le voir, mais elle était consciente qu'il avait un travail très important à faire alors qu'elle ne faisait rien d'important. Elle avait parlé à son assistante, Jane Sanders. Jane, qui était la petite amie d'un des agents préférés d'Haley, avait pris en charge la logistique de l'entreprise. Jane lui avait assuré qu'elle avait tout sous contrôle et avait exhorté Haley à prendre du temps pour se remettre de son épreuve, mais elle s'ennuyait déjà.

Haley se dirigea vers sa chambre, se demandant si Darby voulait un peu de compagnie féminine et peut-être Eban, un peu de répit. Elle le trouva en sentinelle devant la porte de Darby.

— Tout va bien ? demanda Haley.

Il hocha la tête, mais ses yeux étaient inquiets.

— Elle s'est effondrée quand elle a réalisé que nous étions de retour sur l'île où vous étiez tous retenus prisonniers.

Haley tendit la main vers la poignée de la porte, mais s'arrêta en entendant un certain tumulte à l'autre bout du couloir. Quelqu'un arrivait sur un brancard et toute une escouade d'hommes, dont Quentin, se pressait dans le couloir. Eban et elle allèrent voir ce qui se passait.

— C'est Alice Alexander ? demanda Eban.

Haley reconnut le nom.

Quentin hocha la tête, mais il n'avait pas l'air serein.

— Elle est vivante. Mais de peu. Son mari a été abattu en la protégeant avec son corps.

Les yeux sombres de Quentin plongèrent dans les siens. Ils étaient noirs d'émotion. Sa mâchoire désormais rasée de près se contracta.

— Ils étaient retenus prisonniers au même endroit que nous ? demanda Haley.

Il hocha la tête.

— Une cabane entre la maison et les latrines. Dans la jungle, à l'est.

Il avait l'air déchiré par cet aveu.

— Vous ne pouviez pas sauver tout le monde, Savage.

Ces mots avaient été prononcés par l'homme le plus petit

et le plus fort, Montana, qui était comme toujours vêtu d'une tenue tactique noire.

Quentin lui jeta un regard noir.

— Je n'ai même pas essayé.

— Vous avez eu fort à faire pour extraire de l'île deux femmes otages, dont l'une était en détresse, tonna la voix grave de Montana. Vous ne pouviez pas savoir avec certitude que les Alexander étaient là. Vous avez fait ce que vous pouviez, comme vous l'avez fait à l'hôtel quand Mlle Cramer et vous avez sorti les quelques survivants du bâtiment en feu. Sans vous, ils seraient tous morts.

Il administra une tape dans le dos de Quentin et retourna parler à ses hommes.

Le regard de Quentin revint vers le sien avant de se tourner vers Eban et le troisième négociateur sorti de nulle part.

— Darmawan Hurek n'a pas été retrouvé parmi les morts. Je le soupçonne de s'être échappé sur le yacht.

Quentin était clairement en colère à cause de ce qu'il avait vu.

— La justice ne sera pas pleinement rendue tant qu'Hurek n'aura pas été arrêté. Darby ne se sentira jamais en sécurité tant que tous ces salauds ne seront pas morts ou derrière les barreaux.

— Et maintenant ? demanda Eban.

Quentin jeta un coup d'œil à Haley, lui rappelant qu'elle n'était pas un agent. Il la surprit en disant à voix basse :

— Tout le monde sur cette île a été massacré, y compris les femmes et les enfants. Pourquoi ?

— Des représailles ? Pour l'attaque de l'hôtel, suggéra Eban. Peut-être qu'Hurek a ordonné de tuer tout le monde pour faire baisser la pression. Après tout, la plupart des terroristes qui ont attaqué l'hôtel sont morts. Peut-être qu'il pensait que ça apaiserait les autorités américaines et indonésiennes ?

— Eh bien, ça ne m'apaise pas, rétorqua Quentin en serrant les dents.

— Et ça ne m'apaise pas non plus, convint Haley.

— Ou alors, c'était juste pour les faire taire ? intervint l'autre négociateur, Max quelque chose. Pas de témoins.

— Ou peut-être que le commanditaire de l'enlèvement, qui vous voulait vivants n'a pas cru Hurek quand il leur a dit que vous vous étiez échappés ? suggéra Eban.

— Ça semble un peu extrême, souligna Max.

— Tout ceci est extrême, rétorqua Quentin. Quelqu'un aurait profité du fait qu'il savait où j'allais me trouver à une certaine heure et tous les autres étaient des dommages collatéraux ?

L'idée l'horrifiait clairement. Il secoua la tête.

— Pourquoi ? Et qui ?

— Quelqu'un qui a des relations. La plupart des gens ne sauraient pas comment contacter les terroristes du coin pour orchestrer un enlèvement, dit Eban.

— Est-ce que Cecil Wenck a fini par parler aux enquêteurs ? demanda Haley.

Quentin secoua la tête.

— Ils ont repoussé l'interrogatoire à plus tard dans la journée. Wenck était encore trop « secoué » pour pouvoir les rencontrer.

Ses mots étaient empreints de condescendance.

— Ou bien il attendait de savoir si un des terroristes avait survécu ou non à cette attaque ? réfléchit Haley à haute voix.

Quentin fronça les sourcils.

— Il n'a pas semblé me connaître cette nuit-là sur le balcon. Et je ne vois pas quel aurait été son mobile pour commanditer l'attaque la conférence ni m'enlever.

— Peut-être qu'il les a contactés après avoir parlé avec vous sur le balcon. Il a décidé de vous garder en vie. Son départ juste avant l'attaque est très suspect.

Haley croisa les bras sur sa poitrine et ajouta :

— Il faut que je lui parle.

— Non.

— Je ne demandais pas la permission.

Elle sourit à cette idée. Agent fédéral ou non, amant ou pas, il n'avait pas le droit de lui dire comment se comporter. Et si c'était ce qu'il comptait faire, il valait mieux le découvrir maintenant et mettre fin à tout ça avant que l'un ou l'autre ne soit trop impliqué émotionnellement.

Quentin la regarda fixement longuement et durement. Elle se demandait ce qu'il cherchait exactement. Une faille dans sa résolution ? Peu probable.

— Alors, qu'est-ce qu'on fait, patron ?

Max était clairement amusé par sa défiance.

— On pourrait détenir Mlle Cramer pour l'interroger, suggéra Eban avec une lueur dans les yeux.

— Hors de question, répondirent-ils d'une même voix.

— Ils veulent qu'on rentre tous les trois à Quantico dès que possible. La cellule de négociation de crise manque de personnel, ajouta Quentin, qui envisageait clairement ses options.

— On a été assez occupés, soutint Eban.

— Sans blague, sourit Quentin. Merci d'être venu me chercher.

— Je n'étais pas exactement débordé.

Eban serra une main sur sa nuque et détourna le regard, comme gêné par la profondeur de ses émotions.

— Je suis content qu'on vous ait retrouvés en vie, tous les deux.

Quentin semblait avoir pris une décision.

— Eban, je veux que tu veilles sur Darby et Alice Alexander jusqu'à ce qu'elles soient en sécurité aux États-Unis. Quand Alice sera capable de parler, prends sa déposition. On espère pouvoir organiser un rapatriement vers les États-Unis dès aujourd'hui. Max, direction à Quantico par le premier vol disponible.

— Ça ne me dérange pas de rester.

Le grand homme noir tira sur son oreille.

— Tu devrais être en congé depuis longtemps, et maintenant, on a retrouvé tous les otages. L'attaché juridique peut s'occuper de tout ce qui se passe à Jakarta si Alex Parker y trouve quelque chose. Rentre chez toi. Fais un break avant de reprendre le travail.

— Qu'est-ce que tu vas faire ? demanda Eban.

Un côté de la bouche de Quentin se retroussa

— Je retourne à Quantico.

Haley traîna les pieds et essaya de cacher sa déception.

Il lui adressa un regard qui lui disait qu'il savait exactement ce qu'elle pensait.

— En passant par Darwin.

Elle ferma les yeux alors que le soulagement la traversait. L'attaque de Wenck avait été un traumatisme majeur, mais faisait bien pâle figure au vu de la suite des événements. Mais elle aurait menti si elle avait prétendu ne pas être nerveuse à l'idée d'affronter l'homme seule.

— À nous deux, je pense qu'on pourra amener Wenck à révéler ce qu'il sait, dit Quentin.

— Même s'il est responsable d'un meurtre de masse ? dit Eban d'un air dubitatif.

— Oui, rétorqua Quentin. Il pense qu'il est intouchable. On doit juste lui donner assez de corde pour se pendre.

CHAPITRE TRENTE

Le manoir de Cecil Wenck se trouvait dans le quartier de Fannie Bay, à Darwin, dans le Territoire du Nord australien. Cette maison d'une beauté classique était en grande partie cachée derrière de hauts murs de jardin et d'imposants portails de sécurité.

Quentin gara la Mercedes de location et pressa l'interphone.

— Quentin Savage pour M. Wenck.

— Vous avez rendez-vous ?

— Non, mais je suis sûr que Cecil voudra me parler. Dites-lui que nous nous sommes rencontrés samedi soir dernier.

Faute de mieux, Quentin misait sur la curiosité humaine basique pour franchir la porte.

Trente secondes plus tard, les portes s'ouvrirent et Quentin s'y engouffra avant que quiconque puisse changer d'avis.

Les jardins étaient verts et luxuriants, l'aménagement paysager élégant et une grande fontaine en pierre, pièce maîtresse de la pelouse, gargouillait malgré la récente sécheresse. Quentin se gara devant le garage pour cinq voitures.

Wenck arriva devant la double porte massive du manoir, suivi par les gardes du corps que Quentin avait vus dans le bar la nuit de l'attaque. Quentin sortit de la voiture, mais laissa les vitres avant baissées. Haley avait accepté d'attendre sur la banquette arrière pour que Quentin puisse essayer d'établir un rapport avec Wenck. Les vitres arrière étaient teintées, et elle était cachée. S'ils voulaient faire sortir le milliardaire de l'industrie minière de sa zone de confort, elle pourrait le confronter plus tard. Pour l'heure, Quentin était heureux qu'elle soit en sécurité, hors de vue.

Elle lui avait parlé de l'enregistrement de l'agression avant qu'ils ne quittent le navire. Il avait demandé si le FBI pouvait avoir une copie à ajouter au dossier qu'ils montaient sur Wenck. Même si cela devait être profondément personnel et bouleversant, elle avait accepté, à condition que l'enregistrement soit copié en présence d'Alex Parker et qu'il ne soit partagé qu'avec sa permission expresse, à l'exception des procédures judiciaires. Elle avait demandé à son avocat de rédiger l'accord, et le département de la Justice avait signé pour des raisons de commodité – d'autant plus que personne n'avait pu accéder à ses données téléphoniques entre-temps.

Alex Parker avait encore frappé.

Le visage de Wenck s'illumina quand il le vit.

— Oh, c'est vous ! Ça me fait plaisir de vous voir. J'ai cru que vous étiez mort.

Ils se serrèrent la main. Quentin chercha un quelconque signe de tromperie sur le visage rond et laid de l'homme, mais il était soit un acteur exceptionnel, soit véritablement heureux de le voir en vie.

— Ils m'ont dit que tous les gens de l'hôtel étaient morts, frissonna l'homme. Quel affreux cauchemar.

Les autorités avaient déclaré aux médias qu'il n'y avait pas de survivants afin de les protéger jusqu'à ce que les auteurs des violences aient été capturés. Le fait que Wenck semblait également y croire était intéressant, en supposant que sa réaction était authentique.

— J'ai réussi à m'échapper de l'hôtel, mais les hommes armés m'ont capturé. Ils m'ont emmené sur une île isolée dont j'ai finalement réussi à m'enfuir.

Les yeux de Wenck étaient énormes, et il avait l'air fasciné.

— Vous devriez faire un film avec ça. Je connais des gens à Hollywood. Je peux vous mettre en contact.

Le fait que Wenck veuille commercialiser un événement où tant de personnes étaient mortes rendait Quentin malade, mais il voyait pourquoi certaines personnes pouvaient apprécier le type s'ils le prenaient au premier degré. C'était l'une des choses qui rendaient ces prédateurs si dangereux.

— Peut-être quand je serai à la retraite.

Quentin enleva les lunettes de soleil qu'il avait achetées l'après-midi même quand Haley et lui s'étaient réapprovisionnés dans un centre commercial de la ville. Ils étaient rentrés en jet privé avec les hommes qu'Alex Parker avait engagés pour les ramener chez eux.

L'ordinateur portable de Quentin avait été sa plus grande perte lors de l'attaque de l'hôtel. Ça allait faire une sacrée quantité de paperasse pour l'administration. Sans parler de sa carte, de son portefeuille et de toutes les autres choses auxquelles il ne voulait pas penser. Il n'avait même plus les clés de son appartement.

— Est-ce que je vous dérange ?

Quentin espérait une réponse négative. Le « non » permettait aux gens de se sentir en sécurité. Cela leur donnait la confiance nécessaire pour écouter quelqu'un.

Wenck le regarda un long moment, puis sembla se détendre.

— Non, non. Entrez.

Il les invita à traverser l'entrée en marbre blanc, et ils avancèrent tout droit jusqu'à un patio avec une grande piscine.

— Je suppose qu'ils vous ont envoyé pour obtenir ma déposition concernant la nuit de samedi dernier ?

Wenck s'installa dans un canapé extérieur et fit signe à Quentin de le rejoindre. Les gardes du corps disparurent dans l'ombre.

— Je ne suis pas ici à titre officiel, bien que je sois évidemment un officier de la loi.

Son interlocuteur parut surpris.

Quentin ne mentait qu'aux gens qui étaient sur le point d'avoir affaire à la force brute d'un assaut tactique.

— Voyez-vous, je suis curieux. Quand je me suis échappé de ma chambre par le balcon, j'ai d'abord sauté vers la vôtre pour vous inciter à m'accompagner, mais il n'y avait personne. Les agents du FBI m'ont informé que vous êtes rentré chez vous avant minuit.

Un serveur leur apporta deux verres d'eau gazeuse glacée. Quentin se demandait si sa femme savait que Wenck avait les mains baladeuses avec le sexe féminin et évitait au maximum de l'exposer à des tentations.

Quand le serveur partit, Wenck dit :

— Le timing a l'air terrible, pas vrai ?

— Le timing ? répéta Quentin.

— Vous savez, je fais mes valises, et juste après, l'hôtel est attaqué.

Quentin soutint le regard de l'homme.

— Un peu.

— Ce n'est pas ce que vous croyez. Je n'ai rien à voir avec

ces salopards qui ont attaqué la conférence. Ils me filent de sacrés maux de tête.

— Des maux de tête ?

— Oui.

Wenck prit une longue gorgée d'eau et demanda immédiatement à en avoir plus. Il faisait chaud dehors, même si c'était officiellement l'hiver. Une fine brume commençait à apparaître autour des buissons, le système d'arrosage ajoutant à l'humidité générale et amenant Cecil à essuyer la sueur de son front. Quentin était en train de griller, mais il faisait plus frais qu'en Indonésie, et il avait du déodorant, ce qui était clairement un plus.

— J'y suis allé pour obtenir des offres pour un contrat de sécurité qui doit être renouvelé à la fin du mois d'octobre. Mais avec la mort de tous ces cadres la semaine dernière et la menace accrue pour les Occidentaux en général, la plupart des offres ont été retirées. Je vais m'en tenir à l'entreprise que j'utilise déjà, pour l'instant. Moins de tracas.

L'égoïsme de l'homme était époustouflant, mais Quentin devait l'ignorer et faire en sorte que l'homme se sente compris. Il paraphrasa et répéta les mots de Wenck pour lui montrer qu'il l'entendait. Il résuma la position de Wenck et termina en disant :

— Donc, le fait que tant d'entrepreneurs soient morts a eu un impact négatif sur vos affaires ?

Wenck hocha vivement la tête.

— C'est exact.

Bingo.

— C'est vraiment injuste que vous ayez dû revenir au point de départ alors que vous pensiez que c'était quasiment réglé. Je suis certain que vous vouliez que cette affaire soit prise en charge correctement. La sécurité est bien évidemment cruciale pour vous et votre entreprise. Je peux comprendre que ce soit frustrant pour vous et que ça vous coûte beaucoup de temps et d'argent.

Étiquetage et empathie tactique.

— Exactement. Mes coûts sont montés en flèche avec cette menace accrue. Ces gars de la sécurité gagnent beaucoup plus que la plupart des mineurs pour beaucoup moins de boulot, c'est certain.

À écouter Wenck, on aurait dit que ce n'était pas lui qui versait les salaires.

L'homme vida son deuxième verre d'eau, et Quentin en accepta un nouveau.

— Comment se fait-il que vous soyez parti si précipitamment cette nuit-là ? Ou bien était-ce prévu depuis le début ?

Violer une femme et s'enfuir ?

Wenck se frotta le visage et prit une grande inspiration.

— Je ne vais pas vous mentir.

Cela signifiait généralement que quelqu'un *allait* mentir, mais Quentin l'écouta quand même.

Wenck regarda autour de lui nerveusement, comme si quelqu'un pouvait l'entendre et se rapprocha. Le téléphone portable de Quentin put ainsi capter ses paroles.

— Je n'ai pas pour habitude de croire à toutes ces conneries d'intervention divine, mais maintenant je me demande si quelqu'un là-haut ne veille pas sur moi.

— Veiller sur vous ?

— Oui. Après notre conversation, je suis retourné dans la chambre pour appeler ma femme comme j'avais dit que j'allais le faire, vous vous souvenez ?

— Hum hum.

Un minimum d'encouragements. Un ton sans jugement. Ce n'était pas facile quand il savait ce que Cecil avait fait à Haley *avant* leur conversation.

— Elle m'a devancé. Glenda. Elle braillait. J'ai tout de

suite su que quelque chose clochait. Elle a dit qu'elle avait eu un accident de voiture. Un type l'avait percutée en rentrant du yacht-club. La putain de Mercedes était foutue – excusez mon langage.

Quentin fronça les sourcils.

— Rien de grave ?

— On aurait pu croire qu'elle avait perdu un membre vu son comportement, mais heureusement elle n'avait que quelques coupures et contusions. Ces voitures sont construites comme des tanks, donc plus de peur que de mal, mais je me suis précipité pour m'assurer qu'elle allait bien.

Quentin laissa échapper un petit rire.

— Hum. Son accident de voiture vous a sauvé la vie ? Quelles étaient les chances pour que ça arrive ?

Minces à nulles.

Wenck disait-il la vérité ? Si c'était le cas, l'accident aurait-il pu être orchestré pour que Wenck prenne un avion pour partir ?

— Je me demande quand même pourquoi vous ne vouliez pas parler au FBI ? Je veux dire, évidemment vous n'avez rien à voir avec la fusillade, mais pourquoi ne pas leur dire tout ce que vous saviez ? Rien ne les rend plus suspicieux que quelqu'un qui évite leurs questions.

Wenck grogna.

— Je ne dois aucune réponse au FBI.

Il avait l'air irrité. Il passa sa main sur sa bouche.

— Est-ce que ça restera confidentiel ?

Quentin acquiesça. Il n'était pas un journaliste. Il était un agent fédéral. Rien n'était jamais confidentiel pendant une enquête fédérale.

— Ma femme avait bu quelques verres et n'aurait pas dû prendre le volant. Je veux dire, je paie un chauffeur pour ça, mais elle aime conduire elle-même.

Sa bouche se crispa.

— La police est intervenue, mais j'ai appelé le commissaire sur le chemin de la piste d'atterrissage et j'ai réussi à arranger les choses. J'ai payé pour tous les dégâts, assura-t-il à Quentin, comme si ça rendait la chose acceptable.

Sa femme conduisait en état d'ébriété et percutait une autre voiture, et il faisait jouer ses relations pour qu'elle ne soit pas arrêtée ?

— Je sais ce que vous pensez, dit Wenck.

Quentin en doutait fortement.

— Elle aurait dû assumer histoire de retenir la leçon, mais comme elle m'a sauvé la vie, je ne pouvais pas me résoudre à être trop dur avec elle. Elle ne le refera pas, je m'en assurerai.

Wenck se pencha sur sa chaise comme si c'était lui qui faisait la loi. Peut-être était-ce le cas.

Quentin devait absolument se renseigner sur cet accident. Il avait également l'intention de transmettre une copie de cette conversation à un collègue de la police fédérale australienne.

Le son d'un rire féminin s'éleva dans les couloirs.

— C'est ma femme. Ne lui dites pas que je vous l'ai dit. Elle serait mal à l'aise.

Elle aurait dû être arrêtée, mais il doutait que les États-Unis soient moins corrompus. Il suffisait d'un riche donateur, d'un appel à un politicien, d'un gouverneur en colère s'en prenant à un chef de police. Oui. Même s'il voulait croire qu'ils valaient mieux que ça, ce n'était pas le cas. Mais il croyait en la notion de responsabilité.

Une jolie brune d'une quarantaine d'années, d'environ un mètre soixante pour une soixantaine de kilos, vêtue d'une robe à fleurs, entra accrochée au bras d'Haley.

Quentin crut que Wenck allait faire un infarctus. L'homme ouvrit la bouche, mais sembla incapable d'inspirer.

Son visage vira au rouge brique et la veine de sa tempe commença à palpiter.

Quentin se leva.

— Ce doit être Mme Wenck.

— Je n'arrive pas à croire que vous ayez laissé cette pauvre fille dans la voiture par une journée chaude sans climatisation, gronda la femme.

— Elle m'a dit qu'elle voulait faire une sieste.

Quentin sourit, croisant le regard vif de Haley.

— Elle était plutôt évanouie.

La maîtresse de maison fit signe au serveur.

— Apportez-nous de l'eau et une bonne bouteille de blanc, voulez-vous ?

Haley dominait la femme et lui tapota le bras comme si elles étaient de vieilles amies. Haley portait un jean moulant qui galbait chaque centimètre de ses longues jambes et un haut rose vif à bretelles qui moulait ses seins d'une manière qui mettait l'eau à la bouche de Quentin. Il sourit devant ses chaussures. Elle avait acheté une paire de sandales à talon, mais portait toujours ses bottes de combat noires. Ses cheveux brillants rebondissaient sur ses épaules comme dans une publicité pour un shampooing, et elle avait appliqué du fard à paupières et du rouge à lèvres, qui donnait follement envie de l'embrasser.

— Je ne voulais pas m'immiscer dans des discussions professionnelles.

Le sourire d'Haley était dirigé vers Wenck, et il bougeait ses pieds sous sa chaise comme s'il était sur le point de fuir.

La femme de Wenck tendit la main à Quentin et la serra avec enthousiasme.

— Glenda, la femme de Cecil. Haley m'a parlé de vos récentes péripéties. Je n'arrive pas à imaginer ce que vous avez dû traverser.

Sa main libre se porta à sa gorge.

Wenck déglutit à plusieurs reprises et continua à regarder nerveusement de Quentin à Haley, s'attendant manifestement à ce qu'ils révèlent son comportement odieux. Son expression commença à devenir belliqueuse.

— Je ne serais jamais sortie de là en un seul morceau sans Quentin, déclara Haley. Il m'a sauvée de nombreuses fois. Je ne sais pas comment je pourrai un jour lui rendre la pareille.

Ses yeux bleus brillaient de sincérité, et elle saisit son poignet en s'asseyant à côté de lui.

— Je n'ai pas besoin qu'on me « rende la pareille ».

Les mots sortirent d'un ton bourru. Mais la dernière chose qu'il voulait était qu'elle pense qu'elle lui était redevable. Ce n'était pas comme ça que les relations fonctionnaient, pas même au début.

— Haley est l'une des personnes les plus brillantes, les plus coriaces et les plus déterminées que j'aie jamais rencontrées. En travaillant ensemble, on a réussi à s'en sortir vivants.

— Ohh.

Glenda prit la main de Cecil et la serra. L'homme se retourna et la regarda avec tant d'amour et de douleur dans ses yeux que c'était difficile à supporter. Il s'attendait à ce qu'ils racontent à Glenda comment il avait essayé de s'imposer à Haley. Et l'homme ne voulait pas payer le prix de cette tentative de viol – il n'avait jamais pensé le payer. C'était un lâche et un salaud, qui se cachait derrière sa richesse et ses privilèges.

Quentin se tourna vers Haley. C'était à elle de voir comment ils allaient aborder la question.

— C'est votre décision, murmura-t-il pour elle seule.

Il voulait rester dans ses bonnes grâces, parce qu'il voulait voir ce que Wenck ferait après leur départ. Alex surveillait les lignes téléphoniques et informatiques de l'homme, et le FBI avait un agent prêt à suivre le milliardaire à titre officieux. Quentin était déterminé à ce que les crimes de Wenck ne restent pas impunis, mais il fallait du temps et de la patience pour monter un dossier. Si Haley voulait se venger de cet homme aujourd'hui, face à face, Quentin n'avait ni le droit, ni l'envie, de l'en empêcher.

Elle cligna rapidement des yeux plusieurs fois, visiblement surprise qu'il la laisse choisir. Elle prit un verre d'eau et le but d'un trait.

Glenda éclata de rire.

— Vous voyez, je vous avais dit qu'elle avait soif.

Quentin sourit. Glenda avait l'air assez sympathique. Mais le fait qu'elle ait trop bu et qu'elle soit rentrée chez elle en voiture était imprudent, irréfléchi et criminel. Il allait approfondir l'enquête sur l'« accident » qui avait ramené Wenck chez lui pile au bon moment, et Quentin était sûr que l'enregistrement de cette conversation aurait des conséquences pour les flics et les politiciens locaux. Sans parler de Glenda et Cecil.

Les questions les plus importantes étaient de savoir si Wenck avait quelque chose à voir avec l'attaque terroriste de l'hôtel, ou le massacre qui avait suivi sur l'île ? Si c'était le cas, le FBI et Alex Parker le découvriraient.

Il y eut un cri suivi de rires, puis une fille sortit en trombe de l'entrée et fit une bombe dans la piscine.

Wenck et lui furent éclaboussés. Quentin apprécia la fraîcheur de l'eau et les autres éclatèrent de rire.

— C'est notre fierté et notre joie, Katie. Tout ce que je fais est pour elle, dit Wenck, essayant clairement de susciter l'empathie.

— J'en doute fort, dit Haley à voix basse.

La mâchoire de Cecil se contracta.

— Vous ne jouez pas au golf pour votre fille. Vous ne buvez pas de bière pour elle.

Haley regardait fixement la petite fille qui barbotait dans la piscine.

Glenda éclata de rire.

— Elle t'a eue là, mon amour. Je n'arrête pas de dire à Cecil qu'il devrait commencer à lever le pied. Passer les rênes à un manager ou vendre l'entreprise. Ce n'est pas comme si nous étions dans le besoin. Tu pourrais faire comme Bill Gates et donner la moitié de ta fortune.

Cecil écarquilla les yeux.

— Elle essaie de me tuer.

Il rit, mais il avait l'air terrifié par cette idée.

Parce que sa richesse et son succès le définissaient, comprit Quentin. Était-ce ce qui motivait Haley ? Était-elle définie par la richesse et le succès ? Il réalisa qu'il n'avait aucune idée de ce qu'elle aimait faire en dehors du travail — mais encore une fois, il ne faisait rien d'autre que travailler. Peut-être qu'ils pourraient faire fonctionner leur histoire s'ils tenaient assez longtemps.

Haley déglutit à plusieurs reprises. Quentin pouvait voir qu'elle était en détresse. Il se leva.

— Ce fut un plaisir de vous rencontrer, Glenda.

Il serra fermement la main de Cecil, cherchant à nouveau à détecter un soupçon de tromperie, mais ne trouvant toujours rien.

— Je sais que vous avez des relations dans la région, Cecil. Peut-être que si vous entendez quelque chose sur les personnes impliquées dans l'attaque de l'hôtel, vous aurez la courtoisie de me le faire savoir ?

Cecil sourit, semblant réaliser que Quentin et Haley n'allaient pas révéler ses actes méprisables devant sa femme et sa fille — bien que la femme mérite de connaître la vérité sur le genre d'animal auquel elle était mariée. Wenck pensait certainement qu'il s'en était tiré à bon compte, et, dans une certaine mesure, c'était le cas. Il serait presque impossible pour le département de la Justice de porter plainte sans avoir davantage de preuves. Mais Quentin ne doutait pas qu'il y avait eu d'autres femmes et d'autres incidents. Il n'offrait pas au gars un passe-droit. Il faisait preuve de patience, le temps de monter un dossier contre lui.

Wenck se leva et hocha la tête, visiblement soulagé.

— Toujours heureux d'aider le FBI. J'ai demandé à mes responsables sur place de tâter le terrain, alors si j'ai des nouvelles, je vous le ferai savoir.

Pauvre type.

Haley saisit la main de Quentin comme si elle sentait à quel point il était proche de laisser tomber les faux-semblants et de gifler le gars. Elle entrelaça ses doigts avec les siens, lui rappelant qu'il ne s'agissait pas de lui.

— C'est l'heure de rentrer.

Il hocha la tête. Il avait hâte de retrouver sa vie.

CHAPITRE TRENTE-ET-UN

Trente heures plus tard, Quentin gara son SUV et monta quatre à quatre les escaliers de l'appartement de Chris Baylor près de Dupont Circle, à Washington, D.C. C'était une garçonnière coûteuse dans laquelle le type vivait rarement. Il était généralement en voyage à l'étranger pour le travail.

Quentin et Haley avaient voyagé en première classe pour rentrer. Elle avait insisté. Ils devraient un jour trouver un moyen de concilier leurs différences de revenus. Mais quels que soient les problèmes qui pouvaient exister entre eux, il était impatient de la revoir. Malgré leur épuisement, ils avaient prévu un premier rendez-vous officiel le soir même à Quantico.

Il s'était rendu à l'hôpital universitaire de Georgetown où Tricia Rooks était soignée. Elle était intubée et luttait contre une infection. Les médecins craignaient qu'elle ait du mal à respirer toute seule. Ils lui avaient aussi dit que même si elle se réveillait, il était possible qu'elle ne se souvienne pas de l'attaque. Ces souvenirs avaient pu être effacés par le traumatisme avant d'avoir eu le temps de se former.

À part Tricia, lui-même et Haley – dont le monde ignorait encore qu'elle avait survécu à l'attaque – Chris était le seul Occidental à avoir vécu le cauchemar de l'hôtel.

Grant Gunn n'était soi-disant pas à l'hôtel lorsque les terroristes étaient arrivés et n'avait pu identifier aucun des assaillants. C'était en tout cas ce qu'il avait affirmé dans sa déposition, corroborée par le chauffeur de taxi qui l'avait conduit. Gunn vivait en Arizona et avait déjà été interrogé par des agents du FBI à plusieurs reprises. Le type n'était pas particulièrement coopératif et était apparu dans plusieurs émissions d'information, vantant son instinct de survie – qui avait consisté à aller se saouler – et utilisant l'événement comme un coup médiatique pour promouvoir son entreprise.

Ce n'était qu'une question de temps avant que le monde ne découvre le lien entre l'attaque de l'hôtel et le massacre d'une petite communauté sur ce qui était censé être une île inhabitée en Indonésie. Puis viendraient la nouvelle du sauvetage de deux femmes otages, la mort d'Erik Alexander, et le calvaire de Quentin et Haley. Après quoi, la tempête médiatique se transformerait en un véritable ouragan. Il voulait avoir autant de réponses que possible avant que tout ça n'éclate au grand jour.

Sa priorité était de soutenir les victimes, de protéger leur vie privée et d'assurer leur sécurité. Ce qui incluait Chris, bien que le gars n'apprécierait pas qu'on pense qu'il ne pouvait pas s'occuper de lui-même.

Quentin voulait aussi savoir si d'autres choses lui étaient revenues depuis la déposition qu'il avait faite à Eban à Jakarta le dimanche précédent. Quentin ne pouvait pas parler de ce qu'il avait trouvé sur l'île, ni de l'enquête en cours, mais il y avait des choses que Chris pourrait lui dire en dehors des canaux officiels.

Des éclats de voix à l'intérieur de l'appartement de Chris

le firent hésiter, mais Quentin frappa, réticent à écouter aux portes. La porte s'ouvrit sur Nick Karlovac qui s'apprêtait manifestement à sortir. Le visage de l'homme était rouge, sa poitrine se soulevait à un rythme rapide.

Nick resta bouche bée.

— Espèce de *salaud*.

Il serra Quentin dans ses bras.

— Je viens d'acheter un nouveau costume pour tes putains d'obsèques.

Il parlait dans son cou, s'accrochant si fort à lui que Quentin pouvait à peine respirer.

Il ressentit la détresse de son ami et regretta de ne pas avoir rétabli la vérité dès qu'il avait été secouru. Il avait ses raisons. Il avait appelé sa famille depuis le bateau en Indonésie, mais leur avait dit de faire comme s'ils pensaient toujours qu'il était porté disparu et présumé mort.

— Je n'en reviens pas.

Chris s'approcha de la porte et quand Nick recula, il attrapa Quentin pour le serrer dans ses bras.

— Je pensais que tu étais mort, mec. J'étais sûr que tu étais mort.

Il recula et s'essuya les yeux.

— Qu'est-ce qui s'est passé ? Comment tu as survécu ?

— Haley Cramer et moi, on a sauté par la fenêtre une fraction de seconde avant que le plafond ne s'écrase. Puis les terroristes nous ont trouvés et nous ont enlevés tous les deux.

Chris secoua la tête.

— Haley Cramer et toi vous avez survécu *tous les deux* ? Incroyable.

— C'est incroyable, confirma Nick. Merde, je dois appeler Michelle. Elle est dévastée depuis qu'on a appris la nouvelle.

— Je vous aurais bien contactés plus tôt, mais j'ai été neutralisé par quelques dizaines de preneurs d'otages.

— Comment tu t'es échappé ? demanda Chris.

— C'est une longue histoire. Et toi, comment *tu* t'es échappé ? demanda Quentin.

Chris fronça les sourcils.

— Tu m'as jeté dans l'herbe, sinon j'aurais fini carbonisé comme les autres. Tu ne t'en souviens pas ?

Ils fermèrent la porte et entrèrent dans l'appartement de Chris. Ce dernier leur distribua des bières, et ils trinquèrent. Quentin avala le précieux liquide, appréciant la fraîcheur qui inondait sa gorge sèche.

— Je suis surpris que les tireurs ne t'aient pas retrouvé sur la pelouse.

Et qu'ils ne l'aient pas tué comme tous les autres.

Chris se gratta le front.

— Honnêtement ? Je n'ai aucune idée de ce qui s'est passé. Je me suis réveillé dans les buissons, et l'hôtel était toujours en flammes. Peut-être que j'ai rampé jusque-là ? L'instinct me dictait de trouver un abri. Je sais que tu m'as sauvé la vie, espèce de salaud.

Ses yeux brillaient d'émotion.

— Sans toi, j'aurais brûlé dans ce foutu hôtel.

Quentin dégrisa. Tant de gens *avaient* péri. Ils étaient encore en train d'identifier les morts et de prévenir leurs proches. Il espérait que sa survie ne donnerait pas de faux espoirs à ceux qui avaient perdu des êtres chers. L'idée de causer plus de douleur lui était insupportable.

— On aurait dû aller dans ce bar avec ce connard de Gunn comme je l'avais suggéré, plaisanta Chris.

Et Haley serait certainement morte dans le raid. Cette réalité s'abattit sur Quentin comme un coup de massue. Aussi méprisables que soient les actions de Wenck, sans elles, Quentin doutait qu'Haley serait venue dans sa chambre ou lui aurait fait des avances. Elle serait morte. Réaliser qu'il l'aurait certainement perdue sans même l'avoir connu lui noua l'estomac.

— Et si on sortait prendre cette bière maintenant ? Pour célébrer notre survie ?

Chris était déjà en train de prendre son portefeuille sur le plan de travail de la cuisine.

Quentin secoua la tête et leva les mains.

— Je ne peux pas. Je viens de descendre de l'avion, on a volé toute la nuit.

— Ça ne t'a jamais arrêté avant.

Chris plissa les yeux et étouffa un juron.

— Je connais cette lueur dans tes yeux. Tu espères t'envoyer en l'air ce soir.

Quentin ne dit rien.

— C'est quelqu'un qu'on connaît ? demanda Nick, curieux.

— Tu n'as pas dit que tu voyais quelqu'un quand on était en Indonésie.

Le silence s'étira entre eux jusqu'à ce qu'ils comprennent.

— C'est Haley Cramer, c'est ça ?

Quentin ne dit rien. Nick leva les yeux au ciel.

— La concurrence. Ça doit être un sacré bon coup.

La rage envahit Quentin, et il serra les poings. Il eut toutes les peines du monde à garder son calme. Les taquineries avaient toujours fait partie de leur dynamique, mais sa défunte épouse et sa nouvelle relation étaient hors limites.

— Je pensais que tu ne te remettrais jamais de la perte d'Abbie, dit Chris en secouant la tête. Et j'aurais pensé qu'Haley était trop casse-couilles pour toi.

Quentin se rappela qu'il était un négociateur, et ravala les émotions qui menaçaient de le submerger. Le genre de connexion qu'il partageait avec Haley n'était pas simple, mais il n'était pas prêt à partager ses sentiments avec qui que ce soit avant de mieux les comprendre lui-même. L'épuisement l'envahit, et il maîtrisa sa colère. Il était chef d'unité au FBI à présent, pas une putain de tête brûlée.

— Je dois y aller. Prévenez-moi si vous entendez ou vous souvenez d'autre chose sur l'attaque. Je vous conseille aussi de rester à l'hôtel ou en Virginie pendant quelques jours.

La propriété en Virginie était à environ 30 minutes au nord de Quantico.

— Les médias sont sur le point de découvrir qu'il y a eu des survivants, et vous n'avez sûrement pas envie de voir votre visage partout aux infos.

Il se tourna vers Nick.

— Passe le bonjour à Michelle.

— Tu pars déjà, vraiment ? demanda Chris, incrédule. Oh, mon dieu, elle te plaît vraiment.

Il se mit à rire.

— Je lui donne deux semaines avant qu'elle ne se lasse de toi et te jette sur le trottoir. Quand elle le fera, viens, on pourra noyer notre chagrin et comparer les pipes.

Quentin asséna un uppercut à Chris, puis resta là à secouer son poing.

Nick éclata de rire en remettant Chris debout.

— Tu es un putain d'idiot, Chris. Tu as visiblement oublié à quel point il est possessif et surprotecteur.

Chris marmonna quelque chose d'incohérent et renversa sa tête en arrière pour arrêter le saignement de son nez.

— Je trouverai le chemin tout seul. Content que tu sois rentré sain et sauf.

— Toi aussi, connard, grommela Chris.

Nick le raccompagna jusqu'à la porte.

— Ignore-le. Elle n'était pas du tout dans sa catégorie.

Nick secoua la tête.

— Viens nous voir pour dîner quand tu te sentiras prêt. Michelle serait ravie de te voir, et les enfants aussi.

— Promis.

Quentin serra le bras de son ami et courut jusqu'à son SUV.

Il était impatient de revoir Haley. Son visage et son sourire lui manquaient déjà. Peu importe si elle semblait trop bien pour lui. Après avoir perdu Abbie, il n'était pas pressé. C'était la première fois en cinq ans qu'il envisageait sérieusement de sortir avec quelqu'un. Une étape à la fois.

Il ne savait pas si ce qu'ils avaient ressenti l'un pour l'autre résisterait à la vie réelle. Et après tout ce qu'il avait traversé avec Abbie, il devait s'accrocher à ce qui restait de son cœur s'il voulait survivre. Puis il réalisa ce qu'il faisait – l'aversion de la perte. Où les gens étaient si effrayés par une perte potentielle qu'ils renonçaient à la chance d'être riches.

Il ferma les yeux et posa son front contre le volant. Qui essayait-il de tromper ? Il était déjà trop impliqué émotionnellement. Frapper son vieil ami aurait dû le lui faire comprendre, mais il était dans le déni.

À présent, il devait trouver ce qu'il allait faire à ce sujet.

CHAPITRE TRENTE-DEUX

Depuis sa confrontation avec Wenck à Darwin et son retour le matin même, Haley était épuisée mentalement et physiquement. Elle avait passé la majorité de la journée à dormir dans la maison récemment rénovée de Mallory et Alex à Quantico. Quand elle s'était réveillée, elle avait bercé le bébé, changé sa première couche et s'était extasiée devant ce petit bout de chou. Puis la petite Georgina avait commencé à crier pour être nourrie, et Haley l'avait rendue à ses parents avec un soupir de soulagement. C'était le moyen idéal de décompresser après ses récentes mésaventures.

Avant de se rendre à Quantico, ils étaient passés au bureau de Woodley Park, et elle avait été submergée par l'effusion d'amour et de soutien, impressionnée encore une fois par le travail acharné et l'ingéniosité qu'ils avaient employés pour l'aider à rentrer chez elle.

Elle avait une idée pour développer leur entreprise, mais elle ne savait pas si Alex et Dermot seraient d'accord. Il n'y avait peut-être pas beaucoup d'argent à gagner, mais aider à retrouver des personnes disparues correspondait peut-être plus à leur éthique que protéger des mines ou des palais. Elle allait faire des recherches et rédiger une proposition. Ils pourraient peut-être créer une branche à but non lucratif de leur entreprise.

Haley s'était douchée et avait enfilé des vêtements que Mallory avait récupérés dans sa maison de Georgetown. Elle lui avait même pris des baskets et des vêtements de sport. Elle et Alex pensaient manifestement qu'Haley allait rester un moment. Mais maintenant qu'elle était là, elle voulait être avec Quentin. C'était pathétique, et elle essayait de résister à cette envie pressante. Ils n'étaient pas des adolescents, et il n'aurait sûrement pas apprécié qu'elle soit trop dépendante ou trop impatiente ou peu importe comment les gens appelaient ça.

Cela faisait moins d'une semaine que son monde avait basculé, alors peut-être avait-elle besoin de ralentir les choses, mais il lui manquait, et à présent il était là pour l'emmener dîner, comme une personne normale à un rendez-vous normal. Elle attendait impatiemment qu'Alex ouvre le portail en fer forgé de sa maison. Plutôt que de laisser Quentin entrer, elle courut à sa rencontre. Heureusement, il avait baissé la vitre, et elle se pencha, attrapa sa tête et l'embrassa jusqu'à en avoir le souffle coupé.

— Je pensais que ce serait différent ici, admit-il lorsqu'ils se séparèrent finalement, se regardant dans les yeux.

Elle l'embrassa à nouveau sans la moindre délicatesse jusqu'à ce qu'il gémisse et recule à nouveau.

— Montez dans la voiture avant que je ne me ridiculise.

La chaleur dans son regard lui donnait envie de trouver le lit le plus proche ou un endroit isolé où ils pourraient se garer et tester la banquette arrière du SUV.

Elle contourna le capot et sauta en voiture.

— Vous avez faim de quoi ? demanda-t-elle.

Elle lui adressa un sourire suggestif.

— J'aimerais vous offrir quelque chose de plus attirant que des grillons frits avant de vous déshabiller dans un vrai lit.

Ces grillons étaient dégoûtants, mais ils les avaient aidés à rester en vie.

— Je me fiche de ce qu'on mange, du moment qu'il y a des frites au menu.

Il fit marche arrière pour sortir de l'allée.

— Une femme qui sait parler à mon cœur.

Ces mots la frappèrent dans le plexus solaire. Courait-elle après son cœur ? Était-ce de l'amour ? Cet horrible mélange d'excitation et d'anxiété qui luttait pour l'emporter dans son sang ?

— Vous pensez que j'ai une chance de l'avoir ?

Oh, pour l'amour de Dieu.

Qu'est-ce qui la poussait à demander ça ? Elle aurait voulu se cacher tellement elle était gênée. Elle se mettait en danger, et s'il n'était pas intéressé ?

Il arrêta la voiture, passa une main derrière sa nuque et l'attira à lui.

— Qu'est-ce que vous en pensez ?

Ce n'était pas la réponse qu'elle attendait. Elle prit une profonde inspiration et confessa :

— Je pense que ce qui se passe entre nous est différent de tout ce que j'ai connu auparavant, et je ne sais pas ce que ça signifie.

Une ombre passa dans ses yeux, et il n'insista pas. Il passa la marche avant.

— Allons manger.

Elle se rassit sur son siège et eut le terrible sentiment d'avoir dit quelque chose de mal. Elle y était allée trop fort. Avait été trop exigeante. Mais elle ne savait pas comment faire, pas quand tout ce qu'elle faisait et disait semblait si important. Elle savait comment séduire et comment flirter.

Elle savait comment baiser les inconnus qu'elle rencontrait dans les bars. Elle ne savait pas comment avoir une relation normale avec la lente progression attendue des sentiments et des attentes.

Elle n'avait pas été *normale* depuis ses quatorze ans. Avant que son oncle n'emménage. Elle serra les mains sur ses genoux. Peut-être que tout ça n'était qu'une énorme erreur. Peut-être qu'elle n'était pas faite pour s'impliquer dans une relation monogame. Bien sûr, ils avaient eu besoin l'un de l'autre pour survivre en Indonésie, mais ici ? Ce n'était pas le cas. Ils pourraient se séparer et continuer à vivre chacun leur vie. La question était de savoir ce qu'ils voulaient vraiment tous les deux.

Et pourquoi, après tout ce qu'ils avaient traversé ensemble, Quentin avait-il soudain cessé de croiser son regard ? Qu'avait-il peur de lui dire exactement ?

Le dîner fut gênant. Ce n'était pas le repas ou l'atmosphère. C'était lui.

Quentin essayait de se débarrasser du sentiment qu'il trahissait sa femme décédée. Chaque fois qu'il regardait Haley, chaque fois qu'il pensait à sa bouche sur lui ou à l'incroyable sensation d'être en elle, il avait l'impression que quelqu'un avait planté une bêche dans sa poitrine et commençait à creuser.

En Indonésie, il avait été facile de se séparer de celui qu'il était aux États-Unis. À présent qu'il était de retour sur son propre terrain, son axe de rotation s'était déplacé et son monde était déséquilibré. Il n'était sûr de rien, si ce n'est que la tension augmentait entre Haley et lui, et que le gouffre qui se creusait entre eux lui faisait mal à la poitrine.

Il ne voulait pas la perdre.

Les émotions qui bouillonnaient en lui ne ressemblaient à rien de ce qu'il avait connu auparavant. Il avait déjà été amoureux. Éperdument. Et il n'avait jamais ressenti ça pour autant. C'est pourquoi les mots de Haley plus tôt l'avaient ébranlé.

Avait-elle une chance de conquérir son cœur ? Il n'en savait rien.

Ce qu'il ressentait pour Haley était volcanique, fondu et construit à la hâte sur des fondations instables. Rien à voir avec la dévotion inébranlable que lui et Abbie avaient partagée dès leur rencontre.

Et si tout ce qu'il ressentait pour elle était simplement du désir ? Haley était extraordinairement belle, avec ou sans le maquillage qu'elle aimait porter.

Les cosmétiques étaient-ils des armures ? Cela n'avait pas d'importance. Si elle aimait ça, il était d'accord. Si elle n'aimait pas, il était d'accord aussi. Il savait qu'elle avait été blessée par le passé et qu'elle lui avait fait des confidences très personnelles.

Mais il ne lui avait toujours pas parlé d'Abbie.

Il n'avait pas partagé la partie la plus importante de lui-même, même lorsqu'il pensait qu'ils allaient mourir tous les deux.

Et il n'était pas sûr de la façon dont Haley allait réagir à ça.

Comment lui expliquer que s'il avait été encore marié, il n'aurait jamais regardé Haley ? Et pourtant, à présent, il peinait à garder ses mains pour lui, alors même qu'ils étaient au restaurant.

Haley avait dit qu'elle était prête à essayer d'avoir une

vraie relation avec lui, mais comment pourraient-ils aller de l'avant tant qu'il ne lui aurait pas dit la vérité sur son passé ?

Et concernant tout ce qui les séparait ? Il n'était pas riche. Son poste au FBI était son seul revenu, et il n'était pas prêt à passer au secteur privé pour gagner plus.

— Qu'est-ce qu'il y a ? Haley plissa les yeux d'inquiétude.

Il était distrait et il voyait qu'elle commençait à se renfermer sur elle-même pour éviter de souffrir. L'aversion au risque était une chose bien réelle. Le risque émotionnel pour ceux qui avaient déjà souffert pouvait être paralysant.

Leur différence de richesse était quelque chose qu'ils pourraient apprendre à gérer avec le temps. La vérité sur la mort de sa femme et de son enfant était un sujet qu'il devait aborder sans plus attendre. Il mit sa main sur la sienne.

— Je dois vous montrer quelque chose.

— Ça semble de mauvais augure.

Il secoua la tête, incapable de parler. Il ne pouvait pas plaisanter avec ça. Abbie avait été tout pour lui, et sa mort le faisait encore souffrir. Cette douleur ne disparaîtrait jamais.

Il paya l'addition, ils quittèrent le restaurant et montèrent dans le SUV sans rien dire. Haley se rongeait les ongles. Elle était nerveuse. *Et merde.* Il était en train de tout foutre en l'air. C'était la négociation la plus importante de sa vie, et il elle tournait au foutu fiasco.

Ce n'était pas un long trajet, mais il eut l'impression de mettre mille ans pour arriver à destination.

Il se gara sur une place de parking devant un cimetière et sortit du véhicule, faisant le tour pour ouvrir la portière à Haley. Il faisait nuit noire, même si quelques lampadaires étaient allumés à l'intérieur, conférant à l'endroit une atmosphère fantomatique.

— Si c'est le moment où vous me révélez vos penchants

bizarres pour les cimetières, je crois que je vais devoir vous décevoir avant même de commencer.

Elle rit nerveusement. Elle savait que c'était important. Elle plaisantait souvent quand les choses devenaient sérieuses.

Il lui prit la main et lui fit passer les grandes portes en pierre, les fermant dans un grincement métallique douloureux. Puis ils arpentèrent un chemin de gravier, l'odeur de l'Atlantique portée par la brise.

Haley frissonna. Il enleva sa veste et la drapa sur ses épaules avec un symbolisme qui ne lui échappa pas.

Le gravier crissait sous leurs pieds. Enfin, il les fit tourner entre deux tombes de marbre blanc jusqu'à ce qu'il arrive à l'endroit qu'il avait choisi pour Abbie et leur enfant mort-né.

Cette zone du cimetière était suffisamment éclairée pour que l'on puisse lire l'inscription ciselée dans la pierre. Une vérité inaltérable et permanente. L'herbe autour de la tombe était soigneusement taillée – il était venu entretenir la parcelle avant son départ pour l'Indonésie. Bon sang, il passait plus de temps au cimetière qu'en rencards. Plutôt que des fleurs, il avait placé deux des plantes préférées d'Abbie dans des récipients décorés qu'elle avait achetés pour leur maison – de la lavande dans un pot, un camélia dans un autre.

Haley regarda fixement la tombe, essayant clairement de comprendre pourquoi il l'avait amenée là, même si c'était gravé dans la pierre.

Abbie Savage. Épouse bien-aimée.

Il s'éclaircit la gorge.

— Ma femme, Abbie, est morte il y a cinq ans en donnant naissance à notre fils, Thomas. Il est mort, lui aussi.

Haley resta silencieuse pendant un long moment.

À quoi pensait-elle ?

— Elle avait quitté son emploi de vendeuse et était prête à consacrer sa vie à élever nos enfants, mais, hmm – il ravala le chagrin et la douleur –, les choses ne se sont pas passées comme prévu.

— C'est pour ça que vous vous êtes tu quand j'ai dit que je n'avais jamais ressenti un tel sentiment avant.

Elle fit un pas en arrière et croisa les bras sur sa poitrine.

— Parce que vous l'avez déjà ressenti.

Sa propre cage thoracique se comprima.

— Abbie était douce et belle, et la personne la plus gentille que j'aie jamais connue. Elle représentait plus pour moi que n'importe quelle personne que j'ai rencontrée. Je l'aimais de tout mon être.

Les larmes commencèrent à couler sur les joues de Haley.

— Je suis vraiment désolée que vous l'ayez perdue, Quentin.

Elle lui prit la main. Son empathie libéra la pression dans sa cage thoracique, parce qu'il aurait dû savoir que Haley ne serait pas jalouse. Elle valait mieux que ça.

Elle secoua lentement la tête.

— Mais je ne comprends pas pourquoi vous ne m'avez pas parlé d'elle avant.

Le gravier se déplaça dans sa gorge.

— Ça ne semblait jamais être le bon moment, et quand Darby était avec nous, je ne voulais rien dire qui puisse exacerber sa tristesse.

— Et quand on était seuls ? Ou après le sauvetage ?

Il aurait voulu s'expliquer. Il voulait que Haley sache tout, mais ne pouvait pas minimiser ce qu'Abbie avait signifié pour lui. Il ne savait pas par où commencer.

— Je ne savais pas comment vous dire que j'avais été marié. Heureux en ménage. L'homme le plus heureux du monde. Et quand elle est morte, une partie de moi est morte aussi.

Il passa une main dans ses cheveux.

— Mais ce que j'ai ressenti pour Abbie n'a rien à voir avec ce que je ressens pour vous.

Haley tressaillit.

Il ouvrit la bouche pour lui dire qu'il était fou d'elle, mais le téléphone portable que le travail lui avait remis ce jour-là se mit à sonner, bruit strident brisant la quiétude des lieux. Il tâtonna pour l'éteindre, mais l'instant d'après, Haley courait vers les portes.

— Haley ! Attendez. Non !

Il l'appela, mais elle continua à courir. Bon sang, cette femme avait de sacrées jambes.

Étant donné que manier les mots était son métier, il n'arrivait pas à croire à quel point il avait foiré.

Il inspira profondément. Elle l'attendrait près du SUV, et il lui expliquerait exactement ce qu'elle représentait pour lui. Qu'il était tombé amoureux d'elle. Que ça le terrifiait autant qu'elle.

À mi-chemin de la voiture, il trouva sa veste en boule par terre. Il la ramassa et entendit un moteur démarrer et une voiture s'éloigner.

Quand il arriva à l'entrée du cimetière, il regarda autour de lui, mais Haley n'était pas là. Il fit le tour du véhicule. Toujours rien.

— Haley ?

Bon sang. Elle avait dû monter dans la première voiture venue.

Les pensées de Quentin s'emballèrent. Il était terrifié à l'idée qu'elle risque de se faire tuer par un psychopathe quelques heures seulement après leur retour aux États-Unis, à la suite de leur épreuve cauchemardesque. Tout ça parce qu'elle n'avait pas la patience de le laisser respirer ou éteindre son téléphone. Rassembler ses pensées. Comprendre les choses.

Qui faisait ça ?

Il conduisit lentement jusqu'à la maison des Parker, s'efforçant de se calmer. Quand il arriva, il appuya sur le bouton de l'interphone.

— Elle est là ? Elle va bien ?

— Elle est en sécurité, mais elle ne veut pas vous parler.

Alex Parker. En mode portier.

Quentin plissa les yeux face à la caméra.

— Elle a préféré faire du stop, seule, de nuit, avec un inconnu, plutôt que d'avoir une conversation ?

Il inspira profondément à nouveau. Il aurait voulu remonter sa vitre, faire demi-tour et rentrer chez lui pour dormir un peu.

Sauf que, sans disposer de tous les éléments, Haley ne prendrait pas de décision éclairée. Elle continuerait à se protéger. Il décida donc de lui offrir son cœur sur un plateau parce qu'il savait que la vie était courte et que des occasions comme celle-ci n'arrivaient pas tous les jours. L'orgueil était un compagnon froid et solitaire.

— Pouvez-vous lui transmettre un message pour moi ?

L'interphone resta silencieux, mais il savait qu'elle était à l'intérieur. À l'écouter.

— J'avais besoin de lui parler d'Abbie et de mon passé avec ma défunte épouse pour qu'Haley et moi on puisse éventuellement entamer une relation comme on en avait discuté en Indonésie. Quand j'ai dit que je ne ressentais pas la même chose pour Haley que pour Abbie, je ne voulais pas dire que je n'avais pas...

Merde, il allait vraiment faire ça dans un putain d'interphone ?

— Dites-lui qu'il faut qu'on parle.

Il s'efforça d'être patient. Perdre son sang-froid ne ferait de bien à personne, sachant qu'ils étaient tous fatigués et épuisés.

— Et dites-lui qu'elle doit travailler ses capacités d'écoute.

Lui avait besoin de travailler sur la transmission du message.

Il enclencha la marche arrière pour sortir de l'allée et s'éloigna. La colère ne les mènerait nulle part. Peut-être qu'ils avaient besoin d'un peu d'espace. De l'espace pour déterminer si ce qu'ils avaient trouvé dans cet enfer indonésien valait la peine de se battre, de retour au bercail.

CHAPITRE TRENTE-TROIS

Darby revenait d'un pas pressé du bar, se dirigeant vers son dortoir à l'Académie du FBI avec une petite boîte de pizza. Pendant tout ce temps, elle était consciente des regards braqués sur elle, essayant de comprendre qui elle était dans ses vêtements civils et son badge de visiteur. Ils pensaient certainement qu'elle était une conférencière invitée ou un officier de police.

Elle aimait cette idée.

Le pire, c'était quand quelqu'un la reconnaissait. Certains des agents qui s'étaient trouvés sur le bateau étaient dans le campus et quand ils lui souriaient, il y avait de la pitié dans leurs regards. Elle baissa la tête et se mit à courir.

Des bruits de pas retentirent derrière elle. La peur embrasa tous ses nerfs, et elle accéléra. Son poursuivant fit de même. Elle était à une demi-seconde de courir, terrorisée, vers la petite chambre qu'ils lui avaient prêtée quand quelqu'un l'appela.

— Darby. Attendez.

Son cœur se mit à battre de soulagement. Eban. Eban Winters. Ils avaient passé beaucoup de temps ensemble ces derniers jours, mais avaient rarement été seuls depuis l'arrivée de l'intervenante en faveur des victimes.

Darby avait revécu ce doux baiser un million de fois depuis ce jour sur le bateau. Y penser l'avait aidée à rester saine d'esprit quand elle se réveillait en hurlant.

Elle se retourna et sourit.

— Eban. Comment allez-vous ?

Ses yeux marron brillaient.

— Je croyais que c'était ma réplique.

Il se frotta la nuque.

— Je voulais voir comment vous alliez avant de rentrer chez moi pour la nuit.

Elle tressaillit en songeant qu'il vivait à proximité. Qu'il était de retour dans son monde normal alors qu'elle était toujours dans ces limbes étranges. Elle ne savait pas vraiment ce qui allait se passer dans le futur et n'était pas prête à y penser. Elle devrait dire à son père ce qui s'était passé. À son conseiller aussi. L'idée lui donnait envie de se mettre en boule et de se balancer sur elle-même.

Ils continuèrent à marcher.

— J'avais faim alors je suis sortie acheter à manger. Le seul endroit ouvert était le bar. Ils m'ont laissé prendre des pizzas à emporter.

Elle brandit la boîte comme une idiote. Elle secoua la tête et continua à marcher. Devant sa porte, elle jongla avec la boîte de pizza et sa canette de soda pendant qu'elle cherchait ses clés.

Eban attendit patiemment et ramassa ses clés quand elle les fit tomber. Elle tressaillit quand il passa devant elle pour ouvrir la porte, et il fit semblant de ne pas le remarquer.

Elle détestait être si nerveuse. Ce n'était pas comme si quelqu'un pouvait la blesser plus qu'elle ne l'avait déjà été.

Physiquement, elle était presque guérie. Mentalement, elle avait des hauts et des bas, façon montagnes russes.

Une fois dans le petit dortoir, elle posa tout sur le bureau et enleva ses chaussures pour les poser près de la porte.

— Entrez.

Elle se força à arborer un grand sourire pour qu'il n'imagine pas qu'elle était inquiète à l'idée de se retrouver seule avec lui.

Il fit un pas dans la pièce et laissa la porte se refermer derrière lui.

— Vous habitez dans le coin ?

Elle ouvrit la canette et en but une gorgée. Il était hors de question qu'elle mange à présent, même si elle mourait de faim quelques minutes plus tôt.

Il passa ses mains dans ses cheveux. Elle avait remarqué qu'ils bouclaient légèrement. Et bien qu'il se soit rasé juste avant leur retour aux États-Unis dans l'avion ce matin-là, il y avait déjà une ombre de barbe sur sa mâchoire.

— Je partage un appartement avec un autre négociateur de la CNU à quelques kilomètres au sud d'ici. On voyage tous les deux si souvent que c'est rare qu'on s'y trouve en même temps. C'est plus ou moins comme vivre seul.

Il haussa les épaules.

— Ça fonctionne pour l'instant.

— Qu'est-ce qui vous a poussé à rejoindre le FBI ?

Elle voulait désespérément qu'il reste, ce qui était ridicule. Mais ne lui avait-il pas dit en substance qu'il n'était pas marié et ne fréquentait personne ?

D'accord, la deuxième option était un peu exagérée pour un homme séduisant comme lui, mais elle avait réfléchi à quelque chose... en tant que scientifique, elle avait réalisé qu'il était impossible de remplacer un mauvais souvenir par un bon si elle n'en avait pas de bons à insérer.

Elle s'assit sur le lit, le dos contre le mur.

— Asseyez-vous.

Elle tapota le lit à côté d'elle.

Il lui jeta un regard mesuré pour s'assurer qu'elle était d'accord avec cette proximité, mais il avait passé tellement de temps avec elle depuis son sauvetage qu'elle commençait à détester ces regards. Les hommes étranges la rendaient nerveuse, mais elle refusait d'avoir peur de tout ou de tout le monde.

Elle voulait être plus qu'une victime.

— J'ai quelque chose à vous dire sur vos agresseurs.

Darby se figea. Cette simple pensée lui donnait envie de vomir. Elle en avait poignardé un, le tuant de ses propres mains alors que Quentin s'était battu avec lui la nuit de son sauvetage. Elle le referait sans hésiter.

— Ils sont tous morts.

— Quoi ? Comment ça ?

Une vague de soulagement l'envahit. Les forces américaines les avaient-elles tuées ? Avant ou après le sauvetage d'Alice Alexander ? Ils avaient refusé de lui dire quoi que ce soit sur le bateau – même Quentin et Haley avaient paru lui cacher quelque chose.

— On ignore qui les a tués. On les a retrouvés morts sur l'île en allant les arrêter.

De toute évidence, ils le savaient depuis un moment, mais personne ne lui avait rien dit. Parce qu'elle était *fragile*. Elle détestait ce mot.

— *Tout le monde* est mort ?

— Toutes les personnes sur l'île sont mortes. Sauf Alice.

Elle fronça les sourcils.

— Mais il est possible que certains terroristes se soient échappés. Il y avait un groupe d'hommes sur le bateau qui est venu à Pulau Gunung Rebi. Il pourrait y en avoir d'autres.

— C'est possible, mais peu probable.

Darby se frotta le front.

— Je veux voir les photos.

— Ils ont été abattus et sauvagement assassinés.

Darby n'en avait que faire.

— Je veux voir des photos de leurs visages pour confirmer qu'ils sont tous morts.

Eban secoua la tête.

— Je ne peux pas faire ça. Vous pourriez bien ne pas les reconnaître même si vous les voyiez.

— Je les reconnaîtrais.

— Avec une balle dans le visage ?

Il avait voulu que ses mots la choquent, mais s'il avait vécu ce qu'elle avait vécu, il aurait compris que ce n'était pas possible.

— Je les reconnaîtrais, réaffirma-t-elle.

Elle revoyait leurs visages souriants et leurs regards dégoûtants chaque fois qu'elle fermait les yeux. Elle sentait leur sueur et leur souffle, et entendait le bruit de leur respiration laborieuse mêlé à ses cris d'angoisse. Elle avait peut-être l'air fragile de l'extérieur, mais à l'intérieur, elle avait l'impression d'être construite en tungstène.

Eban avait l'air de vouloir lui poser plus de questions, mais il se ravisa.

Il s'assit finalement à côté d'elle.

— Vous avez réussi à vous repérer à l'académie aujourd'hui ?

Il cherchait sciemment à changer de sujet.

Elle laissa tomber. Elle en parlerait à Quentin.

Après leur arrivée ce matin-là, Eban l'avait laissée avec l'intervenante en faveur des victimes et était allé dans son bureau, quelque part à proximité. Il ne lui avait pas dit où exactement. Il étendit ses jambes sur son lit et s'affala contre le mur à côté d'elle.

Sur l'île, lorsque Quentin était de garde, Haley lui avait confié qu'elle avait récupéré son autonomie en prenant le contrôle de sa vie sexuelle. Darby n'était pas sûre de savoir comment faire, mais elle appréciait Eban, et le baiser avait fonctionné.

Peut-être que s'ils faisaient l'amour...

Mais comment l'amener à accepter ?

Elle se sentait gênée et peu subtile, comme si ses intentions étaient griffonnées au marqueur noir sur ses traits. Elle devait trouver un sujet de conversation qui ne lui rappelle pas ce qu'elle avait vécu. Les hommes aimaient parler d'eux-mêmes en général.

— Cette pièce me rappelle un dortoir d'université. C'est ici que vous viviez pendant votre formation ?

Il sourit, plissant ses yeux sombres.

— Mon dortoir était au bout d'un autre couloir, mais oui, il était similaire à celui-ci sauf que dans le mien, on était deux par chambre. Je le partageai avec un type appelé Mike Tanner qui est un expert en communication ici au Laboratoire National. Un type formidable. Il m'a aidé à étudier toutes les lois fédérales qu'on devait mémoriser.

— Vous aimez le métier de négociateur ?

Il lui sourit.

— Oui. Je faisais partie du SWAT à Los Angeles, mais j'ai pris mon pied à regarder les négociateurs résoudre une crise en parlant à ses instigateurs. J'ai trouvé que c'était terriblement cool de pouvoir faire ça, alors j'ai postulé à l'école de négociateurs, et ils ont dit non. J'ai fait du bénévolat sur une ligne d'aide contre le suicide et j'ai demandé à suivre les négociateurs à Los Angeles. Ils ont d'abord refusé, car apparemment tout le monde veut être négociateur, mais à force d'insister, mon superviseur m'a laissé travailler avec eux, et j'ai été accepté à la formation la deuxième fois.

— Vous avez appris la valeur de la persévérance ?

— D'où je viens, on appelle ça être un emmerdeur.

— Le Montana, c'est ça ?

— C'est exact.

Elle avait une bonne mémoire. C'était utile pour ses études. Pas tellement pour d'autres choses.

— C'est comment là-bas ?

Il sourit.

— Je viens d'un village isolé dans les Rocheuses. C'est sûrement le plus beau paysage du monde, mais les gens sont méfiants par nature et n'aiment pas les étrangers.

— La suspicion est certainement utile à un agent du FBI, pas vrai ?

Il rit et son regard se posa clairement sur ses lèvres avant de se détourner. Avait-il repensé à ce baiser ? Elle n'arrêtait pas d'y penser, sauf quand elle songeait à d'autres choses terribles. Elle chassa ces pensées. Elle se lécha la lèvre inférieure et le vit ciller à nouveau.

Ah ah. Peut-être éprouvait-il une once d'attirance pour elle.

Elle n'était pas sûre de savoir comment le pousser à agir. Or, elle voulait qu'il le fasse. Désespérément.

Il commença à lui parler du programme du lendemain, mais elle n'écoutait plus. Elle fit en sorte que son épaule touche la sienne, puis elle glissa sa main le long de sa cuisse, effleurant sa jambe.

Il y eut un léger accroc dans son monologue avant qu'il ne continue.

— Eban, l'interrompit-elle en se penchant plus près.

Quand il tourna la tête, ils n'étaient séparés que d'un centimètre.

— Je n'arrête pas de penser à ce baiser.

Il cligna des yeux.

— Je me disais que si on faisait l'amour, ça aurait le même effet et ça aiderait à bloquer ce qu'ils m'ont fait.

Ses pupilles se dilatèrent et sa bouche s'ouvrit quand elle fit lentement glisser sa main sur sa cuisse. Elle se pencha en avant, et il écarta les lèvres, certainement pour rétorquer quelque chose, mais elle l'embrassa. Elle continua à l'embrasser, même si elle ne savait pas vraiment ce qu'elle faisait.

Il resta assis, les poings serrés, respirant difficilement. Il lui rendit enfin son baiser.

— Stop. Stop. Stop.

Il recula et lui attrapa la main, même si sa poitrine mugissait.

— On ne peut pas faire ça. Pas après ce que vous avez traversé.

Elle se figea.

— Vous voulez dire que si je n'avais pas été violée, vous auriez couché avec moi ?

— Oui. Non ! *Et merde !* Ça me coûterait mon travail, Darby. Mais plus important encore, vous *avez* été violée.

Il lui tenait le poignet à présent, lui faisant face, si près qu'elle pouvait voir les lignes d'or qui striaient le brun de ses iris.

— Vous avez été violée et traumatisée, et vous n'allez pas m'utiliser en pensant reprendre le contrôle de votre corps, alors qu'en réalité vous détruisez systématiquement votre estime de vous.

Elle le regarda en clignant des yeux.

— Je ne voulais pas vous utiliser.

Elle essaya de s'éloigner, mais il ne la lâcha pas. Pendant quelques secondes, tout allait bien, mais la prise sur son poignet se resserra. Son cœur explosa, et elle se débattit pour se libérer. Quand elle y parvint, il haussa un sourcil sombre comme pour dire *Je vous l'avais bien dit.*

Elle bondit sur ses pieds et commença à faire les cent pas. Elle essayait d'effacer la sensation de sa main sur sa chair, bombardée par les images, les sons et les odeurs. La sueur. Le sperme. Le sang.

Elle commença à hyperventiler, et Eban s'approcha d'elle. Il l'assit sur le bord du lit, l'aida à mettre ses mains sur son nez et sa bouche.

— Respirez, Darby. Doucement. Profondément.

Elle inspirait comme une fumeuse tournant à cinquante cigarettes par jour. Sa gorge était douloureuse, et cela déclencha une autre vague de panique.

— Inspirez et expirez.

Il lui frotta le dos et lui parla doucement, de manière apaisante, et finalement, après ce qui semblait être une heure, son corps s'affaissa et elle craqua. Elle était épuisée et vidée. Une fois de plus, il la berça contre sa poitrine. Une fois de plus, elle pleura.

Finalement, elle s'endormit. Quand elle se réveilla, il était parti.

CHAPITRE TRENTE-QUATRE

Haley montra sa carte d'identité au poste de garde, et le Marine au visage de marbre parla à quelqu'un dans son oreillette avant de relever la barrière. Elle devait retrouver Darby qui avait eu le droit à des quartiers privés à l'Académie nationale du FBI jusqu'à ce qu'elle se sente assez bien pour rentrer chez elle. C'était l'œuvre de Quentin, Haley en était sûre. Il la protégeait. Il assurait sa sécurité.

Il était midi, et elle avait dormi dix heures d'affilée la nuit précédente. Alex l'avait serrée dans ses bras pendant qu'elle déplorait sa propre lâcheté. Le temps qu'elle sorte pour dire à Quentin qu'elle était désolée de s'être enfuie, il était déjà parti. Alex l'avait prise par la main et lui avait conseillé de dormir plutôt que de lui courir après. Pour une fois, elle l'avait écouté.

À présent, elle se sentait bête et ne pouvait s'imaginer lui faire face à nouveau. Pourquoi vouloir être impliqué avec quelqu'un d'aussi volage et instable qu'elle ? Ses mains étaient moites, et elle les essuya sur son jean Levi's préféré.

Elle s'était enfuie parce qu'elle était convaincue que Quentin était sur le point de lui dire qu'il ne l'aimait pas et qu'il ne l'aimerait jamais comme il avait aimé sa défunte femme, et son cœur n'avait pas pu le supporter. Trop douloureux.

Comment pourrait-elle avoir une chance de rivaliser avec le souvenir d'une parfaite femme, qui était sur le point de lui donner un enfant – ce qu'Haley ne pourrait jamais faire ?

Le vrai problème était qu'elle avait perdu son sang-froid. Sa confiance en elle avait été brisée par son expérience aux mains de ses ravisseurs, et elle essayait de protéger la partie la plus vulnérable d'elle-même – son cœur. Mais Quentin ne méritait pas d'être ainsi traité. Après tout ce qu'ils avaient traversé, elle lui devait une explication, et elle avait besoin de l'entendre. De le respecter. Elle avait merdé. Saboté leur relation comme Alex l'avait prédit.

Devenir adulte était difficile.

Elle inspira profondément, essayant de contenir son angoisse.

Après avoir retrouvé Darby, elle irait voir Quentin. Elle s'excuserait, même si elle doutait que ça fasse la moindre différence. Elle n'était manifestement pas le genre de femme avec qui il avait l'habitude de s'engager.

Elle reçut un badge de visiteur, qu'elle épingla au chemisier jaune qu'elle portait. Elle avait aux pieds les bottes de combat auxquelles elle s'était habituée. Elles étaient confortables. Elles lui rappelaient aussi tout ce qu'elle avait traversé. Qu'elle avait tué un homme pour survivre.

Elle n'était pas encore prête à replonger dans son ancienne vie, à faire comme si l'enlèvement n'avait jamais eu lieu. Elle avait besoin de digérer tout ça. Sa dévotion pour Jimmy Choo n'était pas morte, mais pour l'heure elle appréciait la liberté et la robustesse des bottes.

Elle gara l'Audi empruntée à Alex sur le parking visiteurs – il était venu la chercher à l'aéroport la veille et avait insisté pour lui servir de chauffeur afin qu'elle puisse se reposer. Ce qui voulait dire que sa propre voiture était à Washington.

Elle observa son reflet dans le miroir. Elle portait sa nuance de rouge à lèvres préférée et un maquillage discret. Elle sortit et se dirigea vers l'entrée principale, apercevant Darby dans l'ombre du hall. Ses cheveux roux étaient lâchés et lui tombaient sur les épaules, sa peau était pâle malgré le léger bronzage des tropiques. Elle était l'une des rares personnes à ne pas porter un pantalon beige et un polo. À la place, elle avait enfilé un t-shirt beige avec un short kaki et les sandales plates les plus laides que Haley ait jamais vues.

Elle ressemblait à une géologue de terrain.

Haley avait l'intention de l'emmener faire une journée shopping et de la gâter. Elle avait l'impression que Darby travaillait dur pour obtenir tout ce qu'elle avait, et qu'elle n'avait pas grand-chose.

Elles s'enlacèrent et Haley sentit de nombreuses paires d'yeux se braquer sur elles. Il était clair qu'elles n'étaient pas des agents du FBI.

— Tu as fait un bon voyage de retour ? demanda Haley.

Darby sourit et se frictionna les bras.

— Ça m'a rappelé les raisons de ne pas s'engager dans l'armée.

Darby et Eban étaient rentrés à bord d'une sorte de transport militaire.

— Il y avait beaucoup de cercueils sur le même vol – les corps de l'hôtel.

Haley grimaça.

— Je suis si contente que Quentin et toi ayez échappé à cette attaque et pas seulement parce que vous m'avez sauvée.

Haley frictionna la main de Darby dans les siennes.

— Moi aussi.

— Comment va Quentin ?

Haley ferma les yeux un bref instant et déglutit bruyamment.

— J'ai fait quelque chose de bête.

Les yeux de Darby s'élargirent encore plus.

— Moi aussi.

— Allons prendre un café pour en parler.

Darby s'engagea dans le couloir, faisant signe à une femme aux longs cheveux blonds qui parlait à une réceptionniste. Haley l'avait vue au mariage d'Alex et Mallory.

— C'est Erin Donovan, l'intervenante en faveur des victimes, expliqua Darby. Elle m'aide à trouver comment faire face. Je dois la retrouver plus tard dans la journée pour discuter de la façon dont gérer mon père et mon superviseur. Elle aimerait aussi me présenter d'autres survivantes de viols. Elle pense que notre expérience commune pourrait m'aider à comprendre que je ne suis pas seule et me donner quelqu'un à qui parler de ce qui s'est passé, mais je ne sais pas trop.

Darby avait l'air bouleversée.

— En ce moment, elle aide Alice à organiser les funérailles d'Erik. Je suis allée rendre visite à Alice tout à l'heure. Ils ont été retenus prisonniers pendant six mois.

L'expression de Darby reflétait sa détresse.

— J'ai eu du mal à survivre une semaine, et cette pauvre femme est là-bas restée six mois.

Haley l'interrompit en posant une main sur son bras. Ils n'avaient pas fait à Alice la même chose qu'à Darby.

— Vous êtes l'une des personnes les plus courageuses que j'aie jamais rencontrées. J'avais Quentin avec moi tout le temps, et il m'a protégé. Vous étiez seule et en infériorité numérique, et vous avez survécu *et pas eux*, chuchota férocement Haley.

— Mais...

Darby s'interrompit.

— C'est difficile de ne pas douter de soi, dit Haley en connaissance de cause.

Et peut-être que c'était la véritable raison pour laquelle elle avait fui Quentin la nuit précédente. Comment rivaliser avec sa parfaite épouse défunte, dont elle ignorait l'existence jusqu'alors ?

Et *cette* pensée n'était pas juste pour lui, et ce n'était pas juste pour elle, et ce n'était pas juste pour la pauvre Abbie Savage.

— Une agression sexuelle amène à douter beaucoup de soi, même si rien de tout ça n'est de sa faute.

Elles payèrent leur café et trouvèrent une table.

Haley sirota le breuvage brûlant et décida d'y aller en premier.

— Quentin m'a montré la tombe de sa défunte épouse la nuit dernière. Je ne savais même pas qu'il était marié, mais j'aurais dû m'en douter. Il est tellement parfait. J'ai paniqué quand il m'a dit que ce qu'il ressentait pour moi n'avait rien à voir avec ce qu'il ressentait pour elle, et je me suis littéralement enfuie.

Les yeux verts de Darby étaient énormes et sombres.

— Il tient à toi, Haley. Comment tu peux en douter ?

Haley passa ses doigts sur les stries de son gobelet en carton.

— C'est facile quand on ne s'est jamais autorisée à tomber amoureuse de quelqu'un avant.

Elle leva les yeux et croisa le regard compatissant de Darby. La jeune femme comprenait.

— Le fait qu'il ait déjà perdu l'amour de sa vie m'a frappée.

Elle écarta ses cheveux de son visage et ravala le nœud dans sa gorge.

— Je suppose que je ne peux pas m'imaginer être le genre de femme qu'il veut vraiment dans sa vie.

Elle serra le poing sur son genou. Elle ne voulait pas le perdre, mais pouvaient-ils vraiment faire fonctionner cette relation ? Cela semblait désormais impossible, alors que la veille, ça paraissait inéluctable.

— J'ai essayé de séduire Eban Winters, chuchota Darby.

Haley écarquilla les yeux.

— C'est à peu près la tête qu'il a faite quand je l'ai embrassé.

Les lèvres de Darby tressaillirent d'un humour inattendu.

Haley se retrouvait rarement sans voix.

— C'est ce que tu as dit sur ton refus de laisser qui que ce soit te priver de ton plaisir sexuel. J'ai décidé que si je pouvais avoir une bonne expérience à laquelle penser plutôt que ces... ces viols – elle buta sur les mots –, j'aurais plus de chances de surmonter ça.

Le cerveau de Haley se mit en pause. À l'époque, elle avait essayé de donner à Darby quelque chose à quoi s'accrocher. Elle ne savait pas combien de temps ils resteraient coincés sur cette île ou s'ils seraient un jour secourus. Elle avait voulu lui donner de l'espoir. Elle n'était pas une foutue thérapeute et il suffisait de voir comment sa vie amoureuse tournait.

— Qu'a dit Eban ?

— Il m'a embrassé en retour pendant une nanoseconde, puis il s'est souvenu de qui j'étais. Il s'est enfui, lui aussi.

— Je suis vraiment désolée.

Haley voulait tellement aider Darby à guérir.

— Mais si quelqu'un le découvrait, il perdrait certainement son travail.

Darby soupira.

— Il l'a mentionné, mais je ne comptais le dire à personne à part toi et tu *ne peux pas* le dire à Quentin.

Parce que Quentin était son patron.

Haley prit la main de Darby sur la table.

— Je sais que tu essaies de comprendre, mais je pense qu'Eban a fait le bon choix. C'est trop tôt.

Darby avait l'air mutin.

Haley se pencha plus près.

— Je vais t'emmener voir ma thérapeute. Elle est incroyable et s'occupe régulièrement de survivantes.

Les lèvres de Darby s'abaissèrent.

— Je vis en Alaska.

— Prends des congés. Viens vivre avec moi à D.C. Et si tu ne veux pas, tu peux toujours faire des séances en visio avec elle.

Darby la regarda de travers.

— Tu penses vraiment qu'une thérapeute peut m'aider après ce que j'ai traversé ?

Haley hocha la tête.

— Et si ce n'est pas le cas, on en trouvera une autre plus proche de chez toi.

Darby jouait avec un sachet de sucre abandonné sur la table.

— Ça en valait presque la peine, tu sais.

— Quoi ?

— Pour vous rencontrer, Quentin et toi.

Les yeux de Darby brillaient de larmes retenues. Haley lui saisit la main.

— Ne dis pas ça. Ne mets pas ces deux choses sur le même plan. Je ne veux pas être associée à ces monstres.

Darby se pencha plus près et chuchota :

— Ils sont tous morts. Eban me l'a dit.

Haley hocha la tête.

— Je sais. Je voulais te le dire.

— J'ai demandé si je pouvais regarder leurs visages, mais il a estimé que ce ne serait pas judicieux. Il a certainement pensé que j'étais cinglée. Pas étonnant qu'il ne veuille pas coucher avec moi.

Haley secoua la tête.

— Prends un peu de temps... Tu sais quoi, Darby, fais comme tu le sens, mais ne sois pas surprise si ça ne se passe pas comme prévu. Et parle à la thérapeute avant de te mettre à draguer des types bizarres dans les bars.

Une bande d'hommes en tenue tactique noire entra dans la cafétéria en plaisantant bruyamment et en transpirant à grosses gouttes.

Ils faisaient partie de l'équipe de libération d'otages, mais pas du groupe qui était sur le bateau avec elles.

Un type regarda Darby, et Haley le vit écarquiller les yeux. Reconnaissance ou attirance, elle l'ignorait.

Darby eut un mouvement de recul et cacha son visage dans ses cheveux.

— Je veux juste que cette peur paralysante disparaisse, marmonna-t-elle à Haley. Je n'ai pas peur de Quentin, d'Eban ou même de Max, mais tous les autres me donnent envie de courir en hurlant dans le couloir.

— Avec le temps, ça ira mieux, lui assura Haley avant de souffler longuement.

Le temps aidait, mais qui voulait passer des années à aller mal ?

Darby hocha la tête, souhaitant clairement clore le sujet pour l'heure. Elle consulta sa montre.

— Quentin m'a dit qu'il allait au stand de tir à midi. Il a proposé de me laisser tirer avec lui. Tu veux venir ?

— Oui.

Même si Haley avait à la fois peur et envie de le revoir.

Elle lutta contre l'envie de vérifier son reflet dans son poudrier. Quentin l'avait vue au plus mal, et elle ne manquait pas à ce point de confiance en elle – du moins, ce n'était pas le cas avant. Mais ce n'était pas son apparence qui posait problème, c'était ce qu'elle était – son style de vie, son dévouement à son travail. Ayant eu le temps de réfléchir à toutes les choses qui les séparaient, elle se doutait qu'ils n'avaient pas vraiment d'espoir de faire fonctionner cette histoire entre eux. Mais elle devait quand même le confronter et lui dire qu'elle était désolée de l'avoir abandonné la veille au soir. Elle devait arrêter d'être lâche sur le plan émotionnel.

Quentin aperçut du coin de l'œil un éclair jaune canari et sut que c'était Haley.

Quand elle l'avait quitté la veille au soir, il avait eu l'impression de perdre quelque chose de vital pour son bonheur et son bien-être. Il savait aussi que, plus que tout, Haley avait peur de perdre sa faculté de choisir. Avec cette pensée à l'esprit, après ce qu'ils avaient vécu récemment, il avait décidé de lui donner un peu d'espace. Il l'avait laissée prendre la décision de venir le trouver, plutôt que de la poursuivre et de déclencher son réflexe de fuite. Mais à présent, il était terrifié à l'idée d'avoir choisi la mauvaise option, et qu'elle soit venue lui dire au revoir.

L'épuisement et le décalage horaire l'avaient assommé la nuit précédente, mais il s'était réveillé tôt, souffrant immédiatement de l'absence d'Haley dans le lit. En la voyant, quelque chose parut se reconnecter dans sa poitrine. Dire qu'il était accro était un sacré euphémisme. Il l'avait tellement mauvaise qu'il avait envie de l'inviter chez lui, alors qu'il était censé être au travail, et de lui faire l'amour jusqu'à mourir de plaisir – ou au moins jusqu'à ce qu'elle leur donne une chance. Ce n'était pas ce à quoi il aurait dû penser avec une arme chargée à la main.

Il vida le Glock sur la cible, touchant le centre à plusieurs reprises, mais décida d'arrêter pendant qu'il était au top. Il posa les protections auditives sur le banc. Puis il se retourna.

Darby applaudissait et lui souriait. Il secoua la tête en s'approchant d'elles. Haley était incroyable dans ce haut jaune ajusté, ce jean serré et ce rouge à lèvres qui lui donnait envie de…

Ça suffit les fantasmes sexuels au travail.

Il prit Darby dans ses bras et resta à regarder Haley, essayant maladroitement de déchiffrer son expression. Sa bouche souriait, mais ses yeux étaient pleins d'appréhension. Elle avait l'air reposée pourtant. Les ombres qui soulignaient ses yeux depuis des jours avaient disparu.

Il aurait dû savoir qu'il fallait éviter un déversement d'émotions alors qu'ils étaient épuisés, avec les nerfs à vif, mais il s'était senti impatient et coupable.

Il aurait dû le savoir, mais il était humain. Comme tout le monde, il lui arrivait de commettre des erreurs. Il fit un pas en avant, passa sa main derrière sa nuque et l'attira lentement pour l'embrasser. Il lui laissa le temps de reculer avant d'effleurer ses lèvres douces comme des pétales de rose. Puis il retira sa main. Il était à l'Académie Nationale du FBI, et au travail. Mais il avait besoin qu'elle sache qu'il était désolé d'avoir tout gâché la veille au soir et qu'il lui pardonnait de l'avoir abandonné. Ce baiser se passait de mots.

— Vous voulez essayer de tirer ?

Il avait déjà demandé l'aval de l'instructeur. Des NAT – nouveaux agents en formation – avaient réservé le créneau plus tard dans l'après-midi, mais durant l'heure suivante, il y avait quelques cibles libres s'ils le voulaient.

Darby bondit d'excitation.

— Oui !

Elle s'ennuyait ferme et cherchait une distraction qui n'impliquait pas de réfléchir à la manière dont elle allait avancer dans la vie. Elle aurait tout le temps du monde pour le découvrir. Ce matin-là, il avait passé une heure au téléphone avec son directeur de thèse. Quentin avait expliqué au type ce qu'il pensait de lui pour avoir laissé une étudiante seule au milieu de nulle part, sans aucun soutien. Le professeur avait l'air sincèrement contrarié et contrit, mais Quentin allait garder un œil sur lui à partir de maintenant.

Haley fit un pas en arrière.

— Ça me va de regarder seulement.

Sa voix était rauque et sexy comme l'enfer.

Et merde. Elle le retournait par sa simple présence.

— L'instructeur a proposé de me laisser essayer l'un des fusils à lunettes de la HRT.

Des fossettes creusaient les joues de Darby alors qu'elle souriait.

Il jeta un coup d'œil à Haley, mais elle évita son regard.

— Allez parler, tous les deux.

Darby les chassa d'un geste de la main. Elle avait l'air heureuse, réalisa-t-il. Peut-être parce qu'elle se sentait en sécurité.

Il ferait tout ce qui était en son pouvoir pour qu'elle continue à se sentir de la sorte, mais, malheureusement, elle ne pourrait pas rester pour toujours. Il lui avait obtenu un mois de grâce, ce qui était un petit miracle de coopération bureaucratique et de bon timing. Avec un peu de chance, le zoo médiatique se serait calmé au moment de son départ.

Son nouveau portable professionnel sonna dans sa poche. C'était Alex Parker.

— Excusez-moi, leur dit-il. Je dois répondre.

— Apparemment, le type qui a provoqué l'accident de voiture impliquant Mme Wenck a utilisé une fausse identité pour louer le véhicule, dit Alex sans préambule. Je n'arrive pas à obtenir des images claires de lui sur les vidéos de sécurité.

Quentin poussa un juron.

— Qui que ce soit, il devait travailler en collaboration avec les terroristes de l'hôtel pour s'assurer que le milliardaire parte avant l'attaque.

Wenck n'avait rien fait de suspect après les avoir reçus à Darwin, à part appeler son avocat. L'avocat n'avait pas semblé heureux ou surpris lorsque Wenck avait mentionné Haley et ce dont elle pourrait l'accuser. Alex avait également engagé un détective privé pour voir s'il pouvait retrouver d'autres femmes qui auraient pu être agressées par le milliardaire.

— Il y a encore deux choses, dit Alex. La montre Cartier de la grand-mère d'Haley vient de refaire surface sur le site d'un revendeur en Australie.

Super.

— Et la deuxième ?

— Quelqu'un a utilisé un mixeur pour déplacer les bitcoins que j'ai versés pour la rançon vers un autre compte.

— Vous pouvez quand même suivre l'argent ? demanda Quentin.

Alex eut l'air insulté.

— Oui, je peux le suivre. S'ils s'en servent pour payer quelque chose dans le monde réel, je peux coincer ces salauds. Mais s'ils passent par un deuxième mixeur, alors le suivi de l'argent devient exponentiellement plus difficile.

Quentin jura sous cape.

— Je vais contacter les flics en Australie pour la montre.

— Elle aime vraiment cette montre, dit Alex à voix basse.

Quentin grogna. Son ami de la police fédérale australienne lui en devait une après le tuyau sur les fonctionnaires corrompus à Darwin. Il raccrocha et se dirigea vers l'endroit où Haley regardait Darby mettre à l'épreuve un fusil à lunette Remington 700 spécialement modifié. Putain de merde, cette fille savait tirer. Il n'avait aucun problème à imaginer ce sur quoi Darby tirait, dans sa tête. Il espérait que les hommes qui l'avaient agressée brûlaient dans les profondeurs ardentes de l'enfer.

L'esprit d'Haley, il s'en rendit compte lorsqu'elle se tourna vers lui, était une tout autre affaire. Il n'avait aucune idée de ce qu'elle pensait, et ça ne pouvait pas être bon.

Ils s'éloignèrent pour avoir un peu d'intimité. Elle leva la main, presque comme dans un geste de défaite.

— Je suis désolée pour hier soir.

— J'aurais dû vous parler d'Abbie plus tôt.

Haley pressa ses jolies lèvres rouges l'une contre l'autre, et inclina le menton.

— Ce n'était jamais le bon moment pour discuter de choses qui n'étaient pas directement pertinentes pour notre survie immédiate.

Le soleil éclairait ses cheveux blonds. Il pouvait voir d'autres agents la regarder. C'était le genre de femme que tout le monde remarquait. Mais son attrait pour elle allait plus loin que ça. Malgré son apparence robuste, elle pouvait être facilement blessée.

Il ne voulait pas être responsable.

— Et si on y allait doucement pendant un moment ? Histoire de voir si on peut trouver une place dans la vie de l'autre maintenant qu'on n'est plus *en train de courir* pour sauver nos vies, suggéra-t-il. Juste histoire de prendre du bon temps.

Elle sourit, mais une ombre d'incertitude semblait planer sur ses traits et atténuer sa lumière.

Son portable sonna à nouveau. Il consulta l'écran.

— Mince... Je dois répondre.

— Vous travaillez. Je ne voulais pas vous déranger.

Il toucha son bras pour qu'elle le regarde vraiment.

— Haley, vous pouvez me déranger n'importe quand. Travail ou pas. Je...

Son portable sonna encore. Il aurait aimé le réduire en miettes. Il l'éteignit.

Elle commença à s'éloigner.

Il fit une tentative désespérée en s'attaquant à la question la plus importante.

— Ne vous sentez pas obligée de rivaliser avec la mémoire d'Abbie...

Haley cessa de battre en retraite, mais son expression ne présageait rien qui vaille.

— Comment pourrait-il en être autrement ? La femme avec laquelle vous étiez marié était sur le point de donner naissance à l'enfant que vous désiriez quand ils sont morts tous les deux de façon tragique. C'est déchirant, Quentin, et je suis vraiment désolée que ça soit arrivé.

Ses yeux tristes lui brisèrent le cœur une fois de plus.

— Mais je ne suis pas comme elle. Je suis égoïste. Je ne suis pas prête à abandonner mon travail ou à me transformer en femme au foyer.

— Je n'ai jamais demandé à Abbie d'abandonner son travail.

Les gens les regardaient, mais Quentin s'en fichait.

— C'était son choix.

— Pour vous. À cause de vous, de votre emploi du temps. Du fait que votre vie entière tourne autour du travail. Vous l'avez dit vous-même, vous ne prenez jamais un jour de congé.

Elle écarta de son visage ses cheveux fouettés par la brise. Il serra les dents.

— Je sauve des vies, Haley.

— Je sais. Je sais à quel point votre travail est important, et vous le faites vraiment très bien. Mais ce n'est pas la question. Je ne vais pas rester sur la touche, à être la petite femme qui vous soutient pendant que vous passez tout votre temps ici.

Elle fit un signe de la main vers les bâtiments de l'Académie. Le stand de tir.

— Mon travail est important pour moi. Je suis prête à alléger mon emploi du temps pour construire une relation, mais je ne vous vois pas faire de même.

La colère se réveilla, faisant bouillonner son sang.

— Vous décidez tout ça sans même me laisser une chance ?

— Je ne peux pas me permettre de vous laisser le temps de me prouver que j'ai tort, murmura-t-elle. Aussi difficile que ce soit de s'éloigner de tout ça maintenant...

— Il n'y a pas de « ça », Haley. Soyons clairs. Vous vous éloignez de *moi*.

Elle regardait fixement l'herbe, ses lèvres formant une courbe triste.

— Vous ne pouvez pas nier que votre travail est tout pour vous.

Quentin attendait que l'indignation grandisse à l'idée qu'elle lui fasse faire ça ici et maintenant, mais tout ce qu'il ressentait était un sentiment croissant de vide à la fois horriblement familier et douloureusement nouveau. Sa gorge se mit à travailler alors qu'il cherchait les bons mots.

— Vous avez raison. C'*était* tout pour moi. Après avoir perdu ma famille, c'est en me donnant à fond dans mon travail que j'ai pu tenir. Mais maintenant...

Il se rapprocha, et elle se tendit comme si elle allait

prendre un coup. Il passa un doigt le long de sa mâchoire. Cette femme courageuse, qui se battait pour le genre de vie qu'elle méritait, qu'ils méritaient tous les deux.

— Maintenant, j'ai trouvé quelqu'un avec qui je veux rentrer à la maison. J'aime mon travail, Haley. Il est exigeant et important, mais il y a de la place pour vous ici avec moi si vous le voulez. Je vous le promets.

Un cri tenta d'attirer son attention vers un groupe de stagiaires, mais il ne détourna pas le regard de ses yeux bleus brillants.

Haley ouvrit la bouche et la referma. Enfin, elle dit :

— Vous le pensez ?

Il hocha la tête.

— Vraiment ?

Il sourit lentement. Il la tenait.

Elle se jeta sur lui, et il vacilla sous l'impact, mais ne faiblit pas. Il la tint fermement. Suffisamment pour la convaincre qu'il n'avait pas l'intention de lâcher prise. Ils méritaient de se donner une chance.

Darby les siffla, et Haley rit, gênée. Ses joues rouges étaient adorables.

— Nous avons encore des choses à nous dire, lui dit-elle doucement. Et si je vous surprenais avec un dîner chez vous ?

Il acquiesça, espérant qu'il lisait correctement son regard de braise et qu'elle n'allait pas le laisser tomber pour se mettre aux fourneaux.

— Bien que vous ayez un peu gâché la partie surprise, plaisanta-t-il.

— Je suis sûre que je peux trouver quelque chose pour vous étonner. Son ton était séducteur, son sourire redevenait celui de la femme sexy et sûre d'elle qu'il avait rencontrée. Mais il savait qu'elle ne se limitait pas à ça. Les gens qui la sous-estimaient et lui manquaient de respect étaient des imbéciles.

— Je n'en doute pas un instant.

Il fouilla dans sa poche et sortit une clé de son porte-clés.

— Je serai peut-être un peu en retard comme c'est mon premier jour de retour au travail.

Il lui remit la clé et lui envoya l'adresse de sa rue par SMS avec son nouveau téléphone portable.

— Mais je ferai tout mon possible pour être là à dix-neuf heures.

CHAPITRE TRENTE-CINQ

Quentin et Eban prenaient part à un appel vidéo secret avec Steve McKenzie du SIOC, au siège. Le chef de la force opérationnelle ne voulait pas que les négociateurs soient impliqués, mais McKenzie savait qu'ils pourraient avoir des informations précieuses grâce au travail qu'ils avaient effectué dans la région au fil des ans.

Quentin n'avait toujours pas rattrapé son retard. Il lui fallait lire tous les rapports d'autopsie et de balistique et la montagne d'informations qui avaient été recueillies. Il n'avait pas hâte.

— Quelqu'un a forcé la femme de Wenck à avoir un accident de voiture qui a éloigné le milliardaire avant que l'attaque n'ait lieu. Une idée de qui se cache derrière ? demanda McKenzie.

— Wenck a l'habitude d'acheter des gens dans toute l'Asie du Sud-Est. Ses mines font vivre des communautés entières. Beaucoup de gens dépendent de lui pour survivre. Sans lui, ils mourraient de faim.

Eban s'adossa à sa chaise et étira ses jambes sous la table.

— Des liens entre Hurek et Wenck ? demanda McKenzie.

— Alex et nos gars n'ont rien trouvé, répondit Quentin, contrarié. Je ne comprends toujours pas pourquoi Hurek a attaqué l'hôtel.

— La motivation habituelle des terroristes, fit McKenzie en haussant les épaules. Pour faire régner la terreur, se faire un nom dans la communauté terroriste, sensibiliser à leur cause...

— La cause de Hurek a toujours semblé être Hurek, ajouta Eban.

Quentin joignit ses mains devant lui et posa son menton dessus.

— Dommage qu'on ne puisse pas poser de questions à ses disciples sur leurs motivations. L'attaché juridique à Jakarta pense que Hurek était de mèche avec certains extrémistes au sein du gouvernement. Qu'ils travaillaient à saper les modérés au pouvoir sur plusieurs fronts.

— Des preuves de ça ? demanda McKenzie.

— Pas encore.

Il haussa les épaules en s'excusant.

— Pourquoi prendre des otages ? demanda McKenzie.

— Pour l'argent, dit Quentin pensivement. Et pour leur donner une certaine légitimité terroriste qui détournait de leur motivation réelle ou de leurs commanditaires.

— Ça pourrait expliquer pourquoi ils étaient si mauvais en négociation.

Eban bailla. Ils étaient tous épuisés.

— La grande question est : pourquoi cibler Quentin ?

McKenzie regarda par-dessus son épaule. Il était dans la salle de réunion que les négociateurs utilisaient au SIOC. Il faisait sombre, mais il suffisait que le patron passe devant pour qu'ils doivent mettre un terme à l'appel.

— C'était plutôt gonflé de s'en prendre à cette conférence

et de tuer tous ces gens, mais presque suicidaire de jeter son dévolu sur un agent fédéral.

— Les terroristes ont peut-être voulu contrarier les relations entre les gouvernements américain et indonésien. Tuer des civils et kidnapper un agent fédéral aurait cet effet. Franchement, je suis juste content d'être en vie. Chanceux aussi.

Une vague de fatigue le frappa et il regarda sa montre, se demandant dans combien de temps il pourrait rentrer chez lui auprès d'Haley.

Eban frotta ses yeux rougis.

— Chanceux ? Tu as tué neuf hommes, certains à mains nues, et aidé à sauver trois femmes.

— Deux, dit Quentin d'un ton sec.

Il n'avait rien fait pour aider Alice Alexander.

— Je pense quand même que tu es un dur à cuire.

Eban lui offrit un sourire fatigué.

Quentin n'était pas à l'aise avec les éloges.

— Haley et Darby sont les vraies héroïnes. Et vous autres, pour nous avoir trouvés.

L'équipe de Quentin s'était surpassée. Chaque homme et chaque femme s'était mobilisé pour faire fonctionner l'unité et contribuer à le ramener sains et saufs. Il aurait fait la même chose pour eux. C'étaient de sacrés bons agents.

Il *était* un homme chanceux.

Il se leva et attrapa sa veste.

— Je dois y aller. Merci pour votre aide et votre assistance. Maintenant, je vais rentrer chez moi et dormir jusqu'à lundi.

Avec un peu de chance, il ne dormirait pas seul.

Haley retira ses talons à semelles rouges et entra dans l'appartement de Quentin avec un sentiment d'excitation et d'inquiétude. Les talons aiguilles de dix centimètres étaient douloureux, et elle avait l'horrible impression qu'elle risquait de remettre des bottes à l'avenir.

Elle regarda autour d'elle, ravie que Quentin lui ait fait confiance en lui donnant la clé de chez lui. Ils savaient tous les deux que ça lui révélerait des choses sur lui qu'elle voulait savoir.

Après sa promesse, elle se sentait mieux. Les choses n'étaient pas nécessairement résolues, mais il lui avait dit qu'il voulait faire de la place pour elle dans sa vie.

C'était un sacré bon début.

Elle rangea ce qu'elle avait acheté ; des steaks et les ingrédients pour préparer une salade, dans le grand réfrigérateur vide.

Elle consulta l'heure sur son téléphone. Sa montre lui manquait, ce rappel constant de l'amour de sa grand-mère autour de son poignet. Dix-huit heures. Bien assez tôt pour lancer le gril et préparer la salade.

Quentin voulait-il toujours des enfants ? Elle chassa la question. Elle brûlait sûrement les étapes en se demandant à quoi une famille pourrait ressembler avec un gars qu'elle venait tout juste d'apprendre à connaître. Et tant pis s'ils s'étaient rencontrés dans des circonstances extrêmes et avaient directement couché ensemble. Ils avaient encore besoin de temps pour se découvrir l'un l'autre.

Elle passa de la cuisine au salon. Elle s'arrêta quand elle aperçut deux photos encadrées sur une étagère. Elle se rapprocha. L'une d'elles était une photo de Quentin et de sa femme le jour de leur mariage. Leurs sourires reflétaient la même joie. Ils étaient manifestement si heureux qu'Haley dut cligner des yeux pour retenir son émotion. La photo suivante montrait Abbie, très enceinte, les mains jointes sur son ventre gonflé. Quentin se tenait à côté d'elle, l'air dégingandé et fier.

La gorge d'Haley était douloureuse à force de réprimer les larmes. Juste derrière la photo se trouvait un petit cadre argenté avec l'image d'un nouveau-né emmailloté.

— Thomas. Il est mort-né.

La voix de Quentin la fit tressaillir.

Haley leva les yeux.

— Je suis désolée. Je ne voulais pas fouiner.

Quentin jeta un sac et son nouveau portefeuille sur la table de l'entrée. Il enferma son arme de poing dans un tiroir.

— Tout va bien. Ça ne me dérange pas que vous regardiez. Je me sens toujours coupable de ne pas parler de lui plus souvent.

Quentin s'approcha et se plaça à côté d'elle, prenant le petit cadre argenté d'une main et passant son pouce sur l'image.

— Je ne l'ai pas connu, mais je l'ai senti remuer dans le ventre de sa mère et j'ai vu son cœur battre à l'échographie. Je l'ai tenu, après... Je l'ai aimé.

Il marqua une pause, et Haley ressentit la douleur qu'il avait dû endurer.

— J'essaie de l'imaginer grandir, mais c'est un fantasme inutile que je semble construire sans autre raison que de me tourmenter.

La douleur dans sa voix la détruisait.

— Que s'est-il passé ?

— Abbie ne se sentait pas très bien, mais elle a décidé d'attendre que je rentre du travail pour aller à l'hôpital. Elle ne voulait pas me déranger. Son placenta s'est rompu et le cordon s'est emmêlé et le temps que je les rejoigne, c'était déjà... trop tard.

La pomme d'Adam de Quentin tressauta.

— Ce n'était pas de sa faute. Elle détestait me déranger quand j'étais au travail, mais elle ne me dérangeait jamais.

Il se mordit les lèvres.

— Je pensais ce que j'ai dit aujourd'hui. J'aime mon travail, mais j'aimerais aussi avoir une vie.

Le ton de sa voix était trop pour Haley. Elle attrapa sa main et la pressa contre sa joue.

— Je suis vraiment désolée qu'ils soient morts, Quentin.

Il hocha la tête en silence et posa la photographie.

— Moi aussi. Mais ça fait cinq ans maintenant, et il est temps pour moi de passer à autre chose.

Il passa une main dans ses cheveux.

— Je ne les oublierai jamais, mais j'apprends à lâcher prise.

Il posa la photo de mariage face contre terre, et fit de même avec les autres.

— Ça ne vous gêne que je ne puisse pas avoir d'enfants ?

Ses yeux brillèrent férocement quand ils croisèrent les siens.

— Honnêtement, je ne pense pas que je pourrais revivre ça.

On aurait dit que quelqu'un lui arrachait le cœur.

— Si vous voulez des enfants, vous pouvez toujours adopter, dit-elle prudemment.

— Il y a une semaine, je ne pensais pas avoir à y repenser un jour.

Puis il rit et lui serra la main. La sensation était aussi familière que son propre reflet.

— Heureusement qu'on devait rester légers. Je vous ai fait pleurer.

Haley essuya ses larmes.

— Je ne peux pas imaginer ce que vous avez traversé. Et je

parie que vous n'avez jamais laissé personne vous aider à y faire face, n'est-ce pas ?

— Je me suis plongé dans le travail.

Il cherchait à dévier la conversation.

Elle l'en empêcha et décida qu'il était temps d'adopter une plus grande familiarité.

— Je veux être avec toi, Quentin, mais tu n'as pas à oublier Abbie ou le bébé que tu as perdu.

Elle remit doucement les cadres debout.

À la façon dont ses lèvres se pressaient l'une contre l'autre, elle pouvait voir qu'il essayait toujours de ne pas céder à l'émotion. Au lieu de ça, il la souleva dans ses bras.

— Je t'emmène au lit. C'est une première pour moi d'avoir quelqu'un ici.

Elle lui toucha le visage. Il était si beau. Elle pensa à son propre passé et aux fantômes qu'elle traînait. Ils avaient tous les deux besoin de s'adapter au poids des bagages de l'autre.

Elle s'essuya les yeux. Son maquillage avait coulé.

— Je n'ai l'air de rien.

— Tu es sérieuse ?

— J'avais prévu de te faire à manger et de te séduire. Maintenant je dois arranger mon maquillage.

Il la remit sur pied sur le sol de sa chambre. Les rideaux étaient tirés. Le lit n'était pas fait, ce qui la surprit. Elle avait imaginé qu'il serait M. Régiment, ordonné et rangé.

Il lui prit le visage, relevant son menton avec une autorité qui la fit vibrer.

— Tu n'as pas besoin de rectifier son maquillage. Tu es incroyablement belle.

Il glissa une main sur son côté et la posa sur sa hanche.

— Tu es ridiculement attirante. C'est ce que je pensais déjà au bar samedi soir dernier.

Bon sang, tant de choses s'étaient passées en une semaine.

— Je le pensais aussi quand tu étais couverte de terre et d'une couverture sur le flanc d'un volcan.

Sa main glissa plus bas, puis remonta le long de sa cuisse jusqu'à ce que ses doigts trouvent la soie de sa culotte.

— Et je le pense maintenant.

Elle frissonna quand il posa lentement ses lèvres sur la peau sensible de son cou.

Ses doigts trouvèrent la fermeture éclair à l'arrière de sa robe. Il l'ouvrit, puis lui ôta sa robe, qui tomba sur le sol.

Elle s'en extirpa et vit ses yeux s'assombrir. Son soutien-gorge et sa culotte étaient faits d'une délicate dentelle lavande qui enveloppait ses seins et ne laissait aucune place à l'imagination.

Elle lui ôta sa cravate, appréciant le bruit qu'elle produisit en se détachant. Puis elle défit les boutons de sa chemise blanche impeccable. Et trouva la boucle de sa ceinture et la détacha, ouvrant le bouton de sa braguette et descendant sa fermeture éclair.

Il ne dit rien alors qu'elle passait ses mains sur ses épaules bronzées, soulignant la saillie de ses clavicules, le renflement de ses biceps. Des poils bruns parsemaient son torse et elle descendit tout en bas, jusqu'à trouver un renflement des plus satisfaisants qui lui brûla les doigts lorsqu'elle l'enserra.

— Je te trouve aussi très attirant, dit-elle en lui souriant.

La première fois qu'ils avaient fait l'amour, ils étaient deux inconnus qui avaient partagé un bon moment. Leurs ébats avaient été passionnés, mais cela restait un désir animal. Les deuxième et troisième fois qu'ils avaient fait l'amour étaient des tentatives désespérées pour évacuer le stress et prouver qu'ils étaient toujours en vie, qu'ils se battaient toujours. Des bouffées de plaisir frénétiques et glorieuses dans une situation de survie extrême.

— Je veux te faire l'amour dans mon lit.

Sa voix vibrait d'un sentiment d'urgence réprimé. Il voulut s'approcher d'elle, mais elle secoua la tête.

— Je veux te sentir en moi. Le plus vite possible. Je n'en peux plus d'attendre.

La sensation entre ses jambes menaçait de la consumer si elle ne l'apaisait pas rapidement.

Ses yeux devinrent couleur de l'obsidienne. Elle s'allongea sur le lit et l'attira vers elle. Il fit glisser son soutien-gorge et prit son mamelon en bouche, le suçant assez fort pour qu'elle crie, mais pas de douleur. Il défit l'attache et le jeta par terre. Tandis que sa bouche se régalait de ses seins, sa main descendait plus bas, s'enfonçant dans sa culotte, puis glissant profondément entre ses lèvres lisses. Chaque fois que ses doigts plongeaient en elle, la paume de sa main massait son clitoris. Ses pieds s'enfonçaient dans le matelas et ses hanches se soulevaient.

— S'il te plaît. Quentin.

— S'il te plaît quoi ?

Il rit alors qu'elle se raidissait, se tordait et était prise de spasmes dans ses bras.

Quand elle s'effondra sur le lit, il glissa son nez contre son cou.

— C'était seulement l'entrée.

Elle essaya de changer de position, de lui rendre la pareille en lui faisant plaisir. Il ne la laissa pas faire.

— Pas si vite, Cramer.

— Mais...

— J'ai l'intention de te donner tout ce que tu veux, mais si tu me touches maintenant, je suis foutu.

Il se redressa et la regarda, écartant ses genoux et glissant contre son intimité, sans jamais lâcher son regard. Il passa son sexe sur son clitoris hyper sensible et elle ferma les yeux en gémissant.

— Alors que toi, dit-il en l'embrassant lentement, passionnément avant de glisser en elle, tu peux, je l'espère, reprendre le chemin de l'orgasme tout de suite.

Elle lui agrippa les fesses et serra de toutes ses forces tandis qu'il l'amenait faire un nouveau voyage dans les étoiles. Elle était totalement aveuglée par le plaisir. Elle aurait voulu qu'il n'arrête jamais.

CHAPITRE TRENTE-SIX

Ils avaient fait l'amour, mangé et refait l'amour. À présent, ils étaient allongés au lit, dans les bras l'un de l'autre, regardant fixement le plafond, tous deux rassasiés et épuisés, incapables de dormir en raison de leurs horloges corporelles toujours réglées sur l'autre bout du monde.

Haley glissa sa main sur son torse, jouant avec ses mamelons plats. Ils la fascinaient, mais pas autant que les siens le fascinaient, lui.

— C'est drôle qu'on soit les deux personnes à s'en être le mieux sorties. Avec Chris Baylor, je suppose.

— Et Tricia Rooks et Grant Gunn ? demanda Quentin.

— Aucun d'entre eux n'en a tiré un amant ou un contrat de plusieurs millions de dollars. Et la pauvre Tricia est toujours intubée à l'hôpital.

Il fronça les sourcils.

— Chris a eu un gros contrat ?

Il ne l'avait pas mentionné. Il aimait généralement se vanter, bien que Quentin ait pris son ami au dépourvu avec sa réapparition, et ils ne parlaient généralement pas affaires.

Elle frissonna.

— Oui, mais je lui laisse. Wenck a décidé de renouveler le contrat de sécurité qu'il avait avec Bay-Kar pour quelques années de plus. J'ai entendu dire qu'ils ont augmenté le prix et ont escroqué ce bâtard. En même temps, c'est bien fait pour lui.

Sa main s'arrêta sur son cœur.

— Je vais essayer d'enterrer la hache de guerre avec Chris. Je sais qu'il est important pour toi. Je veux être assez mature pour pouvoir au moins coexister cordialement avec lui.

— J'apprécie l'intention, mais tu n'as pas à supporter les conneries de qui que ce soit pour moi.

Quentin serra Haley dans ses bras et l'embrassa sur le front.

Les pensées tournaient en boucle dans son cerveau, et il ne pouvait pas dormir. Il attendit une heure qu'Haley s'endorme. Quelque chose le dérangeait. Il se leva du lit et ouvrit son nouvel ordinateur portable, commençant à parcourir lentement certains des dossiers d'autopsie et de balistique de la nuit de l'attaque.

Haley se réveilla en clignant des yeux, alors que la fatigue tentait de la faire sombrer à nouveau. La lumière perçait à travers les stores fermés, suggérant qu'il était plus tard que son heure de réveil habituelle. Le lit était vide. Elle chercha une horloge et en trouva une sur la commode.

Neuf heures. Et merde.

Elle se leva et s'étira, se demandant où était Quentin. Puis elle repéra une note sur l'oreiller et la récupéra.

« J'aime notre façon d'y aller doucement. Je dois aller au travail ce matin. Je suis désolé. On se retrouve pour dîner ? »

Une partie d'elle était irritée qu'il soit parti travailler le week-end, mais la nuit précédente avait été incroyable, et aucun d'entre eux n'était du genre à avoir des horaires de bureau. Elle faillit serrer le papier contre sa poitrine. Elle était presque sûre de l'aimer. Rien d'autre ne pouvait expliquer les vagues géantes d'émotion qui l'inondaient.

Son portable sonna.

Dermot voulait qu'elle vienne à Washington pour passer la journée avec lui.

Elle ne voulait vraiment pas partir. Elle aurait aimé rester là, ce qui l'effrayait au plus haut point. Elle réfléchit quelques instants, nue dans la chambre de Quentin.

Elle envoya un SMS à Dermot pour lui dire de réserver une table pour le déjeuner dans son restaurant préféré à Washington. Elle n'avait pas besoin de choisir entre ses amis et Quentin. Elle était assez chanceuse et assez souple pour pouvoir profiter des deux.

Elle voulait que Quentin ait les deux aussi. Même si cela l'agaçait, elle s'efforcerait de tendre la main à Chris Baylor, même si le seul endroit où elle voulait vraiment enterrer la hache de guerre était dans le crâne épais de cet homme. Mais Chris était important pour Quentin, et elle ne voulait pas le forcer à choisir entre eux.

Elle envoya un texto à Quentin lui disant qu'elle partait pour Washington, mais qu'elle reviendrait dans la soirée s'il voulait toujours dîner – à moins qu'il ne veuille la retrouver en ville. Puis elle décida de passer sous la douche avant d'aller à Washington. Peut-être qu'Alex et Mal voudraient venir aussi ?

Elle leur envoya un SMS pour leur proposer. Elle était d'humeur joyeuse.

Elle voulait le lui dire.

Elle voulait dire à Quentin qu'elle pensait être en train de tomber amoureuse de lui. Même si c'était si effrayant. Mais si elle avait peur d'être blessée, elle ne pouvait qu'imaginer ce qu'il devait ressentir... se mettre à nu après avoir déjà tout perdu auparavant.

Il avait été incroyablement courageux.

Elle lui écrivit une note avant de risquer de changer d'avis. Elle ajouta un « Je t'aime » avec un petit cœur par-dessus et le plaça sur le coussin. Son cœur tambourinait douloureusement contre ses cotes. Il ne saurait jamais que c'était la première fois qu'elle écrivait ces mots. Ou peut-être le saurait-il.

Si quelqu'un semblait la comprendre, c'était bien Quentin Savage. Elle était reconnaissante que les mauvaises choses soient derrière eux à présent, et qu'ils puissent se tourner vers l'avenir.

CHAPITRE TRENTE-SEPT

Quentin franchit les barrières de sécurité de l'enceinte de Bay-Kar à dix heures du matin et se gara devant l'un des bâtiments carrés qui abritaient leurs bureaux.

— Regardez qui est là !

Nick Karlovac vint à sa rencontre, vêtu d'un jean, d'un t-shirt foncé et de bottes de combat.

— Deux fois en l'espace de quelques jours ! À quoi dois-je ce plaisir ?

Quentin sourit. Mais il aurait préféré être n'importe où ailleurs.

— J'ai besoin d'une raison ?

— Bon sang, non, mais ça fait quatre ans qu'on est là, et je crois que c'est seulement la deuxième fois que tu passes.

Les bras épais de Nick étaient croisés sur son torse.

— Quoi de neuf ?

— Je devais aller à Washington et je me suis dit que j'allais m'arrêter en chemin. Histoire de m'excuser auprès de ce connard pour l'avoir frappé.

— Il le méritait.

— Où est-il ?

Nick pencha la tête sur le côté.

— Il doit rentrer de Washington. On se prépare pour un boulot, et il a dû aller chercher des fournitures.

Il consulta sa montre.

— Il devrait être là dans moins de trente minutes, à moins qu'il ne s'arrête prendre le petit-déjeuner en chemin. Qu'est-ce qu'il y a ? Tu veux encore me demander d'être le témoin ?

Quentin eut l'impression qu'on lui transperçait le cœur.

— Ah ah. C'est un peu tôt pour ça.

Il ne voulait pas parler d'Haley. Il inspecta les environs. Il y avait plusieurs dépendances sécurisées, des caméras et des détecteurs de mouvement installés autour du périmètre. C'était logique, vu le genre de travail que faisaient ces gars.

Quentin regarda son ami.

— Je suis inquiet pour Chris. Il a une mine atroce. Je suppose qu'il a été soumis à beaucoup de pression ces derniers temps ?

— Je lui ai dit de faire voir son cœur et de limiter les cigares, mais il ne m'écoute pas.

Nick haussa les épaules. Il arborait une mine déconfite.

— On a tous les deux été pas mal stressés. Apparemment, on est meilleurs pour botter des culs que pour diriger une entreprise.

— Diriger une entreprise ?

— Oui.

Nick laissa échapper un rire et regarda autour de lui. Ils pouvaient entendre la circulation sur la route voisine, mais ne pouvaient pas la voir en raison des arbres qui entouraient le complexe.

— On a failli faire faillite, mais maintenant...

Nick posa ses mains sur ses hanches et sembla prendre une décision.

— Écoute, je sais que c'est terrible, la façon dont les choses se sont passées, mais avec toutes les autres compagnies dans la tourmente et la nôtre qui est déjà en place en Indonésie...

— Tu es en train de me dire que sans le massacre de l'hôtel, votre entreprise aurait fait faillite ? C'est compréhensible que tu penses que c'est une bonne nouvelle.

— Exactement, acquiesça Nick. Maintenant, on a une chance de se remettre en selle.

— Ça a dû être une période difficile pour Michelle et toi.

Nick déglutit péniblement.

— Michelle n'en a rien su. L'idée de perdre la maison et de faire faillite était assez humiliante pour être honnête. Mais tout va bien, maintenant. C'est réglé.

— Ça doit être un sacré soulagement.

Nick sourit.

— Le fait que tu sois en vie est un soulagement encore plus grand. Si tu veux te joindre à nous et t'occuper de l'aspect commercial, tu seras toujours le bienvenu.

— Je m'en souviendrai. Tu portes toujours un SIG ?

Nick fronça les sourcils en jetant un coup d'œil à son étui d'épaule.

— Oui. Pourquoi ?

— Et Chris. Il utilise un SIG, pas un Glock, non ?

— Tu sais aussi bien que moi que les Glock sont de belles merdes. On préfère tous les deux les SIG.

Nick regarda fixement l'arme de service de Quentin, un Glock 22.

Quentin n'était pas venu discuter des meilleures armes qui existent.

— Le truc, c'est que...

— Allons prendre un café, l'interrompit Nick. Je ne suis pas bien réveillé.

Quentin le suivit. Il espérait se tromper. La pièce était

grande et aérée, avec une grande table de travail au milieu et deux bureaux adossés au mur. De grandes fenêtres offraient des vues imprenables sur la forêt environnante et beaucoup de lumière naturelle.

— La vérité, c'est que je suis face à un dilemme.

Quentin se massa le sternum comme si ça pouvait soulager la brûlure sous ses côtes.

— À propos de quoi ?

Nick avait l'air inquiet.

Quentin devait forcément se tromper. Il *devait* y avoir une explication rationnelle.

— J'ai parcouru les rapports balistiques de l'attaque.

Des centaines, voire des milliers de cartouches avaient été tirées, et le travail était toujours en cours.

— Il semble qu'un des criminels ait mis une balle à chacune des victimes pour s'assurer qu'elles étaient mortes.

— Sacré sang-froid.

Nick se dirigea vers la machine à café, prit deux tasses tachées de café et les posa sur le plan de travail. Un mug arborait les mots « Meilleur papa du monde ». Il sortit son portable et consulta un message.

— Michelle me demande à quelle heure je vais rentrer. Ça te dirait de passer faire un barbecue ?

— J'adorerais rattraper le temps perdu avec Michelle et les enfants. Voir un peu ce que tout le monde devient. À quelle heure ?

— Je vais lui demander.

Nick envoya un texto et jeta le portable sur le plan de travail.

— Chris et toi avez eu de la chance de sortir vivants de cet enfer.

Il croisa les bras et s'adossa à l'éviter.

— Oui et non.

Nick fronça les sourcils.

— Comment ça ?

Ce que Quentin était sur le point de dire sonnait comme une trahison. Ça le rendait malade, mais c'était son travail. Plus que ça, c'était l'essence de ce qu'il était en tant que personne.

— Les tirs d'exécution proviennent tous d'un Glock.

— Et ?

— Chris portait un Glock quand je l'ai trouvé.

Le sourire de Nick se dissipa, puis sa lèvre supérieure se retroussa.

— Alors il l'a pris à l'un des terroristes avant que tu n'arrives, grogna-t-il.

Quentin observait Nick, cherchant des signes de tromperie.

— Chris a dit à l'agent qui l'a interrogé après l'attaque qu'il avait apporté l'arme depuis le Timor oriental.

Nick posa les tasses si violemment que du café se déversa sur le plan de travail.

— Il a eu une commotion cérébrale ou ton gars a mal compris. Un des terroristes a pu utiliser le Glock, et Chris l'a ramassé. Tu sais à quel point les choses peuvent être confuses dans une fusillade.

Les mots de Nick évoquaient des souvenirs de batailles ensemble. Où ils s'étaient soutenus. Ils s'étaient sauvés mutuellement. Et les choses *pouvaient* se compliquent au combat – l'adrénaline, la peur, les balles qui pleuvaient et le bruit assourdissant, mais ces hommes connaissaient les armes mieux que leur propre peau.

— La plupart des corps étaient trop carbonisés pour identifier le calibre des blessures par balle, et encore moins pour retrouver des balles intactes.

Quentin observa l'expression de Nick alors qu'il lui racontait les meurtres de personnes qu'il avait connues.

— Mais quelques victimes ont été retrouvées là où les flammes ne s'étaient pas étendues. Et la balistique a fait correspondre le Glock que j'ai laissé tomber sur la plage – celui que j'ai pris à Chris à l'hôtel – aux balles trouvées dans le corps de ces victimes pendant l'autopsie.

Nick lui jeta un regard noir.

— Ce n'était pas Chris.

— On a un témoin oculaire. Tricia Rooks, de Raptor. Elle n'est plus sous respirateur depuis ce matin.

Quentin passa une main à l'intérieur de son col, qui était soudain trop serré. Parce que ses soupçons étaient fous. Il devait se tromper, mais c'était la seule explication possible.

— Elle a commencé à se souvenir de certaines choses. Elle dit qu'elle s'est réveillée après avoir été assommée et qu'elle a vu Chris tirer sur des gens en pleine tête. Elle était cachée par le corps d'un autre homme. Il ne l'a pas vue.

Les yeux de Nick balayaient la pièce du regard, évitant Quentin.

— Non. Non. Ce n'est pas possible.

— Tu te souviens, à son appartement ? Il m'a demandé comment je m'étais échappé. Comment a-t-il su que je m'étais échappé ?

Nick grogna.

— C'était une tournure de phrase.

Quentin secoua la tête.

— Pourquoi ne pas demander comment j'ai été *secouru* ? Ce n'était pas une simple tournure de phrase. Je le sais. Pourquoi vous vous êtes disputés ?

Nick parut abasourdi.

— Le jour où je suis venu à l'appartement de Chris, j'ai entendu des éclats de voix. Pourquoi vous êtes-vous disputés ?

Nick se mit à faire les cent pas.

— Va te faire foutre. Donc, le FBI a quoi ? La balistique d'une arme que n'importe qui aurait pu manipuler ? Le témoignage d'une femme qui a subi une lésion cérébrale et toi qui réagis de manière excessive à un commentaire innocent ?

Nick se retourna et lui fit face.

— C'est suffisant pour détruire tout ce qu'on a signifié les uns pour les autres ? Une vie d'amitié ? De fraternité ?

C'était la pire chose que Quentin ait jamais eu à faire – à part enterrer sa femme et son enfant, sauver Haley et Darby de violeurs, et tuer plus d'hommes en une semaine qu'en trois ans de guerre. Il ne laisserait pas un passé commun corrompre son âme.

— J'ai besoin qu'il vienne pour l'interroger, insista Quentin.

— C'est ton meilleur ami. Comment peux-tu l'accuser de ces conneries ?

— C'est la seule chose qui ait un sens ! rugit Quentin, furieux.

Ça lui avait pris une éternité pour le comprendre.

On ne l'avait pas ciblé pour qu'il meure, mais pour qu'il *survive*. Parce que l'un de ses meilleurs amis avait orchestré tout ça.

— Chris a aidé à organiser l'attaque et s'est assuré que je sois enlevé vivant. Sinon, pourquoi ils ne m'ont pas tiré dessus quand ils ont abattu tous les autres ?

Nick passa deux mains tremblantes dans ses cheveux courts.

— Non. Non. Non. À qui d'autre tu as raconté ces conneries ?

— Juste à toi. Je veux que tu m'aides à le ramener.

Haley avait encore emprunté l'Audi d'Alex et, même s'il avait semblé un peu réticent à lui remettre les clés, elle savait que ça ne le dérangeait pas vraiment. Avec une telle puissance sous le capot, il était tentant d'appuyer sur l'accélérateur, mais elle était également consciente qu'une amende pour excès de vitesse pourrait avoir des répercussions négatives sur Quentin, et elle préférait éviter. Elle voulait que Quentin soit fier d'elle.

Elle leva les yeux au ciel. Mon Dieu, elle était totalement séduite.

Elle dépassa le panneau indiquant Dale City et s'en voulut. Elle aurait pu prendre le virage vers Hoadly et s'arrêter dans l'enceinte de Bay-Kar. Elle avait l'intention de garder la tête haute et d'offrir une trêve à Baylor et Karlovac. L'un d'eux devait être là, avec ce nouveau contrat à honorer. À deux kilomètres de là, une autre bifurcation apparut et elle se retrouva à nouveau confrontée à ce dilemme. Elle savait que si elle ne le faisait pas maintenant, elle ne le ferait jamais.

Elle prit le virage et s'engagea sur Prince William Parkway, puis bifurqua vers une zone boisée à quelques kilomètres au nord. Elle suivait une jeep noire et, lorsqu'elle s'engagea dans l'entrée de l'enceinte de Bay-Kar, elle réalisa qu'il s'agissait du véhicule de Chris Baylor.

Avant de changer d'avis, elle s'engouffra derrière lui au moment où les portes se refermaient et se gara à côté de lui. Il avait le téléphone à l'oreille. Elle se força à sourire en sortant de la voiture basse d'Alex.

— Chris, j'espère que ça ne te dérange pas que je débarque sans prévenir, mais j'aimerais vraiment clarifier les choses, pour le bien de Quentin. Je sais combien tu comptes pour lui et je...

Elle se tut quand son ancien amant posa le canon d'une

arme noire sur sa tempe. Son cœur se mit à battre dans sa poitrine. Sa bouche s'assécha. L'acide tourbillonnait dans son estomac.

— Si c'est une blague, dit-elle en râlant, ce n'est pas très drôle.

Chris lui attrapa le bras et la poussa devant lui. Ce fut alors qu'elle remarqua le SUV noir de Quentin garé derrière un gros pick-up blanc. Et elle sut qu'elle avait commis une terrible erreur de jugement.

CHAPITRE TRENTE-HUIT

Le monde d'Haley se limitait à l'extrémité dangereuse d'un 9 mm lorsque Chris la dépassa pour ouvrir la porte et les pousser tous deux dans l'entrée. À l'intérieur du grand espace ouvert, Nick Karlovac et Quentin discutaient dans un petit coin cuisine.

Quentin fit un pas en avant, visiblement surpris.

— Haley ? Sérieusement ?

— Un peu plus près, et je lui fais sauter la cervelle, déclara Chris avec une froideur qui lui fit ressentir une peur glaciale.

Le métal dur s'enfonçait douloureusement dans son cuir chevelu. Si le coup partait, elle était morte. Elle se força à respirer lentement et régulièrement. En comptant jusqu'à cinq chaque fois.

Que s'était-il passé ?

Que se passait-il ?

— Ce n'est pas drôle, Chris. Pose ce putain de pistolet, ordonna Quentin.

Chris ignora son ami, un agent du FBI aguerri.

— Désolé, mon pote. Je ne peux pas.

Elle resta aussi immobile que possible, aussi docile que

possible, redevenant cette prisonnière impuissante. À la merci de la violence d'autrui. Les yeux sombres de Quentin la dévisageaient, semblant lui dire d'être forte. Puis il détourna le regard pour revenir à Chris, dont la prise sur son bras la lançait tellement qu'elle savait qu'elle aurait des bleus, en supposant qu'elle vive assez longtemps pour ça.

Elle pencha la tête pour voir l'expression de Chris. Ses yeux étaient pleins de regrets, mais sa bouche était ferme. Elle ne pouvait pas croire qu'elle avait eu une relation avec cet homme. Il avait l'air d'un inconnu.

— Laisse-la partir. Elle n'a rien à voir avec tout ça.

Quentin serra et desserra les poings.

— Elle a tout à voir avec ça. De toute façon, c'est un témoin maintenant.

Quentin secoua la tête.

— Elle ne sait rien. Laisse-la partir.

Haley n'avait aucune idée de ce qui se passait, mais elle savait que ça ne se présentait pas bien. Nick se tenait derrière Quentin, l'air anxieux.

Quentin parlait à voix basse, avec un sentiment d'urgence.

— Je sais que tu es inquiet, Chris. Viens avec moi. Je m'assurerai que tu sois traité équitablement. Dis-nous ce qui s'est passé. Je suis sûr qu'il y a des circonstances atténuantes. Un bon avocat te fera sortir avant l'heure du dîner, et on pourra en rire autour d'une bière.

Des circonstances atténuantes pour quoi ? Tenir une ex-petite amie sous la menace d'une arme ?

— On veut seulement t'interroger sur le Glock que je t'ai pris à l'hôtel, dit Quentin d'un ton égal.

— Il y avait tes empreintes dessus, fit remarquer Chris.

Quentin fronça les sourcils.

— Tu comptes dire que j'ai tiré sur ces gens dans le bar et que j'ai ensuite essayé de les sauver ?

Haley se raidit. Pourquoi Chris aurait-il tiré sur quelqu'un dans le bar ?

Chris haussa les épaules.

— Pourquoi pas ? Haley et toi avez monté un complot pour que sa société obtienne un gros contrat. Vous avez simulé l'enlèvement et la fuite. Sauvé quelques demoiselles en détresse en cours de route, histoire d'en sortir en putain de héros.

Elle resta bouche bée, mais garda le silence.

— Quel est le mobile d'Haley ?

Chris haussa les épaules comme s'il s'en fichait.

— Conspirer avec son nouvel amant ? Se venger de son ex ? Vouloir travailler avec Wenck et être prête à faire n'importe quoi pour ça, soulever sa jupe ou commettre un meurtre ?

— N'importe quoi, marmonna Haley.

Chris se pencha plus près de son oreille.

— Personne d'autre ne le saura, n'est-ce pas ?

Ses yeux s'élargirent lorsqu'elle croisa le regard sombre de Quentin. Son pouls battait la chamade. Ce n'était pas une mauvaise blague ou une attitude de macho énervé. Chris Baylor envisageait sérieusement de la tuer, et peut-être de tuer Quentin, pour dissimuler le fait qu'il avait commis une tuerie de sang-froid à l'hôtel.

Quentin avait l'air calme et posé. Elle comptait bien l'imiter. Elle inspira et se rappela de compter, faisant preuve d'un sang-froid extrême pour rester maîtresse de soi et maîtriser son corps malgré la peur de la mort.

Chris se tourna vers Nick.

— C'est ce qu'il t'a dit ?

Nick acquiesça. Chris la serra plus fort, semblant changer de sujet.

— Je n'arrive pas à croire que tu aies choisi celle-là. Je ne pensais pas que tu aimais les salopes. Je pensais que tu étais plutôt branché princesses.

Le ton de Chris était moqueur. Haley vit l'expression de Quentin se durcir. Le fait qu'il ait le culot de les insulter et de prendre un air supérieur parut avoir raison du *self-control* de Quentin.

Il voulut prendre son arme.

— Attention ! s'écria Haley.

Nick appuya le canon d'un pistolet à l'arrière de la tête de Quentin.

— Ne lui faites pas de mal, supplia Haley.

Quentin poussa un profond soupir.

— Vous étiez tous les deux dans le coup.

Nick se rapprocha et se pencha pour récupérer l'arme de Quentin. Quentin n'essaya pas de se débattre, et la gorge de Haley se serra à l'idée de ce que cela signifiait. Ils allaient tous les deux mourir, à moins que Quentin ne parvienne à les sortir de là grâce aux mots.

— On n'avait pas le choix, dit Nick.

— Vous avez le choix, maintenant.

Quentin avait l'air sinistre.

Chris secoua la tête. Haley pouvait sentir le pouls de son pouce palpiter contre son biceps.

— Non. Plus maintenant.

— Vous avez organisé l'attaque de l'hôtel, n'est-ce pas ? C'est pour ça qu'on m'a gardé vivant. Puis vous avez ordonné l'attaque contre les hommes de Hurek sur l'île. Vous ne pouviez pas vous permettre de laisser des témoins, n'est-ce pas ?

Haley poussa un hoquet de stupeur.

Chris secoua la tête.

— Ce n'était pas mon idée. Le ministre de l'Intérieur l'a ordonné lorsqu'il a découvert que le ministre des Affaires étrangères avait organisé une conférence sur la sécurité sur le sol indonésien. Le type était furieux. J'ai juste fait office d'intermédiaire entre lui et Hurek.

— Chris, ferme ta gueule, dit Nick en colère.

— Pourquoi, pour l'amour de Dieu ?

La voix de Quentin vibrait de rage réprimée.

— Dites-moi au moins la vérité. Je le mérite si vous comptez me tuer.

— Personne n'a parlé de te tuer.

Nick regarda anxieusement son partenaire, et son expression se décomposa devant ce qu'il vit sur le visage de Chris.

Haley se figea.

La réalité sembla s'insinuer dans la pièce. Si ces deux hommes voulaient couvrir leurs crimes, ils allaient devoir assassiner leur meilleur ami. La tuer serait facile en comparaison.

L'ironie lui donnait envie de secouer la tête, mais elle essayait de ne pas bouger. Elle avait enfin trouvé quelqu'un à aimer et ils étaient tous les deux sur le point de mourir.

— Je t'ai dit qu'on avait des difficultés financières, lâcha Nick.

— Donc plutôt que de déposer le bilan, vous optez pour le meurtre de masse ?

— Ce n'est pas ça, nia Nick. On se débrouillait bien, puis deux de nos agents ont tiré sur la mauvaise maison et ont accidentellement tué des enfants arabes. On a dû verser de l'argent aux familles et aux fonctionnaires locaux. Après ça, on a enchaîné les difficultés et on n'a jamais pu sortir la tête de l'eau. Ensuite, ce connard de Wenck a décidé de ne pas renouveler le seul contrat décent qu'il nous restait, mais de lancer un appel d'offres...

Nick inspira profondément.

— On allait plonger sans ARK Mining, mais quand le ministre de l'Intérieur a contacté Chris, on a réalisé qu'on avait encore une chance.

En assassinant la concurrence ? Les affaires de Haley étaient importantes pour elle, mais c'était une ligne qu'elle ne franchirait jamais.

— Comment le ministre connaissait Chris ?

— On l'a payé il y a quelques années pour obtenir les permis dont on avait besoin pour protéger les mines de Wenck. Une partie du marché était que Chris serve d'intermédiaire entre lui et Hurek. Si quelqu'un découvrait qu'ils communiquaient directement, le ministre aurait été grillé. Hurek était un criminel recherché à ce moment-là. On avait besoin du ministre pour travailler dans le pays. Il avait besoin de nous pour l'aider à diriger les actions de Hurek pour provoquer des dissensions locales. Tout fonctionnait parfaitement jusqu'à il y a un mois, quand il a décidé de faire irruption à la conférence.

De la sueur couvrait le front de Nick. Il semblait sur le point de vomir.

— On a essayé de le faire changer d'avis.

Haley s'efforçait de ne pas regarder Quentin, mais ses yeux étaient attirés par son beau visage. Ses yeux noirs intelligents. Elle détestait qu'ils se retrouvent à nouveau dans une situation de vie ou de mort. Elle détestait l'idée de pouvoir le perdre avant de l'avoir vraiment eu. Elle ne lui avait même pas dit ce qu'elle ressentait...

— Quand on a su que tu allais y assister, on a essayé de le faire annuler, mais le gars n'en démordait pas. Chris a dit qu'il te sortirait de là, mais ça ne s'est pas passé comme prévu non plus. Maintenant on sait pourquoi.

Les yeux de Nick balayèrent Haley.

Bien sûr, elle était responsable de *tout*.

— Les choses ont encore dégénéré quand Hurek a attaqué plus tôt que prévu, et que Chris était encore dans le bâtiment.

— Vous vous êtes assuré que Wenck parte avant l'attaque, fit remarquer Quentin.

Ils avaient prévenu ce connard.

— Il ne fallait pas tuer la vache à lait, dit Chris en riant. Je ne suis pas totalement con.

Quentin jeta un coup d'œil à Nick par-dessus son épaule.

— Qui a provoqué l'accident de la femme de Wenck ? C'était toi ?

Les traits de Nick se durcirent.

— J'ai embauché un type. Elle a facilité les choses. Elle n'a pas été blessée. Juste un peu secouée.

— Pourquoi ils ont attaqué plus tôt ? demanda Quentin.

Il ressemblait tellement à l'agent fédéral qu'elle savait qu'il était, collectant des informations. Haley n'en avait que faire. Il pouvait poser des questions toute la journée, tant que ça les maintenait en vie un peu plus longtemps.

Chris s'essuya le front avec la main qui tenait encore l'arme, mais sa visée était stable.

— Ce n'étaient pas les recrues les plus intelligentes du monde. C'est pour ça que je me suis caché au début. La plupart des gars me connaissaient, mais ils avaient la gâchette facile.

Il eut un petit rire ironique.

— Je n'ai pas pu contacter Hurek, comme il utilisait le bloqueur de signal que je lui avais fourni. Je lui ai rendu visite avant la conférence et je lui ai donné ta photo au cas où mon plan initial pour te sortir de là échouerait. Je lui ai dit que je voulais que tu restes en vie.

— Tu les as formés, dit Quentin avec une note de finalité dans son ton.

Chris haussa les épaules. Elle pouvait sentir l'odeur piquante de la sueur chaque fois qu'il bougeait.

— Quelle différence ça fait ?

— Tu as assassiné les survivants à l'hôtel.

Quentin avait l'air malade et dégoûté par cet homme qui avait été son ami.

Haley était aussi dégoûtée. Et découragée pour Quentin, et terrifiée pour eux deux.

— Je me suis assuré qu'il n'y ait pas de témoins – j'ai failli y laisser la peau. Un type s'était caché derrière le bureau de la réception. Je venais de le descendre quand le plafond s'est effondré sur ma tête. Tu m'as sauvé la vie, mon pote.

— Il t'a tiré dessus ou tu t'es fait ça toi-même en guise de couverture ?

Le silence de Chris en disait long. La fureur envahit les traits de Quentin.

— Tu as demandé à Hurek de me kidnapper.

— Je t'ai *sauvé*, putain !

La salive jaillit de la bouche de Chris. Haley tressaillit. Il pouvait appuyer sur la gâchette à tout moment, et elle ne voulait pas mourir.

— Et après ça, tu les as tous tués aussi, n'est-ce pas ?

Quentin n'en avait pas fini avec lui. Haley se raidit. Ce que Chris et Nick avaient organisé était glaçant de brutalité.

— Tous les hommes avec qui tu as travaillé, ceux du camp d'Hurek. Tu les as fait tuer, ajouta-t-il.

— Quand Hurek a appelé pour dire que tu t'étais échappé, je savais que ce n'était qu'une question de temps avant que le gouvernement ne te retrouve et ensuite lui. J'ai envoyé mes gars pour se débarrasser de tous les témoins.

Chris fit la grimace et poursuivit :

— Mais Hurek s'est échappé. J'ai des gens qui le cherchent.

— Tu as assassiné des femmes et des enfants.

Quentin avait l'air étrangement calme.

— Si tu étais resté tranquille comme tu étais censé le faire, je n'aurais pas eu à les tuer ! s'écria Chris. Tout était prêt. Une rançon aurait été versée. On t'aurait mis un sac sur la tête et on t'aurait fait rouler pendant quelques heures avant de t'abandonner sur une île près d'une ville. Où on t'aurait libéré.

Haley ne pouvait pas croire que Chris reprochait à Quentin la façon dont les choses avaient tourné.

— Et pour Haley ?

Quentin croisa son regard, ses yeux s'adoucissant.

Elle aurait voulu lui dire qu'elle l'aimait.

Chris ricana.

— Quand Hurek a appelé pour dire que tu t'étais échappé, il a mentionné que ta « femme » était avec toi. Je lui ai dit que tu n'avais pas de femme.

Le cœur d'Haley battait la chamade.

— Si Hurek avait su qu'elle n'était pas importante, reprit-il, il l'aurait traitée de la même manière que la fille O'Roarke, jusqu'à ce qu'il ne reste plus rien d'elle qui vaille la peine. Alors il l'aurait abattue.

Elle frémit. L'image était graphique et choquante, conçue pour blesser.

La peau de Nick pâlit, mais il ne baissa pas l'arme qu'il tenait braquée sur la tête de Quentin.

— Tu savais où étaient les Alexander, depuis tout ce temps. Tu savais que je négociais leur libération. Et tu savais exactement qui avait enlevé Darby O'Roarke, mais tu n'as jamais dit un mot. La condamnation suintait dans la voix de Quentin.

— Qui leur a dit qu'O'Roarke était là, d'après toi ?

Chris cracha par terre et Haley s'éloigna légèrement de lui. Il lui retournait l'estomac.

— Ils voulaient que quelqu'un leur dise si leur volcan allait exploser ou non, alors je leur ai indiqué l'experte la plus proche, poursuivit-il. J'ai entendu dire que certains garçons ont pu jouer avec elle avant que tu ne la sauves tel un foutu héros.

La mort aurait été une sentence trop clémente pour lui. Haley voulait qu'il souffre comme Darby avait souffert.

— Qu'est-ce qui t'est arrivé ?

La voix de Quentin tremblait de colère.

— Qu'est-ce qui m'est arrivé ? La guerre. Le gouvernement qui me traite comme une merde. Des salopes comme ça.

Chris secoua à nouveau Haley.

Elle contracta la mâchoire. Elle en avait assez d'être malmenée.

Quentin plissa les yeux.

— Tu ne t'en tireras pas. Baisse ton arme. Je vais t'embarquer. M'assurer que tu sois traité équitablement.

— J'ai fait tout ce que j'ai pu pour te sauver la vie, et c'est comme ça que tu me remercies ?

L'amertume suintait par tous les pores de Chris, et il s'emporta :

— Tu veux que je me rende ? Que j'avoue tout ? Que je crève dans une putain de cellule ?

Du coin de l'œil, Haley vit le doigt de Chris se resserrer sur la gâchette.

— Attends, dit Nick brusquement. Ça ne sert à rien de les

tuer. On n'a qu'à les attacher et se tirer. Les fédéraux savent déjà tout. Quentin a dit que Tricia Rooks avait parlé.

— Il ment, rétorqua Chris avec un sourire sans humour. Je suis passé voir Rooksy avant de venir. Elle avait encore un tube en plastique enfoncé dans la gorge.

Nick soupira longuement et secoua la tête en regardant Quentin.

— Tu essayais de me soutirer des informations ? Espèce de salaud.

Nick avait le culot d'avoir l'air déçu par son ami.

Les lèvres de Quentin se retroussèrent.

— Rien ne m'empêche de mentir.

Elle essaya de se souvenir des cours de *self-defense* d'Alex. Si elle frappa Chris dans les bourses... mais Quentin essayait encore de la sauver.

— Vous n'allez pas vous en tirer comme ça. Pas sans mon aide, leur dit tranquillement Quentin. Laissez Haley partir, et je détruirai les preuves, ou je m'assurerai qu'elles soient inadmissibles au tribunal. Je vous aiderai à vous échapper du pays. Le FBI ne vous retrouvera jamais.

Chris eut un sourire sinistre.

— Tu ne t'en sortiras pas comme ça, mon pote. Je t'aime comme un frère, mais je sais que tu ne détruiras pas de preuves et que tu ne te tairas pas. Trop de putain de morale. J'ai essayé de te sauver une fois, et regarde ce que ça nous a coûté ? Cette fois, c'est nous ou vous. Je n'ai pas l'intention que ce soit nous.

Les lèvres de Quentin se raffermirent avant qu'il ne demande :

— Nick ?

Ce dernier avait l'air malheureux, mais déterminé.

— Ne t'en fais pas. On va faire vite.

Oh, mon Dieu, non.

— Je veux parler à Haley seul à seul pendant une minute.

Chris secoua la tête.

— Désolé. Contrairement à Hurek, je sais que vous êtes pleins de ressources, tous les deux.

Haley aurait pu se sentir flattée s'il n'était pas sur le point de la tuer. Quentin lui sourit doucement.

— Je suis vraiment désolé de t'avoir impliqué dans tout ça. Essaie de rester immobile pour que ça ne fasse pas mal.

Quoi ? Ne pas bouger ? Elle déglutit pour chasser la boule dans sa gorge qui menaçait de l'étouffer.

— Je t'aime.

Les mots sortaient enfin.

Les yeux de Quentin brillèrent.

— Oh, c'est tellement mignon, mais je doute qu'elle le pense. Tu n'es pas assez riche pour une salope comme ça.

Chris leva son arme. Elle inclina son menton sur le côté et se tint immobile, non pas parce que Quentin lui avait dit de le faire, mais aussi effrayée qu'elle puisse être, elle n'avait pas l'intention de se recroqueviller comme un chien battu. Elle serra le poing, sur le point de viser les bourses de Chris dans un ultime effort pour échapper à ce salaud.

Les fenêtres volèrent en éclats.

Chris et Nick s'effondrèrent.

Haley éclata en sanglots.

— Reste là jusqu'à ce que la HRT ait terminé, Haley. Reste immobile une minute de plus pour éviter toute erreur.

C'était une situation à haut risque. Si quelque chose lui

arrivait, Quentin en mourrait. Il s'effondrerait par terre et mourrait sur place.

Il ne regarda pas les corps de ses amis ni les ruisseaux de sang qui maculaient le sol en vinyle gris. Ils l'avaient trahi, lui et tout ce en quoi ils croyaient, tout ce pour quoi ils s'étaient battus si farouchement à l'époque. Il avait su que Chris était mouillé après avoir examiné les preuves balistiques, mais il n'en était pas certain pour Nick. Sa gorge lui faisait mal à force de réprimer la douleur découlant de cette révélation. Ses ongles s'enfoncèrent dans la paume de ses mains alors qu'il se retenait de courir vers Haley et de la protéger avec son corps.

Le cauchemar était enfin terminé.

Des hommes en tenue tactique noire franchirent la porte. Il attendit un signe de tête de Kurt Montana avant de se précipiter vers l'endroit où un autre agent s'assurait que Haley était indemne. Quentin évita les éclaboussures de sang autant qu'il le put.

Un couteau se tordait dans son cœur. Ces gens étaient ses amis depuis tant d'années, et pourtant, ils étaient prêts à mettre fin à sa vie et à celle de la femme qu'il aimait pour pouvoir s'en sortir avec leurs plans machiavéliques.

Quand il atteignit Haley, elle se laisser tomber dans ses bras et il la serra fort. Une vague de soulagement l'inonda. Il n'avait jamais eu autant besoin de quelque chose que de savoir Haley en vie.

— Je n'ai jamais eu aussi peur de toute ma vie que lorsque Chris a franchi la porte avec ce fichu pistolet pointé sur ta tête, dit-il.

Elle s'agrippa à sa chemise. Il savait qu'ils étaient encerclés et que Chris et Nick enfonçaient les derniers clous de leur cercueil à chaque mot qu'ils prononçaient. Elle pensait qu'ils étaient sur le point de mourir.

Il sortit de sa poche un petit appareil d'enregistrement, à

peine de la taille d'un briquet. Haley écarquilla les yeux de surprise. Il le remit à un technicien de la scientifique déjà sur place, même s'il était sûr que tout avait été capté par son portable et par divers micros paraboliques installés dans les bois. Le FBI n'avait laissé aucune place à l'erreur. L'équipe s'était constituée en un temps record lorsqu'il avait présenté sa théorie au commandant de la force opérationnelle.

La peau entre ses sourcils se plissa.

— Tu portais un micro.

— Je savais que Chris avait tiré sur ces gens au bar, mais je ne savais pas exactement dans quoi d'autre il était impliqué. J'avais besoin de le découvrir. Je n'étais pas sûr pour Nick. On a décidé que le meilleur moyen d'obtenir des aveux était que je les confronte. Le FBI avait encerclé les lieux.

Il ferma les yeux, pensant à la femme et aux enfants de Nick. Il n'avait aucune idée de la façon dont il pourrait les affronter.

— Je ne m'attendais pas à ce que tu débarques, ajouta-t-il.

— J'allais à Washington et je voulais faire la paix avec Chris.

Le pouls dans son cou battait fort, clairement visible, et sa main se pressa contre sa gorge en un geste protecteur.

— Je savais qu'il comptait pour toi. Je sais à quel point ça a dû te blesser.

Quentin serra les lèvres, refusant de pleurer les hommes qu'il avait aimés, même s'il en avait envie. Ils l'avaient trahi. Ils avaient trahi tout le monde.

Il essuya quelques gouttes de sang sur sa joue. *Merde.* Elle était passée à deux doigts de la mort. Elle se mit à trembler. Il ignorait si elle allait pouvoir lui pardonner de l'avoir impliquée dans cette histoire. Il savait que les snipers étaient là. Attendant l'occasion de tirer.

— Je suis désolé, je ne pouvais pas te dire que le FBI était là sans alerter Chris ou Nick.

Leurs noms avaient un goût amer sur sa langue.

— S'ils avaient su qu'ils étaient encerclés, ils nous auraient tiré dessus et se seraient fait sauter la cervelle. Chris n'aurait jamais laissé Haley survivre, ni Quentin une fois qu'il aurait réalisé qu'il avait déjà fait part de ses soupçons au FBI.

Haley s'accrocha à lui, et il savoura sa chaleur et sa poigne. Elle n'avait jamais été aussi précieuse pour lui.

Il l'emmena dehors, loin de l'épaisse odeur cuivrée du sang. Il balaya les cheveux de son visage et appuya son front contre le sien.

— Je t'aime, Haley Cramer. J'en ai assez d'y aller lentement. Emménageons ensemble et voyons comment ça se passe.

Elle resta bouche bée.

— C'est sérieux ?

— On va faire en sorte que ça marche.

Le soulagement brillait dans ses yeux.

— Je t'aime, Quentin. Est-ce qu'on peut faire des choses normales et ennuyeuses à partir de maintenant ? Comme le parapente ou la descente en rappel ?

— J'ai peur du vide

Elle eut un mouvement de recul en feignant l'horreur.

— Je ne te connais pas du tout, en fait.

Il rit et la serra contre son torse.

— Haley Cramer, je veux qu'on passe des années à percer nos mystères respectifs.

— Et on vivrait où ?

Elle se mordit la lèvre. Elle avait l'air abattue. Encore une fois, le timing était mauvais.

— Tu travailles à Washington, moi à Quantico. On n'a

qu'à trouver un endroit entre les deux. On devra faire de la route tous les deux, mais pas trop.

Il lui toucha le visage, releva son menton avec son pouce et se plongea dans ses yeux d'un bleu mystique.

— Je ne te demande pas de renoncer à quoi que ce soit. Je t'aime comme tu es, mais je ne veux pas perdre de temps loin de toi alors que tu pourrais être dans mon lit tous les soirs. Ou que je pourrais être dans le tien.

Quentin se souvint de l'endroit où ils étaient et de toutes les choses qu'ils devaient encore faire avant de pouvoir rentrer chez eux et dormir pendant une semaine. Il fit un pas en arrière à contrecœur, mais Haley lui attrapa le bras avant qu'il ne puisse aller trop loin.

— On peut habiter chez toi pour commencer. Je peux aller à Washington plusieurs fois par semaine. Alex a parlé d'installer un bureau satellite à Quantico de toute façon. On peut voir comment ça se passe...

— Ça va marcher, lui assura Quentin, parce que même si je ne sais pas quelles émissions de télé tu aimes, ou quel est ton plat préféré, je sais que tu es courageuse et aventureuse, et je ferai tout mon possible pour m'assurer de rentrer à la maison auprès de toi aussi souvent que possible. Et – il ne pouvait s'empêcher de la toucher – je sais que tu feras la même chose pour moi. Je t'aime, Haley.

— C'est la première fois qu'on a le droit à une déclaration d'amour lors d'une opération, dit Montana en passant avec un sac à scellés. J'aime bien.

— Moi aussi, dit doucement Haley.

— Moi aussi.

Quentin l'embrassa longuement, malgré le public, avant de répéter :

— Moi aussi.

ÉPILOGUE

Un mois plus tard.

Au beau milieu du terminal, Haley serrait Darby si fort qu'elle n'était pas sûre de pouvoir la lâcher. Finalement, elle se força à libérer la femme qui était devenue comme une fille ou une sœur pour elle.

— Prends soin de toi, dit Haley.

Puis elle se reprit :

— Appelle-moi *quand tu veux*.

Quentin se tenait à côté d'elle, la main sur son épaule. Il lui avait déjà fait ses adieux.

Eban attendait sur le côté, l'air mal à l'aise. Darby et lui se regardaient en coin. Haley n'avait pas dit à Quentin que Darby avait fait des avances au type. C'était à peu près le seul secret qu'elle avait gardé. Elle n'avait pas l'intention d'attirer des ennuis à Eban avec son patron alors que Darby avait initié le baiser et qu'il y avait mis fin.

— Tu as rendez-vous avec le Dr Bruce la semaine prochaine, lui rappela Haley.

Darby hocha la tête et sourit.

— Oui, maman.

Les doigts de Quentin se crispèrent sur son épaule.

— Dis-moi si ton superviseur te cause des ennuis.

Darby rentra le menton.

— Oui, papa.

Il eut un sourire en coin.

— Allez prendre votre avion, Madame. Profitez de la première classe.

Son père s'était envolé pour la Virginie. Avec l'aide de Quentin et de l'intervenante en faveur des victimes, la visite avait été plus cathartique que traumatisante. Ils avaient tous été surpris que Darby ne soit pas rentrée avec lui, mais elle avait dit qu'elle n'était pas prête. Haley craignait qu'elle ne le soit toujours pas, mais elle savait qu'il ne fallait pas l'étouffer.

Darby leur adressa un sourire. Ses yeux se tournèrent vers Eban.

— Prenez soin de vous, dit-il d'un ton bourru, rompant enfin son silence.

Son sourire faiblit et elle hocha la tête.

— Vous aussi.

La mâchoire d'Eban se contracta. Il avait l'air malheureux. La maladresse et la tension flottaient entre eux. Pour une fois, Quentin était aveugle à la situation, ou faisait semblant de l'être.

Haley jeta un coup d'œil pour s'assurer que la presse n'était pas arrivée. Ils avaient appris une partie de l'histoire de Darby, mais pas tous les détails. Elle avait fait une courte déclaration disant qu'elle était reconnaissante d'avoir été secourue et avait demandé de l'intimité.

— Allez. J'arrête de gagner du temps. J'y vais.

Darby mit son sac à dos sur son épaule et, après leur avoir jeté un long regard mélancolique à tous les trois, elle passa la sécurité.

— On se retrouve au bureau.

Eban s'éloigna, la tête basse.

— Qu'est-ce qu'il a ? demanda Quentin avec étonnement.

— Ils étaient proches, répondit Haley. C'est difficile de lâcher prise. De la regarder s'envoler pour essayer de reprendre sa vie en main. Elle va tous nous manquer.

— J'ai des agents qui veillent sur elle en Alaska en cas de besoin.

Quentin fit un signe de tête, et ils prirent la direction de son véhicule.

Il semblait préoccupé, mais la situation était difficile pour tout le monde. Depuis qu'ils s'étaient retrouvés sur cette île, ils s'étaient liés d'une manière que peu de gens pouvaient comprendre. La culpabilité supplémentaire que Quentin portait, à tort, parce que ses amis avaient été impliqués, qu'ils l'avaient trahi, et qu'il les avait regardés mourir... Il avait fallu du temps pour y faire face. Du temps pour qu'il se pardonne, même s'il savait que ce n'était pas de sa faute.

Il avait essayé de parler à la veuve de Nick Karlovac, mais elle avait refusé de le voir. Elle avait pris ses enfants et emménagé chez ses parents. Leurs vies avaient été irrévocablement endommagées comme tant d'autres.

— Des nouvelles d'Hurek ? demanda-t-elle.

Il secoua la tête.

— Alex est toujours en train de traquer les bitcoins.

— En parlant d'Alex. Il m'a dit que quelqu'un avait envoyé à Glenda Wenck des copies d'un tas de rapports de police et d'accords de confidentialité signés par des femmes avec lesquelles son mari avait couché – certaines d'entre elles affirment que les rapports n'étaient pas consensuels. Elle a demandé le divorce et prévoit de lui soutirer des centaines de millions.

Un petit sourire s'afficha sur le visage Quentin.

— Je me demande qui a pu faire une chose pareille ?

Haley écarquilla les yeux.

— Tu n'as pas fait ça ?!

Quentin se contenta de hausser les épaules.

— Elle est sur le point d'être entraînée dans un scandale qui va bouleverser tout son univers. Le moins que je puisse faire est de m'assurer qu'elle sache la vérité sur son mari avant qu'ils ne soient tous les deux arrêtés et jugés. Ça la persuadera peut-être de se retourner contre Wenck et les autres.

Il ouvrit la portière et la plaqua contre lui pour l'embrasser.

— J'ai quelque chose pour toi.

Elle agita les sourcils de manière suggestive. Ils avaient passé beaucoup de temps au lit ensemble, à guérir de leurs blessures. Ils avaient aussi passé beaucoup de temps à découvrir qui ils étaient quand ils ne couraient pas pour sauver leur peau. Il s'était avéré qu'ils aimaient tous les deux les longues randonnées et les baignades dans l'océan. Il avait même un penchant pour les sucreries, comme elle.

Il sortit un écrin, trop grand pour une bague, mais son cœur manqua tout de même un battement.

Quand elle l'ouvrit, son monde se figea. Elle ferma les yeux et inspira. La vieille montre en argent de sa grand-mère. Haley la passa à son poignet et l'examina pour voir si elle était endommagée. Elle était en parfait état.

Elle planta son regard dans ses yeux brun intense.

— Comment tu l'as retrouvée ?

Il l'embrassa.

— Alex l'a repérée sur le net, et j'ai contacté un officier de police que je connais en Australie. Ils ont fouillé les lieux et trouvé tout un tas de biens volés. Ils ont passé un accord : le receleur n'irait pas en prison s'il dénonçait tous ses fournisseurs. On pourrait bien attraper Hurek grâce à ça.

Haley hocha la tête. Elle ne trouvait pas les mots pour exprimer sa reconnaissance.

— Quentin ?

— Oui ?

— Merci.

— De rien.

Ses paupières s'abaissèrent. Il avait l'air sexy et puissant.

— Haley ?

— Oui ?

— J'en ai assez d'y aller lentement. Je t'aime, Haley Cramer. Épouse-moi.

Sa bouche s'entrouvrit de surprise.

— Tu es sérieux ?

— Je sais ce que je veux. Qui je veux.

Il lui serra l'épaule.

Elle cligna des yeux et secoua la tête.

— Je t'aime, Quentin, tu sais que je t'aime. Mais tu es sûr ?

Il sourit.

— Je n'ai jamais été aussi sûr de quelque chose dans ma vie.

Son cœur battait la chamade. Elle ne s'attendait pas à ça. Peut-être qu'elle l'avait imaginé ou espéré, mais elle n'était pas sûre que ce bonheur puisse durer. Tout ça était nouveau pour elle, et de vieilles insécurités ressurgissaient. Elle se mordit la lèvre.

— Je ne vais pas être la parfaite petite épouse, Quentin.

— Où est le plaisir dans la perfection ?

Il semblait savoir exactement ce qu'elle pensait, et il lui prit le visage.

— Mon amour pour Abbie était comme une rivière, fort, stable et constant. Mon amour pour toi est comme un océan avec des jours calmes entre les tempêtes et les vagues qui sortent de nulle part pour tout effacer sur leur passage. J'aimerai toujours Abbie, mais elle appartient à mon passé, et je veux que tu sois mon futur. Veux-tu m'épouser ?

Elle fixait du regard cet homme magnifique sans pouvoir prononcer un seul mot.

Il déglutit, semblant soudain nerveux.

— Haley ?

— Tu es fou, mais je t'aime.

Elle eut un rire qui ressemblait à un sanglot.

— Est-ce que c'est un oui ? demanda-t-il.

Elle l'entoura de ses bras, le serrant fort contre elle, les imbriquant comme une clé dans une serrure.

— Oui, oui, oui, oui, oui.

— Alors c'est un oui, la taquina Quentin avec un soulagement évident.

— Tais-toi.

Elle l'embrassa, et aucun d'eux ne parla pendant un laps de temps considérable.

Finalement, elle se détacha de ses lèvres pour respirer et pour observer son visage.

— Quoi ?

Il haussa un sourcil.

— J'ai tous ces bijoux que je ne porte jamais.

Son sourcil à elle se releva encore plus.

— Que dirais-tu si on faisait sertir les pierres de la bague de fiançailles en émeraude de ma grand-mère dans une monture simple de *ton* choix pour que je la porte comme bague de fiançailles ?

Un côté de sa bouche tressaillit et il gloussa.

— Ce qui me ferait économiser des dizaines de milliers de dollars. Pourquoi ferais-je un truc aussi fou ?

Elle lui toucha le visage.

— Beaucoup d'hommes n'apprécieraient pas cette suggestion.

Il lui prit la main.

— En effet. Eh bien, tu ne m'épouses pas parce que je suis comme *beaucoup d'hommes*. Je sais combien ta grand-mère comptait pour toi.

Un amour intense brillait dans ses yeux.

— Je ne peux pas te suivre sur le plan financier, Haley, mais je peux m'efforcer d'être à la hauteur pour tout ce qui compte.

— Je n'arrive pas à en croire ma chance.

Il la serra contre lui, et elle enroula ses bras autour de son corps. Il était son rocher, son ancre.

— On a envoyé notre fille à l'université. Tu penses qu'elle reviendra pour le mariage ?

Il sourit.

— Elle a intérêt. Je suis prêt à demander un transfert à Anchorage.

— Elle est à Fairbanks, fit remarquer Haley.

— C'est le problème.

Elle glissa la main dans le tissu chaud de sa chemise et la posa sur son cœur.

— Tu es peut-être la meilleure personne que j'aie jamais connue.

Il lui embrassa le bout des doigts.

— Ça ne t'a jamais traversé l'esprit que je puisse penser la même chose de toi ?

Elle le regarda en clignant des yeux.

— Quoi ?

— Tu as bien entendu.

Il l'embrassa, et chaque petit morceau de son cœur retrouva sa place, même si une partie de ce dernier s'éloignait à l'autre bout du pays.

Merci d'avoir lu *Péchés givrés*. J'espère que vous avez apprécié le voyage épique de Quentin et Haley vers leur *happy end*. Vous souhaitez découvrir l'histoire de Charlotte Blood ?

Une jeune femme est retrouvée assassinée sur le flanc d'une montagne isolée, et la négociatrice du FBI Charlotte Blood doit collaborer avec son homologue de l'équipe de libération d'otages, aussi têtu que sexy, pour élucider le mystère.

Commandez *De froides vérités* dès aujourd'hui !

Inscrivez-vous à la newsletter française de Toni Anderson pour être informé(e) des nouvelles parutions.

DÉFINITIONS UTILES DE QUELQUES ACRONYMES UTILISÉS DANS LES LIVRES DE TONI

PG : procureur général

ASAC (Assistant Special-Agent-in-Charge) : agent spécial adjoint responsable

ATF (Alcohol, Tobacco, and Firearms) : alcool, tabac et armes à feu

DSC : département des sciences du comportement

BOLO (Be On the Look-Out) : avis de recherche

BUCAR (Bureau, Car) : voiture du FBI

CIRG (Critical Incident Response Group) : groupe de réaction aux incidents critiques

CMU (Crisis Management Unit) : cellule de gestion de crise

CN (Crisis Negotiator) : négociateur de crise

CNU (Crisis Negotiation Unit) : cellule de négociation de crise

CODIS (Combined DNA Index System) : banque de données qui répertorie les profils ADN

PC : poste de commandement

DEA (Drug Enforcement Administration) : administration pour le contrôle des drogues

DDN : date de naissance

DOJ (Department of Justice) : département de la Justice

EMT (Emergency Medical Technician) : urgentiste

ERT (Evidence Response Team) : (police) scientifique

FOA (First-Office Assignment) : première affectation

FBI (Federal Bureau of Investigation) : bureau fédéral d'enquête

FO (Field Office) : bureau régional

IC (Incident Commander) : commandant des interventions

HRT (Hostage Rescue Team) : équipe de libération d'otages

HT (Hostage-Taker) : preneur d'otages

LAPD (Los Angeles Police Department) : département de police de Los Angeles

LEO (Law Enforcement Officer) : agent des forces de l'ordre

ML : médecin légiste

MO : mode opératoire

NAT (New Agent Trainee) : nouvel agent stagiaire

NCAVC (National Center for Analysis of Violent Crime) : centre national pour l'analyse des crimes violents

NCIC (National Crime Information Center) : centre national d'information sur la criminalité

NYFO (New York Field Office) : bureau local de New York

CO : crime organisé

OCU (Organized Crime Unit) : unité de lutte contre le crime organisé

OPR (Office of Professional Responsibility) : bureau de la responsabilité professionnelle

POTUS (President of the United States) : président des États-Unis

RA (Resident Agency) : agence locale

SA (Special Agent) : agent spécial

SAC (Special Agent-in-Charge) : agent spécial en charge

SAS (Special Air Squadron) : forces spéciales aériennes

SIOC (Strategic Information & Operations) : informations et opérations stratégiques

SSA (Supervisory Special Agent) : agent spécial superviseur

SWAT (Special Weapons and Tactics) : armes et tactiques spéciales

TC (Tactical Commander) : tacticien

TOD (Time of Death) : heure du décès

UNSUB (Unknown Subject) : sujet inconnu, suspect

ViCAP (Violent Criminal Apprehension Program) : programme d'arrestation pour actes criminels violents

WFO (Washington Field Office) : bureau régional de Washington

REMERCIEMENTS

Un grand merci à toutes mes alliées habituelles, en particulier Kathy Altman pour son premier coup d'œil, Rachel Grant pour sa bêta-lecture sans faille, et Adriana Anders pour ses mots adorables sur mon roman.

Merci à mon incroyable graphiste, Regina Wamba, pour ses superbes illustrations, et à Paul Salvette pour son travail acharné de mise en forme. Je remercie mes relectrices, Deb Nemeth et Joan Turner de JRT Editing, ainsi que ma correctrice, Alicia Dean. Il est évidemment crucial d'être bien entourée.

Comme toujours, je tiens à remercier mon mari et mes enfants pour leur amour et leur compréhension. Rien de tout cela ne vaudrait la peine sans vous !

Et merci à mon incroyable équipe de traduction française chez Valentin Translation, en particulier Diane Garo. Vous êtes formidables.

COLD JUSTICE® – MOST WANTED
Cold Silence (Book #1)
Cold Deceit (Book #2)
Cold Snap (Book #3)

À PROPOS DE L'AUTEUR

Toni Anderson est une auteure de best-sellers classés par le *New York Times* et *USA Today*, finaliste de RITA®, accro aux sciences, touriste professionnelle, amoureuse des chiens, jardinière et maman. Originaire d'une petite ville d'Angleterre, Toni a étudié la biologie marine à l'Université de Liverpool (B.Sc.) et l'Université de St. Andrews (Ph.D.) avec l'intention de ne jamais s'éloigner de l'océan. Jusqu'à ce que ce plan vole en éclats et qu'elle atterrisse dans les prairies canadiennes avec son mari, professeur de biologie, deux enfants, un chien rescapé et un gecko léopard nonchalant. Ses plus belles réussites sont d'avoir compris le fonctionnement du métro de Tokyo, gravi le mont Ben Lomond, plongé dans la Grande Barrière de corail et survécu à de nombreux hivers à Winnipeg. Elle adore voyager à des fins de recherche et elle a eu la chance de visiter le centre des opérations et de l'information stratégique au quartier général du FBI à Washington en 2016. Elle a également réussi l'exploit notoire de déclencher une sortie de route lors de sa formation en course-poursuite à l'académie de police pour écrivains, dans le Wisconsin. Chaud devant, le monde, j'arrive !

Inscrivez-vous à la newsletter de Toni Anderson en française :
www.toniandersonauthor.com/french-translations
Découvrez la bibliographie de Toni Anderson :
https://www.toniandersonauthor.com/french-translations/

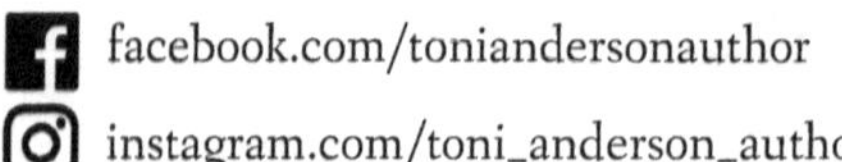

facebook.com/toniandersonauthor
instagram.com/toni_anderson_author

www.ingramcontent.com/pod-product-compliance
Lightning Source LLC
Chambersburg PA
CBHW031801200726

48288CB00021B/105